実存文学 III

山下洪文 監修

未知谷

実存文学Ⅲ　目次

特集・勝野睦人 ……… 7

解説　勝野睦人について　山下洪文　8

アルバム　21

勝野睦人全集

詩集　マコチヤン　25／夕暮　26／どこかのカッフェーの隅っこで　27／冬　28／錆びた恋歌《こいうた》　30／音信　31／「浜辺」のエスキース　32／ソネット Ⅱ　34／モノローグ　35／洗濯物のうた　36／ソネットⅢ　38／グラスに注ごうとする私のこころは　39／わたくしはピアノの鍵盤《キイ》です　41／的　43／AVRIL　45／えぴそおど　46／VIRGINITE　48／Conversation（三篇）　草叢　50　坂道　51　空地　52／鐘楼　53／目覚めの少女　55／部屋　57／硝子戸　60／わたしはひとつの…　63／「憧れ」は　64／そのむかし　66／LA NATURE MORTE II　67／マヌキヤンによせて　69／LA NATURE MORTE I　71／「哀しみ」は　73／抽出し　74／ああ　或る日　74／穴　76／蝿　77／蝿　78／「こころ」は　79／車輪　80／ぼくは　81

散文　「様式」ということ　82／往復書簡　85／『ロシナンテ』第一二号あとがき　90

書簡　92

インタビュー　勝野睦人の思い出　竹下育男（談）　舟橋令偉・古川慧成（聞き手・編集）　193

論考　括弧書きにされない叫び――勝野睦人のこと　田口愛理　227

「あなた」の回復――勝野睦人論　古川慧成　251

透明な言葉のゆくえ――勝野睦人論　島畑まこと　269
言葉は捨てられた小壜である――勝野睦人論　舟橋令偉　303
略年譜　332

小詩集　337

透明なる焔　島畑まこと　338
約束　田口愛理　343
母子の鏡　古川慧成　349
瞬きを待つ瞳　中田凱也　357
石長比売（抄）　舟橋令偉　365
ほつれるすいめん　黒井花音　376
窓越しの祝祭　秋山実夢　386
日々　梅元ゆうか　393
神になるとき　山下洪文　400

小説　413

牛腸ひのえの帰属　海老沢優　414
やわらかな角　島畑まこと　430

特集・牧野虚太郎　455

解説　牧野虚太郎について　山下洪文　456

牧野虚太郎全集

詩集　象牙の雑草　468／破れた靴下　469／象牙の雑草　471／夏のエスキイス　473／静かなる室　474／象牙の位置　476／フルーツ・ポンチ　478／色彩の報告　479／葉脈と時間　480／喪失の彼方　481／遥かなる測量　481／碑　483／独楽　484／鞭のうた　486／花　487／復讐　488／神の歌　489／聖餐　489／掌　490

散文　各人各説　492／座談室　492／雑録　493／雲・雲・雲　494／雑録　495／各人各説　495／各人各説　495／各人各説　496／詩壇時評　496／詩壇時評　497／詩集批評　498／各人各説　503

論考　静かなる予感——牧野虚太郎論　中田凱也　504
あふれる邂逅にむけて——牧野虚太郎論　内藤翼　531
もう一つの「荒地」への旅——荒地派と牧野虚太郎　山下洪文　552

後記　597

実存文学Ⅲ

特集・勝野睦人

解説　勝野睦人について

山下洪文

1

数少ない詩と絵画に異様なきらめきを遺して、二十歳で逝った詩人・勝野睦人《かつのむつと》——本書にはその全作品、書簡、絵画の一部、また彼の詩的世界を解き明かす論考を掲載する。

一九五七（昭和三十二）年六月、詩を書くための原稿用紙を買いに行く途中、勝野はオート三輪にはねられ即死した。石原吉郎主宰の詩誌『ロシナンテ』に、独自の思想的陰影を宿す抒情詩を発表する一方、東京藝大で油絵を学んでいた勝野は、フランス留学を間近に控えていた。この異貌の才能は、全面的開花を目前に、その命脈を断たれてしまった。

ところで奇妙なことに、詩人たちはこの悲劇的な死を、半ば「納得」しているように見えるのだ。石原吉郎は、勝野が死んだ翌年の座談会で、「（『ロシナンテ』は）もし勝野君が生きていたらとても今のようにうまくいつてやしないだろう」と洩らしている（「ロシナンテ三周年記念座談会」）。本書に掲載した竹下育男氏のインタビュー「勝野睦人の思い出」によれば、勝野は「仲が悪かったっていう人」がおらず、石原のことも純粋に尊敬していたという。それを抜きにしても、夭折した仲間への言葉として、やや不自然である。

詩の出版社・思潮社の創業者として、数々の詩人を育てた小田久郎は、勝野は「自死同然の事故死」で「青春の戦場」から「消えていった」と記している（「ロシナンテ」と倶に」）。勝野の死は事故によるものであり、留学を控えていたという事情からしても、「自死」とは考えづらい。

受け入れがたい死を前にすると、それが必然だったのだとか、本人がそれを望んだのだとか、私たちは考えがちである。だが、この二人の言葉は、そうした心理から生まれたものとも思えない。石原も小田も、勝野の詩のなかに、彼自身を死に至らしめる何かを見て取ったのではないだろうか。

たぶん
わたくしは　ひとつの結び目なのです
たわむれに
運命の両端を
力一杯ひっぱった　神様
あなたのために
こんな依怙地な
わたくしが生れてしまいました（「モノローグ」）

勝野の詩には、「神様」という言葉が頻出する。それは彼の眼には、ただ大きな手を広げて、運命をもてあそぶ者に見えているようだ。

生きていることは
ひとつの〈しこり〉
喉元にからんだ痰唾のような
のみこむことができない　かなしみ

神様
あなたの煙管《きせる》を詰まらせているのが
わたくしたちの〈命〉です（同）

「わたくし」の生は、「神様」にとって「ひとつの」「しこり」にすぎない。それは「神様」の「喉元にからんだ痰唾」のようなものだ。あまりに巨大な口に、いまにも飲み込まれんばかりの、青春の窒息感が伝わってくる。

勝野の「神様」は、蒼空のように遠のいたかと思うと、ひょいと詩人の前に顔を出したりする。勝野は時に、「食卓」「灰皿」となって、「神様」の「思案」や「時間」を「受けとめ」る（「LA NATURE MORTE Ⅰ」）。一方、「神様」に向かって「「信仰」のシャッポは持ち合わせ／ていません」（「えぴそおど」）とも告げる。まるで勝野は、神の友人であるかのように、平然と対話しているのだ。そう考えると、つぎの一節が、まるで天罰のように思えてくる。

だのに　あなたは
むぞうさに
あたしを縁先に　いま引きだそうとなさる
あたしをいきなりうら返そうと
なにかをあたしから拭いさろうと――

あたしのうえで皿が鳴る　ああジョッキがあんなに傾く
葡萄酒がこぼれる……

あたしの底がすきとおってゆく
そうして　おもいがけないあなたのお顔を
こんなにおおきく映してしまう……（「LA NATURE MORTE I」）

「あなた」＝「神様」は、「食卓」となった勝野を、「むぞうさに」引っ張り出す。「皿」が鳴り、「ジョッキ」が傾き、「葡萄酒」がこぼれる。勝野（「食卓」）を勝野たらしめる諸要素（「皿」「ジョッキ」「葡萄酒」）が失われてゆく。そのとき勝野の「底」は「すきとお」り、「神様」の顔を映し出す鏡となる。「神様」が「拭いさろうと」した「なにか」とは、「煙管を詰まらせている」勝野の「命」だったのではないだろうか。

勝野の詩を読むと、神を知る前に神の前に立ってしまった者、という印象を受ける。これほどまでに「神」に近しく語りかけた詩人は、かつていなかった。哲学者のジジェクは、「本当に恐ろしいことが起きるのは、神に見捨てられたときではなく、神がわれわれに近づきすぎたときだ」（『事件！――哲学とは何か』）と言う。そう考えると、勝野が「神」を歌い始めた一九五六（昭和三十一）年二月の時点で、その死は決定づけられていたのかもしれない。

2

勝野が生涯で遺した三九篇のうち、半数以上が「～は～だ」という「定義」から語り起こされている。「「哀しみ」は／わたしの隅のちいさな砂場だ」（「「哀しみ」は」）「「沈黙」は　露路裏の空地です」（「空地」）といった具合である。「～は」というタイトルの詩だけでも五篇ある（「グラスに注ごうとする私のこころは」「「憧れ」は」「「哀しみ」は」「「こころ」は」「ぼくは」）。それはあたかも、「神」に近づきすぎたがために、世界の輪郭を失い、必死にそれらを名づけ直そうとしているかのようだ。

「憧れ」は
はじめわたしの端から
糸のように垂れていました

神さまが　それを戯れに
一本の杙《くい》にゆわえたのでした（「憧れ」は」）

「こころ」は　捨てられた小壜です
神さまのはげしい渇きのまえに
飲みほされてしまったなにかの　器……（「こころ」は」）

勝野の「こころ」を容れていた「小壜」は、喉が渇いた「神さま」に「飲みほされ」、「憧れ」は「戯れ」に適当な場所に「ゆわえ」られる。世界の輪郭がほつれるのにつれて、自己もまたほころんでゆく。「わたくしは　ひとつの結び目なのです」「わたくしは／ピアノの鍵盤《キィ》です」「わたくしは／ひとつの的です」「わたしはひとつの落想でしょうか」「あたしは　神様の食卓」「あたしは　神様の灰皿」「わたくしたちのこころはみな／底の浅い小抽出しです」「わたしは　そう／ひとつの穴だ」「ぼくは　縫いぐるみの熊の玩具だ」……

そのような「名づけ直し」の作業をとおして、勝野は自身を「器」「壜」のような虚ろなものに感じてゆく。つぎの詩は、あまりにも空っぽになったがゆえに、「言葉」の仕組みがあからさまに見えてきたことを示している。

わたしのいかりには注《つ》ぎ口がない

わたしのかなしみにも注ぎ口がない
だからわたしは　できるだけ
ひつそりと自分をもちこたえていたい
けれどもあるひとのひとつの言葉が
けれどもあるひとのひとつのしぐさが
いかりをはげしくゆさぶるのを
かなしみにかなしみを注ぎそそぐのを
わたしは　どうするすべもしらない

そんなとき
いかりはいかりのおもてをつたい
かなしみはかなしみの縁までせりあげ
めいめいに
めいめいの形象《かたち》にこだわることしか
めいめいの周辺をぬらすことしかできない（「LA NATURE MORTE II」）

「いかり」「かなしみ」という言葉を知っているから、私たちは怒り、悲しむことができる。そうした概念を知らなければ、私たちは赤子のように、むずがゆく切ないままに泣き叫ぶことしかできなかったろう。

「ひとつの言葉」「ひとつのしぐさ」が、「いかり」「かなしみ」に新たな一滴を注ぎ込む。だが、「いかり」が「いかり」であることをやめることはできない。「かなしみ」のあまりに、「かなしみ」のかたちが崩れることもない。「めいめい」の感情は、「めいめいの形象にこだわ」り、「めいめいの周辺をぬらす」。

私たちは言葉を通じて怒り、悲しみ、喜び、生きている。言葉をとおしてしか生きられない・感じられない私たちのあり方を、これほどまでに抒情的に表現しえた詩人を、他に知らない。世界を見失い、ただの「器」になってしまったとき、「言葉」が言葉によって、こんなにも美しく描かれたのだ。

高校時代の級友に宛てた手紙に、勝野はリルケの詩の一節を書き抜いている。「死んでいくものは死の方を向かず、かえつて死を背にして空をみあげる」というものだ。おそらく、「死の近くでは　ひとはもはや死を見ず、／外を見つめる」(「ドゥイノの悲歌」)の誤りと思われる。

この記憶違いは、象徴的だと思う。「死の近く」で世界の「外を見つめる」リルケに対し、勝野は「空をみあげる」のだ。前者は神にも侵されぬ「外」を見ようとしているが、後者は神の手中にいる。勝野は「外」を知らぬままに死んだ。それが彼の「限界」であると言うのはたやすい。だが思春期という限界のなかで、彼はいかに美しく歌ったことか。「神」に魅入られたがゆえに未完に終わらざるを得なかったその詩群は、リルケの完成された詩的世界に、勝るとも劣らぬ輝きを放っていると思う。

3

勝野睦人は一九三六（昭和十一）年十一月、東京府東京市麻布区笄町（現・東京都港区西麻布）に生まれている。六歳上に兄の大がいた。三歳のとき、第二次世界大戦が勃発。敗戦の前年に長野県飯田市に疎開している。

飯田高松高校（現・飯田高等学校）在籍中の一九五四（昭和二十九）年二月、兄・大が結核で死去。二十四歳だった。のちに勝野は、兄の死についてこう書いている。「きわめて身近かな「死」に、僕は一つだけ対面しています。しかしその「死」は、僕の心の一角にある、一種の空洞状のものを、まざまざと見せつけてくれただけでした。そのような、「死」に直面すれば、誰でも心の中で鳴りどよめく筈の絃が、僕の場合切れていたのです」（津崎由規宛書簡、一九五六年十月二十四日）。

肉親の死という決定的事件に「直面」しても、彼は「何も感じな」（同）かった。その「空洞状」の「心」のかたちを確かめるかのように、彼は詩の投稿を始める。兄の死の翌月には、雑誌『文章倶楽部』に「マコチヤン」が入選。以来『文章倶楽部』『詩学』に、ほぼ毎号のように作品が掲載される。

一九五五（昭和三十）年七月、石原吉郎が主宰する詩誌『ロシナンテ』に参加。『ロシナンテ』表紙のタイトルや号数をデザインしたり、勉強会を企画するなど、詩作以外でも活躍していたようだ。「ロシナンテ」とはドン・キホーテが乗る馬の名前だが、書簡を読むと、「ロシナンテの騎士仲間」（津崎由規宛書簡、一九五六年十月四日）の人間模様も浮かび上がってくる。

詩を書いて仲間に読ませたり、油絵の制作に励んだり、アテネ・フランセでフランス語を学んだりといった、等身大の青春を過ごしていたことが、書簡からはうかがえる。ほのかな恋情を思わせる記述もあり、愛すべき一青年の姿が垣間見える。

書簡集は、片桐ユズル宛の一九五七（昭和三十二）年六月二十二日の手紙が最後である。この三日後、勝野はオート三輪にはねられ、二十歳の生涯を終えることになる。

現在、勝野睦人の名を知る者は少ない。大学で詩の授業を担当する私自身、石原吉郎や『ロシナンテ』は知っていても、勝野という青年がそこに詩を──しかも日本文学史でも稀な、思想と精緻に絡み合った抒情詩を──書いていたことなど、露ほども知らなかった。

私に勝野の存在を教えてくれたのは、本特集を提案した舟橋令偉君である。翻刻・執筆・インタビュー・取材旅行等、さまざまに活躍してくれた彼に、あらためて感謝したい。

『荒地』『列島』『櫂』などの詩誌によって我が国の戦後詩はいろどられるが、勝野の詩は、それらのいかなる潮流にも属していないようだ。「存在することのなかにある核」（吉本隆明「形而上学ニツイテノNOTE」）へのひたむきなまなざしが、その詩には感じられる。その視線を受けると、世界は透きとおってしまう。それは何よりも、勝野その人の「命」を丸裸にし、「神様」に差し出させてしまったのではなかっただろうか。

4

本特集には、勝野睦人の詩・散文・書簡のすべてを掲載する。詩・散文は、一部を除き初出誌を底本とした。書簡は『勝野睦人書簡集』（ムットの仲間、一九五八年）を底本とした。旧字は新字に直したが、それ以外は初出のままとした。

詩の配列は発表順とした。生前の勝野は詩集が出ることを想定しておらず、したがって詩の配列について希望を語っていないこと、また没後刊行の『勝野睦人遺稿詩集』の配列に、特段の理由はないとの証言を得たためである。散文・書簡も時系列順に配した。

参考までに、唯一の詩集『勝野睦人遺稿詩集』（思潮社、一九五八年）と、『詩学』第一七巻・第八号（詩学社、一九七二年）に掲載された「勝野睦人遺稿詩集」における詩の配列を、つぎに掲げる。


『勝野睦人遺稿詩集』

「LA NATURE MORTE I」「LA NATURE MORTE II」「「哀しみ」は」「抽出し」「ああ　或る日」「穴」「蝿（空は一個の食卓であり……）」「蝿（私の裡に……）」「「こころ」は」「車輪」「ぼくは」「マヌキヤンによせて」「そのむかし」「「憧れ」は」「硝子戸」「鐘楼」「目覚めの少女」「わたしはひとつの…」「部屋」「Conversation（三篇）」「えぴそおど」「的」「グラスに注ごうとする私のこころは」「モノローグ」「ソネット　II」「VIRGINITE」「AVRIL」「洗濯物のうた」「音信」「わたくしはピアノの鍵盤《キィ》です」「冬」「どこかのカッフェーの隅っこで」「夕暮れ」「錆びた恋歌《こいうた》」「マコチヤン」

『詩学』第一七巻・第八号
「LA NATURE MORTE I」「LA NATURE MORTE II」「「哀しみ」は」「抽出し」「ああ　或る日」「穴」「蝿（空は一個の食卓であり……）」「蝿（私の裡に……）」「「こころ」は」「部屋」「Conversation（三

篇）」「えぴそおど」「的」「グラスに注ごうとする私のこころは」「車輪」「ぼくは」「マヌキヤンによせて」「そのむかし」「「憧れ」は」「硝子戸」「鐘楼」「目覚めの少女」「わたしはひとつの…」「洗濯物のうた」「音信」「わたくしはピアノの鍵盤《キイ》です」「冬」「どこかのカッフェーの隅っこで」「夕暮れ」「錆びた恋歌《こいうた》」「モノローグ」「ソネット　Ⅱ」「VIRGINITE」「AVRIL」「マコチヤン」

「勝野睦人全集」の翻刻は、舟橋令偉・島畑まこと・田口愛理・古川慧成・梅元ゆうか・私によっておこなわれた。舟橋・古川は数々の取材旅行を行い、『ロシナンテ』時代の勝野の友・竹下育男氏へのインタビューを実施し、数々の資料を撮影した。長らく文学史の表舞台から姿を消していた勝野が、いまこうして人々に手渡されるのは、学生の努力のたまものであり、また彼らの熱意に応えてくださった先達のおかげでもある。

田口愛理「括弧書きにされない叫び——勝野睦人のこと」、古川慧成「「あなた」の回復——勝野睦人論」、島畑まこと「透明な言葉のゆくえ——勝野睦人論」、舟橋令偉「言葉は捨てられた小壜である——勝野睦人論」は、それぞれの限界において、勝野の実存にふれようとしている。日頃彼らとふれ合っているが、常にない緊迫感と焦燥感をこれらの論考から感じた。勝野とほぼ同い年であり、おなじく精神的危機に晒されつつ、なおひたむきに言葉を紡いでいる彼らの情熱に、ふれてほしいと思う。

最後に、本特集を組むにあたって、お力添えをいただいた方々のお名前を列記する。インタビューに応じていただき、また数々の貴重な資料をお見せくださった竹下育男様。そのご息女で、インタビューにお立ち会いいただいた加藤涼子様・那須麻子様。竹下様にお引き合わせいただき、インタビューにも同席していただいた豊田美楠子様。豊田様をご紹介してくださった松下育男様。飯田高校同窓会の大澤聖美様。勝野睦人の従妹の勝野芳美様。そのご主人・文男様。勝野の同級生の栗原節子様。……学生たちの努力もさることながら、彼らを見守ってくださった多くの方々のお力によって、本特集は成ったと思う。ここに深く感謝申し上げます。

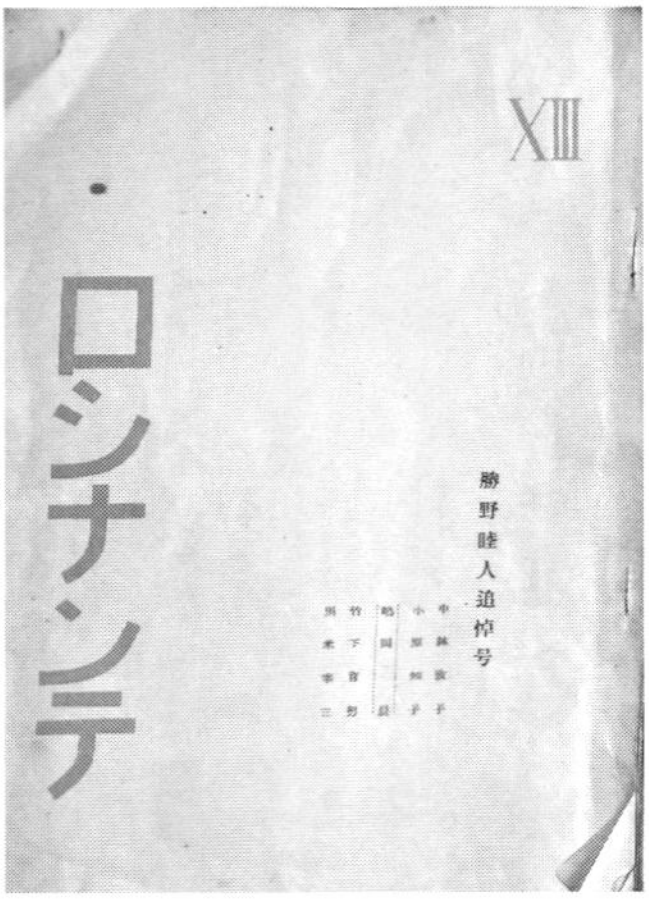

『ロシナンテ』勝野睦人追悼号表紙。

インタビューにて。左から豊田美楠子、竹下育男、舟橋令偉、古川慧成。

勝野睦人。写真の詳細は不明。

大学時代の作品①

自画像。

大学時代の作品②

高校時代の作品。

勝野の下宿先に置いてあった絵。
裏面に、「但し俺の絵じゃない」と書いてある。

中学時代の作品。

『ロシナンテ』同人の集合写真。前列左から岸岡正、石原吉郎、淀縄美三子、勝野睦人、好川誠一、
後列左から竹下育男、河野澄子、金子黎子、吉田睦彦。

『ロシナンテ』同人の集合写真。前列左から岸岡正、竹下育男、吉田睦彦、後列左から河野澄子、淀縄美三子、石原吉郎、好川誠一、勝野睦人、金子黎子。

勝野が通った飯田市立追手町小学校。昭和四年に建てられた校舎が今でも残っている。登録有形文化財。

『ロシナンテ』同人の集合写真。前列左から吉田睦彦、石原吉郎、竹下育男、岸岡正、後列左から河野澄子、金子黎子、淀縄美三子、大塩匀、勝野睦人、好川誠一。

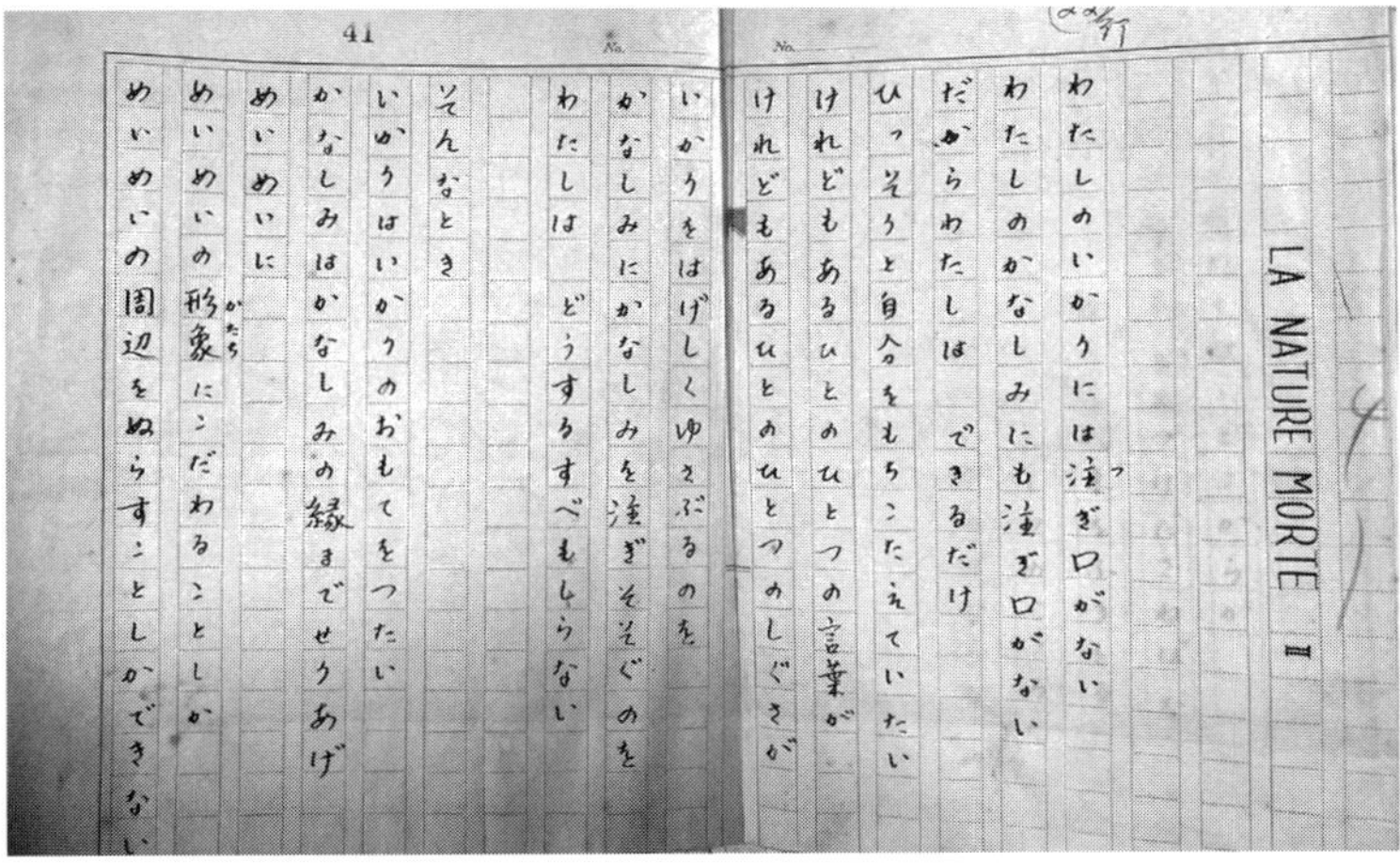

41

LA NATURE MORTE Ⅱ

わたしのいかりには注ぎ口がない
わたしのかなしみにも注ぎ口がない
だからわたしは　できるだけ
ひっそりと自分をもちこたえていたい
けれどもあるひとのひとつの言葉が
けれどもあるひとのひとつのしぐさが
いかりをはげしくゆさぶるのを
かなしみにかなしみを注ぎそそぐのを
わたしは　どうするすべもしらない

そんなとき
いかりはいかりのおもてをつたい
かなしみはかなしみの縁までせりあげ
めいめいに
めいめいの形象《かたち》にこだわることしか
めいめいの周辺をぬらすことしかできない

「LA NATURE MORTE Ⅱ」直筆原稿。

ここへきて、言葉の不思議さというもの
を、しみじみと感じないわけにはゆかない。
詩を書き始めたばかりの頃は、それをなにか
目じるしのようなもの、意味と意味とを境界
づけ、区分するもの――そんな風に思ってい
た。例えてみれば杭である。それを幾本とな
く柵囲に打ち据えることで、意味は叢のよう
に囲みとられる、そう信じて決して疑わなか
った。
だがいまでは、ひとつひとつの言葉が、め
いめいの叢を持っているということ、その不
思議さにとまどわないわけにはゆかない。言
葉はむしろ甕のようなものだ。ひとつひとつ
が口をもち、しかもその口はきわめて小さい。
永い僕達の歴史の途上で、少しづつ、その口
から流れ込んだ感情や情緒が、ある言葉の場
合では中で腐敗している。またある言葉の場
合では蒸発して、中の暗闇だけが取残されて
いる。

勝野による『ロシナンテ』あとがき。

← 竹下育男宛ての書簡。

[illegible]、三木宗良さんの作品評、とにかく出来上りました。これ
に同人お断りの手紙を、上手に添えて下さい。決して詩の
下手な人ではなく、それにまだ若いのですから、あまり高飛車
な調子で書かないように。「ボールをあひって」のような詩を書
きすすめて行けば、将来性はある――といったような言葉を、
適当に添えて下さい。
今学校の図書館におります。雨が降り続いていて憂鬱です。
育男様
睦人

葬儀の際の写真。前列中央が父・政三、母・澄江。

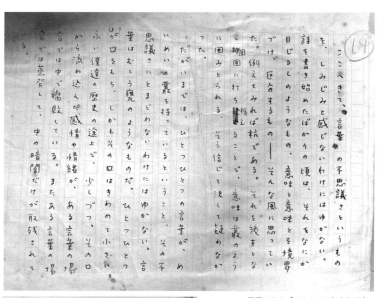

マコチャン

「マコチャン」トヨンデイタ
ソノコハベティーサンノヨウナカオダッタ
ワタシトナカガヨカッタ
ドーロニハクボクデキューピーヲカイテアソンダ
チョーナイニトラホームノコゾーガヒトリイタ
ソノコゾーガアルヒマコチャンヲナグッタ
マコチャンハカオヲオオイモセズニイエヘトビコンデ
シバラクデテコナカッタ

『文章倶楽部』第六巻・第三号　牧野書店　一九五四年三月

夕暮

とつくのもう昔に、君も僕も忘れちやつた映画の、煙草の脂臭いフィルムの色で、夕闇は木々の梢を染め終えた。（意地張りの楓も従順だつたし、茱萸《ぐみ》の子も案外素直だつた）そこで、一服している雲がある。彼奴《あいつ》は今朝太平洋を渡つて来た、酒と放浪癖の強い奴だ。

何しろ連日の日照り続きで、ごらん、茅蜩が、神経衰弱に罹つた。ＫＩＫＩＫＩと歯軋りながら（まるでコップの底でも磨合わせるように）、パラフィンの羽根を揉みだしている。

雨戸の陰には蜘蛛の巣が、スタンドの笠ほどもある、巨大な漏斗《ロート》をぶら下げて——あれでね、お月様を漉《こ》す気なんだ。悪事が露見するといけないから。

だがもうそろ〳〵、ペンキ屋達の訪問時刻——酸漿《ほずきさ》[1]を乗せた露台の下に、先刻《さつき》から蛾蝶のように群がつていた、あの「闇」達の舞立つ時刻だ、風鈴がカスタネットを打つ宵は、僕等のアパートの大屋根だけ、特別にセルリアン・ブルーを引いてくれるよ。

そうすると僕よりお母様が夢中で、金魚の尻尾のようにひらひらする。わざとだぶついたパジャマを召され、家鴨のサンダルを履いて出てこられる。

お隣の病人も窓縁《まどべり》から、火星人《マーシャン》の眼に星を並べる。

——夕暮は、僕等の生活の幕切れ時だ。

そうやつて、君は、じつとしてい給え。

（夜風が新調のレースをすつかり汚してしまうまで）そうやつて、僕には内証《ないしょ》のことを考えて給え……

『文章倶楽部』第六巻・第一一号　牧野書店　一九五四年十一月

1　ルビは『勝野睦人遺稿詩集』（思潮社、一九五八年）では「ほおずき」、『詩学』第二七巻・第八号（詩学社、一九七二年）所収の「勝野睦人遺稿詩集」では「ほうずき」。

どこかのカッフェーの隅っこで
――又は〝カップとソーサー〟――


涙を湛《たた》えたカップの、君の瞳《め》も、僕の瞳も、小さな受皿《ソーサー》に過ぎない。

そんなに大きく見開いて、君の瞳が、どんなに僕に近寄つても、僕の瞳と、君の瞳と、すつかり重なり合つたとしても…………

受皿《ソーサー》の底と底とが擦れ合つて、ＫＩＫＩＫＩＫＩ鳴るだけだ。

――止《よ》し給え、粗相したふりをして、わざとテーブルをゆさぶつてこの僕の為に、受皿を汚して見せてくれるのは…………

お互のカップの口には、見えないハンケチさえ被せてあるのに——その中に、まるで舶来のコーヒーか、密造酒《ムーン・シャイン》でも忍ばせてあるように…………

×　×

いつの日だろう——受皿《ソーサー》を離れたカップとカップが、僕等の頭上で触れ合うのは…………

（どこかのカッフェーの隅つこで、そうやつて、君と、僕とが、テレ臭そうに乾杯するのは…………）

——今朝も又、僕の言葉が一雫、僕の知らない波紋となつて、君のカップに広がつて行く…………

『文章倶楽部』第七巻・第三号　牧野書店　一九五五年四月

冬

ニッケル銭の月が、ついさつき、欅《けやき》の、どこか、遠い梢に凍りつき、もう下りてこれなくなつた。国境を越え派遣された、入念な凩《こがらし》の一群は、森や林を、一々点検して歩く。茱萸《ぐみ》の子の、凍《こご》えきつた指先まで、粉雪のチョークで印をつける。(あれが、冬のトレイド・マークだつて誰かいつてた)

昨日《きのう》の夕焼けは、山の波に、黄なくしみついただけだつた。一昨日《おととい》の、久しぶりの星夜は、まるで電球やコップのかけらを、空一面散らかしたみたいだつた。君と僕との幸福も、こうやつて、小さな屋根の下――囲炉《いろり》のぐるりに嵌込まれたつきりだ。四、五冊の、手垢に萎えた童話の本と、茹卵《ゆで》と、宿題と一緒に……

突然、思い返してはゞたいては、またすぐ諦めてしまう焔の上に、かわるがわる、そつと翳《かざ》してみせる、僕等の愛と、それから皸《ひび》だらけの手……だが、もう、二人の会話は、すつかりすり切れてしまつた(丁度、着古したマントのように)、君も、僕も、繕うすべもない程……

うす暗い、お互の心の隅へ、ときおり、肌寒い沈黙が、隙間風のように忍びこんでくるのを、僕等は、たゞ、じつと見ている――深い、深い吐息と一緒に、まつ白な蒸気の輪を吹いて、思案に暮れた大人がふかす、あの、葉巻の真似なぞしてみせながら……

『文章倶楽部』第七巻・第四号　牧野書店　一九五五年五月

錆びた恋歌《こいうた》

君と僕とで交しあつた、ほら、あの小さな「恋」のかけら――あれは、今もこうして、幾分だぶつく
僕のズボンの、ポケットの底に転がつている。

使いふるしたニッケルの小銭か、青錆びた真鍮のメタルのように、
触わると幾分ひんやりするし、真中に、穴のあいてるのもよくわかる――けれども、いよいよ、

向こう見ずな僕の人生が、有余る幸福を使い果して、無一文となり果てた折、
寒空をからつ風のように吹きすぎる、一筋の「愛」を捕えあぐねて、僕の心がかじかんでいる折――
ふしようぶしよう、
そつと、こいつを、握りしめてみるよりほか、すべもないのだ。
ズボンがさゝくれてしまつたら、(もう、君は、罌《かが》つてくれる筈もないから) チャリンと鳴つて、こ
いつは地面に滑り落ちよう

そうして、行きずりの男の掌で、表がでるかあるいは…………
心許《もと》ない僕の記憶が、あわてゝごそごそ探る順には、ポケットの底は、塵紙の山とそれから、自転車
の鍵ばかり…………

『文章倶楽部』第七巻・第六号　牧野書店　一九五五年七月[1]

1　『勝野睦人遺稿詩集』、『詩学』第一七巻・第八号では「頃」。

音信

蒸し暑い、いやなお天気続きだ。太陽は誰かのポケットに隠されたつきり、今朝から一度も顔を見せない。洗い晒《ざら》しのアスファルトの道に、霧雨が、ぶつぶつ小言を零している。(ガラス戸にぼんやり滲んで、おとなしく、耳を傾けているのは僕の影)

あれから、君はずつと元気?――こうやつて、ペンを取つてる机の上に、絵はがきや、英語の辞書に雑《まざ》つて、君と僕との憶い出は散らかしつぱなしにされたまんまだ。ところどころ、それに、落書なぞしてあるまるで、不要になつたノートのように……)[1]

風が立つて、ときおり捲《めく》つて行く僕等の愛。けれどもわざと飛ばしてしまう。あの日のページ――そのページの隅つこにさえ大きな、インクのしみが出来てしまつた……

慎しもう、剝げ落ちた心の壁に、二度ともう、君の写真を留めたりするのは――しきりなし、壁土が落ちて汚れるだけだ。テーブルや、ブック・エンドが……夢や、希望や、人生が……

やつと見つけた屋根裏部屋の、小さな椅子のクッションに凭れて、僕は今、静かに郷愁に明りを点す。そうして、ふと考える――もういい加減、僕の記憶を整頓しようと、僕の未来を新調しようと……

『文章倶楽部』第七巻・第八号　牧野書店　一九五五年九月

1 『勝野睦人遺稿詩集』、『詩学』第一七巻・第八号では、「(まるで、不要になったノートのように……)」。

「浜辺」のエスキース

——某海水浴場にて

ペンキの剥れた海の背なかを、這いずつて、いびつな太陽が昇つた。鎌髭を、触角のようにふりたてながら……。GARAN•DO の空のかたわら、

水平線のほつれた箇所から、ふしようぶしよう、吹き出してしまつた、あれは、入道雲の黒い群。

(倦怠が、下駄の歯音のように跳ねかえつてきそうだ。)

★

倒錯した喧燥のひるさがり———見知らぬとおいテラスの上で、シチューの鍋に焦げついて、JUJU と燻りつづけている蝉の鳴きごえ………どこかでビールのジョッキが割れる。

砂丘——水柵——Sunshade——硨磲《しやこ》貝に似たピ《ママ》ーチ・パラソル。遠泳に興ずる人かげも、そうだ畢竟、スープにただようパン屑にすぎまい。

★

ずぶぬれた、僕等は水着の裾から、おたがいの影をひきずりだして、そのたよりない身丈の上へ、淫《みだ》らなゆめを垂らしてあるく。けれども波は消してしまう。おおきな黒板拭きを握つた手で、退屈な、子供の落書きをぬぐうように。

★

浜礒にこころを放置しよう。注口《つぎくち》の欠けた二人のこころを…………。歪んだふたつのティー・ポットの底に、情熱が、泥絵具のように沈潜して行き、

なにかが浮かび上るだろう。なにかが、浮かび上るだろう。やがて、むなしい気泡と化して…………。

『文章倶楽部』第七巻・第一〇号　牧野書店　一九五五年十一月

ソネット　II

アサッテノ　誕生日ノ晩ニ　アナタガ結ブ
夢ヲサガシテヤロウト　浜辺ヘデタ
一冊ノ　スケッチブックト　タノシミト
芯ノヤワラカイ　鉛筆ナゾソロエテ

巨大ナパレットノ形ヲシテ　海ハ　欲望ヲ　溶カシテイタ
棒キレヤ　ワライヤ　ショートパンツノ裾ヤ
アカスギル海浜ホテルノ
flat roof ノ紅ヤ

ダレモ忘レテイタ　ソコデハ
明日《アシタ》ヲ　昨日《キノウ》ヲ　ソレカラソコニアソブコトサエ…
放心が　コーヒー・フロートノ　泡ニトケ

雲ハ一人デ　落書シテイタ
——ソンナ　タクサンノ忘却ノナカカラ

ワタシハ　昼ノ月ヲモラッテ帰った
——三〇・七・三〇

『ロシナンテ』第五号　ロシナンテ詩話会　一九五五年十二月

モノローグ

たぶん
わたくしは　ひとつの結び目なのです
たわむれに
運命の両端を
力一杯ひっぱった　神様
あなたのために
こんな依怙地な
わたくしが生れてしまいました

一度結んだわたくしを
夜店で買った知恵の輪のように

するするほどいてしもうのも　神様
あなたでしょう

生きていることは
ひとつの〈しこり〉
喉元にからんだ痰唾のような
のみこむことができない　かなしみ

神様
あなたの煙管《きせる》を詰まらせているのが
わたくしたちの〈命〉です

『ロシナンテ』第六号　ロシナンテ詩話会　一九五六年二月

洗濯物のうた

そそうした　子供の小便のように

貧困がきいろくしみついている　きみらのくらしよ
物干竿はすべをうしない　きみらのくらしの舳先《へっさき》から
けさもかなしみの旗をかかげる　かかげたもののふるだけの
気力もないびらんとしたびんぼうの紋章――

習いはじめの小学生の　あてどなくさぐつていくａｂｃｄ……
くつつきすぎたり　かしいだり　ちぎれそうになつたりしながら
とりとめもなくつづつていくｅｆｇ……
それがきみらの生存の　忠実な筆記だ

　ずろーす　しやつ　ずろーす　しやつ
　ぱんつぱんつぱんつ
　ずろーす　しやつ　ずろーす　しやつ
　ぱんつぱんつぱんつ

だれにひけらかそうとするでもない
こうして薄日にかざしては
色褪せたみずからのしあわせの数を

ふしようぶしよう
たしかめてみるのだ

ソネットⅢ

透明な　君はリキュール・グラスだ
なみなみと僕を湛えた器《うつわ》だ
飲みほされる　今宵のパーティーに怯えて
さざなみの皺よる　僕の水面《おもて》

突然　僕は見失う
僕等の底にゆらいでいた　ランプの影を
ほの暗い夢を……
さがしあぐねて　いつまでも
波紋を描く　僕のこころ

『文章倶楽部』第八巻・第三号　牧野書店　一九五六年三月

君は　けれども　おし黙つたまま
なだらかな輪郭で支えてくれる
ともすれば

君を逃れて
食卓へ溢れでようとする
僕の不安を

グラスに注ごうとする私のこころは

グラスに注ごうとする私のこころは
けれども　食卓を濡らすばかりなのでした
おずおずと　水差しの口をつたって
奇形な言葉の雫をしたたらすばかりなのでした

グラスに注ごうとする私のこころは

『文章倶楽部』第八巻・第四号　牧野書店　一九五六年四月

それほど　波立っていたのでしょうか
食卓には　あなたの夢が読みさしのまま
無造作に投げだされてあるのでしたが

そのうえに　言葉は　インク液のように
あお黒いしみとなって広がるばかりなのでした

グラスを差しだしたあなたの手は
グラスを握りしめていたあなたの指は
それほど　おののいていたのでしょうか
それとも　或る日の不幸から

ふと　私が未来をとりおとした折
水差しの口を欠いてしまったのでは……

×　　×

透明な　あなたのリキュール・グラスに
ともあれこころは注ごうとしつづけ
そうして　食卓を濡らすばかりなのでした

――こころは　水平でなければ耐えられないので

『ロシナンテ』第七号　ロシナンテ詩話会　一九五六年四月

わたくしはピアノの鍵盤《キイ》です

――又は〝楽譜に添えて〟――

わたくしは
ピアノの鍵盤《キイ》です
ひっそりと　部屋隅の暗がりにならんだ
しろい　パンセの羅列です
ときおりあなたの影がよりそい　たわむれに
かきみだしてゆく　水平線です

とりどりの哀しみや悦びをそろえて
うなだれている　依怙地な沈黙――聴き耳を
そばだてている恐怖です

あなたはすべてを知りぬいていられる
わたくしの　どこに指を触れれば
小鳥が舞いたち　グラスが倒れ
あなたの鴇《とき》色のリボンに涼風がのるのか…

わたくしの　夢や希望を
ひとつひとつたしかめながら
けれどももの憂げにかきまぜてしまう　あなたの放心
しなやかな　両腕の　あなたの懶惰

——しかし　あなたは御存知でしようか
わたくしの　ところどころに潜んでいる
はみだした音色　鳴りひびかないこころ
そうして　あなたの指先から
零れおちてゆく　わたしの孤独を……

『文章倶楽部』第八巻・第五号　牧野書店　一九五六年五月

的

ひる
わたくしは
ひとつの的です
ポケットに
おどろきを小石のように
今朝も詰めこんでいられる　神さま
わたくしは　ひねもすつけ狙われます
餓鬼大将のあなたのために

たとえば　夕焼けの路地裏で
吠えかかる　野良犬の声に怯えて　ふと
あなたの影を踏んでしまうと
わたくしは背中から投げつけられます
——まだ一度も
拾いあげてみたこともなかった

あなたの孤独を

×

けれども　よる
よるは　神さま
あなたが的です
わたくしは
力を籠めて投げかえします
電球のかけら　インク・ボトゥルの栓
わたくしの食卓にちらかした不満を

〈ちいさな　形而上学の脚をふまえて〉

神さま
あなたのあてずっぽおの深みへ

『ロシナンテ』第八号　ロシナンテ詩話会　一九五六年六月

AVRIL

春が来て、忘れていた太陽がポケツトから出てきた。僕は、いつさい思い出してしまつた………

窓には、見覚えのある雲ばかりが浮かんだ。退屈して、僕は散歩にでた。けれども、どの坂道を登りつめても、たずねた家々しか見あたらなかつた。顔みしりの子供たちばかりが石蹴りしていた。電柱も、板塀も、野良犬のしつぽも、みな僕の記憶で汚れていた。

僕は景色をみくびつてしまつた。やさしい算術の答案のように。空は空、夕焼は夕焼、ポストはポスト、そうして僕たちの秘密は、僕たちの秘密――だれに添削する根気があろう。ひとはただ、黙つて見まもつてさえいればよいのだ。

日が暮れると、あちらこちらで、街燈がわるい噂をともした。僕はふと、あの娘の前[1]を立ち聞いたりした。すると、そんな時だけ僕のこころは、なにかのまちがいに気づくのだつた。それは、三日月の誤謬でもなかつた。星たちの計算ちがいでもなかつた。

ただ、わけもなく、問いただしてみずにはいられなかつた。あれはなに……あれは倉庫の白壁。それはなに……それは僕の孤独。

余所見ばかりして歩いていたので、僕は、形而上学の脚に蹴つまずいた。そうして、いつさい忘れてしまつた。

『文章倶楽部』第八巻・第六号　牧野書店　一九五六年六月

1　『勝野睦人遺稿詩集』、『詩学』第一七巻・第八号では「名前」。

えぴそおど

――又は"*Peg*"

「死」は一本の釘である。

それをわれわれの背中に打込んだ男は、むろん神に違いあるまい。かれはわれわれの背中の板の厚さを――即ちわれわれの肉体から、精神までの隔りを測った。いうまでもなく、ぞんざいな目分量を用いて……。つまりその距離の闇間に、こっそりこの錆びた「悪意」を埋めてやろうとしたのだ。

ところでかれは誤ってしまった。かれが買いこんできた釘という釘は、悉くながすぎたようである。かれは困った。ぼりぼりと、五分刈頭を掻いて考えこんだ。そこで思いついた方法は、これを、はすかいに打込むことだ。いささかの注意を用いさえすれば、この程度の仕事はかれには容易と思えた。（大工とは、元来ふかい因縁のあるこの男は）口に数本の「悪意」を含んで、鼻唄まじりに仕事を進めていたが……

やがて、空腹をもよおし、細工が乱れた。それに板の厚さは、かれが考えていたよりよほどまちまちだった。肉体の表層から精神が、うすく透けてみえる奴さえあった。かれは腹を立てて垂直に槌をふるった。槌に加った癇癪は、「運命」の重力となってそのまま、その男の背筋をたたいた。もはや自明の理《ことわり》ではあるが、「死」は、雄然とかれのこころに突き出た。しかるに、その屋根裏部屋《マンサル》のようなこころのかたえに、いつしか寝起きを繰り返していた詩人は、おどろき、目を覚まし、

そして唄った。

「死」は私のベットの脇に
突然うまれた帽子掛けです
けれども神様
私は終生無帽のやから
私は終生無帽のやから
　あそこにお掛けしようにも
　「信仰」のシャッポは持ち合わせ
　ていません

『ロシナンテ』第九号　ロシナンテ詩話会　一九五六年八月

VIRGINITE[1]

純潔は
あたしのしみ　お母様が
あたしのシユミーズの上に　いつか零した涙
　あそこだけをあたしは恥じねばならない
　掌で　わけもなく蓋いかくして

純潔は
あたしのひび　粗相して
お母様があたしを「おんな」に産んだ　傷痕《きづあと》
　あそこから
　いつかは割れるにきまっている
　脆い　あたしの運命が

純潔は
あたしの暗闇《くらがり》　たわむれに
あなたがたが小石を投げこむ　祠
ガーベラの花束や　いびつな愛を
　そのなかで
　いつも躓いてばかりいるのが　あたし
　躓いても　転んでも
　声はころしていなければならない

〈だが〉
〈あたしの一生がなんだろう〉
〈あたしは　〈汚されるために張り詰めている〉[2]
〈キャンバスの布だ〉

　　×　　×

純潔は　校庭の外れに

掃きのこされた一枚の落葉
　誰か来て
　いつそのことはやく拾い上げてくれればいい

『詩学』第一一巻・第一〇号　詩学社　一九五六年九月

1　『勝野睦人遺稿詩集』、『詩学』第二七巻・第八号では「VIRGINITÉ」。
2　『勝野睦人遺稿詩集』では「〈あたしは〉〈汚されるために張り詰めている〉」、『詩学』第二七巻・第八号では「〈あたしは　汚されるために張り詰めている〉」。

Conversation（三篇）

草叢

わたくしに
言葉を投げてくださるのでしたら
わたくしの居ない方角へ
できるだけとおく投げてください
そうして　さらにできることなら

そのままさりげなくお立ち去りください
でなければ　せめてもの目を伏せられて
見てみぬしぐさをなさつてください
——言葉のとんだ草叢を　　わたくしが
　捜しあてようとしてきよときよとするのを
（そのさまは　まるであなたの尨犬《プードル》のようです）

やがて　わたくしは走り去ります
けれどももつれた足取りで
「答」を拾つて帰つてきましよう………

坂道

わたくしの「笑」の車輪は
　　　　　てぎわよく
ころがつたためしがございません
あなたの　おはなしの中途には

きまつて傾斜がございますのに
坂道が　こつそり仕掛けてございますのに
　　　　　　　そのうえを
いつでもわたくしはみにくくすべつて
きまずげな　轍をのこしてしもうのです

わたくしの　「笑」の車軸は
どこにさびついているのでしょうか………

空地

「沈黙」は　露路裏の空地です
ふいに　踏みこんだふたりでしたら
うつむいて　外套のえりもたてます
おたがいの靴音をきづかいながら
そしらぬ面持で　ぬけでようともしますが

けつきよくは
どのような「言葉」を通りぬけても
おなじ空地が　ひらけるだけだと
おなじ夕焼を　もてあますだけだと
読みとつてしまつたふたりにとつては
「沈黙」は　てぢかな公園です

ふたりはこのんで迷いこみ
めいめいの　遊動円木をさがします……

『ロシナンテ』第一〇号　ロシナンテ詩話会　一九五六年十二月

鐘楼

「哀しみ」は
だれの裡にも
鐘楼のようにそびえています
あるひとは

とおくそれを仰いだだけで
さかしく瞳をそらします
また　あるひとは
こころのおもわぬ方角に
その姿が　ふいにたちはだかるのに驚き
ひそかに小首をかしげます
けれども　もつとべつなひとは
その周囲をせわしくめぐりつづけています
車輪が車軸にこだわるように
言葉が言葉の意味をまさぐるように
そうしてはてしないその目眩《めくるめ》きのうちに
ついには　すべてを見失《ママ》ないます

ああ　しかし
もつともつとべつなひとは
はじめから知り尽くしているのです
こころが　ちいさな町でしかないのを
そしてたちどまつた街角にはいつでも

ひとつの鐘楼がそびえたつのを
かれは「哀しみ」をのぼりつめてゆきます
どこまでもひたむきにのぼりつめてゆきます
その頂にたどりつき
かれのこころを見渡してみようと
こころのただひとつしかない厳しい位置に
せめてものあのちいさな叫びが
吊されているのを
たしかめてみようと

『ロシナンテ』第一一号　ロシナンテ詩話会　一九五七年三月

目覚めの少女

ねむりはふかいふかい庭隅の井戸
わたしはその底のちいさな桶だ
夕暮が軋むつるべを手にして

わたしのゆめをいまねむりから汲みとる
ぬれたわたしの肢体から
一滴のそのしずくもこぼさぬようにと
すこしづつ　入念にわたしの意識をたぐる

あわただしくたそがれの内壁をすべつて
よいやみのほとりに顔《おもて》をあげると
わたしのはずれにとおい灯がうるむ
そのともしびのゆらめきで
わたしがまだ　かすかに寝息をたてているのがわかる

やがていろいろなものどもが
つぎつぎとまわりに馳けよつてくる
すいかずらの影　沈丁花のかおり　かすかな蜜蜂の羽音
橅の木はいつかかがみこんでしまう
わたしの「放心」に呼びとめられて――
　　　　そしていま　なみなみと
わたしの肢体にたたえられて

この庭をすっかり呑みつくしたこころに
息をころしてみいつているのだ
…………………………………

ごらん　こんなものがおまえの底にひかつていたよと
空のうすあかりがふとつまみあげてみせる
それはみおぼえのない宝石のような小石
わたしがねむつているうちに
だれかがわたしのなかに投げこんでいつた物音……

『ロシナンテ』第一一号　ロシナンテ詩話会　一九五七年三月

部屋

ふかい眠りにおちいつてしまうと
かれはちいさな部屋になるのだ
時間は粉雪のようにその回りをさまよい
ときおりとざされた小窓を叩く

丁度ひとりの友人が
ふとかれの肩に手でもかけるように……
すると　静まりかえつていたかれのなかで
誰かが寝がえりを打つけはいがきこえる
裸電燈の眼が一瞬しばたき
食卓に据えた灰皿から吸いさしがころがる
――そのように　かれの眠りの底へも
なにかがころげおちてゆく物音がきこえる……

やがておもい扉が軋み
ひとりの男があらわれる
くろい外套を羽織つた顔のない男が
そうして　ああ　かれにつづいて
無数の人影が戸口にたつのだ
鍔のひろい帽子をかぶり　紙屑や木の葉をまとつて
それからなにがなされるのか
とおく柱時計の咳がきこえる

いまかれの意識を
踏みつけて通りすぎて行くおびただしい靴音
テーブルがはげしくゆさぶられ
追憶が契約のようにとりかわされる
おおきな状差しの影が壁からぬすまれ
しきりに封書が読みかわされ
床が鳴り　地球儀がまわり
あちこちで沈黙が皿のように砕ける

ときとして　だが母親は耳にする
息子の夢のなかのなにかあわただしいけはいを――
彼女はとぼしい明りを手にして
ながい階段をのぼつてくるが
かれはひつそりとしたやはりひとつの部屋だ
そのかたすみに
ちいさな夢の鍵穴をみつけて
そつと彼女はのぞきこむ
そうして　いま

かれの眠りの一角に
赤いランプの火が揺れているのを見ると
安堵の踵をかえしてゆくのだ
☆
翌朝はやくかれは目覚める
すると　かれのこころの底に
数枚の木の葉がちつている
いぶかしそうにかれはそれを手にして
その日も　学校へ出かけてゆく

『詩学』第一二巻・第四号　詩学社　一九五七年三月

硝子戸

いつみても　研きあげたおまえの
むこうがわと　こちらがわには
おもざしのよく似た姉妹がふたり
たちつくしているかのようだ

ひつそりと　おなじようにほおえみ　頬杖をして
けれどもひそかにみくらべている
おたがいのまとつている衣裳と衣裳を

ときとして　おまえをはさんで
みもしらぬ同志がひきあわされる
あの爪と　この腕のもぎれた人形
あの藁屋根の傾斜と　わたしの「哀しみ」……

ひとときを
ゆすりあつているのはほかでもない
形象《かたち》をはじていいるせいだ
だがふいにかさなり　うなずきかわし
おたがいの意味をゆだねあい
足元からその距離をおずおずとけしとる
そして一方は　他方の
このうえもない比喩となるのだ
おまえの透明な言葉をかりて——

凧は部屋すみの戸棚にからみ
わたしのこころの傾斜を木洩れ日がながれる

おまえの時間に呑みほされてしまうと
「物」たちは隔てあうことでかえつてふれあう
丁度　坂道の中途で　ふと足をとめて
夕焼けをみまもる親子のように――
めいめいのこころにしずんでゆくことで
いつしか手と手をにぎりあつているのだ

おまえはせわしくすりかえる
おまえの遮つている「生」と「死」の世界を
しかし　ああ　おまえ自身は
どこに内部をもつのだろう
瀟洒なおまえの「存在」は
ともすればみずからをすりぬけてしまつて
むこうがわで　とまどつている様子だ

わたしはひとつの…

わたしはひとつの落想でしょうか
あなたの手帖にかきとめられた
みしらぬ「運命」のための控でしょうか
「運命」が　ふいにはばたいた折
つばさからこぼれおちたなにかのかなしみ
その　ちいさなちいさなしみでしょうか
それともあなたのお顔のすみに
いつからかうまれでていた黒子でしょうか
　わたしの出生をあなたはくやみ
　　正直にはもてあましてさえおいでの御様子

ああ　それならば　なぜ
なぜ　あなたは

『詩学』第一二巻・第六号　詩学社　一九五七年五月

わたしを投げすてはしまわないのです
てのひらにのせた小銭のように
そうして忘れていた契約のように
わたしを「死」と　ふいに
とりかわすのです

『POETRY』第四号　MINORITYの会　一九五七年六月

「憧れ」は

「憧れ」は
はじめわたしの端から
糸のように垂れていました
神さまが　それを戯れに
一本の杙《くい》にゆわえたのでした
笹舟を
岸辺の葦に繋ぐように
もぎれた　人形の片腕を

もとのからだに返すように

でも　その日から
わたしは枝を廻らねばならない
くりかえしあのひとを廻らねばならない

「憧れ」は　あのひとを軸木にして
車輪のように旋廻します
ふたしかな
その「存在」を囲みとろうと
蔓草のようにいま　まさぐつてゆきます
そうして　ああ　その目眩《めくるめ》きのさなかに
ついに見失な《ママ》わねば　ならないものは
とりもなおさず
あのひとなのです

『ロシナンテ』第一二号　ロシナンテ詩話会　一九五七年六月

そのむかし

そのむかし
おまえは一本の樹木のように
わたしの言葉に生えていた
言葉の隅のちいさな空地に
しよんぼりと　黒い影をおとしていた

だのに　いまでは
わたしの言葉が
おまえの顔に茂つている
一本の　巨木となつて……
その陰で時折
おまえはわらう
木洩れ日のように
空のように

やがて　秋が深まつてしまうと
今度はしかし　わたし自身が
その巨木から散るのかもしれない
一枚の木の葉のように
もつともつとおおきな言葉のなかへ……

『ロシナンテ』第一二号　ロシナンテ詩話会　一九五七年六月

LA NATURE MORTE II

わたしのいかりには注《っ》ぎ口がない
わたしのかなしみにも注ぎ口がない
だからわたしは　できるだけ
ひつそりと自分をもちこたえていたい
けれどもあるひとのひとつの言葉が
けれどもあるひとのひとつのしぐさが
いかりをはげしくゆさぶるのを
かなしみにかなしみを注ぎそそぐのを

わたしは　どうするすべもしらない

そんなとき
いかりはいかりのおもてをつたい
かなしみはかなしみの縁までせりあげ
めいめいに
めいめいの形象《かたち》にこだわることしか
めいめいの周辺をぬらすことしかできない

そしてわたしは　どこからか
一枚の布ぎれをみつけださねばならない
この　こころの不始末をふきとるために
べつのあたらしいひとつのこころを
またあたらしくよごさねばならない——

『ロシナンテ』第一二号　ロシナンテ詩話会　一九五七年六月

マヌキヤンによせて

夕暮の飾り窓の放心の底で
いつそうの放心を装おうとして　おまえは
顔や手足をうす闇に溶かした
腰からしたを脱ぎすてて
おびただしいプラタナスの落葉で埋めてしまつた
透きとおつたおまえの腹のなかでは
行人の靴音があわただしいが
おまえの依怙地な胸だけは
ついにその　黒い影を外界にそそぎだすことができない
黄昏のかさなる招待のまえにも
だから　かたくなにたちつくすばかりだ
口籠つた　なにかのひところのように

おまえが　わたし達から盗んだものは
わたし達の肩先やこころをながれる

とりわけわびしげな曲線だつた
そのためだ　わたし達おのおのの影より
いつそうおまえが人影に似るのは――
ときとして
秋空に浮かぶ一片の雲は
すべての雲に似ているものだ
おまえもそのような形でわたし達を真似る

わたしは　いつからか気づいている
とざされた　わたしの胸の底にも
場末のちいさな坂があり
その角に　仕立屋の出窓が傾いているのを
窓を透かした暗闇に
おまえに似た　ひとつの哀しみがたちつくしているのを
　いやむしろ「哀しみ」の塑像の
　最初の拙《つたな》い習作のような感情
　顔も手もまだ目覚めぬままにうち捨てられた土塊《つちくれ》……
そして　おまえを見かける時

その影と　おまえの影とがかさなりあうのだ
丁度一枚の硝子戸を挟んで
ふたつの景色が呼びあうように

夕暮の飾り窓の放心の底に
たたずんでいる　人体模型《マヌキャン》の影よ
やがておまえの背後では
裸電燈の眼が充血してゆき
ひやけした　ラシヤの服地につもるだろう
その無償の「凝視」が　あまたの時間が——

『詩学』第一二巻・第一〇号　詩学社　一九五七年八月

LA NATURE MORTE I

あたしは　神様の食卓
じっとして
不思議な朝餉のおわるのを

脚のたたまれるのを待ちうけていたのに

あたしは　神様の灰皿
ひっそりと
あの方の「思案」の吸いさしを
「時間」の過剰を受けとめていたのに

だのに　あなたは
むぞうさに
あたしを縁先に　いま引きだそうとなさる
あたしをいきなりうら返そうと
なにかをあたしから拭いさろうと——

あたしのうえで皿が鳴る　ああジョッキがあんなに傾く
葡萄酒がこぼれる……

あたしの底がすきとおってゆく
そうして　おもいがけないあなたのお顔を

こんなにおおきく映してしまう……

※勝野の死後、竹下育男氏が飯田市の勝野の生家で発見。以下の九篇も同様。

「哀しみ」は

「哀しみ」は
わたしの隅のちいさな砂場だ
ごらん　シャベルがおちている
緒のきれた　草履が砂にうもれている
三輪車が　のりすててある

そして「言葉」が
枯葉のように
どこからか　風に吹きよせられてくる

抽出し

わたくしたちのこころはみな
底の浅い小抽出しです
なにげなくつっこんだ紙屑のおかげで
二度とひきだせなくなってしまう

ああ　或る日

ああ　或る日
あなたはついに気づいたのだ
わたしの「言葉」が束であるのに
一本の　ほそい黒糸が
それをかたくかたく結んでいるのに

しろい糸切歯を剥《む》きだすと

むぞうさに
あなたは糸を噛みきった
「言葉」は当然風に呑まれた

風は　むずかしい議論のように
ひとつところを旋回しながら
一言ひとことと配っていった
通りかかる別の風に……

〈今日ハ〉
〈オハヨウ〉
〈アナタヲアイシテイマス〉

おしまいに
「言葉」は枯葉と混ざってしまった
もう誰にだって見分けはつかない
わたしから　あなたへ通じる石畳のうえに
うずたかくそれらは積っている

それに　ああ　ごらんなさい
一人の農夫が　たんねんに
木靴のさきで掻きわけていく……

穴

わたしは　そう
ひとつの穴だ
そうしてわたしの「言葉」は蜘蛛だ
一匹の　黒い蜘蛛だ
——ごらん　わたしの口をごらん
それはいまでも巣を掛けて
巣は　無数の糸でふるえている
ふるえている　なにかとおいものの気配に

風は時折
わたしのためにも枯葉を配るが

枯葉にどうしてできようか
この　わたしの闇に舞い込むことが

残らずそれは絡んでしまう
「言葉」の推理に絡んでしまう
そして　ああ
枯葉自身の影だけが
かえってひとつの言葉のように
わたしの「喪失」の底へ落ちてくるのだ
そして　そして
いっそうわたしは翳《かげ》ってゆくのだ……

蝿

空は一個の食卓であり
鈍い羽音がしみついている

こころは一種の耳であり
空の期待をききわけている

蝿

妹が或る日聞いてきた
「蝿は牛肉から生れるんですって！」

私の裡《なか》に
腐った牛肉の大皿《ディッシュ》がある

私の空に
数匹の蝿が群がっている

蝿を大皿の渇きから　拭き取ることは不可能だ
肉片を蝿の執着から　切り取ることは尚難しい

けれども　ああ　そうしなければ

私も椅子から立ち去ることはできない

「こころ」は

「こころ」は　捨てられた小壜です
神さまのはげしい渇きのまえに
飲みほされてしまったなにかの　器……
　　　だれのにも
　　ですから栓がございません

せめてもの
こんなしずかな夜更けには
その一本を拾いあげ
「ことば」の唇にあてがいましょう
「ことば」の口と
「こころ」の口とを

上手に　上手に競《せ》りあわせてみましょう
すると　ほら

鳴るでしょう
おもいもしない笛の音が
どこからか　ふいに澪れてくるでしょう
そして　ほら

「こころ」は　ひきつけたまるで赤子のように……

車輪

あなたとわたしは
大きさのちがう車輪です
ふたりの裡《うち》を向けあわせ
「言葉」の軸で繋ぎとめても

畢竟は
おなじ空地を巡るばかり
わたしはおもてへおもてへとはにかみ
あなたは内部へおおきくよろけて――

ぼくは

ぼくは　縫いぐるみの熊の玩具だ
四脚まで
「無」の藁屑がつまっている

ぼくの詩は
腹の中のひとつの笛
だから単純な仕掛けだ
だからちいさな悲鳴だ

勝野睦人全集　散文

「様式」ということ——八月号詩評——

私は、極く根本的な意味での「様式」ということを、時折考えて詩を見る癖があります。例えて言えばそれは「窓」のようなものです。一見窮屈な、四角なものです。けれどもそういう窮屈な「窓」の、言わばwindow-froml[1]（窓枠）に手を掛けて、そこから首をのばして覗きこんでこそ、初めて、私達は部屋の内部の様子——作者の詩精神の姿を汲取ることができるのではないでしょうか。そういうものがうるさいと言つて、野放図に、気紛れに詩をさらけだされたのでは、私達には取付くしまもありません。又その作品自体も大変力の弱いものとなるのではないでしょうか。

八月の作品の内では、その意味から三編の推薦詩が、際立つてすぐれていたように思われます。三人三様、完成した自分の「窓」を持つている様子で。

石原さんの作品は[2]、何かモノクロームの絵を見るようです。あの、「夜の招待」の頃のクレーを思わせるような多彩さは消えて、そのかわり、一段とデッサンの厳しい、一種不気味なリアリティーのにじんだ境地が、そこには開けているようです。

田中さんの作品[3]には、いつの時でもそうですが、「自然の体臭」とでも言うのでしょうか、何か、むーつとする、草いきれのようなものが感じられます。それはおそらくこの人が、自然に深い愛着を懐いていて、この人の目に映ずる自然が、そのまま詩の発想と化すという、極めて珍らしいタイプをとつているからでありましょう。たゞ、そういうタイプに対して、自らがあまり意識的になるようだと、かえつて失敗を齎す結果にならないともかぎりません。

好川さんの作品[4]は、非常に方法の鮮かな、完成度の高いものだと思います。この詩は近作ではないそうですが、どこかに童心が光つていて、それが又不思議な魅力でもあります。

これらの作品と比較して、他の入選詩について言い得ることは、なにはともあれまず、「様式」のお粗末さでありましょう。

いくみやさんの作品[5]は、一種のオートマテイックな手法が用いてあるのでしょうが、二連の後半のイメージが、ひどく散乱しております。また、この人は言葉の用法に対して、あまりにも奔放すぎるようです。

島田さんの「噂さについて」、岡田さんの「運命」今井さんの「赤い月」など、いずれももう一歩推敲することによつて、方法に無駄のない、研きのかゝつた作品となることでしょう。

たゞ、郡山さんの「嘲笑」――これは「様式」につき云々するよりも、まず「詩」として不充分です。これでは、一種の毒舌ではないでしょうか。デッサンのないカリカチュアではないでしょうか。

『文章倶楽部』第七巻・第九号　牧野書店　一九五五年十月

1　「frame」の誤字か。

2　石原吉郎「葬式列車」のこと。
3　田中武「曇日」のこと。
4　好川誠一「あかごをうたう」のこと。
5　いくみやゆにわ「春の三角天」のこと。

往復書簡

勝野睦人へ

好川誠一

「作品で作者云々されるのは、一番困るとおもうな」勝野君、たしかこんな言葉ではじまったとおもう。ある詩誌の批評を頼まれたとき「発表なった以上、作品それじたいがすでに読む人・読者との勝負であるわけで」ぼくはこんなことからかきました。いまもかわりはありませんが、リンゴやカキをたべて、人は、ウマイとかマズイとかはいいますが、それだから作った人がどうの、とはまずいいませんね。けれども、こと作品・詩となると「らしい」とか「らしくない」とかを手はじめに「あんなことをしていてこんな詩をかく」なぞ、ややもすると作品そっちのけで怪し気な人物論がはじまります。が、これは、一面あたりまえのことではないでしょうか。

こういうことです。

これは子供の詩の一部分ですが、「不良を否定する大人はありがたい。でも、真面目になる望みをあたえてくれぬではないか――」

ところで勝野君。あなたやぼくらの仲間は、あなたやぼくらの詩の読者だとおもえますか?。《ママ》嫌なことをききますが、あなたのよんでもらいたい、あなたがあなたの作品を提供したいと希う人は、どのような人人ですか?。《ママ》大衆化などというイカメシイ旗こそ揚げはしませんが、ぼくは、あらゆる層のわけ隔な《ママ》くでありました。しかしそれは、半ばダメなことが、ぼくにはわかりましたよ。ないてもほえても同人誌の詩は、しょせんそれらグルッペの、マスタァベエション、遊びではないのか、という気が、ぼくの現実・職場に目を向けるときに強く感じるのです。一人でも二人でもみてくれている人・よんでくれている人がいるという負け惜しみ的ないいぐさで作詩に専念している詩人が立派だとは、いま、どうしてもかんがえられないのですよ。

さて、さいごに、後楽園が大入満員のときの観衆はざっと　万以上《ママ》だと聞いたことがあります。ととぼけてさよならします。

九月三〇日

好川誠一へ

勝野睦人

詩でも小説でもそうでしょうが、それを作者の側から見る時と、読者――享受者の側から見る時とでは、評価がいろいろと違ってきます。この二つの方位を区別することは、作品を批評する際には重要なことです。このことはよく言われている文学の二面性――「追求」と「充足」の問題とも関連してきます。即ち作者の側に立つときは、作品は純然たる「追求」物であり、また読者の側に立ってみれば、それは彼等の欲求を、「充足」させてくれるものでなくてはならない。

ここで当然予測されるものは、作者、作品、享受者という——言いかえれば、詩人、詩、社会という、三つの頂点を持った三角形です。一体我々の批評で取上げるべきものは、この三角形のどの辺なのか。㈠作者と作品とを結びつけている辺か。㈡作品と社会（享受者）とを結びつける辺か。㈢それとも作品自身なのか。

問題をこのように絞ってみますと、大変にわかり易くなります。ここで考え出された三つの立場は、どれも決して正しくないとは言えない。たゞその対象、方向が違うだけです。ではどのように違うのでしょうか。

まず第㈠の立場では、作品の創造過程が問題となります。作者はどのような心理からその詩を創り、その主題をどのように追求したか、又作者のパーソナリティーの作品への反映、逆に作品から類推した作者の性格……等等が批評の対象となります。同人雑誌内での批評の多くは、大概この立場に立つものであって、ロシナンテもその例に洩れませんでした。この事実はある程度まで妥当なことです。何故ならば同人雑誌内の詩人の多くは、まだ未成熟な状態にあり、今後の成長こそまず問題ですから、作品論よりも作者論の方が重要なわけです。作品はその作者の成長を計る極めて貴重なデーターでしょう。

しかしこの立場の危険なことは、作品が作者だけから生まれ出てくるもの、作者の個性の片鱗として、考えられ易いところにあります。重要なものはあくまでも作者の個性で、作品はその個性の証左に過ぎない——そういう考え方に陥り易い。私がいつかの会合の折攻撃したのは、この考え方に対してでした。

一体一篇の詩というものは、それが作者の手を離れた以上は、作者から独立した空間であり、独立した構造を備えているものです。それは時として作者の理解を乗越え、又個性をも乗越えます。このことは、今詳しくは述べられませんが、古い時代の文学のこと――例えばダンテの神曲とか、シェクスピアの数多くの詩篇を思い浮かべてみれば、容易に頷けるところでしょう。

まあ問題をそう広げないまでも、作品自体の構造と、その創造過程とは区別されねばならず、作品を作品として決定しているものは、結局前者ではないでしょうか。このことをよくわきまえないために、あなたのおっしゃるような自慰的な批評が、詩壇に横暴するわけです。

次に第㈡の立場ですが、この立場は作品を社会との関連において評価し、その社会的意義とか効用とか、又大衆性とかを問題とします。おそらくあなたは、この立場からの反省が、我々の仲間に欠けていることに気付かれ、それを嘆いていられるのでしょう。いくら㈠の立場を攻撃したところで、この㈡の立場を考慮せねば――そう考えていられるのでしょう。そのことには私も大賛成です。享受者を無視した文学などは、まったくのところ意味がない。又現代詩の読者がひどく限られ、殆んど詩を創る人々だけであることにも、あなたと同様の不満を持ちます。しかしその読者層を広げることには、あなた以上に絶望しております。その一の理由は、現代詩には確固たる様式がないということ。その二の理由は、言語の符号化に伴うメタフォアの変貌、そしてその事情に更に伴う詩の難解化。又三番目の理由は、詩そのものの衰頽にあります。

あなたの主張する詩の大衆化は、このような巨視的な眺望の前で、畢竟挫折する他ないのではないか――そう私は考えざるを得ません。この限られた紙面においては、この先の問題はしかしもう展開できない。従って問題を元に戻して　この第㈡の立場に伴っている危険を、一つ書き添えておきましょう。

それは何も私でなくても、誰もが容易に気付くことです。即ち第㈠の立場とは違った意味での、作品それ自体の無視傾向です。あなたの比喩を拝借して言えば、「林檎」の味は評価しないで、養分を云々する傾向のことです。

最後に第㈢の立場ですが、私が今までに述べてきたことから、この立場がどのような批評方法をとるかは、おそらくおわかりのことでしょう。私が先の会合の際主張したのも、実はこの立場でした。即ち作品を一応、その社会的効用からも、又その創造過程からも切離して扱い、それ自体の論理構造を対象視します。ここ言《ママ》いきってしまうと簡単ですが、実際の作品を前に据えてみた時、どのような態度をとればよいのか――それは難しい問題です。ただ次のようにだけは言うことが出来ます。その作品のうちに具現されている世界を、まず吟味してかかること、そうしてその世界から常に離れないこと……これはニュー・クリティシズムの主張でもあります。

ここで今一つ問題になるのは、詩によってこの方法の取り易いものと、取りにくいものとのあることです。例えば村野四郎氏の「体操詩集」の詩篇と、樽本三代子氏の諸作品とでは、前者がこの方法にはより好適と言えます。それは樽本氏が村野氏に比べて、何も未成熟な詩人であるからではなく、作者と作品との距離関係が、二氏では甚だしく異っているからです。

又この立場からの批評は、同人雑誌内では不適切でしょう。（理由は先に述べました）従って私はなにもこの批評のみを、絶対なものとしているのではない。ただこの批評形式を、批評の基準として設定しないと、第㈠・第㈡の立場の持つ危険性から、作品の評価が歪み易い――そう考えるまでのことです。

以上三つの立場から、批評の方法を検討してみました。あなたのお手紙にお答えするというより、むしろそれにヒントを得て、私自身の意見を纏めたといった、大変失礼な返信となりましたこと、お詫びします。

なお前述の三角形については、片桐ユズル氏(POETRY同人)の「批評の反省」、及び黒田三郎氏の「現代詩人の行方」を、それぞれ参考といたしました。

『サンチョ・ぱんせ』第一一号　ロシナンテ詩話会　一九五七年一月

『ロシナンテ』第一二号あとがき

▽ここへきて、言葉の不思議さというものを、しみじみと感じないわけにはゆかない。詩を書き始めたばかりの頃は、それをなにか目じるしのようなもの、意味と意味とを境界づけ、区分するもの――そんな風に思つていた。例えてみれば杭である。それを幾本となく周囲に打ち据えることで、意味は叢のように囲みとられる、そう信じて決して疑わなかつた。

▽だがいまでは、ひとつひとつの言葉が、めいめいの叢を持つているということ、その不思議さにとまどわないわけにはゆかない。言葉はむしろ甕のようなものだ。ひとつひとつが口をもち、しかもその口はきわめて小さい。永い僕達の歴史の途上で、少しずつ、その口から流れ込んだ感情や情緒が、ある言葉の場合では中で腐敗している。またある言葉の場合では蒸発して、中の暗闇だけが取残されている。

▽そこで僕達の任務はといえば、まず甕という甕を一度くつがえすこと、あるいは思い切つて打ち砕いてみること……と、ややあたりまえのようなことを書いて、あとがきとする。

（勝野）

『ロシナンテ』第一二号　ロシナンテ詩話会　一九五七年六月

（元島進[1]宛）

拝啓、手紙がおくれてしまつて失敬。なにしろ暇ができすぎたんで、かえつてその使い途にとまどい、なんにも手がつかないといつた有様さ。

あれから君は、ずつと元気？　僕ときたひには、クサメのクの字もでない。東京でやせてきた分を、一挙に取り返そうとして、毎晩大食いを続けている始末だ。

美校の入学試験には、幸いパスすることが出来、このところ——ひどく陳腐な言いぐさだが——正に「我が世の春」だ。

この間、ふと思い立つて、アルス美術展を見学、ついでに品評会にも顔をだした。熊谷さん、和田さん、飯島さん、佐野さん、野々口さん等それ〴〵出品、彼氏等の絵に対する態度がそのまま現われていて、面白かつた。

四月八日頃までには上京、下宿もほゞ定まる予定だ。その時には、又知らせよう。では、さいなら

睦人

三〇・四・四

1　勝野の高校時代の友人。

（久保田広志[1]宛）

拝啓、その後、いかが？

異郷の空から一寸、便りがしてみたくなつた。――俗に言う、これがホーム・シックという奴かな？もつとも僕のふるさとは、本当は東京の筈なんだがな。やつぱり僕らの郷愁《ノスタルジア》は、より永く住みついていた街の方に、自然と漂着するものらしい。今にして思えば、飯田もそんなに悪いとこじゃあないよ。このところ、僕は少々陰うつだ。ある女の問題!!　があつてね……と言うのは嘘。だが正直なところ、一人ぼつちの生活を幾分持余しているのは事実だ。第一、手数がかかつていけない。今まで他人《ひと》に喋つてた分を、今度は自分相手に喋らにやならない。そうなると、聞き手にまわる「自分」がいるわけ。だが、所詮「自分」は自分で話し合つてる内にこんがらがつてきて、どつちが話し手の方なのか、どつちが聞き手の方か解らなくなる。隠遁生活をしている奴が、神経衰弱を煩う原因はこいつだ――と、まあ、僕は思うね。

親父の奔走にもかゝわらず、下宿は、依然きまらぬ始末。しかたなし、ある知人の家の離れ座敷にチツキ[2]もとかずごろ〱している。だがこんな生活とも、もう二、三日中にはおさらばできそう。部屋がきまつて、机や椅子がちやんとそろつて、したいほうだいの夜更しが、いよ〱出来るようになつた、その暁には――今より少し名文で、手紙も書いてやろうと張込んでいる。じゃ又、さいなら

さる高校時代の悪友より

四・十五

久保田広司《ママ》君

1　勝野の高校時代の友人。

2　鉄道の託送手荷物のこと。

（元島進宛）

拝啓、その後元気？　新学期のどさくさ騒ぎにすつかり失敬してしまつた。

どうやら東京にも慣れたし、学校にも慣れた。毎日々々、石膏と睨めつこをして暮らしているわけ――だがこんな生活だと、かえつて気がゆるんでしまつて、惰性的に木炭を運ぶくせがつきそうで心配。あれから、油、かいてるかい？　君の絵が、とき〴〵見たくなるんだ。東京の連中は、口ばかりが達者、芸術論では僕も顔負けの体《てい》だが、さて、実力の点ではどうかな？（これは冗談）

とにかく君のように、本当に解らなければ「ウン」と言わないような、自己に忠実な人間がいないのは悲しい。今にして思えば、実に懐しい高校時代だ。僕等の交し合つた議論たるや、それこそ片言混りのものだつたが、しかし、案外、ポイントに――「絵」というものの本質に、おたがい触れ合つていたのじやあないかな……この頃になつて、よくそう思う。

ところで同封したコローの絵、「伊太利の女」、どうだい、素敵だろう。もつとも「複製の悲哀」とやらで、やに赤茶けてしまつたけれど、現物は、もつとグレーが強いんだ。そう思つて見てくれ給え。

筆不精の僕にも似合わず、めずらしく、今日は一気にこの手紙を書いた。それどころか、まだ〳〵何

か書けそうだ。だが、どうやら夜も更けた様子、後はまたの機会にゆずつて、失敬しよう。さいなら
乱筆悪しからず
三〇・五・一二夜

（久保田広志宛）

○　むし暑くつて、いやな陽気だ。それにこゝ二、三日、気まぐれな雨模様のお天気続き——まつたくうんざりするね。

○　お便り有難う。丁度実技の時間——石膏と睨めつこの最中受け取つた。正直なところ、あの手紙の返事を君からもらえるとは思わなかつた。第一、住所が知らせてないんだ——これじやあ、まつたくお話にならない。あれからすぐ下宿もきまつて、一通り、居心地もついたりしたので、さつそく君に葉書をと、そう思つたが、さて……後はもう、書かなくても解るだろう。要するに筆不精と言う奴なんだ。兎に角オヽキに喜んでる次第。

○　この頃の君の心境、「田園の憂うつ」と言うところだね。だが、世間体など気にしないことだ。ニヒるも結構、たゞそれだけのことでニヒつては甘い（と、まあ僕は思う）。浪人生活だつて考えよう一つだ。一寸ぐずぐずしていたんで、電車を乗換えそこなつたと思えばいい。（東京の省線は三分おきだ。心配するな、後からすぐとやつてくる）

○　ところで、例の女性の問題、——君に揚足をとられてしまつた。だがあれは何でもないんだ、本当に。君だつて、やがては気のつくことだが、こうやつて一人で下宿生活などしてると、ときおり、一

種の妄想に憑かれる。（まるで自分が恋愛かなんぞしているような）それであゝいつた、根も葉もないデマを言いふらしたりするんだ——この話は、テレ臭いからもう止そう。

○　この頃は、ろくに詩も書かない。そのかわり、少し、小説を読んでる。女学生趣味でおかしいけれど、ヘツセから、もう一度オサライのしなおしだ。あいつの「乾草の月」[1]はいい。読んでみたまえ、本当に乾草の匂いがするから。じや又、便りをしよう。失敬。

卓上に花を飾つた
ブック・エンドに〈思想〉を挟んだ
新調したての僕の〈未来〉

——十八日深夜即興

30・5・20

1　ヘッセ『乾草の月』（國松孝二訳、白水社、一九三八年）で読んだものと考えられる。

（久保田広志宛）

△　お手紙有難う——なんてシヤア〳〵言える顔じやあない。まる一月近くも返事をスッポラカシにしてしまつておいて……どうか、まあ、気を悪くしないで欲しい。このところ、不精風邪を引いて寝こんだり、眼を痛めたり、それから商売（Painting）に忙しかつたりして、机に向う暇がなかつたんだ。

△　君はあいかわらず、ずつと元気？　僕は少々、神経衰弱気味（?）で、毎日、いら〳〵した生活

を送つている。君の言う、公園のようなところへ行つて、本当にのんびり寝こんでいたいな……だが、あゝいつたところは、東京にだつてそんなにないね。そのかわり、喫茶店ならいいのがある。それこそ、朔太郎じやあないけれど、「追憶の夢の中のカフエー」つて言う奴……

　乙女は恋恋の羞をふくんで
あけぼののように爽快な　別製の皿を運んでくる仕組
私はゆつたりふほふくを取つて　おむれつ　ふらいの類を食べた[1]

……ところが、僕は「おむれつ」は食べない。大概はコーヒー一杯だ。むろんゲルピン[2]を警戒してさ。

△　さて、話が急に変るが、七月号の文倶[3]の僕の詩[4]、あれはまつたくの駄作だ。その上に、出版社のミスプリまでついては、のせてくれない方がよつぽどよかつた。今度は、田中さんの奴[5]が素敵だ。（まだ読んでないのだつたら、本屋で立読みでもして見給え）

　　孤独
と言うことは
遠くで誰かが僕を呼んでいることだ
鹿のように耳をそば立てることだ……

……あゝ本当にそうだ、一足先に言われてしまつた——そんな負惜しみさえ言いたい気持だ。彼は、いさゝか無鉄砲だが、確なセンスを持つ男らしいな。

△　もう、夏休みが近付いてしまつた。七月の末には帰飯する予定、（繰返して言うが）今度の無沙汰に気を悪くしないで、又遊びに来てくれ。さいなら

三〇・六・二三

睦人

広志（もう間違えないぜ）君

1 萩原朔太郎「閑雅な食慾」の一節。
2 当時の若者言葉で、金欠の意。「ゲルト」（独語で「お金」）が「ピンチ」の略。
3 雑誌『文章倶楽部』の略。
4 『文章倶楽部』投稿欄に掲載された「錆びた恋歌」のこと。
5 田中武「広場」のこと。引用文の細部が原典と異なっている。

（岡田芳郎宛[1]）

ロシナンテⅡ号拝見しました。わざ〲お送り下さつたりして、有難う。とても充実した内容ですね。それに、プリントの詩というのは、へんにとりすました印象がなくつて、作者の生の原稿を読むようで、好きです。ぜひ入会させて下さい。

なお僕は、この四月から東京暮し、二、三日程前帰省した折、やつと、あの包を手にした次第、原稿は一寸間に合いません。次号（Ⅳ号）まで、どうか悪しからず……

会費同封いたします。

30・7・4

勝野睦人

岡田芳郎様

1 『ロシナンテ』同人。広告ジャーナリスト。電通の営業企画局次長、コーポレート・アイデンティティ室長、電通総研常任監査役等を歴任。詩集『恋のカレンダー』『散歩』、評論集『日本の企画者たち』『日本の歴史的広告クリエイティブ100選』等。

（元島進宛）

すつかり御無沙汰してしまつた。君の便りを受取つてから、もう半年以上になるね。なんといつて詫びようもない。たゞ、元気で暮らしていてくれたら……と思うばかりだ。

研究所の方は、その後どう？　人体デッサンを続けているの？　君のことだからうんと上達したろう。そろ〳〵受験も間近くなつた。大いに頑張つてくれ給え。

このところ、僕にとつては、何故かしら淋しい日ばかり続いている。絵も、どちらかと言えば見る方が多く、描いてもせい〴〵六・八号――それもつぶしてばかりいる始末だ。何だか、僕自身がなさけなくなつてしまつた。

明日から学期末のコンクールが始まる。二週間がけで裸体デッサンと取組む。今度はとにかくつゝつ込んでみるつもりだ。

君と話したいことは山程ある。だが、喋つては雄弁（？）な僕も、いざペンを取るとなるとさつぱり駄目だ。来月の十日には帰省するが、一度、飯田へ出てこないかい？　新しく買つた画集もあるし、拙作も二、三お目にかけないでもない。君のデッサンも大いに見たいし……。

一月は、九日までは居るつもりだ。とにかく返事を待つてるよ。乱筆悪しからず

十一月十九日夜半　勝野睦人

元島　進君

（元島進宛）

先日のお便り拝見しました。そうして、正直なところ驚いております。君がコックの見習いをしているようなぞとは、夢にも思つてみませんでした。僕のようにアルバイトもせず、ヌケ〳〵と学校に通つているものには、現在の君の環境を思いはかることなぞ、とても出来ないかもしれません。あの文面から受けた感じでは、君は社会の荒波にもまれて、人間的に素晴らしい成長をとげたようです。（こんなことを言うのは生意気かもしれませんが）確かに僕にはそう思われました。是非お会いしたい。十二月十五、六日なら大歓迎です。デッサンでも何でもいいから持つてきて、見せて下さい。暇はとれるだけとつてきたらどうです。僕の家へ泊つて行くようにすればよいから。お待ちしています。

30・12・6

（栗原節子宛）[1]

ここは「ルオー」という、行きつけの喫茶店の片隅——画廊喫茶という看板だけあつて、こうして、今、僕のよりかかつている壁にも、二枚程油絵が掛かつています。さいわい、あまりはやらない方らしく、いつもひつそりとしているので、一人だけで来て本を読んだり手紙を書いたりすることが出来ます。で、僕のような性分だと、かえつて、こんな所の方が、すら〳〵とペンが運べるような気さえします。で、今夜も、あなたへのお便りを書きおこしてみようと、ふと立寄つてみました。何しろ、書いてみたいことが多すぎるので、五日程、頭の整理がつかなかつたのです。いや〳〵今だつて、まだつかないのですが、前置はもうこの位にしましよう。

お便り、本当にありがとう。あのお便りを受取つた時は、丁度、元旦の午後、あなたのお宅を訪れた時のように、自己不信の念に悩まされて、いさゝか虚無的な気持になつていた矢先でした。こういう時のことを、僕は、「心の曇日」と名付けています。もう久しい以前から、ともすればこの悪天候にみまわれがちな僕です。その時も丁度、そんな日でした。もう、自分の絵なぞどうなつてもいいといつた、幾分捨鉢な気持になつていました。けれども、あのお便りを拝見している内に、雲間から太陽が覗くように思われました。小さな一つの自信が、自己へのさゝやかな信頼感が、ふと、蘇つてきたのです。

「スランプ」という言葉があります。この言葉の意味の厳しさを、本当に味わうことのできるのは、やはりあなたや僕だけでしよう。

水に落ちこんだ蟻の譬を、あなたはひいていられましたが、僕はよく教室の中なぞへ舞いこんできて、幾たびとなく、ガラス窓にぶつかつては、むなしくはゞたきを続けている蝶々を想像します。舞いこんできた口があるのだから、その口が塞がれでもしない限り、抜け出られる方法はきつとあるのでしようが、どこにその口があるのか、見当がつかない。蝶々は——つまり僕達は——たゞ根気の続くかぎり同じはゞたきを繰返しながら、あてどなくその出口を探り続けるほか、どうしようもない——スランプとは、そんな状態のことです。

けれども、そのスランプに陥つたとき、僕達を力付けてくれる素晴らしい言葉があります。それは、フランス語の「トラヴァイユ（travail）」です。辞書には「労作」「勤労」などと出ていますが、どれもぴつたりしません。トラヴァイユとは「求めること」、いや「求め続けること」と言えるでしょう。前述の蝶々の譬でいえば、はばたきを繰返していることが、つまりトラヴァイユしていることです。（この場合、それがむなしいはばたきであるかないかは、問題になりません）

あなたは、例えどんな時でも、とにかく角弓を手にしていなければならない。同様に又僕も、とにかく角絵筆を捨ててはならない。そうして、トラヴァイユ〳〵——そんな風に考える時、僕達は「芸術家」などというよりも、むしろ、一介の職人に似てさえいます。あの、ひねもすハンマーを握りしめたまゝはなさない工場の職工に。（ただ彼等の場合は、「働き続けている」とはいえても、「求め続けている」とはいえませんが）

大分、気張つたことを書いてしまいましたね。こんな固苦しい手紙にする気は、なかつたのですが。雪国のこと、大谷君のこと——あのお便りを拝見して、あなたにお話したいことはまだあるのですが、何しろもう十時半、この店もそろ〳〵しまる時刻です。この位にしてペンを置きましょう。

その内に、良い展覧会があつたら、必ずお誘いします。さようなら

睦　人

一月一七日

節　子　様

1　勝野の小学校・中学校時代の友人。勝野が肖像画を描いたこともある。

（栗原節子宛）

お手紙先日拝見しました。御病気で、目下絶対安静中の由、驚きました。なにか、いい、お見舞いの言葉はないものかと、首をひねつてみたのですが、駄目です。たゞ「お大切に」と口籠るばかりで……。

さてお頼みの件ですが、シュツットガルト室内楽団の演奏日程は、次のようです。Ⓐ三月十日（土）Ⓑ三月十三日（月）Ⓒ三月二十四日（土）Ⓓ三月二十六日（月）Ⓔ四月一日（日）ⒶⒷⒸⒹは六時半、Ⓔは二時開演。

御覧になればわかる通り、あなたの御希望する日曜日のキップは四月一日のものしかないわけですが、これでは「なるべく三月中に」という、もう一つの御希望に反するわけで……困つてしまいました。

そこで、お願いなのですが、大至急（電報かなにかで）日時を御指定ください。なるほど大変な売れ行きようで、発売を開始したのが昨日だというのに、今日僕が駈けつけてみると、どこのプレイガイドでも、D席は売切れ、十二《ママ》日、二十六日のC席のみが、僅かに残つている始末。ですから、この二日の内のいずれかか、それとも四日一日か（この日の券の前売は、まだ開始されていません）簡単にお知らせねがいたいのです。御病気のところ、お手数をかけて、かえつて御迷惑かとも思いますが……。とにかく御返事をお待ちしています。では。

追　なお曲目に関しては読売新聞紙上に発表されたそうです。

31・1・30

（栗原節子宛）

「寒い」「寒い」と一口に言うが、この言葉の含有する深刻な意味は、下宿生活でもしてみないとわからないんだなんて、さる先輩がいつていました。本当にその通りですね。いくら置炬燵を買つてきて据えこんでみても、東京は信州より暖かいのだと理窟《ママ》をつけても、やはり駄目です。六畳間に一人というやつは、とりわけ、うそ寒いのかもしれませんね。

まあそんなことはさておき、御病気いかゞですか。あのお手紙を頂戴してから、もう十日以上になります。まだ床についていらつしやるようでは、いけませんね。一日も早く全快なさつて下さい。

ところで「もう十日以上になります」と書いて、一人で赤面してしまいました。「もう十日以上」にしたのは、他ならぬ僕です。おそくとも先月の末には、この手紙は投函出来た筈――三十一日の夕刻、学校から帰つて、下宿の玄関先であの電報を拝見、その足でキップは買つてきたのですから――それに、もう少し手順さえよければ、二十八日（前売の開始された日）以前にだつて、あなたとの御連絡をつける方法があつたわけです。それやこれやと考えると、僕の要領の悪さと、不精さかげんに、今更のことながら腹が立ちます。とんだ「ルーズ」に用件を頼んだものだと、おそらくお思いでしょうが、お許し下さい。

例の券同封いたします。席の位置は二階のうしろで、あまりよい場所とは申せませんが、これも御勘弁下さい。三十一日では、これ以上、良い席を求めることは不可能です。二、三のプレイ・ガイドに当つた結果、この席を選んだ次第です。

× ×

昨日で実技（デッサン）のコンクールが、ようやく終了、来週から学科試験に入ります。折悪く、「親知らず」が首をもたげて、今朝から突然疼きはじめる始末、憂鬱です。では、お大事に

睦 人

二月四日

節 子 様

（久保田広志宛）

△ 一番くどき落しにくい季節は、春だ。彼女はどうもコケテイッシュでいけない。僕達に気のあるような素振りをしながら、又、ひらりと遠のいてしまう。そうして、どこかで忍び笑いをしている……。

× ×

△ お葉書ありがとう。丁度試験中だつたので、返事がおくれてしまつてどうも失敬。いよいよ「例の日」が近づいてきたね。調子はどう？ 去年と同《おんな》じところをやる気？ それともどこか他かい？ まあ、あんまり思い詰めないことだな。まさか〝The last day〟というわけでもあるまい。△このところ徹夜続きの毎日だが、仕事はちつともはかどらない。仕事々々《トラヴァイユ・トラヴァイユ》と意気込むばかりで、結局失敗の連続だ。だが、もうスランプなんていう言葉は口にしないことにしている。あれは一種の逃口上だ。逃口上だと気付いていながら、逃口上を口にする程、僕はトンマでもマヌケでもない。△大きな大きな

パレットを買つた。君も知つているだろう。ほら、あの、オーストラリアみたいな恰好をした奴――あいつを左手に握りしめると、何故だか不思議に意欲が起る。とに角描いてやろう――そんな気になる。この「とに角」と言う言葉が、「とに角」イミシンなんだぜ。△ノイローゼは僕も経験者の一人。だがあれは、どうも欲張りの病気らしい。「自分」をかけがえのないものと考えないで、他人とトリカエッコしてもいいトランプの持札――そんな位に考えることだ。

× ×

△ どうやら、とりとめもないことを書いてしまつた。今朝飲んだハイボールのせいかもしれない。だとすれば酔いの醒めない内に早くこの葉書を投函しよう。

× ×

ひまな時、又便りを頼む。僕は三月の末まで在京の予定。さよなら

31・2・19

（栗原節子宛）

すつかり御無沙汰してしまいましたね。お体の方、その後いかが？　お手紙では、手術をなさる御様子でしたが……。

試験も完了、学校も休暇――急に春めいてきたような気のする、この頃です。アテネ・フランセの方の授業があるので、信州へ帰るわけにもいかず、遊んでいます。映画を見たり、シャンソンを聴いたり、

時折、鉛筆をなめ〳〵詩を書いたり……。

商売（絵）の方は、比較的順調。今、十号大の自画像と取組んでいますが、二、三日中には、完成できそうです。こちらへ来ておよそ一年たつて、暗中模索の状態から、やつと目星のついた感じ……少なくとも、絵を描く上だけは、そんな気がします。

三ヶ月近く床屋へも行かず、髭も剃らず、大変な恰好をしています。自画像が出来上つてくれるまでは、兎に角どうしようもありません。（その恰好で描きはじめたので）

ところで、是非お誘いしたい展覧会があります。現在パリで活躍している、荻須高徳の個人展です。場所はブリジストン美術館、期日は、三月一日から十八日まで。昨年の秋、鎌倉の近代美術館でも、一度開催されたことがあります。その時に御覧になつていらつしやらなければ、是非今度……、もつとも、お体にさわるようでは、いけませんが。

三月の四日を除けば、僕の方の都合は幾日でもつきます。（但し、なるべくなら火・木・土・日――月・水・金にはアテネの授業があるので）午頃までに東京へつけば、ゆつくり見られると思います。なお、待ち合わせの場所には、東京駅の横須賀線ホームか、八重洲改札口がよいでしょう。（時刻と一緒に、そちらで御指定になつて結構）閑な時、一寸、御都合をお知らせ下さい。では、さようなら。お体に気をつけて……

睦　人

二月二十七日

節　子　様

〈追伸〉

△お手紙に「羽根方象」[1]とありましたね。僕はまだ、その画家の名前を耳にして居ませんが、高島屋あたりで個展を開けるようなら、相当に腕のたつ人でしよう。僕の部屋も申し分なく、テレピン油の匂に満ちています。

△三月の末頃、一寸した、写生旅行に出掛ける予定、その折は、まず鎌倉へ立寄りましよう。

1　羽根万象の誤り。

（久保田広志宛）

ユーウツ・インウツ・アンウツ……もうなにをする気力もない。絵のことなんか考えるのもいや。ドガの画集を目にしただけでも、ムカッとするこの頃。――やけに旅がしたい。

×　×

夕暮まつて散歩に出掛ける。洗濯物のピラ〳〵する路地裏、野良犬のうろつく横丁、壁の落ち崩れたアパートの前――そんなところを一人で歩く。何も考えようともしないでただブラつく。やがて腹が減つてくる。志るこ屋へ入る。鳥打ち帽やハッピに雑つて、うまくもない志るこをフーフーすゝる（四十円の散財である。）

×　×

村野（四郎）さんがどこかに書いていた。詩は、結局郷愁なんだと。[1]それにきつと違いなかろう。僕の「詩」は時として、ガソリン煙の中にもいる。それから、紙芝居の拍子木の音の中にも……。

この葉書、書いたまんまでほつておいたら、君のお便りが先に来てしまつた。今頃あわてて投函する。同封の新聞記事ありがとう。大変面白く拝見した。とりわけ、女学生のなわ飛び風景はよかつた。八日にいよ〳〵上京の由だが、新宿着の時間を知らせてくれないかい？　君の方のさしつかえさえなければ迎えに出たいと思つているのだ。その時、僕の下宿の地図も教えたいし、東京の巷案内——メフイストフエレスの役も買つて出たい。では

31・3・5

1　『ポエム・ライブラリイ1』（東京創元社、一九五五年）所収の村野四郎「薄明の帰還者」は、詩の「根源」には「人間の魂の故郷」への「郷愁」があると論じている。時期的に、勝野が手にしたのはこの本と考えられる。

（栗原節子宛）

御手紙拝見いたしました。

×　　×

失つた自信というものは、思いがけない切掛けからかえつてくるものです。丁度、探しあぐねていた小抽出しの鍵が、まさかと思つた本立ての陰から、ひよつこり、顔を出したりするように……。鍵は部屋の中にあるのです。だから、自棄《やけ》になつて部屋を散らかしさえせねば……なんて、こんなアレゴリーを使つて、僕も自分を慰めています。

なお、例の展覧会の件、あなたの御都合通りにいたしましょう。十八日、十二時十分、東京駅東海道線ホームにて、お待ちしております。では、その折を楽しみに……。

31・3・11

× ×

（栗原節子宛）

トランクを、たつたひとつぶらさげたつきりで、二十六日の夕刻帰省しました。三ヶ月ぶりで見る飯田の街は、やはり、思つていた通りの侘しい街――山間の、置き忘れられたみたいな小都市でした。その街を、今霧雨がとざしています。なんだか、気の遠くなる程、静かな雨です。

× ×

また〳〵御無沙汰してしまいました。手術の経過いかゞですか。もう退院はなさつたのでしよう。この手紙を、まさかベットの上で読んでいらつしやるのではないでしようね。

× ×

三月も、あますところ二日、御一緒に、あの展覧会を見た日から、もう十日にもなります。どうしてか月日のたつのばかりが、信じられない程速いようです。

× ×

高徳の絵の魅力は、まつたくあなたの仰有る通り、パリの裏街に住む人々の、哀しみや悦びをそのまゝ、静かに歌つているところにあります。けれども見逃してならない点は、彼の絵がいささかも、センチメンタリズムに溺れていないことです。むしろ非情な「造形」の眼が、画面をしっかりと支えています。そうして、それ故にこそ彼の「詩」は、一層高められているのだとも言えるでしょう。

× × ×

あの僕の部屋が、あなたの理想の室そのままだなんて……なんだか不思議な気がします。よろしかったらまた、いつでもいらつしやつて下さい。四月の七日には上京します。

× × ×

なお画集の件ですが、みすず書房から出ている「美術ライブラリー」が、価格の割には色が良いようです。だが多少は高価でも、フェーバー版の世界名画集（日本語の解説付）か、美術出版社発行の大型画集（種々あります）の方が、やはり信用がおけるでしょう。

× ×

昨夜、ＮＨＫの希望音楽会で、チャイコフスキーのアンダンテ・カンタービレを聴きました。あれは、いつ聴いても良い曲ですね。ひまな時、お便りで、あの曲の解説でもしていたゞければ、幸いです。では　また

睦　人

三月二十九日

節　子　様

先だつては、お便りありがとう。御病気がよくなつて、なによりです。あらためて言うまでもないことですが、お体に、無理はなさらないよう。僕なぞはいつも怠けてばかりいるので、過労なぞ陥つためしはなく、病気も気抜けしてかよりつきません。

春草展、丁度飯田に帰つてきていたのに、とうとう見損つてしまいました。でも、彼の作品の名だたるものは、方々の展覧会で見尽しています。「黒き猫」や「落葉」は、一種デリカシーな味があるので、僕も好きです。たゞ、あなたのおつしやる、「林和靖」という作品は、今、一寸思い出せません。せつかくあなたの印象に残つたというのに、なにも言えなくて残念です。

ヴァイオリンを、「すばらしい」と思われる気持、よくわかるような気がします。先日、安井曾太郎の遺作展の会場で、彼の愛用したパレットをみました。絵具が幾重にも積み上げられた、重たそうなパレット――じつと見守つているとなんだか、画家の生活を貫いている、厳しさとさびしさの底が見えるようで、わけもなく感動しました。パレットも、ヴァイオリンと同様、あの不思議な恰好のまま、数世紀を生きながらえて来たのだそうです。

このところ、新学期で忙しいので、これで失礼します。又いつかお便りしましょう。では

睦人

（栗原節子宛）

四月十八日

節　子　様

（久保田広志宛）

今、おとなりのラジオが、「ジョニー・ギター」を歌つている。あの歌は、こうして襖をへだてて思いがけないときに聴くのが一番いいね。ジャズ曲にはそんな奴が多い。僕達の意識の底の方にこずんだ、哀しみや悦びの感情を、条件反射的な仕方でかき立てるような……。

先達ての日曜日はすまなかつた。いつもなら午過ぎまで床の中にいるのに、あの日は丁度出掛けてしまつて……。二十日なら暇だが、遊びにこない？　なるべくなら午後二時ごろがいい。今、星野慎一クンの書いた「若き日のリルケ」[1]を読んでいるところ。読書欲がめずらしく旺盛になつて、金がかゝる。

そうそう、忘れていた。オメデトウ。ついに「電車」に乗れたわけだな。もう浪人生活というプラット・ホームの上で、いろ〱時計をみていなくともすむね。善哉善哉。

ところで君の御注文――電話番号の件だが、いちばんちかいのはタバコ屋さんで古川という苗字。番号は（八二）五六四二（だと思つた）でもここは、委託公衆なのであまり掛けない方がよい。その内に、もつとよいところを捜すつもり。では又

二十日に来れないようなら

一寸　葉書をたのむ。（乱筆あしからず）

31・5・8

1　星野慎一『若きリルケ』（河出書房、一九五一年）のことか。

（栗原節子宛）

お手紙拝見いたしました。試験に失敗なされたことで、あなたが気を落されていないのを見て安心しました。弱かつたあなた自身に気付かれたこと――そのことだけでも、今度の不幸は、あなたに貴重な経験を与えたということが出来ます。強い意志の力を保ちつづけるということ、そうして自己を不断に信頼しつゞけるということ――それがどれ程困難なことであるかは、僕自身たび〳〵思い知らされてきました。よく自分のデッサンを見ていて、なにかひとつひとつだけ、けれども根本的なものが欠けているという気のする時があります。調子《トーン》も正確だ。形《フォルム》もよい。けれどもなにかしらいけない。なにかしら弱い。――そう感じて、じつと考え込んでしまうようなことがあります。そうしてあれこれと思案したあげく、やつと気がつくのです。僕には僕自身の右手の指先に対する信頼が欠けていたのだと……。

最近、直接の自分の制作を離れてなにか楽しめるようなもの――そんなものを捜していました。そうして見つけたものが日本の古美術です。古美術といつても、主に仏教彫刻です。そこでこの夏、さつそく関西に旅行することにしました。慌しい二日きりの日程ですが、一日を京都に、一日を奈良に当てます。そして回れるかぎりの寺院を回つてこようと思つています。どれ程の勉強が出来るかわかりませんが。

東大寺戒壇院の四天王を御存知ですか。僕は幾枚かの写真で知つているだけですが、あそこに、芸術というものの、ひとつの典型的なあり方があるように思えてなりません。写実主義というものは、それのみでは、卑俗的低下を免れがたい。同時に又理想主義というものも、それのみでは、観念的浮遊を回避しがたい。然し又、両者を意識的に折衷してみたとて、なんにもならない。たゞある民族の歴史上において、両者が偶然的に融合した時代があつたとすれば、その時代こそもつとも芸術の進んだ時代であつたと言うことが出来、そこに製作された諸作品は、いわば荘重な、しかし溌剌とした生命感情を宿しているのが常です。我が国では天平時代がそうであり、その全盛期に造顕された四天王の像は、我が国の古美術史上における最大傑作として、すこしも恥しくありません。特にかの広日天[1]の如きは、顔面の緊迫した表情表現において、西欧の如何なる彫刻にも優つてはいないでしょうか。

大分お喋りがすぎてしまいました。僕は十六日の夜行で帰省します。（まだはつきり決定したわけではありませんが、大体その予定です。）大変慌しい話ですが、この日夕方もしお暇でしたら、新宿でコーヒーでも飲みませんか。六時半から七時まで、二幸の前で待つています。都合がつかないようだつたら、すつぽらかしてもかまいません。どつちみち、新宿にはでなければならないのですから。では　又

睦　人

七月十四日

節　子　様

原稿文字で失礼します。

1　「広目天」の誤り。

（河野澄子宛[1]）

△　十七日にこちらへ帰つて来ました。東京の喧騒に慣れた耳には、この街の静けさは不思議なほどです。真夜中には、街はずれの森で、ふくろうが鳴きます。思いついた時に鳴り出す柱時計のようです。遠い小川のせせらぎの音が、ふと僕の耳鳴りのように聞えることもあります。　△ところで、先日のお葉書拝見しました。休暇がとれなく残念でしたね。やつぱり学生のうちがなにをするにもよさそう。この片田舎の空気に浸つていると、「自由」と「退屈」の区別さえつかなくなります。お仕事に追われているあなた方を思つて、少し悪いような気もしています。ですが、僕から我がままを言うのは辛いのですが、十一日は都合がつかないのです。信州はお盆が月おくれですので、亡き兄の霊を迎えるため、十三日に家を明けているわけにはいかず……かといつて、十二日、京都を見ただけで帰るというのも……。ですからもうひとつだけ日曜日をずらして、十八、九日にしていただければ幸ですが。　△次は活版印刷の件[2]、一応、お話しておいたところに当つてみました。二四頁三〇〇部で表紙の紙代印刷代をも含めて、一一一〇〇円という話でしたが、再三交渉した揚句、一〇〇〇〇円で引受けてくれるそうです。皆様と御相談の結果もしそれでよければ、さしずめ、原稿を渡す日などをお知らせ下さい。　△こうして今、僕がペンを取つているのは、新築したばかりのアトリエの隅です。天窓から、すがめの太陽が覗いています。裏山は、湧くような蝉時雨です。では　又

31・7・23

1 『ロシナンテ』同人。
2 『ロシナンテ』第一〇号のことか。

(竹下育男宛[1])

御無沙汰本当に申し訳ありません。平素からのものぐさに加えて、この田舎街の空気が災いしたらしく、手紙ひとつろくに綴れないような毎日です。帰りしなに東京堂で買つたルイーズの「現代詩論」[2]もそのまま。まだ包装紙さえほどいてありません。何を見、何を読んでも上の空の有様——まるでゼンマイの切れた玩具のようです。

新築したばかりのアトリエは、天窓から日が射しこむせいか、猛烈な暑さです。五十号の静物のモティーフを捜していますが、なかなか見つかりません。しかし、たゞ思い迷つているばかりで、絵筆をとり上げようとしないのは非衛生(?)ですので、さしずめ、風景写生にかかつてみました。十号F——一番御しがたい大きさです。題材は、近村のある古びた農家、それに傾いた電柱と坂道のある風景——ありふれた、感傷的な絵になりそうな気がして、困つています。

× ×

「具象派展」は僕も見てきました。ミノーはあの中では光つていたようです。でもあなたがおつしやつた程には彼を認め得ません。色感は確かに優れています。けれどもあのカサカサに乾いたような感じの画面には、どうしても納得がゆきかねます。

あなたの「原型なき感情」説はよくわかります。けれども少々文学的に過ぎた見方ではないでしょうか。又ミノーの絵をあなたが鑑賞したのではなく、あなたの特定の鑑賞の仕方に、ミノーの絵が逆に利用されたという感じがします。（これは言葉のアヤではないと思います）

彼のかく人物の表情にみられる、一種の類型化的表現は、むしろ彼のマナーリズムに由来しているのではないでしょうか。彼は片意地な青年です。ハッタリのない、むっつりした絵描きです。しかし、それだけに又画境のスケールも小さく、メチェの袋小路に迷い入り易い危険を備えています。いやもうその兆候が、そろそろ現れてきているようです。僕は高等学校にいた頃、彼に決定的にかぶれたことがあるだけに、その後の彼の無変貌が歯痒くてなりません。

レムブラント展を見損ったのはまことに残念。いまだにくやしがっている始末です。ウエィドレは「魂の肉体化《インカネーション》」という言葉を用いて、彼の絵を賞讃していますが、僕は正直なところ、彼の絵のマティエールがたまらないのです。あんな不思議な絵具の層を作った絵描きは、他にありません。（大変技術的な興味のもち方だとクサされても平気です）摺込み、盛上げ、クラッシュ[3]の三つの技法を、縦横無尽に行使しています。しかし又、油絵具の材質に対して、彼程謙譲で忍従的だった画家も少ないでしょう。厚いパートの絵具の上に、完璧なグラッシュを施すためには、どれだけの日数がかかるかわかりません。その操作を何回となく繰返して行く彼の技法は、もはや技法以上のものです。僕は——唐突な連想ですが——日本の刀鍛冶を思い起すことがあります。彼の制作過程には、少なからずあの古代の職人達に通じる、ストイックな法悦があったに違いありません。

帰りの汽車の中で拾い読みした本で。《ママ》比較的面白かったのが、ジンメルの「芸術哲学」[4]です。もうお読みになつていらつしやいますか。あの中の「額縁」の項は実に愉快でした。額縁の持つ閉鎖的な機能に関して、もっともな説明を試みています。こじんまりとした小論文ですが、それだけに、又魅惑的です。

こんなことを書き始めてしまうととりとめもなくなりそう。今日のところはこの位にしましょう。暇があつたら又、お便りを下さい。では……

睦　人

七・二八

竹下　育男様

1　『ロシナンテ』同人。『ロシナンテ』のなかでは、特に勝野と親交が深かった。勝野没後、『勝野睦人遺稿詩集』『勝野睦人書簡集』を編纂。評伝『「ロシナンテ」の詩人たち』。
2　ルーイス『現代詩論』(深瀬基寛訳、創文社、一九五五年）のことか。
3　「グラッシュ」の誤りか。
4　ジンメル『芸術哲学』(斎藤英治訳、岩波書店、一九五五年）で読んだものと考えられる。

(好川誠一[1]宛）

すつかり御無沙汰してしまいました。その後お変りございませんか。涼しい筈の信州にいてさえ、毎日水ばかり飲んでフラフラしているこの頃——東京の暑さが思いやられます。さしもの名馬ロシナンテも鼻の頭に、玉のような汗をかいているのじやあないかな……

ところで例の印刷の件、御返事がおくれて申し訳ありません。あの一万円の内には、無論、表紙の凸版代も含まれているのですからご心配なく。それから紙の方も上質を使用するとのことです。一度確かめなおしておきましたから、間違いはございません。あの寄せ書[2]（――そうそう忘れていました。あの寄せ書、本当にありがとう。書くのにはいつも梃子摺る方でも、もらうのはとてもうれしいものです。吉田さんや大塩さん、竹下さんによろしくおつしやつて下さい）をいただいてから、さつそく正式契約しました。支払条件は方針通り、原稿を渡す時半額、納品一週間以内に残りの半額、というところです。なお、御不審の点がありましたら、またお便り下さい。

旅行[3]はとに角疲れました。岡田さん、河野さんと別れてから、古い寺院ばかり見て歩いたせいか、まだ体のどこかに、蜘蛛の巣がからんでいるような感じがします。

　歴史とは
埃とシミがついた「嘘」だ
けれどもやはり感動はしますね。では　又

31・8・12

1　『ロシナンテ』同人。『文章倶楽部』に詩を投稿し、高く評価される。勝野と並んで、『ロシナンテ』ひいては日本の詩壇を担ってゆくと期待されたが、勝野の死から八年後の一九六五年、三十歳で自殺。詩集『海を担いで』。
2　「寄せ書き、絵を描いた。『ロシナンテ』は地方同人が多いもんですから、消息を書いてあげようよっていうんでね、それを書いて送ってました」（竹下育男、インタビュー「勝野睦人の思い出」）
3　岡田芳郎・河野澄子との京都旅行のこと。

（竹下育男宛）

△　御無沙汰いたしました。その後いかがですか。東京の暑さも大変でしようが、信州もどうして相当なものです。あわただしい関西旅行を終えて、グッタリしています。　△今度の旅行の収穫は、やはり奈良にあつたようです。貴重な二日間をフルに使つて、回れるかぎりの古寺院を回つてみました。興味の中心は、なんといつても彫刻――とりわけ天平期の諸仏像でした。日本の古美術に暗い僕でも、暗がりの仏像を照らし出すだけの、懐中電燈程度の知識は持合わせていました。それが幾分かは役立つたようです。　△法華寺の十一面観音には、やはり感動しました。あの異様に長い右手、肩先に波打つている後れ毛のような宝髪、こころもち左足に重心をかけた独特の姿勢――一見、非常に優雅にもみえながら、なにか見るものに絡み付くような粘着力と暗さを持つ像……密教芸術の粋だと言わざるを得ません。（この印象は、いつかもつと詳しくお話しましよう）　△ああ、それから、僕の「メタフオアについて」に関するあなたの御意見、あれにはお答えすることが少しあります。でも今は一寸待つて下さい。夏休みの宿題に追われていますので。では　又

睦　人

〈追〉なんだか尻切れトンボのはがきになつてしまいました。お許し下さい。

31・8・13

（河野澄子宛）

先達ては絵葉書ありがとう。あの岩はまつたく不思議ですね。あれを見て、僕は、ギリシャ神話の中の、メドウザの伝説を思い出しました。一体岩石という奴は、奇妙な暗示性をみな持つていますね。どんなチャチな石ころでも、拾いあげてしみじみと眺めていると、一種の表情が感じられてきて、きみ悪くなります。それから、田舎道などでよく見掛ける、馬頭観音の石碑や、お地蔵様がもつてる、一寸説明のつかない雰囲気……ああいう雰囲気の中から生れてきたのが、「人間石化」の神話類型でしょう。――今、少々、石仏に興味を感じているので、こんな長喋りをしてしまいました。

× ×

東京へは、いつお帰りになられましたか。あいかわらず難儀な毎日でしょう。こちらでは、もう暑さも下り坂です。油蟬の鳴き声も急に衰え、朝夕の涼しさは身にしみる程……グータラな生活を送つている内に、夏休みが、残り少なくなつて行きます。では 又

31・8・19

（斉藤悦子宛）[1]

夏休みが残り少なくなつてきました。ようやく東京の空が恋しくなる一方、宿題の油絵のことが気に掛かり始めて、なんだか落着かない心境です。この夏は、一寸関西へ旅行したりしたので、例の「群像」の計画は[2]、とうとう実現出来ませんでした。今、三十号の静物を描いています。モティーフは釜ではありませんが、それに似たりよつたりのものです。昨日、今日の二日間で、もうキャンヴァスの地肌

が見えなくなるという早業――こんな早業を覚えたことだけが、一学期の収穫かもしれません。
先達てはお葉書ありがとう。お元気の御様子でなによりです。田舎へ帰られて絵が変ったのではないかな……。僕だつて東京と信州とでは、同じ気持で製作できませんから。いい作品をどしどし作つて下さい。
最近「古寺巡礼」[3]なんかを読んでいます。無論旅行の祟です。奈良や京都を回つてくると、僕のような男でさえも、お線香臭くなつてしまうらしく、いささか苦笑せざるを得ません。では　又
〈追伸〉僕は来月の七日頃上京します。芸術祭にはぜひ、いらつしやつて下さい。お待ちしています。

31・8・21

1　詳細不明。
2　詳細不明。
3　和辻哲郎『古寺巡禮』（岩波書店、一九四七年）のことか。

（竹下育男宛）

ようやく暑さも下り坂となり、しのぎやすい毎日が訪れてきました。信州の秋は大変早く、八月の半ば過ぎればもう、涼風が立ちます。油蝉の鳴き声が衰えるにつれて、夏休みが残り少なくなつて行きます。それなのに、宿題の油絵は遅々として進まず、気ばかりあせるので失敗の続出――今日も三十号の静物を弄りこわしてしまつて、意気鎖《ママ》沈しています。まつたくこんな日には、筆を洗う気もしません。詩の推敲とちがつてこつちの方は、後もどりが絶対に出来ないので厄介。描き損つたらもうおしまいで

す。ですから幾時の製作の時でも、描きはじめの二日位が一番楽しく、だんだん画面に臆病になり、そのためかえつてしくじつて、放棄してしまうという段どりになります。僕は又絵に欲が深すぎるためか、こうした最悪の経路に迷い込みがちです。

最近、押入れにあつた古い「アトリエ」の中から、素敵なラプラードを見つけ出しました。「海に面したテラス」という奴。写真版で色のわからないのがはなはだ残念。そのすぐ隣のところに、「猿と面」というのがのつていますが、これが又、不思議な絵です。猿が一匹、謝肉祭の仮面をもてあそんでいるところ。大体こういうモティーフを選ぶというのが、ラプラードの「絵を馬鹿にしている」点でしょう。セザンヌには「絵」は目的だつた。しかしこの人には手段だつたようです。彼と日本の文人画家との比較は、(方々でよく口にされてはいますが)仲々興味のある問題です。

ところで、詩学に掲載された僕の作品[1]、けなされてもあえて反駁はしません。あれは、ああいう作品として許して下さい。「絵」が僕のアトリエの北窓だとしたら、「詩」は通風用に設けた南窓のようなものです。平素は締切つていないと光線が洩れます。時折室内に風を通す時だけ、あけてやります。これは、僕が「詩」を甘く見ているという意味ではなく、詩を求める僕の根本的な姿勢が、「休養」にあるということです……。

僕は九月の五、六日頃上京の予定。「さんちよ」[2]の編集には出られません。はなはだ残念ですがいたしかたなし——宿題のたまつた小学生ですから……。皆様によろしくおつしやつて下さい。では又

睦　人

八月二十四日

竹下　育男様

△あなたの通信係は大賛成です。僕がいい出さなかつたのが残念な位。「ワルクチ」にはむしろ感謝しています。

△コローの「青衣の女」の色刷をさがしていますが、どこかに、いいのがないでしょうか。どうも写真版しか見かけないようです。あなたなら、ひよつとしたら御存知かと思つて……。スキラ版ならむろん理想的ですが……。

1 「VIRGINITE」のこと。
2 『サンチョ・ぱんせ』第一〇号のこと。

（好川誠一宛）

いつも御無沙汰ばかりしていて、本当に申し分けございません。ここへきてしばらく雨が降り続いたために、風景画製作のプランがくるつてしまつて、困つております。そのためや、もう一枚の絵のせいで、上京を少しおくらさせねばならず、「さんちよ」の編集には出られません。又、おすすめいただいたエッセイの方も、纏めている暇のない有様——今号は、遠慮させていただきます。

それから印刷の方の件ですが、あなたのお手紙にあつた御注文については、東京でお行合いした折、お話しましよう。五日には、かならず上京する予定ですから……。

なんだかソッケのない葉書になつてしまいました。お許し下さい。お手紙のカット、気に入りました。

ああいうものに色をつけて、ちゃんとしたタブローにしてみては如何です？

31・9・1

（好川誠一宛）

前略

とりあえず原稿[1]の方だけお送りします。写真と表紙の数字[2]は少し待つて下さい。明後日にはかならずお送りできます。試験はあらかた終りましたが、レポートの方がまだ残つているので……。その点、どうかお察し下さい。

岡田さんから便りがあつて、あなたによろしくといつていました。すごく忙しいらしいのです。この間は原稿だけ送つてすまなかつた、無愛想な奴だと思わぬように……とそういう意味のことが書いてありました。彼はプレヴェールに夢中な様子。「バルバラ」を寝床の中まで持ちこむそうです。では

★僕の出した手紙の返事

睦人

誠一様

〈追〉金旺《ママ》日、少し暇だつたので、中村書店に行つてみました。「藍色の蝦蟇[3]」を立ち読みしました。彼の語感の美しさはまさに異様ですね。昔読んだ時以上に驚きました。朔太郎よりもキメが細かく、もつと貴族的な匂いがします。それだけにやや趣味的で、偏屈ですが。

僕が彼の詩に接したのは、中学校三年の時でした。そのころは、アブノーマルなものに何故かひかれていたので、ずいぶん読み耽つたものです。でも傾倒はしませんでした。とおいとおい世界の歌だという気がして……。

（もう一度）では

1　『ロシナンテ』第一〇号掲載の「Conversation（三篇）」のこと。
2　『ロシナンテ』表紙の誌名と号数は、第一〇号から勝野睦人が描いている。勝野の筆による「ロシナンテ」の文字は、彼の死後、終刊まで使われている。
3　大手拓次『藍色の蟇』のこと。

（好川誠一宛）

表紙のナンバーお送りします。おくれて本当に申し分けありません。Ⓐの方をとつて下さい。これはヴァレリー全集からとつた型です。従事[1]はⒷのような、上、下を繋げた形式でしたが、これだと正式な型がないのでうまくゆきません。それにきつい顔付きになるので僕は嫌です。Aの方がオーソドックスでおとなしいでしょう。とりあえず十三号まで書きました。十四号からは横に長くなるので、Xを縦ながにすべきでしょう。では

なお縮めるおおきさはⒸに図示しました。この位でどうでしょうか。

ムット

セイイチ様

1 「従来」の誤りか。

例の貼り合わせ写真と表紙の文字、お送りします。

写真はあれこれと思案した挙句、結局つなぎ合わせてしまいました。雑誌の大きさを考えたためです。「ロシナンテ」は一応、二つ書いてみました。が、凸版にするのはⒶの方にして下さい。Ⓑは墨の線が全部手引きですので、随分ゾンザイになつていますし、「ロ」の字がやや大きく見えます。これは幾何学的な字の大きさと、僕達の視覚上の字の大きさとの間に、多少のずれがあるせいでしよう。Ⓐの方では、「ロ」の字だけ、少し横幅を狭くしてみました。この方がバランスがとれているようです。「X」の字は適当に縮めるよう、あなたの方から書き添えて下さい。

なお色見本の方ですが、とりあえず僕の独断から、こんな調子のものを選んでみました。手元にパステルがないのが残念です。水彩絵具では混色が出来ず、思うような色がでません。（ですから、いらない雑誌を切り抜いたのです）

ところで、お詫びしておかなければならないことが、ひとつだけあります。

先達て、発光堂活版印刷所の住所を、長野県飯田市通り町一丁目と申し上げましたが、これは二丁目の誤りでした、しかしご心配なさらないで下さい。発光堂は飯田では、かなり大きな印刷所ですし、二丁目と一丁目の境にあるのですから、発送した原稿は勿論つきます。（たゞ念のために、僕の方から葉書でたしかめてはおきますが。）

（好川誠一宛）

僕のこういつたオッチョコチョイは、今に始まつた事ではないといえ、本当に申し分けございません。いずれお行き合いした折、あらためてお詫びします。

先日の吉田さんとのquarrel[1]（?.）の折は、あなたが居て下さつて助かりました。あゝいう折、吉田さんを納得させ得るのはやはり、あなたか、石原さんですね。

僕もたしかに至らなかつたようです。僕の不用意に投げたボールが、吉田さんの大切な植木鉢を倒したのではないかと思うと、少し暗い気もします。でも決してこだわつてはいません。

あゝそれから、あのお手紙の御返事ですが、もうしばらく待つて下さい。今週の内には書くつもりでおります。では　又

ペンが皆太くなつてしまいましたので、鉛筆の走り書きで失礼します。

睦　人

好川　誠一様

1　英語で「喧嘩」の意。

（津崎由規宛[1]）

お葉書ありがとうございました。先月の二十九日の夜、ロシナンテの会合をすませて帰つてきてみる

と、あなたのお便りが届いていました。一寸した、これはうれしい偶然です。

このところ絵も詩も怠けどうしで、古美術ばかり漁つております。日増しに手垢にまみれて行く僕の詩や絵よりも、初めからうす汚れている仏像の方が、少しはましなように思えて。

あなたは絵に興味を持つていらつしやるとのこと、いつかお話したいですね。ロシナンテの騎士仲間の内では竹下氏が、仲々の絵画通です。お互いの作品を知りすぎている学校友達と違つて、彼氏にはまだ一枚も僕の絵を見せてありませんので、大きなことが言え愉快です。

なお、あなたのおつしやつた「年令の負担とあせり」はまつたく逆の意味で僕が感じているものです。これは自惚れでもなんでもありません。では　又

31・10・4

1　『ロシナンテ』同人。

（栗原節子宛）


お手紙ありがとう。

御無沙汰しつぱなしの折で恐縮しました。十四日は僕も暇です。午前十時までに鎌倉駅へ行きます。同駅のプラットホームで待ち合わせましよう。

そうきめて、よろしいですか?

「高村光太郎・智恵子抄」は、いかにも秋、鎌倉で開くにふさわしい展覧会ですね。

僕はふと、彼の「秋の祈り」の中の詩句を思い出しました。

ではその折を楽しみにして

31・10・9

（竹下育男宛）

「噴き上げ」[1]を　御存知でしよう　もう一度　あれを読み返してごらんなさい　それでまだ　高野喜久雄が　〝面白くもねえ…〟ようなら　もはやなにをか　いわんやです　あなたは　博学すぎるんですよ　詩がSymbolismeの書物の　下敷きになつてるRimbaudの詩の　音階は　それはたしかに　すばらしいけど　音の　アラベスクだけでは　感動できない　かといつて　意味と音階を　結び付けることは　日本人には　不可能な筈

——とすれば　やつぱり

Symbolismeとは離縁した方が……

×　　×

詩は音楽でも　生理でもなく　一枚の「設計図」だと　思うのです　例えば　高野喜久雄の　それのように

31・10・17

1　高野喜久雄の詩「噴き上げ」のこと。『荒地詩集1954』（荒地出版社、一九五四年）か『戦後詩人全集』第三巻（書肆ユリイカ、一九五五年）で読んだものと考えられる。

（津崎由規宛）

先達てはお手紙と黄薔薇[1]のバックナンバー、本当にありがとうございました。御返事がこんなにおくれてしまつたのは――大変申し分けがましくなるのですが――アテネ・フランセの試験のためです。それにしてもまつたくのところ、お詫びのしようもございません。

黄薔薇はゆつくりと読ませていただいております。僕は詩を読むのが遅い方で、十篇も二十篇もに一度に触れると、一種の疲労さえ感じる始末……。でも、あなたの作品だけは、全部読ませていただきました。

他人の作品を理解することは、大変に難しいことです。でもその難しさを最近程、痛切に感じたことはありません。詩を書く人々の多くは、口の小さな壺のようなものです。自分の想像力を蓄えておくには、仲々好都合にできていますが、他人の作品を突付けられると、みな納得の外側へ溢してしまう。しかしそのことに自分から気の付く人は、きわめて少ないのではないでしょうか。大概は自分の呑み込んだ数滴だけで、その詩をきめつけ、批判します。その点では「現代詩は難解だ」とこぼす詩を書かない人々の方が、余程正直だといえましょう。詩人仲間の、こうした暗黙現象の中から、「裸の王様」の悲喜劇がいつ生れないとも限らないのです。そう考えると、詩を理解することの難しさを切実に感じると同時に、せめてもの、自分の詩にだけは、はつきりとしたフォルムを与えたいという気になります。できるだけ他人の想像力に親切に呼び掛けるような「注口」を設けると同時に、他人の勝手な解釈を拒むだけの、普遍的な内容を盛り込みたくなります。僕などは、いつもそう努力だけはしていないと、不安心でいられません。ひとに対しても、又自分に対してもです。

そう考えると、比喩もただ見つけ出してくるだけでは駄目で、その姿を浮彫しなくてはいけない。一体に比喩というものは、その類型化を嫌う詩人仲間にとつては、個人的な感慨の餌食になり易い。このことは、あなたの作品にもいえるようです。例えば「ある種の冬の去つたあと」の中の「トルソー」のメタフオアなどには、何かあなた一人にしか通じない暗示が潜んでいるようです。あなた一人にだけ通用する鍵を、あなたの掌が握りしめているようです。わからないことはないがもどかしい。そのもどかしさは、高野喜久雄の詩におけるような、手の内を全部見せられているのに、どうしても謎の解けないところからくる、あの焦慮感とは根本的に違うようです。後者を、本当の意味での、詩の難解性というのでしよう。

ここまでを一昨日の晩、書きました。今夜読み返してみると、なんだか詩の「入口」のことばかりにこだわつているような、自分自身を感じました。ひとのメタフオアを一つだけ取上げ、それを云々するような批評は、本当の批評とは言えないでしよう。けれども、黄薔薇の総印象を纏めるとか、目にとまつた作品の名を上げるとか、あなたの詩を読んだ感想を書きつらねるとか、そういうことは僕は苦手なのです。ですから、もうこれ以上雑誌のことは何も書かない方が賢明でしよう。

そこで「神様」の問題です。正直に書いてしまいましよう。僕は今、「神様」とか「死」とかいうモティーフ――僕にはこういう言葉が適しています――に対して、一種のインフエリオリテイを感じているのです。それは、僕が現在まで「神様」について真剣に考えてみたこともなければ、又、自己の「死」に真向から立向かわなければならないような経験をもたなかつたからです。ただきわめて身近かな「死」に、僕は一つだけ対面しています。しかしその「死」は、僕の心の一角にある、一種の空洞状のものを、まざまざと見せつけてくれただけでした。そのような、「死」に直面すれば、誰でも心の中で鳴りどよめく筈の絃が、僕の場合切れていたのです。僕はこの不感症的な現象を、僕なりの感慨でごまかそうとしました。「死」というのは、僕という株式会社が倒産して、社員がばら〳〵になることなんだ。そうしてどこかで、同じような失業者達と、別の組織を結成することなんだ。僕という一つの「しこり」が、大気中に放散することなんだ。しかしこういう考え方は、何も感じない人間からこそ生れでるものです。仮にそのようなことが事実だとしても、そういう事実の厳しさは容易に実感できるものではありません。僕が実感したと信じていたのは、自らの空虚感を感違《ママ》いしたせいです。そんな背景の中から「モノローグ」を書きました。あの中の「神様」には難しい注文はつきません。ある事物が「在る」ところには、必ず影を落している神です。リルケの時祷詩集の中に、こんな一節があります。

だれでも　両の掌《て》を　組みあわせて
やさしく
わずかな闇を　取りかこむと
たちまち　その掌のなかに　あなたが　宿つてくるのを　感じて
なんだか　真向から　風を　受けたように
気はずかしくなり　面を　伏せます[2]

この神と、僕の神とが同じだというのではありません。ただこのような神なら、僕の理解の範疇にある、そんな気がします。それともう一つ、僕が実感としてかすかに感じる神は、いつも僕の背後にいます。だから僕の詩が背後に呼びかけようとする時、ひよつこりと、「神様」という言葉が飛び出してしまうようです。石原さんは、何か僕の「神様」が僕の不満や癇癪のはけ口のように言われていますが、これは少しあたらないようです。ただ僕は、こうして飛び出してきた「神様」の呼称を、僕の詩の方法上から、どうしても擬人化せざるを得ない。その点では石原さんの言われたことは、見事に的中しています。

「神様」のことはこれくらいにしましよう。僕にとつて今重要なのは、そのような、あまり必然性のない神に呼びかけながら、僕を悦に入らしてくれた空虚感の方です。僕の詩に、所謂ヴァイタリティが欠けているのも、又「軽い」という非難がなされるのも、所詮ここに由来しているようです。この僕の裡で日増しにふくらんでくる気球のようなものを、今では僕ははつきりと自覚し、そしてもてあましています。僕はこんなことを考えてみたことがあります。詩人には二通りあるのだと、一つは「過剰」を唄う詩人、一つは「喪失」を唄う詩人——前者を「生」に忠実な詩人とすれば、後者は、「比喩」に忠実な詩人ではないかと……。後者の系列の詩人として、僕は高野喜久雄を考え、また彼にひかれています。無論僕の空虚感と、彼の作品の底を流れている虚無感とは、かなり隔りがあるのでしようが。

実はここまで書いてきて、僕は少々後悔しています。あなたには「神様」のことだけを、もう少しわざとらしくでも理論だてて、とり澄ました顔で述べればよかつた。こんな僕自身にしかかかわらないことを、だら〳〵と書くのではなかつたと……。僕は本当のことを書いてしまうと、いつでも後でテレ臭くなるたちです。で、もう、この手紙を出すのが少々イヤになりかけています。文ク[3]時代の僕だつたら、まだ一面識もないあなたに、こういう手紙はかかなかつたでしよう。もう少し要領のよいものを書いた筈です。しかし、とにかく投函します。よろしかつたら又暇の折、御感想をおよせ下さい。（半月近く御返事を怠つておいて、このようなことはとても申せませんが）では――

勝野睦人

十月二十四日

津崎　由規様

1　津崎由規が所属していた同人誌。

2　リルケ『時禱詩集』の一節。『リルケ選集』第一巻（大山定一ほか訳、新潮社、一九五四年）で読んだものと考えられる。引用文の細部が原典と異なっている。

3　『文章倶楽部』の略。

（河野澄子宛）

おはがきありがとう。この間の会はステキでした。おしまいにちよつとハメをはずした感じだけれど……。でも先輩とれい子[1]さんが無事で本当によかつた。

石原さんという方は、まつたく驚嘆に価する人です。僕達とは間口も違うが、奥行きも違う。まだまだ何が蓄えられているかわからぬ倉庫のようなもの……。それにあの〝遥かなるブイ[2]〟の解説は、フシギに感動的でした。あの人は詩の運転手です。そうして僕は修理工です。僕は速度計や加速機のメカニズムしかしらない。あの人は、走らせて行く道を知っているんだ……そんな気がしみじみしました。あなたのおつしやる定期的詩話会、ほんとうにイイ思いつきです。是非実行しましょう。

× ×

昨日〝壁あつき部屋〟を見ました。この種の映画としたらまず立派な出来。独房の壁に穴があいて、そこから戦争の場面がふいに現れたりして、カラスの嘆声が聞えそうでした。では土旺《ママ》日は多分、行けると思います。

31・11・8

1 『ロシナンテ』同人の金子黎子のことか。
2 鮎川信夫の詩。

（津崎由規宛）

先達てはお手紙をありがとう。今夜は固苦しい話は少しひかえて、育チャン[1]の噂ばなしでもしましよう。実は一昨日、彼氏の宅で十一時過ぎまでお喋りしたばかり――彼氏の切り札はまず純粋詩、それからバルザック、アラン、小林秀雄……。僕の方はウエイドレとユングと高野喜久雄……。間に河野女史が割つて入つて、まつたく騒然たるものでした。

彼氏のお喋りの上での最大の美点は、うまく喋ろうとしないことです。わざとらしくツジツマを合わせたりなど、決してしない――だから時に話題がそれたり、論理の飛躍があつたりしますが、それが又実に彼氏らしい魅力と、新鮮さとにみちています。多少逆説的な言い方をすれば、彼氏は最大の話し上手かもしれない。だがどう贔屓目にみても、聞き上手ではないようです。……。
ところでおたずねの件ですが、あれは又、いつか詳しく説明しましょう。ただ僕の着想の端緒を述べれば、比喩——特にメタフォアは、「生」を遮断する性格があること、その性格に生命力の「過剰」な詩人は、耐えられないこと、その二つです。では　又

31・11・13

1　竹下育男のこと。

（竹下育男宛）

昨日バリー展を見てきました。ルノアールの「赤ネクタイの男」が出ていますよ。あれはあなたのおつしやる通り、実に素晴らしいものです。たゞ、真赤な壁にかけてあるのでどうもよくない。他にドービニーのバカでかい風景[1]が一点、それからピカソ、ドランなど並んでいました。ああいうデパートの会場では絵はダメ、むしろロココ朝[2]の可憐な焼物なんかが、場所を得て光つていました。

×　×

また「旅人かへらず」[3]を読みかえしています。同じ自閉症的な詩境といつても、田中武などとは格段の違い。例えばこんな詩行です。

窓に欅の枯葉が溜る頃／旅に出て／路ばたにいらくさの咲く頃／帰つてきた／かみそりが錆びていた

あなたは又、「描写」だとか「感想」だとか言われるかもしれない。しかしそういうことを言ってもけなしたことにはならない。何故ならば……と始めるとながくなってしまいそうです。この辺にしましよう。

なお、例の「存在」の問題、あれからいろいろ考えてみました。いつか機会をみてお話します。では

31・11・24

1　「風景画」の誤りか。
2　「ロココ調」の誤りか。
3　西脇順三郎『旅人かへらず』（東京出版、一九四七年）のこと。引用文の細部が原典と異なっている。十二月十三日の書簡も同様。

（竹下育男宛）


二日のお手紙拝見しました。御説はまずまず御尤もです。「まずまず」と書いたことには意味があります。正直に言ってしまいましょう。僕の詩に関する信念や理論は、僕が詩を書いている最中にしかない。詩作から少しでも遠のいてしまうと、それらは壁土の落ちた建物のように、骨組みばかりになって取残されます。骨組みしかない理論という奴は一番こわい――それはあなたもよくおっしゃることです。

あの時は丁度詩が出来過ぎていた矢先で、それ故にあの説にも真理があった。だが和尚さん[1]のところでお喋りした時から、どうもいけない。詩が書けない。それであの説も雨晒しになり、透間風が通いはじめた――まあそういったところです。だからあなたの駁論にも、「まずまず」と答えておく以外に手

はありません。
「旅人かへらず」はいかがでしたか。あの詩集だけは僕にはわかりすぎる程わかる。詩人が旅人であるという意味は以外《ママ》に深い。決して陳腐な言い草とは言えないようです。旅に出るとは生活を失うことです。生活者としての自己を放棄することです。人間との、所謂人間的な交際をたち切ることです。従つて僕には「道連れの旅」などというものは考えられない……。旅において僕達は本質的に「観想的[1]」です。旅人は「為す人ではなくて見る人[2]」です。ここに「旅人かへらず」を解く一つの鍵があるような気がする。

　女が人形になるせつな

そんな詩行がありましたね。その刹那はとりもなおさずこの作者が、「為す人」から「見る人」へと移転する刹那ではないのか――そんな気がします。

　僕には二通りの「僕」があります。一人はあなたとお喋りをし、下宿のマダムと喧嘩をし、家に帰つてお袋に叱られる「僕」。もう一人はある日の上野公園の隅で、一人のお上りさんの眼にふと映ずる「僕」――それは僕というよりも、むしろ単なる人影に過ぎない。外套の裾をひるがえして馳け去る、あわただしげな行人に過ぎない。この二つの場合の、どちらが本当の「僕」かといえば、かえつて僕は後者だと思う。そうしてそのお上りさんがもし詩人だつたら、僕の「存在」は見抜かれていた筈だ。外燈、プラタナスの落葉、紙屑、旋風《つむじかぜ》……そういつたものだけとかかわり合つている「僕」――そういう「僕」が見抜かれた筈だ。その「僕」には勿論性格などない。そんなわずらわしいものはない。性格とか、ポケットの中の小遣いとか、あなたとか（失礼）、順三郎の詩とかいうものは、もう一人の「僕」にだけかかわるものです。行人としての「僕」の唯一の意味は、黒いオーバーをまとっていること。それだけに過ぎない……そんな気がします。

だが「旅人かへらず」の作者の眼には、その黒いオーバーこそ貴重なのです。

　渡し場にしやがむ
　女の淋しき

これは曲者の二行です。この淋しさを不注意に、「待ち人」の淋しさなどととつたらとんでもない誤解だ。そういう人情的なリリシズムは一かけらもない。この作者にとつては「はしばみの実」も、女のうずくまつている姿も同じなのです。この「女」は、あの鮎川氏の「ブイ」[2]のように、作者のヴィジョンのさなかで燃えている影です。なんの影か——それは作者の言うように「永遠」の影だとしましよう。だが本当は、作者自身の影かもしれない。「淋しい」のはむしろ作者なのかもしれない。「旅において出会うのは常に自己自身である」[③]から……。だとすれば、この詩行にはコレスポンダンス（交感）があります。和歌で言う「実相観入」という奴です。

僕はあの詩集をこんな風にしか読めない。こんな風といってもこれだけではなく、まだいろ〱とあるのですが、今のところ整理がつかない。その内に又お手紙しましよう。

この書きなぐりの手紙を出ししぶつているところへ、あなたのお葉書が舞い込んできました。詩集をじゃん〲読まれるとか、いい傾向です。安西均の「花の店」という詩集がでている筈、あれをぜひお買いなさい。損はしません。

あなたの雪どけが待ちどおしい。本当に待ちどおしいです。では

睦人

一二・一三

育男様

①②③は三木清氏の言葉[3]。彼は他にもうまいことを言います。
「健康が恢復期の健康としてしか感じられないところに、現代の根本的な抒情的、浪漫的な性格がある。」

僕はセンパイの顔を思い出しました。（無論これは冗談です）

1　石原吉郎のこと。
2　鮎川信夫「遥かなるブイ」のこと。
3　すべて三木清「人生論ノート」からの引用。引用文の細部が原典と異なっている。

（河野澄子宛）


ゆうべこちらにつきました。駅の構内を出ると外は粉雪でした。小さなタクシーをひろいました。家にはだれも居ませんでした。いまやけに火のあつい炬燵にもぐつて、このはがきをしたためております。

飯田市は、山と山との間に、落想のように書きおとされた町です。どの家々の棟も直接空には続かず、

黒い山脈にさえぎられています。だからみすぼらしい景物がよけいみすぼらしくみえます。やぶれた障子、くちた土塀、軒先にくろずんでいるたくさんの干柿。雑貨屋の赤いのれん、紡績工場のかしいだ煙突、そうして町はずれにある小さな夜泣き石の祠。頬のあかい少女、熊の子のような少年達。——みんなみんなとてもみすぼらしくみえます。みんな同じものから生れでたようにみえます。こういう風景を眺めていると、だからたつたひとつの言葉を捜せばいいという気になる。その言葉さえみつけだせれば、一切が言いあらわせてしまいそうに思える。——本当に不思議なものです。では、みなさんによろしく

31・12・19

（竹下育男宛）

こちらへ来て四日目から風邪にやられてしまつて、お便りも出来ず御無礼しました。一昨日からどうにかよくなりかけてきたので、手はじめにペンをとつたところが次々と詩が書け、われながらあきれております。この年の暮はもう何も読むまいと思つて、十四五冊の本しか携えてきませんでしたが、その中から抜き出してみたのはリルケの詩集だけです。但し「花の店」[1]は汽車の中でみました。「信濃」という散文詩がひどく気に入りました。〝血管のようにさみしい鉄道地図を拡げると……〟こういう憎らしくなるような詩行があります。

なおロシナンテは、印刷所の方へ問い合わせたところ、二十日にそちらへ発送したとか、もう着いていることでしょう。僕は一冊だけ余りをもらいましたが、正直なところ、まだよく読んでおりません。ここ四、五日位の間、そつと自分の詩の中にとじこもつていたい気がするので……。では

31・12・26

1　安西均『花の店』（學風書院、一九五五年）のこと。

（竹下育男宛）

お便り只今拝見しました。大変なことになつてしまいましたね。あなたは極端な暑がりで又寒がりだから、そんなことにならねばよいがと、心配していた矢先でした。本当に気をつけて下さい。扁桃線という奴はたしかに始末が悪い。僕も何回となくやられてこりています。

ところで御病気中のところ誠に恐縮ですが、お願いがひとつあるのです。谷川俊太郎、鮎川信夫、高野喜久雄の住所を知りたいのですが……。はがきになぐり書きでもして送つて下さい。年賀状を出そうと思いたつたので……。勿論無理をなさらなくても結構。そんなことでまた熱でも出たら大変だから。あなたに才能がないなんて、とんでもない。でもそういうことはあまり考えない方がいい。自分で自分の後頭部の恰好を知ろうとするようなもの。不健康です。熱のせいですよ。

「詩学」で河野さんがほめられていますね。谷川俊太郎より上出来だつて……。彼女、ずいぶんうれしいでしよう。こういうきつかけから奮起して、いい詩をジャンジャン書いてくれるといい。彼女のことだから期待できそう。

来年はロシナンテの当り年じやあないかな……。デハ　オ大事ニ

31・12・29

（『ロシナンテ』同人宛）

賀　正

年があけると
わたしの空へも
だれかが　ちいさな凧をあげる

年があけると
わたしのなかでも
追羽根をつく音が　かすかにきこえる

元　旦

32・1・1

（竹下育男宛）

今僕のこころは、「無風状態」におちいつています。目をみはらなくては物がみえない。耳をそばたてなくては音が聞えぬ。そうして無理をしなくては「考え」られない。無理をして遠いところまで出かけなければ、言葉が得られぬ。——まあそういつた状態です。

だから詩なんぞ無論かけない。あなたのお手紙にも又御返事が出来ない。（本当に申し分けありません）ただ出来るのは絵をかくことだけ――それも野外スケッチです。
毎日山路をうろついています。

×　　×

これは一種の病気のようなものです。上京するころまでは恢復する見込み。又いやでもおうでも「言葉」に囲まれ、音を上げるはめとなるでしょう。――あなたと同様……。では

ヘントウセン　ハ　ソノゴ　イカガデスカ？　６日のサンチョノ　ヘンシューハ　ウマクユキマシタカ
ナニカ　イイホン　ヨミマシタカ？

32・1・9

（栗原節子宛）

先達てはお手紙ありがとうございました。イヴエット・ジローの独唱会のキップ、昨日入手しました。彼女は僕の好きなシャントウーズの一人ですが、あなたのおかげで、その生の声が聞けるなんて、こんなうれしいことはありません。たゞ、あなたが、御一緒でないのが残念です。
お約束の雑誌をお送りします。今度ようやく活版になつたばかりで、育てあげてゆくのはこれからの仕事――あなたも遠くの方からどうかごらんになつていて下さい。では　お身体を大切に

睦　人

一・一六日

節　子　様

（久保田広志宛）

どうもまた返事がおくれてしまつた。失敬。あやまる。アテネ・フランセは今度は二月が新学期だ。予科というのは多分初等和訳科のことだと思うが、これはあまり面白くない。しかしA《アー》・B《ベー》・C《セー》から始めるのだつたら仕方がない。この科に入学すべきだ。日本人の教師が日本語で教える。教師によつてはよく指名する。だからサボつたりすると恥をかく。フランス語の動詞変化という奴は実にめんどうくさいが、めんどうくさいではすまされない。切手かマッチ箱でも集める気になれば、少しは楽しい。'être'と'avoir'の変化がすむと、あとは会話だ。緑色の表紙の教科書には、馬鹿気た会話が満載されている。「ココニ椅子ガアリマス。ソノ上ニワタクシハ本ヲ置キマス。本ハドコニアルデショウカ？——ハイ先生、ソレハ椅子ノ上ニアリマス」まつたく正気の沙汰とはいえない。

×　　　×

初等科になると今度はフランス語で教える。クラスにはフランス人の教師のつくのと、日本人のとがあるが、無論とるなら前者にすべきだ。僕はレダンジェというマダムに習つた。背の低い、鼻筋のとおつた、やせぎすの、疳高い声の持ち主。ちよつと鳶を思い浮かべて困るが、仲仲の美人だ。"Attendez!"（待つて）を連発する癖あり。教科書は初等和訳科と同じものを使う。しかもやつぱりA・B・Cから。だが、ここでは発音が主なのだ。特にレダンジェ女史は発音がうるさい。en,an,un,on,といつた鼻母音の練習――これが一時間続く。蓄膿症になりそうだ。しかし、授業はともかくとして、フランス人にじかに接することが出来るのはうれしい。僕なんかその為に通つたようなものだ。外人は実に身軽だ。そして僕達より動作のテンポが数倍もはやい。あれなら、椅子や机の上に飛び上つてもおかしくはない。ところが日本人の教師がそんなことをしたら――きみ、考えてもみたまえ。あの宮沢氏やダルマが……それこそ笑い事でさえなくなるだろう。

それにもうひとつ。だれがなんといったつて、彼女は海を渡つてきたのだ。渡り鳥のように。―そう思うと不思議な感動を覚える。

×　　×

まあこういつたところでカンベンしてくれ。はなはだゾンザイな手紙で恐縮だけれど。

なお、規則書を同封しておく。サヨウナラ　32・1・17

（竹下育男宛）

果　実　R・M・リルケ

それは土の中から果実をめがけて　高く　高くのぼつていつた
そして静かな幹のなかで沈黙し
明るい花のなかでは炎となり
それからあらためてまた沈黙した

それは久しい夏の間
夜となく　昼となく　働いていた樹のなかで　実を結び
関心にみちた空間に向つて
殺到する未来としての自覚をもつていた

けれども　いま　円熟する楕円の果実のなかで
その豊かになつた平静を誇るとき
それは自らを放棄して　また　たち帰つていくのだ
果皮《かわ》の内側で　自分の中心へ向つて[1]

最近みつけたリルケの詩です。未発表詩集の内におさめられてあります。一九二四年の作。「悲歌」が完成した後のものです。

僕は文句なし「オ手アゲ」ですが、あなたはいかが？　日曜日に感想をきかせて下さい。
僕が淀縄[2]さんの詩にああいうことをいうのも、こんな詩を読んでいるからです。「描写する」のでもなく「歌う」のでもない。これはいわば「つみかさねてゆく」詩です。

でもリルケの詩をささえているのは、やつぱりドイツの自然ですね。フォーゲラーの絵を御存知ですか？　彼の好んでかいたあの瘠せた白樺、とおい城塞、こんもりとしげつた大きな森が、リルケの詩の背景になつているようです。それからベックリンのかいたあの海や空も、シュトルムの小説の中にでてくる荒廃した庭も、彼の詩と意外に関係がふかい――そんな気がします。それらには、浪漫的、抒情的といつた言葉ではかたづけられないものが、かくされているような気がするのです。デューラーの描いたドイツ女の顔には、誰かに見据えられているような表情があります。ドイツでは山も河もみんな、あんな表情をしているのではないのか――僕の勝手な空想です。では

ムット

一・二五

育男様

1　『葡萄の年　リルケ未発表詩集』（富士川英郎訳、新潮社、一九五四年）からの引用と考えられる。
2　『ロシナンテ』同人の淀縄美三子のこと。

（岡田芳郎宛）

お便りをお便りをと思つているのに、なかなかペンをとる暇がみつかりません。ときおりとおいひととお喋りがしたくなつても、言葉がいうことをきかないのです。結局、だれにも出せないような手紙がうまれてしまう……。

今、リルケにとりつかれています、日本人の詩はだれも読む気になれず、高野喜久雄と安西均とをわ

ずかに覗く程度。田村隆一なんか思い出すのもいやです。

以前に僕が知っていたのは、リルケの詩の方法だけなのだという気がします。今は、もっとちがったものが、僕の眼の前にひらけてきました。彼のいうコレスポンダンスの意味がやっと解けたようです。そして彼の神様というのも。一旦彼の世界に立入ってしまうと僕自身の内部が急に塗りかえられたように思われ、とてもじっとしていられません。はやくはやく信州へかえって、春先の山にでものぼってみたい。「自然」とか「大地」とかいう言葉の意味を、本当の感動でみたしてみたい。そして人間と樹木とが、どんなにちがいまたどんなに似通っているかを、たしかめてみたい——そんな気がします。

彼の詩——ギリシャ神話——ポンペイの壁画——フォーゲラーの絵——そしてまた彼の詩。そんなあかるい連想の輪のまわりを、僕の毎日がかけめぐっているようです。でもその中心には、何が仕掛けられてあるのかまだわかりません。

僕のことばかり書いて恐縮です。名古屋のその後の御様子お知らせください。

河野さんとシャンソンを合作されたお話、ききました。あなたにはシュヴァリエのうたうようなchanson fantaisisteを作る資格があるかもしれない。無論のこの場合のfantaisisteは、「幻想的」の意味ではなく、「気まぐれな」「奇想天外な」意味を指すわけですが。

おしまいに、リルケの詩をひとつ書き写しておきます。あるいは御存知かもしれませんが。（一九二四年の作、悲歌完成後の作品です）　好きな詩は解説することがむずかしいので、かえってひとに見せたくなります。見せて「つまらない」と言われてもさびしいけれど、「いい詩だ」といわれてもやはり

さびしい。「僕だけのリルケだ」というおかしな気持が、どこかにひそんでいるからでしょう。だから
そういう気持をぶちこわすためにも……。御感想をおきかせください。

果　実　　　　　R・M・リルケ

それは土の中から果実をめがけて　高く　高くのぼつていつた
そして静かな幹のなかで沈黙し
明るい花のなかでは炎となり
それからあらためてまた沈黙した

それは久しい夏の間
夜となく　昼となく　働いていた樹のなかで　実を結び
関心にみちた空間に向つて
殺到する未来としての自覚をもつていた

けれども　いま　円熟する楕円の果実のなかで
その豊かになつた平静を誇るとき
それは自らを放棄して　また　たち帰つていくのだ

果皮《かわ》の内側で　自分の中心へ向つて

あ、それにもうひとつ、やはりリルケの詩の中の言葉で、竹下氏がスゴク感激していた一行があります。

讃め歌の国の中をのみ許されて嘆きはあるく[1]

彼がモーツァルトを語りはじめた時、僕がもち出してきたのです。もつとも、少しまちがえて言つてしまつたかもしれない……。とにかく大好きな一行です。では　また

睦　人

一・二八

岡田　芳郎様

1　「オルフォイスへのソネット」の一節。高安国世『鑑賞世界名詩選　リルケ』（筑摩書房、一九五四年）で読んだものと考えられる。

（栗原節子宛）

今明け方の四時半頃です。日課がメチャメチャにあれています。僕には「習慣」というものがつかないらしい。これは恐しいことです。

ところでその後お元気ですか。鵠沼の春先はいかがです。ここへきて僕は部屋の中ばかりに閉じこもつているので、季節からおきざりにされたようです。でも、何か思い出せそうでいて思い出せない気持

——あの春先特有の気持にはふとおそわれますが……。

昨夜「純白の幸福」[1]を読んでみました。リルケの短編小説集です。「墓掘り」[2]とか「最後の人々」とかは立派なものです。でも星華派[3]的すぎてへこたれるのもあります。初期の作品集だから仕方ありません。まあ小説の方はともかくとして、彼の詩は僕には絶対的です。彼は何もかも「視て」しまう人です。音楽さえも「視て」しまいます。例えばこんな具合にね。

私たちの／消えてゆく心の方向のうえに／垂直に立つている時間よ……[4]

それから「沈黙」するということの重要性を、僕は彼に教わりました。「沈黙」は壺のようなものです。「言葉」はその破片でなければならない。僕達の手に「沈黙」が重くなつて、思わずそれをとり落した時、「言葉」はうまれる。それが詩になる本当の「言葉」だ……。そんな風に僕は考えています。もしお暇があつたら、一度遊びにいらつしやいませんか。今月の二十三日まではこちらにいます。その間だつたらいつでも結構。お待ちしています。では

32・2・13

1 リルケ『純白の幸福』(大山定一訳、人文書院、一九五四年)のこと。
2 「墓掘り人」の誤りか。
3 「星菫派」の誤りか。
4 「愛の初まり」の一節。『葡萄の年　リルケ未発表詩集』からの引用と考えられる。

（福沢隆之宛）[1]

今、日暮里のガード下の、ちいさな喫茶店に入つています。名前は「ら・めーる」。シャンソンが細々とかかつています。時折省線の通る音がそれをかきけし、トーフ屋のラッパが翻弄します。もともと、喫茶店という奴は一種の「虚構」で、そこに楽しみもあり退屈もあるのに、ここは現実を遮断しきれず、半分だけはうけ入れているようです。丁度一枚のガラス戸に、室内と戸外の景色がうつるように、ここでは雰囲気がダブつています。だから部屋隅のシュロの鉢も、壁からつき出している髭だらけのランプも、嘘をつきそこなつた子供のように、大変口惜しそうです。でもそんな中途半端なところが、かえつて洒脱で、僕の気持にはうつてつけです。冷えたコーヒーを前にして、ここに小一時間も居すわつていたら、なにか、奇抜な「存在論」でも書けるかもしれない。そんな気もします。ではあしたは美学概論の試験、あさつては教育原理のレポート提出日――考えると少々陰ウツになります。

△暗いところで書いたので、乱筆悪しからず。　△それから君のことを何にもきかないなんて、ひどいはがきですね。この次、ちやんとしたのを書きます。　お体を大切に

32・2・13

1　勝野の中学時代の友人。勝野は生徒会の副会長で、福沢が会長だった。

（片桐ユズル宛）[1]

原稿がおくれてしまつてあいすみません。うまく間に合うといいだけれどの《ママ》……。詩も絵もかきかけ

のばかり多くて、困つております。これもそんな中から引き抜いてきて、少し手を加えてみたものです。完成したというより投げ出した形……僕の詩はみんなそうです。しかしその「投げ出す」最後の踏切りがいつもうまくゆかず、苦心します。

この間のお手紙にはとても得るところがあり、いろいろと今考えております。Dickinson の詩は全く知らない僕ですけれど、あなたの引用された詩句は素敵です。「物」と「感情」とのミックスの仕方が、とても気に入りました。

いま特にひかれている詩人は、リルケとトラークルです。では

32・2・15

1　詩人。京都精華大学名誉教授。早稲田大学時代に、勝野睦人の兄・大と親交があった。自身が編纂した『Poetry Anthology : 1955-1960』に、勝野の詩を数篇掲載している。詩集『専門家は保守的だ』、訳詩集『ビート詩集』『ボブ・ディラン全詩集』等。

（久保田広志宛）

いま下宿のマダムから、君の来てくれたことを聞いたところだ。君はまだ、御徒町の近所にいるかもしれない。だつて、君がここを出てから、五分と過ぎてはいないのだもの。まつたく運が悪かつたなあ。まあそれは致し方なしとして、僕の散らかし放題の部屋を見られたのには弱つた。毎日あんな生活をしていると思われそうだ。何も弁解することはないけれど、今日のはやや「特別」なのだ。あすまでに

書きあげなければならい《ママ》レポートがあるので、徹夜で本棚をひつかきまわしていた矢先。まずいところを見られてしまつた。だがあれは（あれというのかな、これというのかな……君の立場にたてばあれだな）僕の精神生活の一面でもあるのだ。そしてそれは、決して「怠惰」の一面ではない。これは君もわかつてくれると思う。しかし俗な連中はそうはとらない。だから（そんなことは君はしないと思うが）ひとには口外しないでくれ給え。特に同郷の奴らにはね。じやあ又　郷里で会おう。

32・2・28

（在間扶美子宛）[1]

お便りありがとうございます。僕の詩がとおいところで、あなたのような、ひとりの共感者をもつたということ――それはうれしいし、不思議なことです。

作者と作品とは別々に生きていて、作品は、作者の知らないところで、勝手に悪戯をしている――そんな気もします。

「言葉」はずるくて、いじわるです。本当の「意味」からすぐ抜け出してしまう……。そういう彼等のよい先生になること、それが詩人になることかもしれません。

でもやつぱり「言葉」は通じる。僕の詩も、どこかの岸には、かならず流れつくのだ――と、そんな自信もわいてきました。では

32・3・1

1　勝野の詩の読者。ファンレターを送ったらしいこと以外は不明。

（竹下育男宛）

帰省してもう五日になります。気ばかりあせつていて何も手につきません。一月そちらで書いた詩を整理しただけ。それもほんの三、四篇です。明日あたりから少し奮起して、自画像か静物を手掛けようと思つています。

ロシナンテは今朝受取りました。御手数をかけて恐縮です。一通り読んでみた印象では、X号よりややレベルが向上した感じ。面白い詩が多いですね。あなたのは、少しイメイジが散らばりすぎたようです。読者の想像力をずたずたにする一方。その意味では不親切な作品です。

十日には行けるかどうかわかりません。もし行けなかつた際には、皆さんによろしくお伝え下さい。

32・3・8

（在間扶美子宛）

お便りありがとうございました。丁度帰省する矢先でしたので、ごたごたしていて御無礼しました。あの台東区の住所は実は下宿先なのです。家族はみなこの飯田市におります。だから学校が休暇になると、いつでもこちらに帰るのです。飯田市は長野県といつても一番南よりですので、冬でもかなり暖かです。それでも山国特有の澄み渡つた空気は、北信とすこしも変りません。僕のアトリエの窓からは仙丈ケ岳が見えます。いまは深い雪に被われています。

リルケは僕にとつても広すぎる土地です。僕が耕したのはそのごく僅かでしよう。しかしその僅かな部分だけは、「僕のリルケ」になりきつています。誰の解釈でもない僕の観たリルケに。それは普遍的なものではないかもしれない。が、普遍的な理解などというものは、詩には不可能でしよう。どうかあなたも、「あなたのリルケ」を造りあげてください。

リルケの数ある詩集のなかで、一番親しみ易いのは形象詩集でしよう。「秋の日」はその中でも有名ですが、僕の好きなのは「ガイゼル橋」[1]「花嫁」などです。「花嫁」はリリツクとしては最高でしよう。（尾崎喜八訳「リルケ詩集」（角川書店発行）に出ています）この詩集にある詩はまた一番やさしく、「神」の問題抜きでも読みこなせます。が、新詩集のなかで展開するあの独自の空間――物とこころ、外部と内部が互いに呼びかけあうような世界――の芽生えが、そこかしこに、すでに見られるようです。このことに注意して読まないと、リルケを誤解します。事実あまたいるリルケファンの中には、単なる抒情詩人としてしか彼を知らない者が、随分大勢いるようです。

僕は「秋の日」よりも「豹」の方が好きです。「豹」は新詩集中の傑作でしようね。「歌われた」というよりも「組み立てられた」ような感じ。豹を外部から描写するのではなく、その内部を自己の内部と重ねて内側から描きだす方法――それはロダンに教えられたものです。

リルケの「ロダン」をお読みですか。あれはロダン論というよりも、むしろリルケ自身の散文詩のようなものです。あれと「マルテの手記」を熟読してみると、リルケの住む「力学的空間」がきつと直覚されます。もうそうなつたらシメたものです。以前難解だと思つた一部の詩も、すらすらとあなたのこころに受け入れられるでしよう。だが、それは思つたより労力のいる仕事ですが。

今日はこの位にしておきます。なお御返事のおくれたこと、お詫びします。さようなら

三月八日　　睦人

在間扶美子様

（追）◇山登り——本格的な（？）山登りはあまりしません。でも、小さな山には登ることがあります。

◇木の葉の栞、ありがとう。

◇こちらには三月一ぱい居るつもりです。

（乱筆あしからず）

1　「カルゼル橋」の誤り。

（竹下育男宛）

今日はひどく風の強い日です。午前中射しとおしていた日が急に翳つて、粉雪がちらちら舞いはじめました。アトリエの北窓から見える仙丈ケ岳の峰は、深い雪に被われています。そのふもとに、無数の民家がちらばつています。丘陵があり、森があり、墓地があり、僕の通つていた高等学校も見えます。それ等はひどくひつそりとしています。この風景のなかにかきこまれたことを、まるで意識しているか

のようです。

おはがき先刻受け取りました。合評会の模様を想像して、行けなかつたことが今さら残念でした。あなたが山田氏を嫌うのもよくわかる気がする……。それにしても、どんな話し合いが行われたのか、今から報告が楽しみです。

こちらでは僕も「生活人」です。「家族」という社会組織の一員です。そのために煩わしいことも便利なこともあります。でも僕の場合、日常生活の中で触発される「かなしみ」や「怒り」は、詩にも文章にもならないために、そのまま僕の胸底に沈潜するようです。僕達の日常意識と詩との関係――そんなこともいつか話しあつてみたい……。好川さんなんか、きつとうまくいつていますね。

浅井さんの「ドイノーの悲歌」[1]を取りよせました。日教《ママ》をかけて熟読してみました。解釈がとてもとても鮮かなので、学者という奴は頭のいいものだと、今さらのように呆れました。「金閣寺」その他……恐縮です。

睦　人

三月十二日

育　男　様

これは一昨日書いた手紙です。もう少し何か書こうと思つていたら、日数がたつてしまいました。今、報告を受けとつたところ……（御手数をかけてすいません）。「感想」がいろいろと沸いています。いずれ又、お便りしましょう。では、皆さんによろしく

1　リルケ『ドゥイノー悲歌』（浅井真男訳、筑摩書房、一九五四年）のことか。

（岡田芳郎宛）

三日にこちらに帰つてきました。朝からアトリエに籠つて絵を描いている——といいたいところですが、実は何もしていません。ぼんやり外の景色ばかり眺めています。南信は丘陵の多い地方ですが、僕の窓からもいくつか見えます。それらの中腹には墓地があり、南側の斜面は多く桑畑のようです。墓地といつても、ただ竹藪の陰に、五つ六つの石塔を並べただけのものです。時として夕日を浴びたりすると、それが遠くから光ります。白い、獣の歯並のようです。桑畑はひどく殺風景です。曇天の日も、晴れた日も、無気力な灰色に被われています。けれども、傍まで行つてみると、桑の枝は一本一本、針のように空に突き立つています。それを見るたびに僕が思い出すのは、「枯草の中の針」、「麦藁」[1]という二つの言葉です。これはある分裂病の少女の洩らした苦痛の象徴語ですが、この桑の木の枝も、もつと比喩的な意味で、彼女達のような人々の苦痛を物語つてはいないでしょうか。今、狂女をテーマにした詩[2]を書いています。どうせ僕は常識人ですから、成功する筈はありませんが。

×　×

又、いつかお行き合いできる日を楽しみにしております。上京は来月の八日頃になる見込みです。では

〈追〉合評報告はいかがでしたか。

32・3・24
1　いずれの言葉も、セシュエー編『分裂病の少女の手記』（村上仁・平野恵訳、みすず書房、一九五五年）に出てくる。
2　「目覚めの少女」のことか。

（竹下育男宛）

御無沙汰申し分けありません。僕は明後日の朝上京します。こちらで嫌な事ばかり続出した後ですので、あなたにお行き合い出来るのがとても楽しみです。詩のことはここ二十日程、故意に忘れていました。だから今度のロシナンテにも、旧作を載せることになりそうです。

そちらはもうすつかり暖かでしよう。信州もほつほつというところです。でもこの土地の魅力的な時期は、なんといつても二月頃ですね。土地全体が、いくつかの丘陵から出来ているので、それらがむき出しの時がよいわけです。夏には樹木がおい茂るために、輪郭が見失われてしまいます。

僕のアトリエの窓から見える図のひとつは、獣の背中を思わせます。田中武好みの不気味なものです。中腹は桑畑と雑木林で被われ、頂の一部分だけが墓地になつています。大小数々の石塔がずらりと並んで、夕日に白く浮き出している様なぞ、見方によつては美しいものです。この土地には、こういつた墓地がいたる所にあります。竹藪の陰、坂道の脇、段々畑の片隅などに、五つ六つの石塔を並べただけのものもあれば、傾斜地を一面に埋めつくしているのもあります。どちらの印象もしかし明るく、はればれとしています。藁屋根や水車と同様に、すつかり自然の景物になり澄ましたこの石の群は、もう個々の死者のことなど忘れているようです。ときとしてそんな一群にまざつて、馬頭観音の石碑があります。又、殆んど形をなさない地蔵像もみえます。こうしたものたちをじつと見ていると、素朴な人々の信仰が、石というものにどれ程たやすく結びつくものかが、わかるような気がしてきます。石の依怙地な沈黙ほど、人間をなぐさめてくれるものはないようです。では

32・4・2

（在間扶美子宛）

先日は絵はがきをありがとう。とても楽しく拝見しました。鹿児島へは、僕も一度いつてみたいと思つていますが、その暇もお金もなさそうです。旅行といえば、去年の夏、京都・奈良を二、三日でまわつた位で、後は信州と東京の間を往復しているだけです。

僕は東京の街が好きです。しかしその愛し方には、多少変つたところがあります。いわば「局外者の愛」というのでしょうか。もつとてつとりばやく言つてしまえば、僕は東京に住んでいるだけで、充分に旅をしている気持がするのです。

あなたの詩、是非みせて下さい。それから、御自分の懐であたためてだけいないで、どしどし投稿することをお勧めします。「文章クラブ」など、いかがでしょうか。僕もあの雑誌にかつて投稿したことがあります。では

32・4・15

（津崎由規宛）

御無沙汰ばかりいたしております。その後お元気でお暮らしですか。僕は今月の六日に上京しました。田舎では殆んど誰にも会わず暮らしていたので、東京の多忙な生活にうまく適応することができず、困つています。大体僕のような下宿生活者は、どんなに都会人らしくふるまおうとしても、結局「局外者」扱いを免がれないようです。これは僕のひがみかもしれませんが……。

僕は地理音痴だからよくわからないけれど、そちらはどの程度の暖かさですか。上野は今、丁度桜が満開、春たけなわの感じです。しかし東京というところはおかしなところで、人々の季節感情をさそうものは、日光でも小鳥の声でも花でもなく、実は物の「匂い」なのです。まつたく東京程、匂いのする街はないかもしれない。アスファルトの匂い、ガソリン煙の匂い、とりどりの食料品の匂い、化粧品の匂い……それらが春先になると一斉に空気を汚して、僕たちの記憶をかきみだします。そうして僕たちはふと「季節」というものに触れます。本当に一年に一度だけ……。では又

32・4・15

（田中武[1]宛）

おはがきありがとうございました。はじめて頂戴したので少し驚き、そして大変喜んでおります。僕はロシナンテの同人の中でも筆不精な方で、竹下氏にいつも叱られています。その点通常は無口でいながら、筆をとると俄かに雄弁になるあなたのような方には、前々から驚異の念をいだいていました。で、余計お便りがしずらかつたわけです。しかしこれをしおに、僕もできるだけペンを持ちます。あなたも

あなたの町の様子などいつかお知らせ下さい。
僕は七月いつぱいこちらにいますが、八月には帰省する予定です。その間に是非いらつしやつて下さい。信州——特に南信地方は、丘陵の多い地方です。僕のアトリエの窓からもいくつか見えます。なだらかな武蔵野あたりの図とはちがつて、複雑な起伏に富んでいますが、けわしい感じはありません。中腹にはところどころ墓地があります。墓地といつても、ただ竹藪の陰に、五つ六つの石塔を並べただけのものです。時として、夕日を浴びたりすると、それが遠くから光ります。白い、岡自身の歯並のようです。(夏には緑にうずもれてしまつて、そんな光景はみられませんが。)
街はひどく陰鬱です。どの家の軒も直接空へは続かず、山脈の壁にさえぎられています。住む人々の心も閉鎖的です。又、特殊産業をもたぬ町特有の、自堕落な雰囲気もそなえています。ここ二、三年前まで、赤い、屋号を染め抜いた旗が、目抜き通りでヒラヒラしていました。詩人には住みよい街かもしれません。では
32・4・16
1 『ロシナンテ』同人。詩集『旅程にない場所』『雑草屋』等。

(三木守[1]宛)

先日竹下氏と好川氏から、あなたの作品の批評を頼まれた時、僕は二つ返事で引受けてしまいました。あなたなら文俱でお名前も存じているし、作品もよく覚えているので、かなり確信の持てることが書けるだろうと、想像していたからです。ところが。いざ下宿に帰つて、あなたの作品集をひろげてみた時、

これは、大変なことを頼まれたものだとやや当惑しました。というのも、あなたの詩が、みな大変に真面目で、ひたむきで、気まぐれな批評を許さないからです。しかし、それだけの理由ならば、僕自身が真剣になりさえすればすむことでしょう。だが、あなたの詩は、真面目でひたむきでありながら、その歌い上げようとすることを僕に語らないのです。確かに「ボールをめぐつて」という詩だけは、イメージも鮮明であり、アイデイアもよく、僕にも呼びかけてくれる何かがあります。しかし他の詩篇は、その中で、あなた自身が、主題を模索しているといつた感じを受けます。そのために作品の輪郭が薄れて、読む人を大変とまどわすのです。

あいまいな作品の理解からは、あいまいな批評しか生れないでしょう。あなたの作品を前に、とまどいながら、あてずつぽうの印象批評をする程、僕は厚顔にはなれません。従つてここでは、僕の理解しうる唯一つの詩である「ボールをめぐつて」を一篇だけ選んで、感想を述べさせていただきます。

×　×

この詩は文倶に載つた時と少し、変つていますね。あの鮎川氏と伊藤氏との批評をみてから、手を入れられたのではないでしょうか。「悪魔」と「冷蔵庫」という言葉が消えていますが、これは、残しておくべきだつたでしょう。僕の意見を卒直に述べれば、推敲する以前の方が秀れていたようです。

この詩では、大地と母親とが、二重映像として捕えられていますが、そういう捕え方をした以上は、できるだけ具象的な言葉を用いて映像を鮮明化し、イマジナティヴな世界を創り上げる方が得です。「悪魔」と「無慈悲」とでは、詩の中での形象としての働きが段違いです。後者は、具体的な比喩でも伴わない限り、無力な抽象語にすぎません。ところが前者は、広義的な意味での形象をもつております。「悪魔」はとかく観念語として使用されやすいのですが、この詩の中では、日の翳った大地と結びついて、必然的に生きてくる筈です。(これは僕の連想過多症的な見方でしょうか)又、「冷蔵庫の影」という言葉は、この詩の中心にあった言葉なのです。大地の上に冷蔵庫が立っているという異様な情景の中に、子の母に対する宿命的な対立が描かれたからこそ、この詩は成立しえたのです。僕はそんな風に考えています。

この詩は不協和音を用いた音楽のように、破調の上になり立っていたわけです。そしてその破調は、「冷蔵庫の影」という唐突な表現までできて、最上点に達したわけです。他日あなたが読みかえしてみて、この言葉におかしさを感じられる気持もわかるのですが、それを「氷塊」(原稿には永塊となっていますが氷塊の誤りでしょう)と置き変えたことは失敗だったと言えます。氷塊→つめたい、かたい→子供の非情——という連想のプロセスは、何の驚きにも僕達をさそわないのです。このような表現は畢竟、観念的な修辞法でしかなく、詩人の最も警戒しなければならぬものと言えます。

重要なことは、先の場合において、「冷蔵庫」が冷たいものを入れるものであるから、子供達の非情を比喩するのに適当だったわけではない——ということです。そのような常識としての冷蔵庫の意味を乗り越えて、その異様なイメージだけが、僕達読者を打ったのです。よい詩にはみなこのようなノンサンスな部分があります。

× ×

僕は総評的な印象批評をしないと約束しました。又、感想の対象を、一篇に限ると約束しました。けれどやはり最後に、総評的な感想を一つつけくわえておきます。

あなたは瑣末な「もの」を見る眼を持つていられる。「石垣の下に捨てられてある仔犬の死骸」、「遠くの方で」傾いている「屋根」の「傾斜」、路上に「笑つている」「赤いリンゴ」——そういう何気ない「もの」達が、あなたにだけ重大に見える瞬間をお持ちの筈です。あなたの詩を今後成長させるためには、そのような眼を自覚し、養うことが、最も必要だという気がします。
以上の原稿、ぶつつけ書きのままでお送りします。故に乱筆お許しください。

勝野睦人

四月十八日

三木　守様

1　勝野と同時期に、『文章倶楽部』『詩学』等に詩を投稿していた。

（竹下育男宛）

御無沙汰申し分けありません。引越し騒ぎがやつと落着き、いま、あたらしい部屋の畳の上で、のうのうと足をのばしています。この部屋は四畳半ですので、やや狭くるしく、荷物の多い僕には不服なのですが、窓のとり方が素晴らしいのと、畳の新しいのが何よりです。本郷の表通りをすこし入つたところで、夜は相当静かです。ただ隣室の学生のギターには悩まされそうです。ああいうはじいて出す音は、一番空気を掻き乱すのかもしれない。一時間も流行歌をひきつづけられると、部屋中が爪の跡だらけになつてしまうみたいでやりきれません。その内、抗議を申込んではみますが……。
ところで、その後変つた情報、入りませんか。こうして誰とも行き合わず、誰からも手紙をもらわないでいると、ロシナンテとの電話線が故障したような気がして、少し淋しくなります。

32・4・30

（津崎由規宛）

お手紙と「裸足」[1]ありがとう。さつそく御返事をせねばいけないところを、引越し騒ぎで失礼しました。今度借りたところは中々の美室で、寝起きするには好適ですが、隣室の学生のギターが玉に傷です。下手でもピアノかなにかなら我慢しますが。

ところで、そんな余談はさておき、「変貌」の感想をまとめてみます。これは正直にいつて難解な詩です。その理由として僕はこう考えます。詩の中であなたは推論しすぎるのではないかと……。その証拠には、あなたの詩は、一種の判じものめいた感じを人に与えかねない。「難破人」とは何を意味し、「回転軸」とは何を象徴するのか——といつたことをまず考えないことには、詩の内面が切り開けないのです。無論題名の「変貌」から、ある種の理性的な解釈を押しつけることは出来ます。しかしそういうことをしたのではなんにもならない。プロセスが逆になるだけです。詩の鑑賞は、いつでも言葉が想像力に触れる箇所から始めるべきものです。あなたの詩を僕が前にしたとき、その方法が困難だとすれば、僕の想像力の側にも問題があるかもしれぬが、あなたの詩作上にも多少の問題がないとは言えない。そこでまた僕はこう考えるのです。あなたは符諜《ママ》とメタフォアとを取り違えていはせぬかと……。

言葉には「約束」でしかないものと、「約束」を越えたものとがあるような気がする。前者は単なる符諜にすぎず、後者は僕達の想像力に訴えてくるものです。ところで、あなたの詩のメタフォアが、あなたの思索、推論の符号でしかないとしたら、これは恐しいことです。そうだとは決して言い切れませんが、なにかその傾向を感じさせます。

こんなところでどうか勘弁して下さい。いつでも舌たらずになる僕のこと故、御不審の点が多いでしようが。では

勝野睦人

五月三日

津崎　由規様

1　津崎由規が所属していた同人誌。

（田中武宛）

木洩れ日の美しい季節になりました。平素晴れ上つたことのない東京の空も、ここ二、三日は真青な色です。雀達も申し分け程度に街路樹に来て鳴き、すすけた羽根をばたつかせています。僕は詩から離れているととかく「前近代的」になるので、季節感情に溺れ込みやすい、例えば朔太郎の「雲雀料理」なんか思い出したりして、これは少年期への退行現象かなどと肝をひやしています。ところで朔太郎といえば、この十九日に「月に吠える」の研究会をやります。メンバーは無論ロシナンテの人達、場所は例によつて竹下氏宅です。あなたにも出ていただきたかつたのですが、もう間に合わないでしようね。（それとも竹下氏の方から知らせがとどいていますか）この試みは、今までのなれあい状態から抜けで

るために、僕達で考え出したものです。毎月第三日曜に開く予定でいますが、まだ正式には決定していません。わざわざお誘いできるような代物ではないけど、またいらつしやつて下さい。テキストはおいおいお知らせします。あなたと前登志夫の詩を比較してみたのは、僕の気紛れからだつたかなと反省してみました。けれどもそうではないようです。やはり共通する風土を持つているような気がする。ただそれを表現する場合に、彼は村野四郎的な存在論を持ち出そうとするのに、あなたはしません。だから例えば「その空瓶のような時を／冬の生理はいつさんに駈けるだろう」などという詩行に、あなたは反発をされるのではないかと……考えたのです。今はこうしか書けません。その内考えが纏つてきたら、又ペンをりま《ママ》す。では

あゝそれから夏休みのこと——岡田さんも来られることになりそうです。今からしごく楽しみです。

32・5・17

（福沢隆之宛）

僕もご無沙汰しているけれど、君からお便りのないのはすこし淋しい。とりあえずこのはが[1]。、学校の方へ出します。君の手に。うまく渡るかどうかな。わかりませんね。

五月から下宿が変りました。今度は本郷の西片町です。東大農学部のすぐ手前。静かで気持のよい場所です。一度是非遊びに来て下さい。この間学校をサボつてお茶の水の方へ行つたら、黒坂君に行き合いました。登校する途中だつたようです。昔と同じような笑顔をしていました。

今、Prévert の"Paroles"を読んでいます。僕のフランス語の力はあやしいから、読んでいることになるかどうかわかりませんが。未訳の詩に、でもいいのがあります。蝸牛が枯葉のお葬式に行く。けれども足がおそいので、彼等がやつてきた時にはもう春がきていて、死んだ枯葉達はよみがえつていた。失望する彼等にお日様は言う「まあ、おすわりなさい……」といつたシヤンソン。こんなのは彼でなければ作れませんね。

ところで学校の方いかがですか。アルバイトなんかでやはり忙しいのですか。二十六日もしお暇だつたら、一寸行き合いませんか。そう、新宿かどこかで。御都合、一寸お知らせ下さい。(もし大丈夫なようでしたら、場所、時刻はあなたにおまかせします。そして、その時、ロシナンテの感想を聞く気でおります。だまつて持つて行きつぱなしなんて、ひどいから)では　また

32・5・20

1「はがき」の誤りか。

(竹下育男宛)

いま午前二時十分過ぎ、ちらかした机の上でこのはがきを書きます。隣室の法大生も寝しずまつたらしく、物音ひとつ聞こえません。沈黙が僕の周囲に降りつむようです。

今夜はいろいろな本を読みかじりました。あなたにすすめていただいた梶井基次郎の「檸檬」「城のある町にて」、立原道造の散文、書簡の数々、それからもう一度堀辰雄の「聖家族」「風立ちぬ」など……。「檸檬」はすばらしい小説ですね。堀にないパセテイツクなものを感じておどろきました。けれ

ども、小説家としてのスケールという点では、彼とは比較にならないようです。
Rilke の仏訳詩集、手に入れました。Claude Vigée という人の訳で、五十篇の詩が集録してあります。"Solitude""Automne" などおなじみのものばかり。ぼつぼつ読んでゆこうと思つております。最近、仏語をやらねば駄目だという気が本当にしてきました。去年はまつたく遊んでいたようなものです。まあ、見ていてごらんなさい。今は、まだまだ駄目だけど、秋になつたらあなたの書棚をあらしに行くから。

このはがき、出すのが遅れてしまいました。鉛筆になつたところから、アテネにおります。これからあなたの家に電話をかけて、明日石原さんのところへ行く計画をもちかけてみる予定。では

32・5・25

（石原吉郎宛[1]）

昨日はおそくまでお邪魔してしまつて、本当に申し分けありませんでした。いろいろとおもてなしをして下さつた上に、楽しいおしやべりをさせていただき、僕にとつてはおかげで素晴らしい一日でした。それなのに帰り際に、お別れの挨拶をするのを忘れてしまつて、なんとお詫びしてよいかわかりません。あの時はぼんやりと考えこんでいた上、あなたも後の座席に乗られたような錯覚に陥つたために、あんなことになつてしまつたのです。adieu や au revoir の話なんかしたのがいけなかつたのかもしれない。時折、こういうしくじりをやる僕が憎らしくなります。

今、三、四篇の詩を書き散らしております。一篇は昨年の草稿に手を加えたものです。僕の詩は四分

の三程まできてとぎれることが多く、そのためにうち捨てられたものが随分あります。このことは僕の詩の発想法と関係しているのかもしれない……。昨日、あなたのお話をおききしてふとそんな気がしました。では……。奥様によろしく。

32・5・27

（このルドン、お気に召したでしょう。）

1 詩人。敗戦後、八年間のシベリア抑留を経て帰国。『文章倶楽部』に詩を投稿し、認められる。鮎川を中心とする『荒地詩集』に参加する一方、『文章倶楽部』の投稿仲間と詩誌『ロシナンテ』を刊行。戦後の詩の世界に特異な足跡を残すが、一九七七年、急性心不全で死去。享年六十二。詩集『サンチョ・パンサの帰郷』『北條』、評論集『日常への強制』『望郷と海』等。

（在間扶美子宛）

おはがき拝見したところです。本当に申し分けありませんでした。あのお手紙の御返事のことは、決して忘れていたわけではなく、それどころか、ここ一週間程の間、暇さえあれば考えていました。けれども、いまの僕のこころは、あなたとはじめて筆を交えた頃とは、似ても似つかぬ状態なのです。詩の面でも、絵の面でも、そして自己のアンテリジャンスの面でも、僕は自信を失つております。そしてその自信をまた取り戻すために、自己のみにかかりきつているだけで精一杯なのです。トーマス・マンの「道化者」[1]という小説の中に、次のような一節があります。

「凡そ不幸というものはたつた一つしかない。自分に対する好感を失うことだ。自分が自分に気に入らなくなる、それが不幸というものなのである。……君自身との軋轢、悩みながらの疚しい良心、虚栄心との争闘、そういうものが初めて君を哀れな齷齪すべき見せものとするのだ。」

この言葉は、現在の僕にとつて、骨身にしみる言葉です。そしてこのような「不幸」に陥つている僕には、あなたの詩を批評するだけの元気もなく、又その資格もないような気がします。自分からあなたに詩を見せてくれと言い出したりしておいて、こんなことを書くのは本当に心苦しい。けれども、もし今筆にした「齷齪すべき見せ物」でしかない批評を、あなたが真にうけるような場面を思うと、あえて書かずにはいられません。

僕は元来が見栄坊ですし、まだ一度も顔をあわせたことのないあなたに向つて、こんな自己内部の問題をお話しするのは嫌です。ですから、正直なところ、もうすこし期をみて、自分のこころが落ち着いた時に筆をとろうかとも考え、またその折ならば、すこしはましな批評も出来るかと考えていました。しかし、今日のおはがきを見て、それがとんだエゴイスティックな考え方だと解つて、本当に苦しくなりました。あなたの側に立つてみれば、出した手紙の返事がこないのがどのような気持か、僕にも経験があるだけによく解るのです。本当に本当にすみませんでした。こういう、僕にしかかかわりのないことを書くのもみなお詫びのためです。あなたが大変な誤解をされて、「私があんな詩をかいたのがいけなかつた」のかなどと。《ママ》本気で考えられるのを避けたいためです、《ママ》けつしてそのようなことはないのですから。

ここまでで筆は止めるべきでしょう。けれども一言だけあの詩の批評をします。これだけは、僕のこころの迷いにかかわりなく、確実に主張出来そうな気がするので。

現代詩を書く態度としてもつとも重要なことはなにかといえば、それは感情を造形化しようとする態度だと思う。昔の詩では、「かなしみ」はただ「かなしみ」として、「よろこび」はただ「よろこび」として、その詩とともに流すようにしか、歌えなかつた。けれども僕達の詩では、そうした感情といえども、彫刻家が塑像を作るような態度で歌うことができます。このことこそ僕達の詩の特権なのです。しかし、まだ、あなたの詩には、そのような態度が欠けているようです。あなたのこころの中に「霧」がたちこめている時、それがより必要とされる筈なのに……。最後に僕の好きだつた詩行、上げておきます。

一日は又未来につながるのに
未来は私につながらない

この行が、単なる感傷でないことを、僕は祈つてやみません。では

五・二七

勝野睦人

在間扶美子様

1 トオマス・マン『ヹニスに死す』（實吉捷郎訳、思索社、一九四九年）か『トオマス・マン短篇集』第一巻（實吉捷郎訳、岩波書店、一九四九年）で読んだものと考えられる。引用文の細部が原典と異なっている。

（福沢隆之宛）

先日は本当に失礼しました。もし君のお便りがあの朝届いていたなら、お行き合うことだけは出来たでしように。

僕は月・水・金と、夜、下宿をあけます。それも四時半から九時までです。アテネでとつている授業は二クラスなのですが、その間に二時間も間があるために、見せかけ強行的な日課になるのです。二時間の休み時間（?）はアテネの控室にいます。こういう両端を断ち切られた時の中にいると、いやでもフランス語をせねばならぬ気になり、仲々具合のいいものです。

あの日君が来てくれたのは五時頃とか。この下宿からお茶の水まで二十分、僕の先の方のクラスが終るのが五時二十分ですから、神保町あたりでお茶の一時が過ごせたでしように。本当に残念でした。ところで、来月の三日はお暇ですか。暇だつたら是非行き合いたいけれど。やはり新宿がいいでしようね。場所、時刻など、あなたにおまかせしますから、御連絡下さい。では

32・5・29

（竹下育男宛）

今日やつと起きれるようになつたので、ペンを取ります。まつたくひどい目に会つてしまいました。昨日（六日）の夕刻——あなたのお葉書がとどいた頃は、四十度すれすれのところまで体温が上つて、天井の線がゆらゆらゆれて見える始末でした。病型は言うまでもありません。おはやりのA52型[1]とやらいう奴です。それにしても保健証はなし、行きつけの病院もなかつたので随分困惑しました。

五日の晩ゆけなかつたのも無論、この風邪のためです。あの時はせめて電報でもうとうと思つたので

すが、他人《ひと》の手を煩わすのがいやだつたので、失礼しました。

ところでロシナンテを取りに行くお話ですが、月・水・金を除く日なら喜んでお引き受けします。平素事務的な仕事は他人《ひと》になすりつけてばかりいるので、たまには引き受けないことには叱られそうですから。出来上がつた日がわかつたらお知らせ下さい。なお会費は、淀縄嬢宛即今送つておきます。御安心下さい。

昨日中鉢さんから手紙が来ました。こちらから出ししぶつている内に、向うから来てしまいました。僕の「部屋」を褒めてくれたりするので、又返事が書きにくくなつてしまいそうです。彼女は美術関係の勉強をかなりしている様子、Reed の「モダンアートの哲学」[2]を美学演習として取つているとか……。寝床では梶井基次郎を随分、読んでみました。読めば読む程、ひきつけられそうです。彼の風景描写のかなしい程の鮮かさといつたら……。「凝視」する力をこれ位感じさせる作家は、古今絶無のようです。

32・6・7

1 この時期流行したA57型インフルエンザ（アジア風邪）の誤りか。

2 ハーバート・リード『モダン・アートの哲学』（宇佐見英治・増野正衛訳、みすず書房、一九五五年）のこと。

（中鉢敦子宛）[1]

お便りありがとうございました。丁度はやりの風邪を引き込んでしまつて、学校へも行けずいらいらしている時、あのお手紙が舞い込んできました。うれしいことはうれしいくせに、なんだか先を越されたような気もして封を切つたものです。というのも、あなたに差し上げるべく、前々からお便りの筆を起こしかけていたので……。例えばその第一の草稿には、こんな文句が見うけられます。「――あなたにロシナンテに入つていただけると聞いて、一番喜んでいるのは僕かもしれない。あの文倶（四月号）に載つた詩に最初に目を付けたのも、その見事さを同人内に吹聴したのも、実は僕です。こんなことは、自分で言うのはおかしいけれど、それ程、あの詩には感動しました。あなたのように情緒を形象的に把握する力のお持ちのお方は、そうざらには居ません。感情を比喩の世界に定着させて歌い上げる能力――それは詩人に不可欠のものです。あなたはその能力を充分にお持ちだ……。」このもつたいぶつた文面が、あなたのお手許に届かなかつた理由は、幸か不幸か竹下氏にあります。僕の所業が彼を通じて、あなたにいろいろと伝わつたと聞いて、テレくさくなつてしまつたのです。それ以来そうでなくても重い筆が、一層重くなる一方で、ままよ、その内に気が向いたら――なんていう気持になつて、今日に至つてしまいました。

× ×

僕は御存知のように芸大の油画科にいますが、いまだに油画というものがわかりません。又所謂「絵描き臭」を宿した画学生が大嫌いですので、クラスの仲間とはあまり付き合つていません。傲慢で偏屈な創作家よりも、むしろおおきな抱擁力を持つデイレッタントの方が好きです。ですから、あなたのような方の御意見をこそむしろお聞きしたい気がします。どんな絵を描くかは御想像にまかせて、（他人《ひと》様に自分の描く絵を想像させるのは実に楽しいものです）今僕をとらえて離さない作品の名を二点あげておきます。ひとつはヘゲソの墓碑、ひとつはフラ・アンジェリコの「聖告之図」（ワン・マルコの第三僧房にある方）。しかしこの二点とも、残念ながら画家を目指すものとしての僕より、詩を書く文学マニアとしての僕に訴えてくるようです。

詩はようやく真剣に書き始めたのが昨年の秋です。それまではアトリエの通風窓のようなもので、一種の息抜きの道具でした。石原さんから、君はいつも散歩しながら詩を書くようだね——などとひやかされていたものです。

現在僕の詩の拠所となつている詩人は、一人しかいません。リルケです。リルケ狂が僕の周囲にも蔓延するこの頃、こう言い切るのには一寸勇気がいります。しかし僕がひかれるのは、正直に言つて、「ドウイノーの悲歌」や「オルフォイスのソネット」におけるおそろしい精神の深淵を前にした彼ではなく、むしろそのひとつ手前の「物の詩人」「凝視《み》るひと」としてのリルケです。「新詩集」の諸詩篇を僕はこよなく愛していますが、とりわけ「少女哀慕調」「或る女優の肖像」「失明する女」などは手離せないものです。

又「聖セバスチヤン」の中の

…………

風を切つて矢が飛んできた　そして一本々々　彼の腰に突きささつた
矢は　むしろ彼の身体から　飛び出すかのようだつた[2]

…………

などという詩行は、だまつてひとに差し出して、そつぽを向いてしまうより仕方のないような気がします。いつ何にだつたか山本太郎が、安西均の「小銃記」の最終連をひいて、こういう詩人の目程恐しいものはないと書いていたけれど、この詩行にも、それと同様のことが言えないでしようか。言葉が絵よりもさらに鋭く網膜にやきつくということは、めつたにないものですね。けれどもリルケの新詩集の詩の多くは、詩が絵画や彫刻の持つ武器をある意味で奪つた一例ではないかな。僕はそんな風に考えていますが……。それからこの新詩集時代の彼の詩については、尾崎喜八が実にうまいことを述べております。御存知でしようか。一寸引用してみると「平凡な抽象的な単語も、彼にあつてはそれぞれ空気の境界面を持つて一つ一つ抜群な形象をなし、写象的な単語と共にちりばめられて、常に触感し得る立体形の形成にあずかつていた。」といつた具合で、僕がリルケの詩において最も多くひかれ、又自己の詩作上においても狙つていることを、ずばりと言われた感じです。殊に「空気の境界面を持つ」という表現はみごとで、新即物主義の先駆だのなんのというより、どれ程彼の詩における言葉の性格を言いあらわしているかしれない。又こんな指摘からヒントを得て、彼の比喩の秘密を解くことも出来そうな気がします。

ここであなたの詩に少し触れたいのですが、あの文倶の四月号に載つた「川」という詩は、僕が今のべたような言葉の造形化——「倦怠」というともすれば形を拒もうとするものの形象化への積極的な努力——が見受けられるような気がしました。そのため、なにか非常に、僕に似た詩作上の立場のようなものを感じて、魅せられたわけです。しかしともすれば、小手先だけのテクニックに陥り易い僕と違つて、詩の基盤となり支えともなる、どつしりとした思想的背景といつたものも読みとれ、うらやましい気がしました。僕があなたをロシナンテ内に吹聴したのもそんな理由からです。僕のこんなあの詩の理解は当っていないでしようか。その辺のところいつかお知らせ下さい。

ああ、それから、僕の詩を褒めて下さつてありがとう。あの「部屋」は僕個人としては好きな詩ですが、ああしたひとつの比喩を追いつめてゆく詩の書き方からは、そろそろ卒業する気でおります。

最後はAthéné Françaisのことが少し書きたかつたのですが、このレポート用紙は、もうこの二枚でおしまい、今は夜中の一時過ぎです。これ以上夜ふかしをしていると又、発熱しそう。風邪でもぶり返すことはいやですからペンを置きます。東京でも本郷のこの近所はなかなか静かなもので、物音は殆どしません。初夏のどこかしら空騒がしい夜気のようなものが、とおくから僕を取り囲んでいるだけです。では

勝野睦人

六月八日
中鉢　敦子様

僕の手紙のあちこちには、ツギを当てたような書き込みがあつたり、雀が嘴でつつついたような跡があるでしよう。これはむかしからの僕の癖です。僕の頭の回転がイレギュラーだということのいい証拠かもしれない。でも読みづらいでしようね。ごめんなさい。

1　『ロシナンテ』同人。勝野の推薦を受けて『ロシナンテ』同人になるが、その直後に彼が事故死したため、奇しくも勝野睦人追悼号から参加することとなった。詩集『海へ』。

2　『リルケ選集』第一巻で読んだものと考えられる。引用文の細部が原典と異なっている。

（竹下育男宛）

別に用事もないけれど、またはがきを書きます。今日の午後はじめて外出しました。おおきなマスクをかけ込んで、喉のところをぐるぐる包帯でまいて……。ところでポール・フォールの「恢復期」ではないけれど、こういう時の視界の鮮かさは、不思議ですね。何かめまいに近いものを感じる程の日光の量、街路樹のくろい影、日よけのシートや洗濯物のまるで妖精めいたはためき、アスファルトの道のかすかな凹凸――そういつたすべての景物のうえには、なにか消毒薬めいた匂いが流れていて――（ひよつとしたら、それは僕のしていたマスクの匂いだつたのかもしれない）……どこかしら息がつまりそうで……その癖いつもよりかえつてせかせかとしか歩けず……これは僕の感覚器官のどこかが故障したのかもしれない、などと思つた程です。そしてふと思い出したのが、また梶井基次郎のことです。「夕陽は郵便受けの中へまで射し込む」（「冬の日」の一節）としるしたあの彼の目は、こんなところにあつたのかな、とすれば、あの一行が単なる描写を越えてしまつて、作者の心の方を逆に照らし返している不思議もわかりそうな気がするけど……そんなひとりよがりのもの思いに沈んで、今日一日を過ごしました。では

32・6・9

（岡田芳郎宛）

すっかりあつくなつてしまいましたね。そちらは流感はいかがですか。東京はまつたく惨憺たるものです。僕もこの五日から洗礼にあづかつてしまつて閉口しました。熱は四十度近く出る、喉は痛む、だのに知り合いの医者はひとりも居ない。下宿にはちいさな子供が居るので、感染させたら困るし、それやこれやでくたびれました。もう平気で外出しているのですけど、咳は消えず、レモネードや夏みかんのようなものばかりに目が走ります。それにしてもこうした恢復期（？）の気分は一種奇妙ですね。街を歩いている時に特に感じるのですが、自分の心象風景と外界に展開している本当の景色が、あまりにもうまく重なりすぎてこわくなります。——いやこんな表現はうまくない、というより外界がいつもより以上の日光で満たされているのに、自分のこころの中はあまりの暗闇なので、かえつて外界の方を自分のこころと感じて僕の感情が流れる——そんな気持でしょうか。これは心理学的に言うとどうなるのかな…ああ、心理学のことなぞ忘れましょう。

ロシナンテは今週中に出来上がります。校正の時なんかに少しづつ作品を読んでみたけど、先号より少しレベルは低いような気がします。ただあなたの作品に関して言えば、今度の方が面白そうです。行かえ詩人でもない、小説家でもない——でもその気持は、それ程不安定なものでしょうか。あなたには、詩や小説などというみみつちい迂路を通らなくても、正面から現実にアダプトしてゆける安定性があるので、かえつてそんなことを口になさるのではないかな。「詩集を出すより背広を買う」という言葉が、あなたの生活上における文学の実にスマートなあり方をよく示しております。つまりより快適に生活する手段としての……。

生意気なはがきになつてごめんなさい。

32・6・11

（福沢隆之宛）

おはがきありがとうございました。実は僕も五日頃から流感の洗礼を受けてしまつて、まつたく散々な目に合いました。もうすつかり元気になつたのですが、一時は四十度すれすれのところまで体温が上つて、この分では十日位はとても駄目だと思つた程です。まあ怪我の功名といえば、寝床で梶井基次郎が読めたことでしょうか。「檸檬」や「ある崖の上の感情」なんかは知つていたのですが、今度のように真剣に読みかえしてみたのは初めてのことです。とにかくおそろしい男ですね。彼の散文は意識がすべて視覚に集中した状態の記録のようなものだ、と誰か書いていたけれど、本当にそうかもしれません。例えば「夕陽は郵便受の中へまで射し込む」（「冬の日」から）などという描写は、もう単なる描写ではなく、作者の心の中を逆に照らし返しているようです。一寸この引用だけではわからないでしょうけど、ここへ導く凝縮した美しい風景描写を読みすすめてくると、そんな気になります。又「死んでいくものは死の方を向かず、かえつて死を背にして空をみあげる」[1]――といつた言葉が、リルケのドゥイノーの悲歌にあつたと記憶していますが、梶井の目も、そういう「うら若い死者」の目に似ていないでしょうか。

やれやれ、おおそれたことを書き出してしまいました。はがきにこんなことを書く男の、神経が疑われますね。…日曜日（十六日）の件はO・Kです。ただ午後一時からロシナンテの読書会があるので、午前中、それもなるべく早い方が好都合です。で、一応、新宿駅東口午前九時――としておきますが、いかがでしょうか。なおこの読書会に出席してみられませんか。今回は立原道造です。テキストは別にいりません。君になど、はずかしくてとてもみせられる会ではないけど、詩を書く人間の顔がどんな風のものか、一度観察するのもおもしろいでしょう。

32・6・11

1　第八悲歌の「死の近くでは　ひとはもはや死を見ず、／外を見つめる」（浅井真男訳）のことか。

（栗原節子宛）

あいかわらず、散らかしつぱなしの机に向つて、この便りのペンを取ります。傾いた電気スタンドの首、花の萎れた花瓶、芯の折れた鉛筆、ペン先のないペン軸、畳の上に仰向けになつて、天井に時を知らせ続けている目覚まし……僕の頭の中そのままのような乱雑なこの部屋の有様です。

×　×

三日は同人雑誌の合評会で、友人の下宿へおしかけて行き、一日とりとめもない議論のし通し――やれサンボリズムがどうの、リルケがどうの、青臭いことこの上もなし――それでも喉だけはからからにして帰宅しました。こんな折、威勢よく口をつく言葉は所詮ビールの泡のようなもの、テーブル・クロースを汚すのが関の山です。

×　×

佐伯祐三のこと――あなたの御有る[1]通りです。ゴッホと同じ「血液型」の、どこかしら殉教者的な性情をそなえた画家です。彼にとつて絵は、目的であるよりもむしろ手段でした。この点でもやはりゴッホと同じく、所謂フランスの近代画家達とは、そうして日本の偽フオービスト達とは、少しく性格を異にしています。彼の作品にも、又、小林秀雄が、ゴッホの作品について指摘しているような、「非完了性」があるように思えてなりません。まあこういつた話は、いつか又、お行き合いした折にでもしましよう。

×　×

ところで小林秀雄といえば、彼の随想的評論のなかに「ヴァイオリニスト」というのがあります。メニューヒンの演奏を聴いた感想から、問題を演奏家というものの性格にまで進めて、パガニーニのことなどにも触れている、非常に独創的な文章です。もう、お読みになつていらつしやいますか? まだつたら一読おすすめします。

×　×

六月は日曜日が皆ふさがつているので、そちらへ行く機会は一寸ありません。御好意を無にして残念ですが……。

七月の初めにもし暇が出来たら、お便りしましよう。では　さようなら

睦　人

六月十二日

節　子　様

あなたのお手紙をいただいて一週間ですね。

筆不精　お許し下さい。

1　「仰有《おっしゃ》る」の誤りか。

（鈴木芳子[1]宛）

たいへん御無沙汰いたしております。流感がスゴイ勢いで蔓延していますが、そちらの方はいかがでしようか。東京は惨憺たるものです。僕もとうとう洗礼を受けてしまいましたが、軽くつてすんだのがなによりです。それでも一時は四十度近い高熱に悩まされました。今でもまだ、すつぱいものばかりが無性に食べたいところを見ると、本当に回復してはいないようです。

いま真夜中の一時頃、フランス語の勉強がいやになつてしまつてこんなお便りを書きます。あけ放した勉強机の前の窓からみえる六つの裏窓……。その内の三つはもう雨戸に閉され、残りの三つだけが目覚めております。僕の手許を照らしているこのスタンドの明りも、とおくからはあんな風にみえるのかしらと思うと、こころが躍つてきます。日に焼けたラシヤ紙をひいたこの勉強机も、みれば憂鬱になるだけの読みかけの本ばかりの書棚も、外からはもつと新鮮にみえるのかもしれない。……そうしてどこかで僕のような男が、窓辺に手をかけてこつちの方を見ているかもしれない。そいつは思つているのだろう。あそこには少し侘しげだけれどなんだかいい生活がありそうだ、なんて……と、そんなことを考えるのは可笑しいでしようか。それにしても、そうして眺望された僕の影と、こうして僕が僕だと信じこんでいる僕との、どちらがホンモノといえるでしようか。

梶井基次郎に「ある崖の上の感情」という散文があるけど、あれなんぞは、こうした僕の気持によく似た心理を扱つているのではないかな……なんて自惚れていますが。
一人しやべりのはがきになつたことお許し下さい。
32・6・14
1 『ロシナンテ』同人。

(元島進宛)
お便りありがとうございました。あのお手紙転送がやや遅れたらしく、先頃手許にとどきました。あまり久しぶりだつたので少し驚きましたが、それだけに一層うれしい気がしました。君のことは忘れてなんぞいる筈がなく、折にふれては思い出していました。とりわけ休暇の折信州に帰ると、いつも君のことを考えたものです。僕の高等学校時代の思い出は暗い方です。これは、勝手に自分でそうきめこんでしまつたのでしょうが、実感として、どうしようもありません。又殆んど自分のことばかりにかまけていた為か、友達のことはあまり頭に浮かびませんが、君だけはまつたくの例外です。君が描いていた絵などいちいち思い出すことも出来ます。

芸大へ来ても、持ち前の社交下手から、ごく少数の友人しか作らなかつた僕は、それだけに自己の世界に沈潜して、立派な仕事をすべきだと考えていますが、気ばかりあせるばかりで何も出来ません。ともすれば自意識過剰の傾向があらわれ、実作がしぶりがちの有様です。「二年間この学校でおまえは何を勉強してきたのか」などと自問してみて、愕然とするこの頃です。たしかに成長したものといえば鑑賞力でしよう。いま僕の頭から離れないものは、数々の初期ルネッサンスの絵画ですが、それと僕の実作との関係となると殆んどないようです。こういう僕の中に生れた二人の僕――ディレッタントとしての僕と創作家としての僕と、今後どのように対決させるか……まつたく骨の折れる問題です。

お便りを拝見したところでは、君もいろいろな苦労をされてきた様子――でも愛知学芸大学に入学して図工の教師になる決心をされた由、感激しました。君ならば多少の準備さえすれば芸大入学も無論可能でしようが、いまの僕の気持からすれば、あなたのとられた道の方がはるかに正しいと思う……。打算的だなぞとは決して考えていません。本当におめでとう。よかつたですね。君がこれから四年間、持ち前の技量を磨きあげて行く様子が目にみえるようです。いまどんな絵を君は描いているのだろうかと、昨夜も考えましたが、一寸想像がつきませんでした。でも君は「視る」という行為の謙譲さと貪欲さとを兼ねもつていたから、やはりリアリスティックな絵を描きつづけていることでしようね。

睦　人

夏には是非遊びに来て下さい。僕は七月一杯多分こちらに居ますが、八月には帰飯する計画です。そのうちにまた御連絡しましよう。では

六・二〇

元島　進様

乱筆をあしからず。

ある同人雑誌[1]に入つて、原稿を書く機会が多くなつたために、こういう乱暴な字体が身についてしまいました。

1　『ロシナンテ』のこと。

（片桐ユズル宛）

Poetry[1]先日拝受しました。御手数をかけて恐縮です。いまぼつぼつと読んでいますが、他のいろいろな仕事に追われて、はかどりません。その内に暇の出来るのを待つております。

僕の詩はトップに載せていただいたので、何んだか責任が重くなつたようです。本当に隅の方でよかつたですのに……。

なおロシナンテⅫ号が出来ましたので、別便でお送りいたします。またいつか批評していただければ幸いですが。

（追）部数はあれだけで充分です。

32・6・22

1　「わたしはひとつの…」が掲載された『POETRY』第四号（MINORITYの会、一九五七年）のことと考えられる。

（「勝野睦人全集」は、舟橋令偉・島畑まこと・田口愛理・古川慧成が詩集・書簡集・雑誌から翻刻し、梅元ゆうか・山下洪文が最終調整を加えた）

インタビュー

勝野睦人の思い出

竹下育男（談）　舟橋令偉・古川慧成（聞き手・編集）

『ロシナンテ』同人だった竹下育男氏に、勝野睦人の思い出をお話ししていただいた。インタビューは二〇二三年五月八日、竹下氏のご家族と、お知り合いである豊田美楠子氏の立会いの下、東京都西東京市の竹下氏のご自宅でおこなわれた。勝野と親しく交わった竹下氏の証言は、詩人の実像に迫る一級資料と言える。話のなかで言及される絵画や写真については、アルバムを参照してもらいたい。

竹下　勝野睦人君については、私は今まで二回文章を書いた。一回目は五十年前、私が四十歳の時だけど、『詩学』の一九七二年八月号、この中に入っています。それが一回目。二回目は今から二十年くらい前、七十歳の時に『ロシナンテ』のことを一応まとめて書いておくかっていうので、三、四年かかって書いた。それが『「ロシナンテ」の詩人たち』です。その半分くらいは勝野についての文章だと思います。その二つの文章を今まで書いたので、実を言うと、それ以上私が喋ることはあまりないんですよ。その二つに勝野について感じたこと、考えたことはだいたいみんな書いちゃった。

お二人にまずお礼を申し上げたいのは、五十年前に『詩学』に書いた文章の末尾に、私はこう書いたはずなんですよ。要するに、後は勝野の詩を読んでくださる人を待つだけだ、古い友人の一人として、私の願いはそれに尽きる、とこの文章は終わってます。だからね、勝野君のことを関心を持って下さったというだけでも、私は本当にありがたいと思っています。以上が前置きだな。

勝野については、初めの十分くらいは私が喋って、それから質問にお答えしようと思ったんだけど、考えてみたら十分も話すこともない。だからさっそく答えって言うか私の考えを喋っちゃう。それについて質疑をするということで、今日は始めたいと思ってます。では行きますよ。

・勝野に遺族はいるのか

竹下　いません。

・両親のお名前と家族構成

竹下　両親の名前は、私は知らないんだ。父親が弁護士です。名古屋の駅に近い新城市で弁護士事務所を構えて、そこに毎日飯田から通っていた。

家族構成はですね、四人です。両親と兄貴と勝野睦人。兄貴は、どこかの文章に俺も書いたんだけれど、早稲田大学文学部英文学科四年生の時に肺結核で死んだ。

・『ロシナンテ』の中での人間関係。仲が良かった人、仲が悪かった人

竹下　これはね、ちょっと難しいんだよ（笑）。勝野は距離を置く人なんですね。『ロシナンテ』同人で学生だったのは、勝野君ただ一人。あとはみんな仕事を持ってました。勝野には、仲が良い悪いということではなく、関心を持った人、関心を持ってない人というのはありました。

勝野が関心を持った人は、言うまでもなく石原吉郎。あとは誰かなっていう感じだよ。彼はリルケだったかトラークルとかっていう詩人に傾倒したんで、実際に我々の仲間で関心を持った人物は、あまりいなかったのかなって気がします。まあ仲が良かったっていうと一応私なんで（笑）。

仲が悪かったたっていう人は多分いません。距離を置いて、あまり関心がなかったたって人はいますよ。それはいるんだけど、仲が悪かったたって感じの人はいませんでした。

・勝野の戦争体験について

竹下　あいつは一九三六年生まれ。日中戦争が始まった時は、多分彼は一歳くらいですね。第二次世界大戦が始まった頃は、まだ小学校上がってない。三歳くらいだったのかな。兄貴が六つくらい年上で、私よりも二つくらい年上です。

兄貴も彼も戦争体験ってのはないと思います。その父親が当時どんなふうな生活して、戦争体験をして、それが勝野に伝わったのかということについては、私は全くわからない。勝野が書いた詩、それから書簡なんか読んでも、彼が戦争体験について語ったところは多分ない。私の見た範囲ではね。私が一年間付き合った中で、戦争体験について勝野と話し合ったたっていう記憶はありません。

・行きつけだった場所

竹下　知りません。実を言うと、当時はみんな貧乏でした。私も勝野も他の連中も。勝野と私がよく毎週のように会っていた。日曜日ごとにね。どこで会っていたのかというと、私の家は当時、街の靴屋です。私の家の二階で会っていた。すると金がかかんないからな。

勝野と一緒に歩いた場所といったら、神保町の古本屋に行った。それが一度くらいあるかな。それから新宿の当時の、古い木造時代の紀伊国屋ですね。勝野と行ったことが一度あります。それ以外はほとんどない。まあ高田馬場が近かったから、帰りに勝野と一緒に歩いて、途中で喫茶店に入ったということがあったと思います。そういう程度ですね。とにかく彼は絵描きになろうとしてたもんですから、藝大と彼の下宿先を行ったり来たりだろうと思いますね。ほとんどね。一生懸命、絵を描いてましたから。

・勝野が影響を受けた思想や信仰はあるか

竹下　これは難しい問題でね、それは結局勝野の残した詩だとか、書簡集やなんかで読んだ人が判断してくださるということしかないんで、ただ私が言えることはね、信仰っていうのは何を持って信仰って言うのかというところで難しいんだけども、いわゆるキリスト教、仏教、神道、そういったような信仰は彼は持ってません。信仰はあるかっていうと信仰はあるのかな。詩っていうものに対する信仰はね、わかんないけれどあるのかもしれない。それはみなさんで、勝野の詩と文章を読んで判断して頂くしかないだろう。

思想というと、たとえばマルキシズムだとか実存主義だとかいった思想ですね。そういった思想に彼が、たとえば哲学書みたいなのを読んでね、それに傾倒したというようなことは多分ない。彼が一番当時関心を持ってやったことは何か、それはやっぱり絵なんですよ。彼は学校を卒業してからも絵を描き続けようと、ただ死ぬ半年くらい前に詩に相当傾倒しちゃったからね。それは別として、そういうことなんだよな。

書簡集を見るとね、誰かの手紙にこういうこと書いてる。「あしたは美学概論の試験、あさつては教育原理のレポート提出日――考えると少々陰ウツになります」。私は知らなかったけれど、多分彼は教職課程をとっていたと思います。教職課程をとって、学校を卒業したら中学校か高等学校の絵の先生をやって、絵をずっと続けようと、多分それが彼の将来像だったんだろうと思います。

リルケ、トラークル以外に日本の詩人で彼がよく話したのは二人いました。一人は高野喜久雄。高野喜久雄の詩集に『独楽』があって、彼が非常にそれを尊敬していました。もう一人はですね、西脇順三郎にかなり傾倒していました。

　私はね、まもなく九十歳になるんだけれど、勝野のことを振り返るとね、やっぱり勝野の持っている資質みたいなもの、それと私の持っている資質みたいなものは、本当に遠い。私なんかが一番勝野の詩に向いてない読者じゃないか、そう思いますよ。だから勝野の詩の本質とか詩の魂みたいなもの、それに触れているのは俺じゃないって、俺以外の誰かであるっていう気持ちはいまだにあります。

　たとえばね、何がわかんないかって言うと、俺宛ての手紙に書いてあったと思うんだよ。西脇順三郎の詩を引用してさ、言ってんだ。なんだかよくわかんない、当時も今もわかんない。「渡し場に／しやがむ女の／淋しき」、こういう一節なんだよ。これを彼は、ここに本当の意味の寂しさがあるんだよ、ということを俺に書いてきたんだよ。さっぱりわかんなかったよ。「渡し場に／しやがむ女の／淋しき」、何が面白いのかって思ったよ。

　渡し場っていうのは、川の渡し場ですよね。もう三十年か四十年くらい前は、江戸川なんかでもまだあったからその「渡し場に／しやがむ女の／淋しき」、その手紙を受け取った時、首を捻ったな、どこがそんな……。人間の本質的な寂しさに触れてるって、彼は言うんですよ。でもそういう感受性は俺にはないんだよ。ないっていうか欠けてんだよ。

　『ロシナンテ』の同人がいると、合評会みたいなのをやるわけですよ。みんな集まってワーワーやるんだけど。その中でよく出てきた言葉ってのはいくつかあるんで、それをちょっとご紹介する。一つは「沈黙」、もう一つは「メタモルフォーゼ」、まあ変身って意味かな。これがよく出てきました。勝野と俺だけじゃなくて、『ロシナンテ』の合評会の中でね。「この詩はね、全然「沈黙」って段階を通ってないよ、浅い詩だよ、駄目だよ」なんていう批判をよくしてました。「沈黙」って言葉はよく使ってましたね。石原さんも使ってた。

詩っていうのは、やっぱり書こうとする動機は、やっぱり感動、なんとか心に引っかかるものなんだよ。それは突き詰めると、表現にはならない、本来的に。だからそれを前にしては、「沈黙」するしかないんだっていうことだよね。で、そのところを通り越してもやっぱりなんか描きたいんだ、っていうのが詩の言葉になるんじゃないのかっていうのが、勝野とか石原さんあたりの感覚だよね。そんな感じはありました。

「孤独」って言葉はたまたま出てきたんだけど、『ロシナンテ』の仲間で、新潟でまだ詩を書いている田中武っていう詩人がいるんだけど、あいつが十九か二十歳くらいに書いた詩なんですけど、こういう一節があるんだよ。「孤独／という事は／遠くで誰かが僕を呼んでいる事だ／鹿のように耳をそば立てる事だ」。それをね、勝野と俺が読んだときね、やられたと思いました。本当に。

「比喩とレトリックはどう違うのか」っていうようなことがあるんだけど、比喩っていうのは今、田中武が言ったようなのが比喩なんだよね。孤独っていうのはとにかく遠くから誰かが呼びかけてる。もうそれについては、耳をそば立てるしかないんだと。そっから出てくるのが詩だと。そういうあれだよね。勝野と俺は、その田中武の詩を読んでね、やられたってそう思いました。だからあいつは偉いんだよな。

『ロシナンテ』ずっとやってて、一九五七年に勝野は死ぬわけだけど、あいつは夏休み冬休み春休みってたんびに、飯田に帰っちゃうの。そん時ね、勝野が言ったんだろうな。少し最近の『ロシナンテ』の合評会だらけてると、我々はもっと勉強しなくてはいけないんだ、勉強会をやろうよって言い出したのは、多分勝野なんだよ。誰かが発表してそれについて色々議論しようと、今のまま惰性みたいにやってるんじゃ駄目だってことを言ったんですよ。俺がすぐ賛成した。石原さんもそれはいいねって。嫌がる奴もいたんだけどね、じゃあそれで行こうって。一回目に石原さんが喋った。それがね、多分鮎川信夫の詩について石原さんが喋った、一時間くらい。それについてみんなが議論した、というのが一回目なんですね。

二回目は「俺がやる」ってんで勝野君が言うからさ、やれって言ったんだよ。その時、勝野が何を喋ったかっていうのは、残念ながらもう六十五年も昔の話だよ。忘れちゃったよ。ただ萩原朔太郎をもとにして勝野は喋りました。萩原朔太郎、それから堀辰雄、あの辺のことについて、勝野はなんか原稿を見ながら一時間くらい喋った。それについてみんなが感想を述べたり。

勝野が終わった後、じゃあ三ヶ月後は俺がやろうってんで、私が手を挙げたの。多分、勝野が夏休みに飯田から帰ってくる九月ごろやろうかと、それを俺はやるよって言って。何をやる気だったか忘れちゃったよ。多分フランスの詩についてだろうと思います、私が喋ろうとしたことは。

・「比喩はレトリックではない」という勝野の詩論について

竹下　「比喩はレトリックじゃない」って勝野が喋ったってことについては、もううろ覚えだけど、レトリックについては直喩とか暗喩とかなんとかかっていっぱいあるじゃないですか。それを専門にしている本だって出ていますよね。それは勝野は知らない、死んだ後だからね。

比喩っていうのは要するに認識なんだ、っていうのが勝野の考え方じゃないかと思いますね。たとえば田中武の言った「孤独／という事は」。孤独とはって、たとえばさ、それを詩って置き換えても多分良いんじゃないかって思うね。遠くから誰かが呼びかけている、それに耳をそば立てる、それがつまり詩の始まりなんだよっていうことは、多分勝野も田中武も私も石原さんも、おそらく同じ感じではなかったかと思います。

・「もし勝野君が生きていたらとても今のようにこううまくいつてやしないだろう」という石原吉郎の発言から、勝野に影響を受けた人物と死後の影響について

竹下　これは『ロシナンテ』の座談会で言ってるんだろ。石原さんが言ったのかな。『ロシナンテ』一七号、あれ俺が司会したんだよ。「生きていたらとても今のようにこううまくいつてやしないだろう」って石原さんが言ったんだと思うけど、それは俺も同感だね。それはどうしてかっていうと、やっぱり中弛みしてたの、『ロシナンテ』は当時。田中武も当時ちょっと中弛みで、一番中弛みした張本人は好川誠一だよ、なんと言ったたって。

『ロシナンテ』の後期、精力的に書いて中身がレベルの高い人は三人いました。石原吉郎、勝野睦人、それと後期で入ってきた粕谷栄市です。あいつはすごかった、最後のところは。彼は『ロシナンテ』に多分一年くらいしかいなかったと思うんだけど、俺はびっくりしましたよ、本当に。初めは行替えの詩で『ロシナンテ』に出て、行替えの詩はちっとも面白くなかった。みんなで悪口言ってたんだけど、ある時突然散文詩出したんだよ。すごいんだよ。「鯨または」っていう散文詩だよ。それは彼の第一詩集『世界の構造』に載っている。あれで高見順賞を受けたんですね。だから石原さん、勝野、

粕谷。あ、勝野は死んじゃってるんだ、一七号じゃすでに。石原さんと粕谷君だけです、後期で本当にすごい詩を書いていたのは。

石原さんはよく言ってたんだ。「百篇詩を書けば、そのうちに一つあれば御の字だ」って。石原さんは本当にね、脂がのりきっていたね。『ロシナンテ』に十篇くらい詩を書くと、三篇か四篇は傑作ですね。そういう時代は、石原さんは『ロシナンテ』の時代だけだと思います。

勝野に影響を受けた人物と勝野の死後の影響、それはわかんないな。勝野に影響を受けた人物っていえば、俺かなと思うんだけどね（笑）。俺は多分勝野の、さっき言ったように、資質を受け継いでいないもんだから、影響を受けたことは間違いないんだけど、本当の意味での勝野の影響は、今ここに勝野が来ればさ、「んなこと言ったって竹下さん」って誤魔化されちゃうだろうと思います（笑）。

死後の影響については、全くわかりません。そういう人が、たとえば他の同人誌をやってる人にもいたのかもしれないしね。そこら辺はわからない。ただ『ロシナンテ』の中で死後に影響を受けたっていうと、一番俺がわかっているのは俺自身かなと。それ以外の人はあんまりいないんじゃないかな。粕谷君は勝野君の詩についてちょっと否定的だったからね。石原さんも、肯定している文章と否定する文章が入り混じってました。

ちょっと駆け足だけれど、ざっと喋っちゃった。何か聞きたいことがあればおっしゃってください。

古川　『勝野睦人書簡集』の編集の記号、丸とか三角はどういう意味があるのでしょうか。

竹下　あいつの手紙に丸ついてんだもん。だからそれをその通り私が写した。書簡集は彼の書いた手紙を、その通り写してる。俺自身何にも手入れてない。丸も三角もあいつがやったんだよ。

豊田　以前お話を伺ったときに、石原さんが勝野さんの詩に影響受けてたような気がするって、一言おっしゃってたのがちょっと残っているんですけど、もし何か今思い出せることがあったら伺ってみたいです。

竹下　そんなこと俺言った？　それは俺の間違いです。多分。多分ないと思います。

豊田　逆はありましたか。

竹下　逆？　石原さんの詩に勝野が影響を受けた？　あんまり違いすぎちゃってね。勝野は石原さんを大変尊敬していました。それは間違いない。それは書簡集なんかにも出てると思います。なんか、たくさん蓄えられている倉庫みたいなもんだって、石原さんをね、そんなふうな表現で、尊敬していましたよね。俺と勝野君の二人で石原さんの家行った。それはなんかに書いたよ、俺は。

舟橋　先ほどの座談会なんですけど、ここで河野さんが「勝野さんにそのつもりがなかつたとしても、他へ影響してエコールが出来かねなかつた」と書いていると思うのですが、これだけ読むとすごく影響力があったように見えるのですが。

竹下　全く失礼だよ。俺の顔見ながら言ったんだよ（笑）。河野澄子が。要するに勝野が一番会話が合うのは、結局俺なんだよ。それで勝野に俺が影響されてさ、勝野派（笑）、派閥じゃないけどさ、勝野派みたいなのが生まれんじゃないかって。つまり勝野と俺がね、一つの核になって『ロシナンテ』の他の連中と、こう二分されちゃって、分かれるんじゃないかっていうことは、河野さん思ってたんじゃないかな。

今思い出したんだけど、勝野、石原吉郎、田中武、これを一つのグループにする。好川誠一、岡田芳郎、竹下、これを一つのグループにする。違うんだこれが、感覚は。石原、勝野、田中武、これはね本当に詩人なの。好川、岡田、竹下っていうグループはね、彼らから見ると要するにミーハー族です。なんでもこう関心を持つ、いろんなことに。

好川なんかは家に来るとさ、テレビで相撲やってるとさ、合評会なんかすっぽ抜かしてテレビ行っちゃうんですよ。二階で合評会やって下にテレビがあるから。ちょっとちょっと、なんて言ってね。当時は栃若時代、初代の若乃花、そんなのの話をする。それから将棋が好きですから、将棋の話をする。そうするとそういう話で盛り上がるのは、好川と俺なんだよ。勝野や石原さんは、そういう話を我々がしててもね、にこにこ笑ってるだけ。絶対にそういう話題に入ってこない。興味がないんだもん。田中武もそう。全然興味がない。だからそういった点が、やっぱり本来の詩人といわゆるミーハー族とは違うのかな。いまだにそう思ってます。純粋派と雑駁派ですね。

結局私と勝野が一番よく話をしたのは何かって言うと、それは絵のことなんですよ。詩なんかは俺よりも石原さんと喋ってる方がずっと良いんで。絵のことについては、たまたま私が大学時代、気まぐれで絵画教室に通ってたんで、三年くらい。そして下手くそなデッサン描いてた。まあいろんな当時の絵描きのことを見たり、なんかしてたわけですね。そういう人が、『ロシナンテ』にはね、俺以外いなかった。勝野はもうそっち専門だから、それで私と話すと、話が弾むんですね。それで毎週会って、よく飽きないなってほど会ってました。日曜日ごとに。

勝野の絵について、どうなのかって言われると、ちょっと答えようがないんだけど、勝野の遺稿詩集が思潮社から出ましたね。あそこにロダンの「考える人」を背景にした写真があるでしょ。その裏側に勝野のデッサンが載ってます。裸婦のデッサン、あれが勝野の実力だね、当時の。あれはよく描けてると思うんです。それとこの自画像なんだけれど、これは飯田に私が行ったときに、飯田のお母さんに「これくれ」って言ってもらってきたんだよ。いつ頃勝野が描いたのかはいまいちわかんないんだけど、多分藝大を受験する前の年か藝大入った年か、つまり十八か十九くらいの時に描いた。これが彼の実力だと思いますよ。やっぱりデッサンはすごくしっかりしてると思います。鉛筆デッサンだけれど。

でね、寄せ書き、絵を描いた。『ロシナンテ』は地方同人が多いもんですから、消息を書いてあげようよっていうんでね、それを書いて送ってました。好川はね、そういうことよく描くんだよ、あいつ。それから石原さんがよく描くね。どれが石原さんのかわかんないけど、みんなね、めちゃくちゃに描くからさ。これを描いているときにね、勝野君もいたわけですよ。好川や俺がね、「お前も描けよ」って言うとね、勝野君はさ、にこにこ笑って「ちょっとご勘弁」と一切描かなかった。彼はそういうふうに、ちょこっと描くってことはできないんですよ。本格的に描くことしか。だから絵を描くことについては、彼はかなりストイックなところありましたね。簡単に描けるかっていうことですよ。そういうあれがありました。

この自画像なんだけど、こんなふうにおっかない顔はしていませんでしたね、いつもは。『ロシナンテ』で会う時は、もっとにこにこしてました。いつも秋から冬になると、黒いとっくり（襟）を着て黒いズボンを履いてる。学生ズボンね。夏になると白いワイシャツだけ。これが勝野の、なんていうかスタイルでしたね。

身長はどれくらいかって言うと、私より一センチか二センチくらい高いから、多分一七〇センチ前後。

俺よりちょっと痩せていました。体重はどれくらいかってわかんない、五五キロくらいかな。俺が六〇キロあったからね。多分一七〇センチ、五五キロぐらいかな。それから髪型にはすごく凝っていました。床屋には一切行かない。自分で刈ってた。多分鏡を見ながら切ってた。そういうとこについては、えらくデリケートっていうか。俺みたいな雑駁な人間からいくと、なんでそんなことやってんだよ、という感じでしたね。

非常に快活な男でしたよ。『ロシナンテ』の合評会行くとね、なにかっていうとみんな笑ってばっかりいたよ。何笑ってるかわかんないけどね、合評やりながらね。もう本当に賑やかで、活気があった合評会で。そんなかで勝野についてはあんまり……

「LA NATURE MORTE II」っていうのがあるだろ。それが原稿だね、「LA NATURE MORTE II」の。彼が死んだ後俺がどっかから見つけて。

竹下娘　実家の引き出しでしょ。

竹下　そうかもしれないな。几帳面な字を書くやつだよね。

舟橋　めちゃくちゃ綺麗ですね。

豊田　これって最終稿ですか。詩って手を入れたり直したりするじゃないですか。でもこれすごい綺麗なので。

竹下　これが多分、『ロシナンテ』に出した時の原稿じゃないかな。手を入れているやつは、多分彼は見せてない、我々に。字はね、石原さんの字の方が面白いよね。小学生みたいな、たどたどしい。

勝野の兄貴が大学で死んだ時、多分勝野は高校二年生ぐらいだったろうと思いますよ。当時、死んだ後ね、色々勝野のこと調べてて、高校時代の同級生にも会ったんです。名前は忘れたけど、そいつの話だともう今は高校は無くなっちゃったみたいだけど、長野県立飯田高松高校っていうとこで。その同窓会でそいつが級長やって、勝野が副級長やってたってことは話聞きました。

勝野は藝大ストレートで入学したんだよ。当時藝大はね、油画科は倍率三十倍くらいいってたんだよ。どうしてそんなにいったかっていうと、主任教授にね、小磯良平っていう絵描きがいましてね。彼の油絵っていうのは立派なもんですからね、本当に。それで絵描きになりたいって奴らが一生懸命、藝大受けたわけです、油画科を。その中で彼はストレートで入っちゃった。藝大は学力だけじゃないからね。デッサンの実技の試験があるから、それが相当描けないと、とても入れるもんじゃない。だから実技的にも彼はかなりレベルが高かったんだろうと思いますね。

古川　勝野が絵を発表している場所はあったんですか。

竹下　ないです。藝大は発表展覧会をやるみたいですね、卒業制作の年に。その一年前に死んじゃったもんですから。彼が卒業する時期には、せっかく同じ仲間だからってんで、卒業制作の展示に行って見てました。それだけだね。後はない。

彼はまた、そういうところに出すなんて気は全くないからね。もう修行中の身だっていう感じですから。そんなあれでしたね。

この絵はね、本当困るんだよな。この絵については、『「ロシナンテ」の詩人たち』に書いたんですけれど、これは死んだ年に、勝野の下宿先に行ったんです、私がね。下宿先にそれが置いてあったんですよ。それをかっぱらって来ちゃった。無論お母さんに了承をとって。

したらね、この絵の裏側に、勝野の字で木炭で書いてあるんですよ。「但し俺の絵じゃない」って、そう書いてある。「但し俺の絵じゃない」ってのは、考え方が二通りあるだろう。一つは文字通り俺の絵じゃなくて、たとえば同期生の絵描きあるいは先輩の絵描き、それを勝野が気に入って譲り受けた。それで持ってたんじゃないか。こういう解釈が一つ。

もう一つは、俺はね、こういう解釈したんですよ。「但し俺の絵じゃない」ってのは、俺が目指しているような、そういう方向の絵じゃないと、ただし俺が書いた絵にしてはちょっと気に入ってるからっていう意味じゃないかってとったんですよ。その後飯田なんかに行って、彼の静物画だとか風景画とか見てんだよ。本当にこんな絵ないんですよ。こういうタイプの絵がね。

当時の文京区西片町に彼は下宿してました。その前は、谷中に下宿してたんだよ。大学入って一年二年は。三年生に入った、つまり死ぬ年の三月か四月頃、谷中をやめて西片町に移ったんですよね。それで西片町で交通事故で死んじゃったと、こういうことですね。西片町には、私は一度だけ遊びに行ったんですよ。どっかで勝野と待ち合わせをして行ったんですよ。そしたら西片町には、こういう家があるんですよ、本当に。これは一部三階ですけれど、普通は大体平屋か二階建て。一部三階建てのこういう木造の家もありました。

まあ勝野が書いたんだろう、という想定のもとで『ロシナンテ』の詩人たち』の中では書いた。それと真ん中の二階の窓が黒く塗られている。それになんか非常に惹きつけられた、私自身が。勝野の詩と似てるなあと。その黒く塗られたところがね。なんかそう感じたもんで、勝野が描いたんだってふうに勝手に解釈したんだけど、やっぱり今思うとね、「但し俺の絵じゃない」って彼が書いたんだから、その通りじゃないかなと思いますよ。多分彼が書いたんじゃないだろう。ただし彼は大変この絵が好きだった。だから手元に置いていた。まあそういうことです。

舟橋　事故にあった現場の交差点って、大体どの辺ってわかりますか。僕たちも訪れたんですけど、具体的な交差点が分からなくて。

竹下　俺もね、どっちかっていうと方向音痴なもんだから、赤門の手前、本郷三丁目からずっと行って赤門行きますよね。その手前に大通りで左に折れる。右側に東大があって、左側に折れる大きな通りがあるんだよ。その通りがね、こう通ってすぐ右に曲がってく。その右に曲がってくところで、交通事故にあったんだよ。それは同人の岡田君が俺に向かってね、どういう状況で死んだのか説明してって俺が言うから、ベラベラ喋ったんだよ。岡田君はそれを詩に書いてる。

ちょうど大通りを曲がってるところに街路樹が植えられてる。それでね、彼は多分向こうに渡ろうとして、木を背中にして立ってたんだよ。そうしたところに向こうから来たオート三輪がね、かなりスピードを出してきて、それで左に曲がったわけですよ。それで曲がっていく上で、ここにぶつかっちゃった。だからちょうどオート三輪、それと木の間に彼は挟まっちゃって即死です。そういう状況でしたね。

竹下娘　プラタナスではなかったんだよね。

竹下　プラタナスじゃなかった。プラタナスって書いたら、岡田君に叱られたよ。なんだっけ。イチョウかな。

事故の当時、みんなが集まりました。お寺にね。文京区林町ってとこになんかしらのお寺がありまして、名前忘れちゃった。俺は『ロシナンテ』だけかなと集まる人は、そうじゃなくて、藝大の同級生がずいぶん来ましたね。総勢二十人くらい来た、『ロシナンテ』と合わせて。みんなそういう状況だからむっつりしてさ、何も喋らないで、こう棺の前でみんなこんなになって、俺は泣きべそかいてたんだよね。そういう時に急に石原さんが、ぶっきらぼうに「勝野君の詩を読みます」って立ち上がって、詩を読んだ。石原さんは二篇読んだ。私の記憶がトンチンカンだから、私一つしか覚えてない。それは「鐘楼」って詩ですね。それを読んで座った。これが葬式の時に集まった写真です。

青年期ってね、今私感じんだけど、一種の緑内障に罹ってんだよ。全体を見ているはずなのに、ある部分が真っ黒で見えてないんですよ。それはたとえば、石原さんの詩の中核みたいのね、それは多分見えてないんだ。そういうのを多々感じますね。

『ロシナンテ』の座談会を『詩学』でやったんだけど、それも俺が司会したんで覚えてる。その時ね、俺が要するに「これは石原さんの詩に関する座談会だ、石原さんの詩なんて我々は結局わかってないんだ」って言ったらさ、粕谷君が間髪を容れずにね、「みんなアキメクラだったんだ」ってね。いまアキメクラなんてのは禁句だよ。ただアキメクラなんていうのは、比喩からいくとぴったりだね。本当にそうだと思う。緑内障みたいな、なんかどっかに集中しちゃって、どっか見えてない。それは多々あるね、そういうことが。そんな感じがいまだにありますね。

でもね、岡田君なんかもまあ会ったら言ってんだけど、「結局俺の今までの生涯の中で『ロシナンテ』が一番楽しかった」と、そういうことは私も感じるね。本当に楽しかった。喧嘩ばっかりしてたんだけどね。いろんな書く奴がいたんだよ。書く奴同士のあれじゃないんだよね。書く奴の他に、なんか遠くのものに耳をそば立てるっていう、そういうことについて喋るんだよ。あいつにはどんな兄弟がいて、あいつはどんな学校を出て、んなことね、何にも喋らない。なんかある究極の詩みたいなね、それについてみんな喋ってた。石原さんもね。だから石原さんがどんなところに勤めてて、どんな生活してるかは何も知らないもんね。まあよく喋ったな、会う度にね。

勝野の詩とちょっと離れるけど、私自身ね、大学時代フランスの詩人をよく読んでました。ボードレールから始まって、ランボー、マラルメ、ヴァレリーあたりですね。マラルメ、ヴァレリーぐらいになるとわかんねえよ、よく。ランボーの『地獄の季節』っていう有名な詩集がある。まあよく読んでたよ。その時小林秀雄は『地獄の季節』から文壇にデビューしたって、あれがありましてね。

いまだに覚えてる一行があるんですよ。それがね、小林秀雄はこういうふうに訳してる。「俺たちはきよらかな光の発見に心ざす身ではないのか」、そういう訳なんですよね。「きよらかな光」は〝la clarté divine〟。〝divine〟は、普通訳すと「神聖な」ですよね。「神聖な光」ってのが普通の訳し方だよ。なぜ小林が「きよらかな」って訳したのか。それは多分、推察なんだけど、「神聖な」って形容詞を使っちゃうと、そこに神って言葉が出て来ちゃう。キリスト教的なイメージに限定されちゃうんじゃないか、と小林秀雄は思ったんじゃないのかってのが私の推察なんです。

その次なんだよ、問題は。原文はね、ちょっと軽いダッシュがあって、〝loin des gens qui meurent sur les saisons.〟と書いてあって、それで終わりなんですよ。小林秀雄は、「季節の上に死滅する人々からは遠く離れて」、こう訳してるんですよ。これも小林秀雄にしちゃ、なんて言うか静かな訳だなと。ランボーの詩なんか、原文で読んでみるとね、たとえば私が訳せばさ、「季節の上でくたばってる奴等から遠く離れて」。私はそんなふうに読むよね。「くたばってる奴等」って感じなんですよ。「死滅する人々から」って、随分静かな訳し方だなって、そう思ってますよ。私は多分、大学時代にこれ読んだの。

「季節の上」、フランス語の原文は、〝sur les saisons〟って書いてある。〝les saisons〟って書いてあるから、複数形になってる。だから季節はひとつじゃないんだよ。「さまざまな季節の上でくたばってる奴等から遠く離れて、俺たちは神聖な光を見出す身の上じゃないか」って訳した方が自然だと思いますけどね。私は最後の一行にすごく引っかかって、勝野にもこのこと話した。「そらそうだ」って勝野は言ってましたけども。

つまりランボーが言った「さまざまな季節」っていうのは、そこにいろんな観念が入るわけです。愛っていう観念もあるし、祖国でもあるし、思想っていうものもあるし、マルキシズムでもなんでも入る。そういうようなものが、さまざまな観念で囚われて、死んじまった、くたばった奴、こういうふうにランボーには見えるわけ。

〝sur les saisons〟ってのはいろんなものが入るんだよ。私ね、その時思った。俺は今詩のことについて色々思っている。それはランボーから見ると、〝les saisons〟の一種じゃないのかと。つまり多分ランボーが言いたいことは、そういう観念とかなんとかによりかかってる奴は駄目なんだと。よりかかって、そこをつまり自分の拠り所にしていろいろ詩を書いたりなんだりする。それでは「神聖な光」は絶対見出せないよ、というふうにランボーは多分言ったんだろう。それは小林秀雄もそうだし、私もそうだと思う。

だから私が『ロシナンテ』入ってる時、ある一人の詩を読むとね、そいつの背景にそいつが何かよりかかっているものがあるんじゃないかって、あればそんなのは詩じゃない、そういう感じでね。石原さんの詩なんか、いつもなんかね、宙ぶらりんなんだよ、自分のいる場所っていうのが、なんかないんだよね、石原さんは。

石原さんと勝野君のレトリック上の共通点は何かって言うと、「神様」。「神様」って言葉を『ロシナンテ』の中で詩の中に書いたのは、石原さんと勝野君だけです。勝野君は「神様」の他に「あなた」って言葉使ってた。この「あなた」は要するに「神様」なんだよね。石原さんは「神様」って詩の中で書くんだけれど、それがさ、なんて言うか突拍子もないイメージなんだよ。たとえば、「じつに足ばかりの/神様であった」、こういう詩がある。なんだよ、足ばかりの神様って。それからもう一つ、「まあたらしいごむの長靴をはいた/足ばかりの神様」、こういう表現がある。イメージとしてさ、我々が感じる神っていうのと全然違うんだな、石原さんのは。でもね、石原さんの詩を何回も繰り返して読むと、石原さんの詩の中じゃそれがぴったりかなって、不思議な感覚がありますね。

勝野君の詩の中に出てくる「神様」は、これは石原さんと全然違う。まあリルケ、トラークルに近いね。だから勝野君は、非常に論理的で整合性が高い詩を書いているって評価をしている人が結構いるんです。それは全くそうなんで、あいつは頭がいいからね、論理性はすごくある。でも彼の詩っていうのは、結局読んでみると、ある中核のところの、たとえばあの窓の暗い部分のような、なんかそういったものがある。それをきちんと輪郭で囲まないと見えてこない。輪郭として囲んだことによって、真ん中のものが欠け落ちちゃう。それが詩なんだ、というのが多分勝野の感受性ですね。そう思いますね、いまだにね。

勝野の詩、魂……。小林秀雄がある時座談会でね、若い人に質問受けたんですよ。小林先生、人間の魂ってのはあるんですかって、したら小林秀雄が言下に答えるわけです。あるに決まってるじゃないですか。多分石原さんも勝野も似たようなことを思ってたんじゃないか。魂ってのはあるんですよ。死んだ後もね。

勝野君と会ってると圧倒されたね。比喩やなんかが豊富でね。だから俺、書簡集なんかでもだいぶ彼にやられてますよ。アンドレ・ミノーっていう当時絵描きがいましてね、フランスの。我々よりも十か十五くらい年上のバリバリの絵描きですよ。アンドレ・ミノーの絵を見て、私がすごく感動してね、それで勝野に手紙やった、夏休みに。したらやられちゃったよ。本当に彼の言う通りなんだもん。嫌になっちゃうよな。読んでみようか。「あなたの「原型なき感情」説はよくわかります。けれども少々文学的に過ぎた見方ではないでしょうか。又ミノーの絵をあなたが鑑賞したのではなく、あなたの特定の鑑賞の仕方に、ミノーの絵が逆に利用されたという感じがします。(これは言葉のアヤではないと思います)」ってこっぴどく批判された。夏休みに飯田から俺に手紙が来てさ、開けてみて読んでね、本当にその通りだと思ったもんね。そこはやっぱり、本格的に絵を勉強するやつだった。俺みたいに、ちょっと絵画教室にっていう奴とは違うんだな。よくレンブラントの絵なんかについて話をしました。どっかに出てんだけど、レンブラントに随分勝野は感動してましたからね。その感動の仕方が昔のなんとかっていう……

豊田　レンブラント展を見損なったのは、っていうところですか。

竹下　そうそう、それだよ。

竹下娘　お父さん、せっかくだからさ、こんなに若い人たちが勝野さんの詩のどこに響いたのかを聞いてみたら、逆にね。どうして勝野君の研究してるのとかさ。

竹下　そうか（笑）。この勝野君の遺稿詩集は本当にお粗末だった。慌てて思潮社が出したんだよ。その時ね、原稿を貰ったの、出版社のね。随分間違いがあったよ。直したんだよ、俺、一生懸命。直して送ったんだけど、そいつ見てないんだよ。誤ったとこだらけの原稿を、そのまま本にしちゃった。もったいない事するよね。俺ちゃんと直したんだよ。

舟橋　句読点の位置とか、全然違いますね。

竹下　慌てたんだよ。新鋭詩人叢書ってんだから。あれで儲けたんだろ、思潮社は、なあ（笑）。

竹下娘　舟橋さんは石原さんの研究もされてたんだって。そこで『ロシナンテ』を見て、勝野さんの詩に……

舟橋　出会ったんです。

竹下　そりゃね、石原さんの方がずっと研究のしがいがありますよ。だって石原さん六十いくつまで生きて、勝野は二十歳で死んじゃったんだもんね。石原さんについて喋るとなるともう止まらないから、今日は喋らない。石原さんについて喋ったら、本当に永遠に終わんないや。

舟橋　勝野について質問があるのですが、勝野は鮎川信夫とか谷川俊太郎の自分の詩に対する批評に関しては、どのように思ってたんでしょうか。勝野の詩に対して、「レトリックだけ」とか「上手いだけ」とかそういう批評が多いんですけど、どういうふうに思ってたのでしょうか。

竹下　『文章倶楽部』は佳作、入選、特選、この三種類だった。特選は毎号あるわけじゃない。でね、

『ロシナンテ』の中で『文章倶楽部』に特選で入った詩人は、石原さん、好川、田中武、この三人だけです。勝野君は特選で入ってません。ていうのは、勝野君は『ロシナンテ』に入ってからは、『文章倶楽部』に出さなかったから。出すとすれば『詩学』の方でしたからね。『文章倶楽部』は鮎川信夫と谷川俊太郎が選者でした。石原さんの「夜の招待」っていう作品がありまして、これが特選で入った。その時にその詩をすごく褒めたのが、谷川俊太郎です。鮎川さんよりも谷川さんの方が褒めた。「これが詩だ」と、「パラフレーズできないものだ」って、「夜の招待」をベタ褒めしたんですよ。

それから勝野のいくつかの作品が入選してます。谷川さんは十八歳の時に、『二十億光年の孤独』で一躍出たわけですね。だから『文章倶楽部』で選者やった時は、おそらく二十四か五くらいですよ。その時にね、何だろうな。谷川さんの詩と勝野君の詩ね、これもまた随分違うんですよね。似たようなものを目掛けて感じてるような気もしないでもないんだけど。谷川さんは、その後勝野君を評価しなくなりました。「マヌキヤンによせて」ってのを、勝野が死んだ年の五月か六月ごろ投稿したんでしょうね。八月号の詩学研究会で、一席で載ってるわけだ。詩学研究会は大体四人くらい選者がいて、一、二、三の採点なんだけど、三が最高で、四人の採点を足し算して決まるんですよ。その時、大岡信が三点を入れた。他の選者が一点か二点を入れて、それが足し算して六点か七点くらいになって、一席だった。その時谷川俊太郎も選者でいたんです。点が入ってないんです、全然。四人のうち谷川さんだけが点入れてなかった。

詩学研究会でやるとね、必ず合評会がある。それが『詩学』に載ってる。色々勝野君の詩についてね、みんなが話してる途中でね、突然大岡信がね、谷川俊太郎に「君だけが0点なのか」って言ったんだよ。

そしたら谷川さんがね、「個人攻撃はやめてくれ」って、で括弧して「笑」って書いてあった。つまり笑いながらさ、大岡信と谷川さんは親友だからね、笑いながら、「個人攻撃はやめてくれ」こう言ったんだよ。その後で谷川さんが入れなかった理由をちょっと述べてるんだけど、それがやっぱりね、勝野君の詩と違うんだ、全然ね。勝野君はやっぱりそのリルケ風の、そういったものを想定している。谷川さんなんて全然違うからね。『二十億光年の孤独』なんだから。宇宙離れしているわけだよ、あの人の詩は。人間的な要素ってのはない詩ですよ。それが非常に特異なもので、素晴らしい。勝野君の詩は、「神様」とか「あなた」といった、谷川さんの詩なんかに比べると随分人間臭いですよ。そういった意味ではね。そこら辺が違うだろう、というのが私の感じ。

『ロシナンテ』はガリ版刷りの時は、隔月版。ずっとやってて、その当時は会員制だった。誰でも入れる。会員制をしばらくやった後、同人寄稿を始めたのが一〇号くらいかな。その時から活版にしようって。すると金がないからね、みんな。だから季刊にしたんです。一年四回。

豊田　勝野さんのこの絵は、ちょっとタッチがセザンヌ風というか。

竹下　タッチが？　どうですかね。

豊田　なんとなくこのグレーの感じとか、ふと思ったんですね。

竹下　褒めすぎだよ（笑）。

豊田　セザンヌもね、サント＝ヴィクトワールとかを描きながら、キリスト教の神ではないけれど、何か大いなるものの響きみたいのを描いていたと思うんですね。

竹下　それはセザンヌありますよね。何か突き詰めたものみたいな。それはありますよね。

豊田　リルケもやっぱり、そういうものを詩を通して感じていたと思って。何かその絵と詩の響き合いみたいなものを、勝野さんは両方から、まあセザンヌがお好きだったかはわからないけれども、何か繋がる感じが私の中にあるんですけど。何かそういうお話とかも聞かれたりしてますか。

竹下　そう言ってくださるとありがたい、本当に。セザンヌについて、石原さんなんかもそうだけど、詩人っていうのはね、好きな絵描きにタイプがあるんですよ、必ず。一つはクレー。クレーの絵っていうのは、みんな詩人は好きだね。もう一つはちょっと古いんだけど、十九世紀の絵描きでルドン。ルドンの絵もね、詩人はみんな好きです。勝野もルドンは大好きだった。

石原さんの「夜の招待」があったときに、なんかね、詩人たちが集まって詩画展やろうっていう計画があったんですよ。詩に絵をくっつけて、そして詩画展でやろうって。『ロシナンテ』から誰か選抜して、一人出して絵をつけて出してくれって。みんなで相談して、そんなんもう『ロシナンテ』って言えば石原さんなんだから、石原さんの「夜の招待」を選んで。その「夜の招待」にどんな絵をつけるかって、その時勝野が選んだのがクレーです。どんな絵だったかよく覚えてないんだ。なんかね、暗い夜に旗かなんかが遠くにあったっていうような絵だった。そりゃクレーなんて詩人は好きになりますよ、ルドンもね。

セザンヌについて勝野と喋ったことは……。彼はどっかに手紙で書いてましたよ。やっぱりルドンの絵について、自分が傾倒してるのはね、絵描きっていうよりも自分が詩を書くという動機で惹かれたようなところがあるんじゃないかって、彼は自問自答してた。

豊田　ルドンの絵は、フランス象徴派の詩の挿絵とかにも使われてた記憶があるんですけれども。時代的にもちょうど、象徴派の頃にルドンがあって。象徴派やシュールレアリズムの詩とかは何か言ってましたか。

竹下　たとえばルドンの絵でね、一つ目小僧みたいな絵があるでしょ。あんなのシュールレアリズムの先駆けじゃないかって気がするよね、確かに。

竹下娘　勝野さんはルドンの話はした事あるの。

竹下　あると思う。忘れちゃったよ。ある意味でルドンはね、文学的すぎるんだ。勝野は好きだったね、ルドンの「花」は。詩人はこういう絵は好きだよ。

……やっぱりだめ、俺は。年寄りはセンチメンタル。本当に。ついだから勝野とか石原さんのこと喋ると、言葉が詰まっちゃう。

豊田　でもそれだけ大事な存在なんですよね。

竹下　ただの感傷です。センチメンタリズムだよ。

竹下娘　なかなかそういう話を喋る相手もいないですからね。

竹下　田中武なんて奴は未だに詩書いてんだから。あいつ、俺と同い年だよ。もうまもなく九十。あいつも変わったやつだからな。

豊田　さっきおっしゃられてた田中武さんの詩のフレーズが、先ほど詩を信仰って呼ぶことができるんだったら、っていうところにも繋がるなって感じながら聞いてました。

竹下　彼の詩の一節なんだよね。よく批評のことをさ、英語ではクリティシズム、こう言うよね。クリティシズムっていうのは、つまりクリティックだっていうことでしょ。ある人の作品を読むと、ここがその著者のクリティックなの。つまりクリティックってのは、ある意味でいうと危機。その危機をきちんと見分けて、批評できるやつがクリティシズム、批評家なの。だからクリティックってものをきちんと押さえられないと批評になんないんだよ。

豊田　確かに、詩の場所っていうのは境界線にあるっていうか、そういうことはよく感じます。だからその危機っていう感覚も、詩を感じる時にすごく大事なんだなと思いました。

竹下　境界線、そうなの。きちんとした土壌の上に乗ってるんじゃないんだよ。土壌の上に乗っかれば、これは依存なんだよ。よりかかってる。私、今ここ（椅子）によりかかってるけど、こうやってよりかかった姿勢では詩はできない。いつも宙ぶらりんの状態じゃないと。

菅野敦子は、旧姓中鉢敦子。中鉢敦子が『文章倶楽部』で特選で入ったんですね。勝野が見つけたんだよ。勝野が喜んでね、この人をとにかく同人に入れましょうって、まあ『ロシナンテ』の会議の時で勝野が大騒ぎした。「竹下さん、この人同人に誘ってくださいよ」っていうから、しょうがねえって誘ったんだよ。勝野が死んだ後入ってきた。東北大学の文学部にいましたね。

まあこいつは、女性ではすごく頭の良いやつだった。その後岩波書店に就職したんですよ。岩波書店に就職っていうのは大変だったたね、当時は。岩波書店で当時出ていた『文学』っていう月刊誌があった。そこの編集に携わってる、菅野敦子は。そしたらですね、亭主がジェトロ（日本貿易振興機構）に勤めてて、ジェトロでいきなりパリの事務所に転勤になっちゃった。だから彼女も一緒に行っちゃった。でね、五、六年前後パリで生活してました。まあフランス語はペラペラだしね。頭の良いやつ。詩は俺はあまり良いとは思わないけど（笑）。

今生きてる人は岡田君と菅野敦子と田中武と、それくらいだな。粕谷君は偉くなっちゃったからな。人間的には粕谷君もすごく魅力のあるやつだね。

それとこれも雑談なんだけど、石原さんがH氏賞を受けたの、これは一九六四年かな。その時はもう『ロシナンテ』はとっくに解散してて、みんなバラバラだった。で、せっかくH氏賞を受けたんだからみんなでお祝いしようよって言って、最後に集まったのがここ（竹下宅）なんですよ。建て替える前の家に集まったね、みんな。入り切らなかったからね。それが一九六四年、ちょうどオリンピックの年。

豊田　高田馬場から越してきても、ここでの交流があったんですね。

竹下　石原さんはちょうどH氏賞を受けたから、機嫌が非常に良かった。奥さんと一緒に来てね。

竹下妻　この辺に魂が遊びに来てるかもね（一同笑）。

豊田　ほんと、ほんと。

竹下　木下恵美子って同人がいて、彼女がね、女の子を連れてきたんですよ。三、四歳か四、五歳くらい。その女の子、どういうわけだか、石原さんが膝の上に乗っけてね、なんか話しかけてた。そういう写真があったんだけど、どっか行っちゃった。それが最後ですね、『ロシナンテ』で集まったのは。よく集まったよな。石原さんもよく奥さん連れて来たよなあ。

『ロシナンテ』解散した時に、解散パーティーやろうって言うんで。大体同人誌やめた連中は、解散パーティーなんかやりゃしない。でもやろうって言うんで、高田馬場に当時、「大都会」っていう大きな喫茶店があったんですよ。そこに集まった。それは勝野が死んだ後だな。

舟橋　『ロシナンテ』が解散したのは、マンネリ化というか、『「ロシナンテ」の詩人たち』で書いてあったと思うんですけど、マンネリ化して中弛みしちゃって、そのままもう解散しちゃったっていう感じでよろしいんでしょうか。

竹下　これは『「ロシナンテ」の詩人たち』に書いてあるんだけど、それを言い始めたのは俺。もう解散しようよって言い始めたら、みんなびっくりしてね、家の二階で、一瞬黙り込んじゃった。そして、別に賛成も反対もないまんま、じゃあ今日は終わりって言うんで、そのまま解散になっちゃった。俺が解散しようって言ったのは、まあ勝野が死んで話し相手がちょっとなくなったってのは、自分勝手な言い分だよ。

でも確かにね、『ロシナンテ』、その当時は石原さんと粕谷君だけです、本当に。田中武もね、少し詩がだらけて来ました。好川なんか全然ダメになっちゃった。みんなほとんどがそうだった。だったらもうそんな詩をね、続ける意味ないいんじゃないのかなって私は思った。ただ『ロシナンテ』に集まるのが楽しいもんだから、そういうのを壊しちゃうってのもちょっとね。だからもし反対があがってたら、まあしょうがないな、また続けようと。

大体私の家が、『ロシナンテ』の事務所みたいもので、雑務はみんな私のとこでやってた。『ロシナンテ』が三百部印刷する。すると全国にいっぱいあった同人誌に送って、こうやり取りするわけですよね。それは府中刑務所で印刷した。当時印刷したやつを送ってくれないんですよ。リュックサック背負って取りに行かなきゃ。でみんな勤めがあるから、なかなか一緒に取りに行かない。で大体私が、うちの職人だとかを連れて、勝野君は一回だけ行ったな、俺の親父と。

親父が呆れてたね、勝野のことを。変わった学生だなって、そうなんだよ（笑）。石原さんも一回取りに行ったんだよ。その時はね、誰もいないからうちの職人で美代どんっていう職人がいて、美代どんと一緒に行った。で、美代どんが帰ってきて言うに、石原さんって変わった人だねって、行きも帰りも一言も喋らないって、そう言ってた。うちは靴屋ですからね。石原さん、靴なんかどろんこで来るわけだよ。そうするとちょっと磨いてやれよってうちのお袋が言うから、美代どんが綺麗に磨いた。全然気がつかない。靴っていうのは履いて歩くもんだっていう感覚しかないからね。だからありがとうも何もないいんですよ。

舟橋　勝野さんが今でもまだ生きてたら、詩を書き続けてると思いますか。

竹下　絵は描いてると思うんだけど、詩はどうですかね。わかんないですね。わかんない。『ロシナンテ』辞める時は、勝野君いなかったんだけど、俺が解散しようって言った時にね、多分『ロシナンテ』の現有勢力の中で将来にわたって詩を書ける、書き続けるだろうっていう人は、俺の感覚では三人しかいなかった。石原さん、粕谷君、田中武。それ以外の奴は全部詩書かないだろう、その通りでしたよ。勝野君が生きてて、詩を書くかねえ。わかんねえな（笑）。

石原さんはね、合評会やるとそんなに我々の詩については……あんまし、なんていうのかな、厳しく批評はするんだけれど、ネチネチ責めるっていうことはなかった。ただ一回だけあったの。それはね、未だに覚えてるんだけど、大塩さんっていう同人がいましてね、彼の詩なんですよ。彼の詩について石原さんはネチこく、追及するのよ。で、大塩さんが辟易しちゃってね。

俺自身の感じとしては、それはね、大塩さんの詩の持ってるニヒリズムなんだよ。ニヒリズムの雰囲気が濃厚だった詩なんだよ。ニヒリズムっていうのは、私も大学時代非常に傾倒した時があるんだけど。

あれね、なんだろう、ブラックホールみたいな考え方だね、ニヒリズムって。そこに入っちゃうと、なんでも等価、同じ値になっちゃうんですよ、なんでもかんでも。

こう論理的にやると、非常に説得力があるのよ、ニヒリズムっていうのは。小林秀雄なんかは、ニヒリズムのことを球体だっていうふうに感じたんだよ。球体のなかに閉じ込められちゃうと、身動きがとれないんですよ、それを破って外に出るっていうことが、小林秀雄の言い方だと、「人生で一番必要なのはなにかをやっつけることだ」。こういう言い方してるんだよね。「なにかをやっつける」っていうのは、つまり球体に閉じ込められて蹴っ飛ばして、なにかをやっつける。

いまは生きてるんだかどうか知んないけど、岸田秀さん。岸田秀さんのことをニヒリストだと感じれば、本人は「違うよ」っていうかもしれない。すごく論理的に頭のいい人なんだよ。彼にかかるとみんなこう等価になっちゃう。そういう感じのあれだね。それについて石原さんはすごく苛立って。それはそうだね。それは合評会のなかでは記憶が鮮明ですね。大塩さんの詩はそういう詩だった。

でもね、岸田秀さんの本なんか読んでくださいよ、ほんとに参るから。なるほどなるほどって頷いちゃう。まあ頭のいい人だからね、我々なんかとやったら問題にならない。だけど、ああいう風なとこに閉じ込められちゃうと、身動きがとれませんよね。詩なんて書けないですよ。

舟橋　『ロシナンテ』の合評で、ニヒリズムってものに関しては、皆さん石原さんと同じように捉えられていらっしゃったんですか。

竹下　違うね、それは。石原さんはみんな尊敬してた。ていうのはすごい詩を書くから。だけど、石原さんについて我々がみんな尊敬してたのは、石原さんの思想とか考え方じゃあないね。すごいイメージを作るっていうので。そう、つまりイメージから詩が始まる。

たとえば「葬式列車」っていう石原さんの代表作がある。未だに覚えてるんだけど、「俺たちはそうしてしょっちゅう／自分の亡霊とかさなりあったり／はなれたりしながら／やりきれない遠い未来に／汽車が着くのを待っている」こういうの。

最後の連がこうなの。「誰が機関車にいるのだ／巨きな黒い鉄橋をわたるたびに／どろどろと橋桁が鳴り／たくさんの亡霊がひょっと／食う手をやすめる／思い出そうとしているのだ／なんという駅を出発して来たのかを」。論理的に、いくらだって分析しようと思えば分析できるかもしれない。ただね、やっぱりその、「誰が機関車にいるのだ／巨きな黒い鉄橋をわたるたびに／どろどろと橋桁が鳴り」、こういうイメージがね、あの詩の、なんていうか生きた部分なんだよね。谷川俊太郎流に言うと、「詩そのものであって分析ができない」、そういう詩行が、石原さんの詩にはいくつかあるんだよね。それに我々はびっくりしちゃうわけですよ。そんなイメージは、とてもじゃないけど浮かばない。もう、これはもうすごい。頭を下げてしまうね。こういう感じだよね。勝野君も、そういう意味で石原さんをすごく尊敬してた。

石原さんがその後、散文をたくさん書くようになる。それは勝野君が死んだ後、『ロシナンテ』が終わった後ですよね。石原さんはいくつか詩集を出してる。だけど、第一詩集で出したような、ああいう鮮烈なイメージはないと思う、僕は。

ひとつね、思い出すんだけど、現代の詩人たちが詩を書くときに、「ああ」なんて言葉使わないでしょ。石原さん自身も第二詩集以後、「ああ」っていう感嘆詞を書いた詩は多分ないと思う。「ああ」って言葉を使ったのは第一詩集だけですよ。そうなんだよ。「ああそこには確かに俺もいる」っていうのが、「葬式列車」のどこかにある。「夜の招待」のなかには「ああ　動物園には／ちゃんと象がいるだろうよ」。

石原さんの詩で、ひとつの詩で「ああ」って二度繰り返した詩、知ってますか。たったひとつだけある。それはね、「五月のわかれ」。鹿野（鹿野武一）さんっていうんだ。薬剤師さんですよ。彼は五月に死ぬんです。それを悼んで、「五月のわかれ」っていう詩を書いたの。そのなかに「ああ」って言葉を二回使ってる。だからよほど、「五月のわかれ」っていうのは石原さんにとってはね、すごく思い入れの深い詩だったんでしょうね。「ああ　騎士は五月に／帰るというのか／墓は五月に／燃えるというのか」。

「猫背の神様に背をたたかれて／朝はやくとおくへ行く／おれの旗手よ」っていうのが、「五月のわかれ」の最終らへん。「猫背の神様に背をたたかれて」。そういうイメージはね、ちょっと出てこないよね。いい詩ですよ。まあそんなのが私の記憶のなかでは鮮明ですね。ああ……くたびれた（一同笑）。

勝野の思い出じゃあね、蝶々。どうしてあんなに蝶々が好きなのかね、あいつ。まあメタモルフォーゼ、変身するからね。うちの娘のふたりは、蝶々なんて気持ち悪いって言うんですよ。でも勝野は、蝶々が好きだったの。あいつは運動神経鈍いからね、自分じゃ捕れないんですよ。子供を呼んでさ、十円か二十円あげて、捕ってもらって。

彼が死んだ後ね、文京区西片町の彼の下宿から藝大まで、どれくらいかなって歩いたことがある。二十分弱で歩けるの。それでずーっと歩く道がね、静かな道なんだなあ。今もそうかなあ。

富永太郎っていう死んだ詩人がいるでしょう。「鳥獣剥製所」っていう散文詩があるんですよ。そういう店があるんだな、彼の下宿から藝大までの途中。彼はその道を通って大学に通ってたの。ああ、勝野はこういう道を通ってたのかなあ。勝野にちょっとふさわしい道だなあ。それを思いましたね。

論考

括弧書きにされない叫び――勝野睦人のこと

田口愛理

本稿の注は250頁に示される

以前、詩の自作解説を試みた際に、文中にあらわれる「あなた」について、私は次のように記した――書き終わるまでは、私自身も「あなた」が誰か意識していない、ということが往々にしてある――と。

詩における「あなた」は、詩人によって全く異なる。それは「母」であったり、「父」であったり、「死者」であったり、「神」であったりする。あるいは、幾つかの要素が混じり合って「あなた」を作り上げたり、「わたし」が分裂して「あなた」となったりすることもある。

私たちのほとんどは「あなた」と呼ぶべき人物を見失っている。たとえ「あなた」に相当する人物が見つかったとしても、時間の流れと共に「あなた」は移ろってゆく。詩作を続けるには、「あなた」を見つめる「わたし」に沈潜してゆくこと――おのれの「核」に近づく必要がある。「核」に近づけば近づくほど、ことばの深さは増してゆく。しかし「核」に触れて、「わたし」について完全に理解してしまったとしたら、全てが狂ってしまう。書く意味も、生きる意味さえも失って、深淵へとおちこんでしまうのである。

勝野睦人は、はじめ「絵画」と「詩」の二足の草鞋を履いていた。かれは一九三六（昭和十一）年十一月三日に東京・麻布に生まれ、第二次世界大戦のさいに母の故郷・長野県飯田市に疎開した。一九五五（昭和三十）年四月には東京藝術大学美術学部に入学し、再び上京する。同校は現在も唯一の国立芸術大学であり、難関校として名高いが、勝野はストレートで入学している。同年には石原吉郎が主宰する同人誌『ロシナンテ』に参加し、一九五六（昭和三十一）年には雑誌『詩学』が開催した「全國同人詩誌コンクール」で投稿した「VIRGINITE」が、四位に入賞している。[1]

VIRGINITE

純潔は
あたしのしみ　お母様が
あたしのシユミーズの上に　いつか零した涙
　あそこだけをあたしは恥じねばならない
掌で　わけもなく蓋いかくして

純潔は

あたしのひび　粗相して
お母様があたしを「おんな」に産んだ　傷痕《きづあと》
　　あそこから
　いつかは割れるにきまっている
　脆い　あたしの運命が

純潔は
あたしの暗闇《くらがり》　たわむれに
あなたがたが小石を投げこむ　祠
ガーベラの花束や　いびつな愛を
　　そのなかで
　いつも躓いてばかりいるのが　あたし
　躓いても　転んでも
　声はころしていなければならない

〈だが〉
〈あたしの一生がなんだろう〉

〈あたしは 〈汚されるために張り詰めている〉
〈キャンバスの布だ〉

× ×

純潔は 校庭の外れに
掃きのこされた一枚の落葉
誰か来て
いつそのことはやく拾い上げてくれればいい

鮎川信夫は『詩学』でこの作品を「技巧的にうまい」と評しつつも、「何でも一応うまく書いちゃうというのは、そう高く買わない」（「作品コンクール審査合評」[2]）と苦言を呈している。また、勝野と同じく『ロシナンテ』に所属していた竹下育男は「くだらないものを書きやがって」（「勝野睦人の詩と言葉」[3]）と批判したが、勝野はこれに対し、一九五六（昭和三十一）年八月二十四日に次のような書簡を送っている。

ところで、詩学に掲載された僕の作品、けなされてもあえて反駁はしません。あれは、ああいう作品として許して下さい。「絵」が僕のアトリエの北窓だとしたら、「詩」は通風用に設けた南窓のようなものです。平素は締切つていないと光線が洩れます。時折室内に風を通す時だけ、あけてやります。これは、僕が「詩」を甘く見ているという意味ではなく、詩を求める僕の根本的な姿勢が、「休養」にあるということです……。

当初、勝野にとって「核」――光の洩れない「北窓」であったのは、「詩」ではなく「絵」であったのであろう。竹下によると、勝野は生涯、自作の絵を見せることを嫌っていたという(「勝野睦人のこと」[4])。竹下は勝野の初期作品について、次のように述べている。

勝野の初期詩篇の特徴のひとつとして、やや遊戯的な趣きとともにあらわれてくるのは、一種の余裕といったふうな感じである。彼の気持のなかで絵を描くのが本業であり詩は余技だと割り切れているうちは、この傾向が続いていくので、「ロシナンテ」に加入した当初の作品群も初期詩篇のそうした傾向の延長上にあった。(同[5])

「VIRGINITE」では、「躓いても　転んでも／声はころしていなければならない」というように、語ることを自分に許していない。勝野が「声」を投影する先は「絵」であって、あくまでも「詩」は生活の延長線上にある「息抜き」にすぎなかったのだ。しかし、詩作とは「蓋いかく」された「純潔」を、自ら暴き立てる行為でもある。ゆえに「誰か来て／いつそのこと早く拾い上げてくれればいい」という肉感のない「放棄」は、詩人の目に「くだらない」と映るのである。

一九五七（昭和三十二）年六月八日――つまり死の月に、勝野は中鉢敦子という詩人へ「詩はようやく真剣に書き始めたのが昨年の秋です。それまではアトリエの通風窓のようなもので、一種の息抜きの道具でした」と書簡を送っている。一九五六（昭和三十一）年ごろから、かれの詩には「神様」という用語が現れる。「ころして」いた「声」が、少しずつ洩れはじめるのである。

あたしは　神様の食卓
じっとして
不思議な朝餉のおわるのを
脚のたたまれるのを待ちうけていたのに

あたしは　神様の灰皿
ひっそりと
あの方の「思案」の吸いさしを
「時間」の過剰を受けとめていたのに

だのに　あなたは
むぞうさに
あたしを縁先に　いま引きだそうとなさる

あたしをいきなりうら返そうと
なにかをあたしから拭いさろうと――（「LA NATURE MORTE Ⅰ」）

題は訳すと「静物（画）」であるが、直訳は「死せる自然」である。静物画で用いられるモチーフは果物、花、台所など数々あるが、「それ自体では動かない」モチーフである。

ただし厳密に言えば、「静物」は主体性を失っていながらも、まだ死んではいない。たとえば花は大地から抜かれた時点で「主体性」を奪われるが、適切に世話をすれば一週間から二週間ほどは生き延びる。英語で「静物画」を訳すと「スティル・ライフ」（動かない命）となるのもこの所以であろう。

しかし「静物」は他者の介入も虚しく、必ず朽ちる。勝野は一九五六年十一月十三日の津崎由規宛の書簡で、「比喩――特にメタフォアは、「生」を遮断する性格がある」と語っているが、自らを隠喩するこの手法は、かれの最期を予見させる。

「食卓」や「灰皿」である勝野にとって、おのれを生かしているのは「神様」であった。ここで「縁先」ということばに注目しよう。住宅などである「縁側」に似たことばであり、庭寄りの端の部分を「縁先」と呼ぶ。「縁側」は内側でありながら、外側にも開かれた、境界のぼやけた曖昧なスペースである。そこからより外側の「縁先」に「引きだ」されるというのは、勝野がより外側に追いやられているという状況になる。

しかし先述した通り、「縁先」は限りなく庭（外側）に近い部分でありながら、厳密には内側でもある。ここから解釈すると、「神様」は、勝野と同じ「内側」にいる存在なのではないだろうか。

一九五六年十月二十四日、勝野は津崎由規宛てに次のような書簡を送っている。

そこで「神様」の問題です。正直に書いてしまいましょう。僕は今、「神様」とか「死」とかいうモティーフ——僕にはこういう言葉が適していますーーに対して、一種のインフエリオリテイを感じているのです。それは、僕が現在まで「神様」について真剣に考えてみたこともなければ、又、自己の「死」に真向から立向かわなければならないような経験をもたなかつたからです。ただきわめて身近かな「死」に、僕は一つだけ対面しています。しかしその「死」は、僕の心の一角にある、一種の空洞状のものを、まざまざと見せつけてくれただけでした。そのような、「死」に直面すれば、誰でも心の中で鳴りどよめく筈の絃が、僕の場合切れていたのです。僕はこの不感症的な現象を、僕なりの感慨でごまかそうとしました。

「きわめて身近かな「死」」とは、兄・勝野大の死のことであろう。この兄は勝野と六歳ちがいであり、一九五四（昭和二十九）年に病死している。このとき勝野は高校二年生ごろであった。兄の死が勝野の作品に影響を全く及ぼさなかったといえば、恐らく虚偽になる。しかし、この書簡で注目されるべきなのは、「不感症的な現象」という文言のほうであろう。

勝野にとって亡き兄は、鮎川信夫にとっての「M」にはなり得なかった。ドイツの詩人・ゲオルゲは、十六歳の若さで夭折した美少年マクシミリアンを神格化し、「マクシミン」を歌い上げたが、勝野にとって兄は「神様」にさえなり得なかった。詩人にとって「死者」を「あなた」にも「神様」にもできない「不感症」の状況ほど、空虚なものがあろうか。

あの中の「神様」には難しい注文はつきません。ある事物が「在る」ところには、必ず影を落している神です。（略）僕が実感としてかすかに感じる神は、いつも僕の背後にいます。だから僕の詩が背後に呼びかけようとする時、ひよつこりと、「神様」という言葉が飛び出してしまうようです。（略）僕にとつて今重要なのは、そのような、あまり必然性のない神に呼びかけながら、僕を悦に入らしてくれた空虚感の方です。（同）

兄の死を前にして生み出された「空虚感」は、勝野を「悦に入ら」せる。かれはまた、「死」とは「同じような失業者達と、別の組織を結成すること」（同）であったり、「僕という一つの「しこり」が、大気中に放散すること」（同）であったりすると信じていたと語っている。鮎川信夫をはじめとする荒地派が、「死」を媒介として詩のなかの「あなた」とつながっていたことを踏まえると、このような期待をもつのも無理はない。

しかし「悦」の足は早かった。勝野はつづけて「僕が実感したと信じていたのは、自らの空虚感を感《ママ》違いしたせい」と語っている。かれの口からは、亡き兄について多くは語られていない。しかし、兄を「あなた」にできなかったという事実は、兄の死は単に「偶然」にすぎなかったということを示唆している。

兄の死は、鮎川やゲオルゲが味わった「死」とは異なっていた。「死」には必然性も、偶然性も孕まれている。問題なのは「死」を目の前にした詩人が、かれの死を何方に捉えるかである。この点において、勝野は兄の死を「偶然」と捉えてしまったのであろう。このことは兄の存在——自分の存在もまた、偶然に死にうるものであり、誰かにとっての「あなた」にはなり得ないという示唆を勝野に与えた。

ここからは、一九五七年三月に『詩学』に掲載された「部屋」を三回に分けて読み解いていこう。

ふかい眠りにおちいつてしまうと
かれはちいさな部屋になるのだ
時間は粉雪のようにその回りをさまよい
ときおりとざされた小窓を叩く
丁度ひとりの友人が
ふとかれの肩に手でもかけるように……
すると　静まりかえつていたかれのなかで
誰かが寝がえりを打つけはいがきこえる
裸電燈の眼が一瞬しばたき
食卓に据えた灰皿から吸いさしがころがる
——そのように　かれの眠りの底へも
なにかがころげおちてゆく物音がきこえる……

やがておもい扉が軋み
ひとりの男があらわれる
くろい外套を羽織つた顔のない男が
そうして　ああ　かれにつづいて
無数の人影が戸口にたつのだ
鍔のひろい帽子をかぶり　紙屑や木の葉をまとつて
それからなにがなされるのか
とおく柱時計の咳がきこえる

かつて勝野は「灰皿」――静物として「主体性」を奪われながらも、「吸いさし」を受けとめ、みずからの務めを果たしていた。しかし、受けとめ切れずに「吸いさし」を「ころが」してしまった瞬間に、「くろい外套を羽織つた顔のない男」があらわれる。この「男」の正体を紐解くヒントを、勝野は一九五六年十二月十三日の竹下育男書簡で次のように記している。

僕には二通りの「僕」があります。一人はあなたとお喋りをし、下宿のマダムと喧嘩をし、家に帰つてお袋に叱られる「僕」。もう一人はある日の上野公園の隅で、一人のお上りさんの眼にふと映ずる「僕」――それは僕というよりも、むしろ単なる人影に過ぎない。外套の裾をひるがえして駈け去る、あわただしげな行人に過ぎない。この二つの場合の、どちらが本当の「僕」かといえば、かえつて僕は後者だと思う。

「男」は、「単なる人影」や「行人」としての勝野と解釈できる。この勝野には「顔」はおろか、個性も「あなた」も「詩」も存在しない。ましてや他者の「眼」には、偶然に目の前を通りがかった只の「男」にすぎない。勝野はつづけて「外燈、プラタナスの落葉、紙屑、旋風《つむじかぜ》……そういつたものだけとかかわり合つている「僕」（略）その「僕」には勿論性格などない」と記している。ゆえに「紙屑や木の葉をまとつ」た「無数の人影」も、「男」と同様に「偶然」の存在である。

いまかれの意識を
踏みつけて通りすぎて行くおびただしい靴音
テーブルがはげしくゆさぶられ
追憶が契約のようにとりかわされる
おおきな状差しの影が壁からぬすまれ
しきりに封書が読みかわされ
床が鳴り　地球儀がまわり
あちこちで沈黙が皿のように砕ける

「かれ」の「意識」は、「無数の人影」に「踏みつけ」られる。「状差し」はレターラックとも呼ばれ

ささるが、この「影」は「ぬすまれ」てしまう。「影」は「存在」を示す証拠でもある。これは交友関係さえ「必然性がない」ということに気づいてしまったのではないだろうか。

竹下は勝野が死の月になると、「あて先は別に私でなくてよい」（『勝野睦人の詩と言葉』[6]）手紙を続けざまに送ってきたことを語っている。勝野の「一人しゃべり」の書簡は、すでに「もう一人の僕」に蝕まれていた証拠ともいえる。

勝野は一九五七年二月十三日に栗原節子に送った書簡のなかで「僕達の手に「沈黙」が重くなつて、思わずそれをとり落した時、「言葉」はうまれる。それが詩になる本当の「言葉」だ」と書いている。「部屋」はあくまでも詩であり、かれが実際に見た夢を語っているとは限らない。しかし、勝野にとって「言葉」が生まれたのは、やはり「もう一人の僕」が現れ、「沈黙が皿のように砕け」――語らなければならないと感じた瞬間ではないか。

この詩を読み解いていくと、私はどうしても自分が少し前に見た、奇妙な夢について記しておく必要を感じる。それは次のような夢である。白い布が掛けられ、顔が見えなくなった「誰か」が運ばれるのを、私は見ている。すると「誰か」は溶岩の流れる場所に連れて行かれ、煮え立つ中にボチャンと突き落とされる。私はその光景を見て、自分が手を下してもいないのに「私が殺してしまった」と慟哭する。

この「誰か」のことを、私は「詩人としての自分」と解釈した。「詩人としての自分」を殺す「わたし」というのは、間違いなく「生活者」としての代替可能な「わたし」であろう。しかし、溶岩におちたところで、骨は溶けないという。ほんとうに「詩人としての自分」が死んだのであれば、必ず「骨」が浮かぶはずである。つまり「詩人としての自分」を、私は殺せない。それは「詩人としての自分」はたとえば私にとって「死」は、自分が自分であるための絶対条件であり、かけがえのないもの、代替不可能だからであろう。

勝野からしてみれば、私の解釈は「都合が良すぎる」と映るかもしれない。私が詩にする「ことば」や、私の「苦しみ」には、厳密には必然性がない。私は勝野のように「身近かな「死」」を体験していないどころか、戦争のように巨大な喪失をもたらす出来事も経験していない。ただ、どれほど個人的な「苦しみ」であっても、「のたうち回る自分」の実存だけは、疑うことができないのである。

話が脇に逸れてしまったが、勝野はこの「実存」するという感覚を得られなかったのではないか。「単なる人影」や「行人」にすぎない「僕」が本当の自分であると結論づけてしまった時から、かれの「部屋」に「死」の香りが漂い始める。

ときとして　だが母親は耳にする
息子の夢のなかのなにかあわただしいけはいを——
彼女はとぼしい明りを手にして
ながい階段をのぼつてくるが
かれはひつそりとしたやはりひとつの部屋だ
そのかたすみに
ちいさな夢の鍵穴をみつけて
そつと彼女はのぞきこむ
そうして　いま

かれの眠りの一角に
赤いランプの火が揺れているのを見ると
安堵の踵をかえしてゆくのだ

☆

翌朝はやくかれは目覚める
すると　かれのこころの底に
数枚の木の葉がちつている
いぶかしそうにかれはそれを手にして
その日も　学校へ出かけてゆく

かれの「母親」は「息子の夢」に忍び込んだ「けはい」――「男」や「無数の人影」に気づく。しかし「息子」はやはりひとつの「部屋」であった。あくまでも「契約」は「意識」の中で「とりかわされ」たのだから、外から一瞥して変化に気づけるはずもない。かれの「眠りの一角」には「赤いランプの火が揺れて」おり、「母親」は「安堵」する。「息子は問題なく生きている」と感じたのであろう。しかし「赤いランプ」というモチーフは、「危険信号」を思わせる。母親はこのSOSに気づくことなく、「踵をかえして」しまう。

翌朝目覚めると、「かれのこころの底」――昨夜は「眠りの一角」であったところに、「数枚の木の葉がちつてい」た。「木の葉」は「無数の人影」がおとしていったものであろうが、「かれ」が「いぶかしそうに」しているところを見ると、昨夜の「契約」のことを覚えていないのであろう。しかし「木の葉」を「手にし」たことで、かれは無意識の内に「もう一人の僕」に触れてしまった。「僕」が「偶然の存在」であるということに気づくならまだしも、実感として「手にと」ってしまったのだ。

ぼくは

ぼくは　縫いぐるみの熊の玩具だ
四脚まで
「無」の藁屑がつまっている

ぼくの詩は
腹の中のひとつの笛
だから単純な仕掛けだ
だからちいさな悲鳴だ

この詩では、「ぼく」は「「無」の藁屑がつまっ」た「縫いぐるみ」になっている。「玩具」は子どもが遊び道具につかうものであるが、いずれは飽きられて捨てられてしまう。「縫いぐるみ」には古来より魂が宿るという「付喪神」といった考え方もあるが、やはり「容れ物」にすぎない。「「無」の藁屑」

は、兄の死に際して「不感症的な現象」を味わった際に自覚したものであろう。

子ども用の玩具に、腹の部分を押すと「笛」のような音が鳴る縫いぐるみがある。勝野の詩はたしかに「悲鳴」をあげているのだが、それは「押されたから鳴った」という「単純な仕掛け」にすぎない。自分の「かなしみ」や「痛み」は大した類のものではないのだ、といったような、あきらめの気持ちが滲み出ている。

しかし絶望すべきでないのは、「ちいさ」くとも「悲鳴」がある、と認識できている点だ。ここからは『ロシナンテ』第一一号に発表され、竹下曰く「勝野の代表作のひとつとして長く記憶されてきた」(「勝野睦人の詩と言葉」[7]) 詩「鐘楼」を見ていこう。

鐘楼

「哀しみ」は
だれの裡にも
鐘楼のようにそびえています
あるひとは
とおくそれを仰いだだけで
さかしく瞳をそらします
また　あるひとは

こころのおもわぬ方角に
その姿が　ふいにたちはだかるのに驚き
ひそかに小首をかしげます
けれども　もつとべつなひとは
その周囲をせわしくめぐりつづけています
車輪が車軸にこだわるように
言葉が言葉の意味をまさぐるように
そうしてはてしないその目眩《めくるめ》きのうちに
ついには　すべてを見失な《ママ》います

ああ　しかし
もつともつとべつなひとは
はじめから知り尽くしているのです
こころが　ちいさな町でしかないのを
そしてたちどまつた街角にはいつでも
ひとつの鐘楼がそびえたつのを

かれは「哀しみ」をのぼりつめてゆきます

どこまでもひたむきにのぼりつめてゆきます
その頂にたどりつき
かれのこころを見渡してみようと
こころのただひとつしかない厳しい位置に
せめてものあのちいさな叫びが
吊されているのを
たしかめてみようと

「鐘楼」とは「かねつき堂」とも呼ばれる、梵鐘を吊るす一角のことを指す。鐘を突くと哀愁の混じった音が響きわたるが、だれの「裡」——「内側」にも「哀しみ」は「鐘楼」のように「そびえてい」る。はじめの「ひと」は、「哀しみ」を「仰い」で「瞳をそら」す。「さかしく」という表現に着目すると、自らの「哀しみ」を直視せず、逃避することで生きる「ひと」を指しているのであろう。また次の「ひと」は「こころのおもわぬ方角」に「哀しみ」が「たちはだかるのに驚」く。自覚されぬ「哀しみ」を、内心不思議に思うのである。

ここで「もつとべつなひと」は、「哀しみ」の「周囲をせわしくめぐりつづけてい」る。勝野は「「憧れ」は」で「わたしは枤を廻らねばならない／くりかえしあのひとを廻らねばならない／「憧れ」はあのひとを軸木にして／車輪のように旋廻します」と記しているが、「あのひと」＝「哀しみ」と捉えることも可能であろう。

旋廻を繰り返し、「べつなひと」は「すべて」を「見失」ってしまう。「「憧れ」は」が「その目眩《めくるめ》きのさなかに／ついに見失わねば　ならないものは／とりもなおさず／あのひとなのです」と綴じられていることを踏まえると、「べつなひと」＝「悦に入っていた勝野」と解釈できる。

さらに「もつともつとべつなひと」は、どのようなひとにも「鐘楼」＝「哀しみ」が「そびえた」っていることに気づいている。この「かれ」は、「もう一人の僕」に触れたあとの勝野であろう。「ぼくは」でも記されていたように、「かれのこころ」に「吊され」た「叫び」はやはり「ちいさ」なものである。

詩人は「哀しみ」と、ある一定の距離をとっていなければならない。語り尽くせない「哀しみ」があるからこそ、はじめて詩が生まれてくる。しかし勝野は、たとえ「哀しみ」の「周囲」を「めぐりつづけ」てみたとしても、鋭いが故に「哀しみ」の正体を解き明かしてしまう。詩を書き続けるには、再び「沈黙」に戻る必要がある。ゆえに「かれ」は「すべて」を見失い、再び「言葉の意味をまさぐる」のである。しかし自己を俯瞰できてしまっているがゆえに、この繰り返しにも限界がくる。

勝野にとっての最終手段は、おのれの「こころ」にある「ちいさな叫び」を「たしかめ」ることであった。かれは「吊され」た「叫び」を打ち鳴らし、悲痛の声を響かせる。

わたしはひとつの…

わたしはひとつの落想でしょうか

あなたの手帖にかきとめられた
みしらぬ「運命」のための控でしょうか
「運命」が　ふいにはばたいた折
つばさからこぼれおちたなにかのかなしみ
その　ちいさなちいさなしみでしょうか
それともあなたのお顔のすみに
いつからかうまれでていた黒子でしょうか
　わたしの出生をあなたはくやみ
　正直にはもてあましてさえおいでの御様子

ああ　それならば　なぜ
なぜ　あなたは
わたしを投げすててはしまわないのです
てのひらにのせた小銭のように
そうして忘れていた契約のように
わたしを「死」と　ふいに
とりかわすのです

勝野の死の月に発表された作品であり、竹下は「それまでの作品にみられない切迫したリズムを刻んでいる」（「勝野睦人の詩と言葉」[8]）と評している。この詩では勝野が「あなた」を糾弾しており、これまでの詩と比べて、余裕のなさが窺える。

「運命」とは「必然」とも同義であろう。「落想」も「運命」から「こぼれおち」る「かなしみ」も、「黒子」にも、これといった必然性がない。さらに「控」には「正式のものとは別に写しとして取っておく」といった役割がある。「運命」が正式なものとすれば、かれの存在は「偶然」にすぎない。我々は「意味」を求める生物であるという。自らの生涯が全て「偶然」――「無意味」なものであると悟ってしまったのならば、最早生きる意味もない。ゆえに勝野は「あなた」に自らを「投げすて」ることを乞う。「部屋」では「追憶が契約のようにとりかわされ」たあと、「状差しの影がぬすまれ」ていたのに対し、この詩ではかれの存在が「死」と「とりかわ」されている。

勝野はこの詩を掲載するにあたり、一九五七年六月二十二日に片桐ユズルに宛てて「僕の詩はトップに載せていただいたので、何んだか責任が重くなつたようです。本当に隅の方でよかつたですのに……」と書き送っている。「隅の方でよかつた」という恥じらいの文言を見るに、この詩に込められた「叫び」は、「責任」を感じるほど悲痛であったのかもしれない。

この書簡を出した三日後――六月二十五日に、勝野睦人は東京都・本郷で交通事故に遭い、二十歳の若さでこの世を去った。交通事故とはまさに「偶然」の出来事であるが、かれの詩を読み解いたあとでは、「偶然」ということばで片付けてしまっては無粋であろう。我々にとって唯一疑えない「必然」は、「死」である。勝野はおのれの存在に必然性がないことを嘆くあまり、偶然と必然のあいだに位置する

「事故死」を引き寄せてしまったのではないか。

勝野の「あなた」や「神様」は、幾つかの要素が混じり合って成り立っている。それは「亡き兄」の影響を受けた「もう一人の僕」であり、「運命」や「死」でもあり、「偶然」でもある。絶対的な「あなた」が居ないことの苦しみ、自らの「哀しみ」が「ちいさな」ものにすぎないという劣等感は、むしろ現代を生きる私たちにこそ深く理解できることであろう。

竹下によると、勝野の葬儀では石原吉郎が二篇の詩を読んだが、その内の一つが「鐘楼」であったという（「勝野睦人をめぐって」[9]）。かれの死後、「ロシナンテ」内で勝野の詩が話題にあがったとき、かれと直接の関わりを持たぬ粕谷栄市は「ああいう括弧がきにされた「哀しみ」とか「言葉」を俺は信用できないな」（同[10]）という趣旨の発言をしたというが、竹下も概ねこの意見に同意している。括弧でくくられた詩句は自然と目をひくが、それが余分な装飾であると感じるのは尤もな指摘であろう。私もやはり、かれの詩で最も重要なのは「神様」でも「哀しみ」でもなく、括弧書きにされない「悲鳴」や「叫び」であると感じる。

私は自分の詩で「書くべきことはない」という表現を使ったことがある。私たちの「叫び」や「あなた」は、何ひとつ必然的ではないかもしれない。他者に比べれば、些細なことにすぎないかもしれない。しかし痛み苦しむ「わたし」は紛れもなく存在している。勝野の遺影は未だ少年の面差しで微笑んでいるが、「技巧的なうまさ」（鮎川）の下に隠れた「叫び」に目を向けてみよう。かれの「叫び」は、悩める詩人だけではなく、自らのアイデンティティを喪失した人にも、重要なヒントを投げかけているのだ。

注

1 『詩学』第一一巻・第一〇号 詩学社 一九五六年 二五頁
2 同書 七五頁
3 竹下育男『「ロシナンテ」の詩人たち』私家版 二〇一〇年 四六頁
4 『詩学』第二七巻・第八号 詩学社 一九七二年 三四頁
5 同書 三五頁
6 『「ロシナンテ」の詩人たち』八〇頁
7 同書 七〇頁
8 同書 八二頁
9 同書 八八頁
10 同書 九八頁

論考

「あなた」の回復――勝野睦人論

古川慧成

序

私たちはいま、誰を「あなた」として歌うべきだろうか。鮎川信夫ら荒地派は、戦死者を「あなた」と呼んで、歌った。だが私たちは、戦争経験を持たない。菅谷規矩雄ら六〇年代詩人は、樺美智子ら学生運動の犠牲者を、「あなた」にしようとした。だが私たちに、革命への希望はない。社会の決まりはあらゆるところに入り込み、「あなた」と出会う前に「社会」が迫ってくる。「あなた」を通して世界と出会うのではなく、世界の決まりにしたがって「あなた」を探している。それでは本当の「あなた」が出現するはずもない。

一九五七（昭和三十二）年六月二十五日、勝野睦人という青年が、交通事故でこの世を去った。弱冠二十歳だった。雑誌『文章倶楽部』に詩を投稿し始めてから、この世を去るまで数年だった。

勝野は一九三六（昭和十一）年十一月三日、東京都麻布に生まれ、太平洋戦争中は長野県飯田市に疎開している。一九五五（昭和三十）年、東京藝術大学美術学部に入学を決め、上京。油画を専攻する傍ら詩作し、『文章倶楽部』の入選者を中心とした詩誌『ロシナンテ』に参加。わずかな時間で、異質な輝きを放つ詩を残した。

勝野の詩に、確固たる「あなた」は見当たらない。その点で、現代の私たちに通じるものがある。だが彼は、詩における「あなた」を諦めてはいない。「あなた」を求める「わたし」を「比喩」することで、「比喩」の響きあう他者＝「あなた」を探している。言い換えれば、「あなた」に語りかけるのではなく、語りかけられない「わたし」を表現することを通して、逆説的に「あなた」の必要性を証明している。

たとえそれが顔の見えない「あなた」であったとしても、そこに勝野の孤独があり、その孤独に共鳴する私たちがいる限り、勝野の詩も「あなた」を有していたということになろう。

第一節　「神さま」と孤独――「的」について

人は考える。考えることをやめよう、ということすら考える。考えるとき、私たちはじつは、私たち自身とかかわっている。考えるとは、精神のうちに浮かび上がる世界のかたちを、かろうじて捕まえることだからだ。それはとりもなおさず、自身のかたちを確かめる作業に他ならない。

自己とかかわるとは、何かを考えるということだ。考えることは、孤独になることだ。だから人は、ふとした時に孤独の底へ突き落とされてしまう。

的

ひる
わたくしは
ひとつの的です
ポケットに
おどろきを小石のように
今朝も詰めこんでいられる　神さま
わたくしは　ひねもすつけ狙われます
餓鬼大将のあなたのために

たとえば　夕焼けの路地裏で
吠えかかる　野良犬の声に怯えて　ふと
あなたの影を踏んでしまうと
わたくしは背中から投げつけられます
——まだ一度も

拾いあげてみたこともなかった
あなたの孤独を

×

けれども　よる
よるは　神さま
あなたが的です
わたくしは
力を籠めて投げかえします
電球のかけら　インク・ボトゥルの栓
わたくしの食卓にちらかした不満を
〈ちいさな　形而上学の脚をふまえて〉

神さま
あなたのあてずっぽおの深みへ

「ひる」、私たちは働いたり、学問に励んだり、遊んだりする。私たちはその都度、その場に応じた「取り決め」にしたがって行動している。時計の針を見つつ、常識という枠を設け、自他の境界を守って生きている。

しかしそれらの取り決めと、私たちの感情や考えとの間には、ズレが生じる。「本当はこんなことしたくない」と思っても、「仕事なんだから」と納得させられる、といった具合に。私たちは、役割を演じて社会を生きている。このズレに、「神さま」は「おどろ」く。

私たちは、「こうしたい」という願望を持っている。だから時たま、通りから外れ、「路地裏」に迷い込む。しかし社会はそれを許さない。「野良犬」に吠えたてられ、「わたくし」は通りに戻る。そんななかで、ふと「神さま」の「孤独」を受け取ってしまうのだ。

「よる」、社会から逃げるように、「わたくし」はひとりの部屋に帰ってくる。彼は「ひる」に「神さま」がしたように、「ポケット」に「詰めこん」でいた「おどろき」を、「神さま」に「投げかえ」す。

考えることは、考えられるものの外に立つことである。考えることによって、私たちは世界の外に一瞬立つ。それを勝野は、「形而上学の脚」と呼んでいる。それが「ちいさ」いのは、神と比べて、ということだ。

勝野は孤独の底で、「神さま」の孤独を受け取る。しかしそのために、彼は「神さま」に「つけ狙われ」る。「いかりをはげしくゆさぶるのを／かなしみにかなしみを注ぎそそぐのを／わたしは　どうするすべもしらない」（「LA NATURE MORTE Ⅱ」）――彼の心は「神さま」に囚われ、その孤独が流入する。だから彼は、「ポケット」に入れられた「小石」を、今度は「神さま」を「的」にして、孤独の「深み」

を測るかのように、「投げかえ」すのだ。

「神さま」は、勝野をただ支えるだけの存在ではなく、内面に押し入って、孤独を伝染させるものでもあった。


あの中の「神様」には難しい注文はつきません。ある事物が「在る」ところには、必ず影を落している神です。（津崎由規宛書簡、一九五六年十月二十四日）

これは「モノローグ」という詩について書いているものだが、「的」の「神さま」にもおなじことが言えるだろう。

誰もが孤独の底に、「神さま」を持っている。それは、私たちが存在する限り「影」を落としつづける。「神さま」のかたちが、それぞれ違うがゆえに、私たちは分かり合えない。だが、「神さま」を抱いているという一点において、私たちは共鳴することができる。勝野の詩は、人が「神」を生み出すメカニズムにふれているがゆえに、私たちを根底的な感動へといざなうのだ。

第二節 「比喩はレトリックではない」――「硝子戸」について

ある作品を享受するとき、私たちは、作者固有の孤独のかたちにふれている。自身の孤独と作者の孤独とが共鳴するとき、そこに「感動」が生まれる。異なった「孤独」が共振するためには、論理でなく表現が必要だ。勝野が「比喩」にこだわったのは、それが理由である。

ロシナンテ詩話会刊行の『サンチョ・ぱんせ』第一一号に掲載された『ロシナンテ』例会報告によると、勝野は「比喩はレトリックではない」と言ったという。その真意はわからない。だが残された手紙に、「比喩」にふれた箇所がある。

比喩もただ見つけ出してくるだけでは駄目で、その姿を浮彫しなくてはいけない。一体に比喩というものは、その類型化を嫌う詩人仲間にとつては、個人的な感慨の餌食になり易い。（津崎由規宛、一九五六年十月二十四日）

「個人的」な「孤独」のかたちを、そのまま言葉にするだけでは駄目で、詩という鋳型に流し込まなくてはならない、ということだろう。言葉は作者ひとりのものではなく、皆の「了解」の上に成り立っているものなのだから。

私は、極く根本的な意味での「様式」ということを、時折考えて詩を見る癖があります。例えて言えばそれは「窓」のようなものです。一見窮屈な、四角なものです。けれどもそういう窮屈な「窓」の、言わばwindow-froml《ママ》（窓枠）に手を掛けて、そこから首をのばして覗きこんでこそ、初めて、私達は部屋の内部の様子——作者の詩精神の姿を汲取ることができるのではないでしょうか。

（「「様式」ということ」）

孤独を言葉に写す方法は、様々である。勝野はそれを「様式」と呼んでいる。混沌とした「心」に「窓」を設けて、そこから孤独を映し出す。読者は反対に、その「窓」をとおして、作者の心を垣間見る。この関係性を描いた詩がある。

いつみても　研きあげたおまえの
むこうがわと　こちらがわには
おもざしのよく似た姉妹がふたり
たちつくしているかのようだ
ひつそりと　おなじようにほおえみ　頬杖をして
けれどもひそかにみくらべている
おたがいのまとつている衣裳と衣裳を

ときとして　おまえをはさんで
みもしらぬ同志がひきあわされる
あの凧と　この腕のもぎれた人形
あの藁屋根の傾斜と　わたしの「哀しみ」……

ひとときを
ゆすりあつているのはほかでもない
形象《かたち》をはじているせいだ
だがふいにかさなり　うなずきかわし
おたがいの意味をゆだねあい
足元からその距離をおずおずとけしとる
そして一方は　他方の
このうえもない比喩となるのだ
おまえの透明な言葉をかりて——

　　爪は部屋すみの戸棚にからみ
　　わたしのこころの傾斜を木洩れ日がながれる（「硝子戸」）

　この詩の「おまえ」は言葉のことであり、「硝子戸」とも表現されている。「おまえ」——「硝子戸」を隔てて、「こちらがわ」には「わたし」の「こころ」が、「むこうがわ」には「あなた」につながる「言葉」がある。しかし、どんなに「研ぎあげ」られた「硝子戸」も、光を屈折させる。「硝子戸」を隔てた「おもざしのよく似た姉妹」も、互いの「衣裳」にほんの少しのズレが生まれてしまう。

このズレが、比喩を「ただ見つけ出してくるだけでは駄目」な理由だ。「わたし」だけの「孤独」を描写するだけでは、「あなた」に届かない。「あなた」と「わたし」のどうしようもないズレを埋めるために、比喩が必要なのだ。

「孤独」は「腕のもぎれた人形」「凧」と、「哀しみ」は「藁屋根の傾斜」と、それぞれあらわされている。比喩は「こころ」によってなされる。「こころ」は、比喩することで言葉のなかに「形象」を得る。この意味での比喩は、「こころ」の内奥を丹念に探り、個別的イメージを見つけた時にしか生れえないだろう。絶対に分かちえないはずの「こころ」を、どうしても伝えたいという渇望によって、不可避的に「比喩」は作り出される。

そのとき、「言葉」の鋳型に入りきらなかった「こころ」は、裏切られてしまう。それがどうしようもない「言葉」の不完全性だ。

「言葉」が「こころ」に戻ってこないと知りながら、「言葉」を作らざるをえないのは、どうしてだろうか。勝野は「目覚めの少女」という詩で、「比喩」が生れる流れを記している。

ねむりはふかいふかい庭隅の井戸
わたしはその底のちいさな桶だ
夕暮が軋むつるべを手にして
わたしのゆめをいまねむりから汲みとる
ぬれたわたしの肢体から

一滴のそのしずくもこぼさぬようにと
すこしづつ　入念にわたしの意識をたぐる

精神科医のビオンは、人が夢を見るのは、夢を話す他者がいるからだと言う。夢は根本的には他者には伝えられないものだが、それでも夢は他者に伝えられるために見られる、というのだ。「孤独」や「こころ」もまた、「言葉」にして「あなた」に伝えられるために存在するのかもしれない。

勝野は手紙のなかで、自身について次のように記している。

僕には二通りの「僕」があります。一人はあなたとお喋りをし、下宿のマダムと喧嘩をし、家に帰つてお袋に叱られる「僕」。もう一人はある日の上野公園の隅で、一人のお上りさんの眼にふと映ずる「僕」――それは僕というよりも、むしろ単なる人影に過ぎない。外套の裾をひるがえして馳け去る、あわただしげな行人に過ぎない。この二つの場合の、どちらが本当の「僕」かといえば、かえつて僕は後者だと思う。（略）行人としての「僕」の唯一の意味は、黒いオーバーをまとつているこど。それだけに過ぎない……そんな気がします。（竹下育男宛、一九五六年十二月十三日）

前者は「的」に描かれた、現実と「こころ」のズレに「おどろ」く自我である。後者は他者の目に映る、「行人」にすぎない「僕」である。勝野は、後者を本当の「僕」だと言っている。どんなに深い「こころ」の底も、「言葉」にされなくては、まったくなかったことになるということだろうか。

第三節　「神様」から「あなた」へ――「比喩」についての補足

あたしは　神様の灰皿
ひっそりと
あの方の「思案」の吸いさしを
「時間」の過剰を受けとめていたのに

だのに　あなたは
むぞうさに
あたしを縁先に　いま引きだそうとなさる
あたしをいきなりうら返そうと
なにかをあたしから拭いさろうと――　（「LA NATURE MORTE I」）

勝野の詩的主題が、「神様」から「あなた」へと変わっていくさまがあらわれている。「神様」と一対一の関係を結んでいた閉鎖的空間から、「わたし」は「縁先」へ引きずり出される。この変化は、つぎの詩にもあらわれている。

わたしのいかりには注《つ》ぎ口がない
わたしのかなしみにも注ぎ口がない
だからわたしは　できるだけ
ひっそりと自分をもちこたえていたい
けれどもあるひとのひとつの言葉が
けれどもあるひとのひとつのしぐさが
いかりをはげしくゆさぶるのを
かなしみにかなしみを注ぎそそぐのを
わたしは　どうするすべもしらない

そんなとき
いかりはいかりのおもてをつたい
かなしみはかなしみの縁までせりあげ
めいめいに
めいめいの形象《かたち》にこだわることしか
めいめいの周辺をぬらすことしかできない（「LA NATURE MORTE Ⅱ」）

「注ぎ口がない」「いかり」と「かなしみ」を、「わたし」は「もちこたえていた」。「縁先」に「引きだ」された「わたし」の心を「ゆさぶる」のは、「神様」でなく一人の人間＝「あなた」の「言葉」や「しぐさ」だ。

「わたし」の心から溢れ出した「いかり」と「かなしみ」は、明確な比喩を持ち合わせていないために、「あなた」に届くことなく、「周辺をぬらすことしかできない」。「言葉」は心の大きさに合わせて発されなくてはならない、という勝野の比喩への渇望があらわれている。

勝野は「坂道」という詩に、次のように書いている。「あなたの　おはなしの中途には／きまつて傾斜がございますのに／坂道が　こつそり仕掛けてございますのに／そのうえを／いつでもわたくしはみにくくすべつて／きまずげな　轍をのこしてしまうのです」。この詩は、心を車輪にたとえて、「あなた」とのあいだに生れる「傾斜」を転がっていく様を歌っている。

「言葉」が単に記号であったなら、その「傾斜」をうまく転がるだろう。しかし「車輪」はうまく回らない。それどころか、「みにくくすべつて」しまう。「比喩」は「車輪」がうまく回らなくなるような、ある種の抵抗として存在している、とは言えないだろうか。このために「わたし」の心は、「きまずげ」ながらも確かな「轍」として、「あなた」の心に残されるのだ。

それは、世界に「唯一の意味」として「浮彫にされ」た「言葉」である。「こころ」を「言葉」へ移し替えていく鬩《せめ》ぎ合いのなかでこそ、比喩の力は見出される。勝野の呼びかけの対象が「神様」から「あなた」へ移行する中で、この問題意識はより鮮明になっていった。

第四節　言葉のなかの「あなた」――「鐘楼」について

「こころ」が「言葉」になるとき、「言葉」の種となった「こころ」は、比喩のなかで生きている。

鐘楼

「哀しみ」は
だれの裡にも
鐘楼のようにそびえています
あるひとは
とおくそれを仰いだだけで
さかしく瞳をそらします
また　あるひとは
こころのおもわぬ方角に
その姿が　ふいにたちはだかるのに驚き
ひそかに小首をかしげます
けれども　もっとべつなひとは

その周囲をせわしくめぐりつづけています
車輪が車軸にこだわるように
言葉が言葉の意味をまさぐるように
そうしてはてしないその目眩《めくるめ》きのうちに
ついには　すべてを見失《ママ》ないます

ああ　しかし
もつともつとべつなひとは
はじめから知り尽くしているのです
こころが　ちいさな町でしかないのを
そしてたちどまつた街角にはいつでも
ひとつの鐘楼がそびえたつのを

かれは「哀しみ」をのぼりつめてゆきます
どこまでもひたむきにのぼりつめてゆきます
その頂にたどりつき
かれのこころを見渡してみようと
こころのただひとつしかない厳しい位置に

せめてものあのちいさな叫びが
吊されているのを
たしかめてみようと

「わたし」の「孤独」の底に「神さま」がいるように、誰しもそれぞれの「孤独」の底に固有の「神さま」を持っている。「哀しみ」も、誰もが各々で抱えているものだろう。しかしそれは、あるひとには「とおく」、あるひとには「おもわぬ方角」から来て、またあるひとにとっては「周囲」を「めぐりつづけ」るだけのものである。このような個別的なイメージをただ描写しても、「すべてを見失な」うことになる。

「車輪」という詩に、「あなたとわたしは／大きさのちがう車輪です／ふたりの裡《うち》を向けあわせ／「言葉」の軸で繋ぎとめても／畢竟は／おなじ空地を巡るばかり」とある。「あなた」と「わたし」は、「言葉」によって繋がれている。しかし、ふたりの「大きさ」が違うために、「空地」をぐるぐると「巡り」続けることしかできない。「車輪」の「大きさ」をあわせる手段が、比喩だった。

三連目の「べつなひと」は、どこに行っても「鐘楼」を見てしまう。この「鐘楼」は、二連目までの個別的な「哀しみ」を引き受けるように「そびえ」立っている。勝野は「こころにしずんで」（「硝子戸」）いって、「こころ」のもっとも「厳しい位置」に、「あなた」に伝えることのできる「哀しみ」を見出したのである。

そのようにして作られた比喩には、個人の「こころ」の「ちいさな叫び」がひっそりと刻まれている。

詩篇「鐘楼」は、「比喩」の力のうちに、「こころ」と「言葉」の、そして「あなた」と「わたし」の一致がなされている。

結びに代えて

勝野の「あなた」は、固有名詞を持たない存在だ。それは自己の内奥を汲み尽くし、これ以上進んだら「無」に転落するというところで、不可避的に作られた「あなた」だ。「神さま」が背後から「孤独」を受けとめたように、「あなた」は明確な輪郭を持っていない。おそらく勝野は、そんな「あなた」に何かを託すことができなかったのだろう。

しかし「孤独」の底で、誰かの「孤独」と響き合いたい、という渇望は感じられる。比喩は「あなた」と「わたし」が一致するところにある、と書いてきたが、もしかしたら「あなた」との間には決して取り去れない透明なガラス板があるのかもしれない。

それでも詩人は、書き続けなければならない。たとえそれが不可能への挑戦だとしても、言葉のなかで「あなた」に出会えることを望まなければならない。それこそが、「神さま」のいない時代の「わたし」の孤独を癒す、唯一の手段だからだ。

論考　透明な言葉のゆくえ——勝野睦人論

島畑まこと

1

文章を書くこと自体はすきだが、いつまで経っても、書きあがったものにあまり愛着が持てないままでいる。執筆を終え、さて校正しようと自分の文章を読み返すと妙にうすら寒い気分になって仕方がない。詩も小説もそれらしい見てくれこそ保ってはいるけれど、それらしいだけで、中身がない気がしてならないのだ。

私の操ることばはいつもいまいち熱を欠いている。身の内で渦巻いていたはずの純粋なものは理性というフィルターを通すことで冷却され、ことばとしてのかたちを得る（ちょうど、熱された鉄が刃物になるような調子で）。その過程で純粋だったものからはなにかが失われ、私は完成した作品を前に首をひねることになるわけである。

かつて抱いていた純粋性を探し求めて出来上がったものを見ても、そこにあるのはせいぜいがその残滓程度だ。結果、自分の作品の自己評価は毎回「上っ面ばかりでがらんどう」というところに落ち着く。技量不足というのがいちばん大きな要因だろうが、もうひとつ浮かぶのは、自身の俯瞰的性質である。

　私の文の書き方はスケッチに似ている。頭に浮かんだ風景を、ことばという画材を用いて描写する。そしてそのぶん、なにもかもが他人事になる。画家の視線が眼前の対象を俯瞰するようにして、自分の内から湧き上がったはずのイメージを客観的に捉えてしまう。

　この自己の客観視こそがことばから熱を奪う理由のひとつであろうことは、言うまでもない。長い付き合いの気質なのでいまさらどうこうしようという気概は湧いてこないが、それでも時折、ぼんやりとした寂寞に苛まれることがある。原初の、まだ不定形だったイメージを写しきれない作品ががらんどうならば、ことばを見出すフィルターである自分こそが最もがらんどうなのではないか。

　このような一種の虚無感を、勝野睦人はつぎのように表した。

ぼくは

ぼくは　縫いぐるみの熊の玩具だ
四脚まで
「無」の藁屑がつまっている

ぼくの詩は

腹の中のひとつの笛
だから単純な仕掛けだ
だからちいさな悲鳴だ

「無」の感覚というのは、ただ「無」であるだけでは得られない。無いということを実感するためには、本来であればなにかで埋まっているはずの器が必要となる。違和を覚えるためには基準がなければならず、それがなければ、「無」は自覚することのないまま拡散してしまう。この詩であれば、「ぼく」は己の「縫いぐるみ」というかたちを知っているからこそ、その内側が「無」で満たされていることを自覚できたのだ。

ここで着目したいのが、第二連に登場する「ひとつの笛」である。これだけは「「無」の藁屑」でない唯一の例外として「腹の中」に納まり、「悲鳴」をあげることで「詩」を生み出す。

この「笛」というモチーフは「ぼく」、すなわち勝野の虚無的性質をさらに後押しする。「悲鳴」をあげるのはあくまで「笛」であり、「ぼく」そのものではない。彼の「詩」＝「悲鳴」の源は、「ぼく」自身からはどこか遠いものとして捉えられている。「ぼくの詩」となる以上は「ぼく」のこころと触れあうものであろうに、彼はそれを俯瞰的に、どこか他人事のようにまなざしているのだ。

では、「笛」を鳴らしているものとは、一体何であろうか。「ぼく」自身が「笛」を手に取って鳴らしているのでないのなら――そもそも「ぼく」は「縫いぐるみ」なので動くことも叶わないわけだが――「ぼく」のうちに風が吹き込んでいると考えるほかにあるまい。「縫いぐるみ」であり、誰かに（あるいはなにかに）「笛」を鳴らしてもらわねばならぬ「ぼく」はどこまでも受動的な存在であり、詩を作るには外部からの働きかけが欠かせないはずだ。

その必要性については、勝野も自認するところであったらしい。彼は詩人・竹下育男宛ての手紙の中で、以下のように述べる。

今僕のこころは、「無風状態」におちいつています。目をみはらなくては物がみえない。耳をそばたてなくては音が聞えぬ。そうして無理をしなくては「考え」られない。無理をして遠いところまで出かけなければ、言葉が得られぬ。――まあそういつた状態です。だから詩なんぞ無論かけない。（一九五七年一月九日）

こころのうちに「風」が吹きすさぶことで、勝野は「物」を見、「音」を聞き、「考え」、「言葉」を得ることができていた。この「風」という単語は、詩のなかでも散見される。

そして　「言葉」が
枯葉のように
どこからか　風に吹きよせられてくる（「「哀しみ」は」）

「笛」を奏でる「風」は、どこにもゆけない「縫いぐるみ」の「ぼく」の元まで「言葉」を運んでくれる、重要なファクターなのである。勝野の詩には、勝野に代わって「悲鳴」をあげる「笛」と、それを鳴らす「風」の両者が必要とされるのだ。

本論はこの「笛」と「風」の関係に着目するところからはじめ、夭折の詩人・勝野睦人の詩の源泉をたどるものである。

2

前節で触れたように、勝野はみずからの詩を「笛」の「悲鳴」であるとし、「風」を自身のもとまで「言葉」を運ぶものだとした。

誰かによって息を吹き込まれる「笛」は、「縫いぐるみ」のように受動的な勝野の姿勢と重なり、詩となる「悲鳴」は「言葉」と結ぶことができる。それでは一体、「笛」＝勝野に「悲鳴」をあげさせ、詩となる「言葉」を掴ませた「風」とはどのようなものなのだろうか。

この「風」の正体を探るため、まずは「風」および「言葉」という単語が含まれた詩を抜粋してみよう。

ああ　或る日
あなたはついに気づいたのだ

わたしの「言葉」が束であるのに
一本の　ほそい黒糸が
それをかたくかたく結んでいるのに

しろい糸切歯を剥きだすと
むぞうさに
あなたは糸を噛みきった
「言葉」は当然風に呑まれた

風は　むずかしい議論のように
ひとつところを旋回しながら
一言ひとことと配っていった
通りかかる別の風に……

〈今日ハ〉
〈オハヨウ〉
〈アナタヲアイシテイマス〉

おしまいに
「言葉」は枯葉と混ざってしまった
もう誰にだって見分けはつかない（「ああ　或る日」）

わたしは　そう
ひとつの穴だ
そうしてわたしの「言葉」は蜘蛛だ
一匹の　黒い蜘蛛だ
（略）
風は時折
わたしのためにも枯葉を配るが
枯葉にどうしてできようか
この　わたしの闇に舞い込むことが

残らずそれは絡んでしまう
「言葉」の推理に絡んでしまう
そして　ああ
枯葉自身の影だけが

かえってひとつの言葉のように
わたしの「喪失」の底へ落ちてくるのだ
そして　そして
いっそうわたしは翳ってゆくのだ……（「穴」）

これら二篇から見えてくるのは、詩の中でも「風」はなにかを「配る」ものとして現れてくることだ。しかし、「ああ　或る日」と「穴」ではそれぞれ、「風」が運ぶものと運ぶ相手に差異がある。ひとつずつをみてみよう。

まず、「ああ　或る日」における「風」は、ばらけた「言葉」を「呑」み込み、「別の風」たちに「一言ひとこと」を「配」っていた。問題となるのは「別の風」の存在だ。「言葉」を詩人の元に届けるための「風」なのだとすれば、また「別の風」の元へ行くというのはいささか不自然である。

「穴」では、「風」は「わたし」にものを「配る」が、それは「言葉」ではなく「枯葉」となっていた。この「枯葉」がなにを象徴するのかは、「風」について考えるにあたり鍵になろう。

「枯葉」は「ああ　或る日」において「言葉」と「混ざってしま」い、「誰にだって見分けはつかない」ものとして描写される。また「「哀しみ」は」でも、「言葉」は「枯葉のように／どこからか　風に吹きよせられて」きており、両者が勝野のなかで酷似した存在として捉えられていたことは明白だ。

彼にとっての「枯葉」が何を指していたのかを探る手掛かりは、竹下育男宛ての手紙に記されている。いささか長いが、引用しよう。

僕には二通りの「僕」があります。一人はあなたとお喋りをし、下宿のマダムと喧嘩をし、家に帰つてお袋に叱られる「僕」。もう一人はある日の上野公園の隅で、一人のお上りさんの眼にふと映ずる「僕」――それは僕というよりも、むしろ単なる人影に過ぎない。外套の裾をひるがえして馳け去る、あわただしげな行人に過ぎない。この二つの場合の、どちらが本当の「僕」かといえば、かえつて僕は後者だと思う。そうしてそのお上りさんがもし詩人だつたら、僕の「存在」は見抜かれていた筈だ。外燈、プラタナスの落葉、紙屑、旋風……そういつたものだけとかかわり合つている「僕」――そういう「僕」が見抜かれた筈だ。その「僕」には勿論性格などない。そんなわずらわしいものはない。性格とか、ポケットの中の小遣いとか、あなたとか（失礼）、順三郎の詩とかいうものは、もう一人の「僕」にだけかかわるものです。行人としての「僕」の唯一の意味は、黒いオーバーをまとつていること。それだけに過ぎない……そんな気がします。（一九五六年十二月十三日）

ここでは「性格」や「詩」と関係を持つ前者の「僕」と、「単なる人影」や「あわただしげな行人に過ぎない」後者の「僕」が語られる。前者の「僕」が詩人――芸術家としての「僕」だとすれば、後者は大衆のひとりとしての「僕」であろう。

この「二通りの「僕」」から必然的にみちびき出されるのは、後者の「僕」が関わりを持つものたちもまた「性格」のない、大衆的なものだということだ。「プラタナスの落葉」や「旋風」といった自然も、「性格」のないものとして読み取ることができる。

「ああ　或る日」で登場する「〈今日ハ〉／〈オハヨウ〉／〈アナタヲアイシテイマス〉」といったフレーズは、すべて日常的な会話で用いるものであり、詩人の操る「言葉」ではない（詩の中で「アナタヲアイシテイマス」と直接的に愛を囁く者はいないだろう）。

つまり「言葉」と酷似していつつも「言葉」でない「枯葉」とは、ポエジーの「枯」れた、「わたしの闇に舞い込むこと」のできない「言葉」なのだ。これにより、「枯葉」を「配」られた「別の風」はそういった生活者――後者の「僕」のような存在から「言葉」を受け取る相手、日常会話の相手や場所であると解釈することができる。

そして、前者の「僕」――詩人としての勝野睦人の「笛」に「悲鳴」をあげさせ、「言葉」を届ける「風」を生活の象徴とするとき、「風」から詩は生まれ得るのかという疑問が浮かぶ。少なくとも私は、凡庸な生活のうちから詩のかけらを見出すことはできない。なぜ生活者の間を吹き抜けてゆく「風」が彼に詩を書かせ得たのかは、つぎの一節が示す。

グラスに注ごうとする私のこころは
けれども　食卓を濡らすばかりなのでした
おずおずと　水差しの口をつたって
奇形な言葉の雫をしたたらすばかりなのでした
（略）

そのうえに　言葉は　インク液のように
あお黒いしみとなって広がるばかりなのでした
（略）
――こころは　水平でなければ耐えられないので（「グラスに注ごうとする私のこころは」）

「水平」さを保てなくなったとき、「私のこころは」「耐え」切れずに「グラス」からあふれ出てしまう。この「水平」を破るのは、後者の「僕」の存在であろう。ひとが詩人でいられる時間は短い。我々は一日のたいていを大衆のいちぶである「単なる人影」として過ごし、生活の場において「枯葉」を「配る」ばかりだ。詩人の「こころ」と生活人の「こころ」、どちらの比重が増しやすいかは、もはや言うまでもない。

なればこそ「風」は「言葉」を運び得るのだ。たしかに「風」は生活の象徴であり、吹きすさぶほどに「枯葉」を「配」って、生活者としての「僕」の方へと天秤を傾かせる。しかしそれは「奇形な言葉の雫をしたたら」せ、「あお黒いしみ」を「広」げるしかない勝野の「こころ」に「水平」を取り戻させるため、前者の詩人である「僕」の乗る皿へと「言葉」を届けることにも繋がるのではないか。

そして運ばれてきた「言葉」が「こころ」に触れたとき、詩が生まれる。

「こころ」は　捨てられた小壜です
神さまのはげしい渇きのまえに

飲みほされてしまったなにかの　器……
だれのにも
ですから栓がございません

せめてもの
こんなしずかな夜更けには
その一本を拾いあげ
「ことば」の唇にあてがいましょう

「ことば」の口と
「こころ」の口とを
上手に　上手に競りあわせてみましょう
すると　ほら

鳴るでしょう
おもいもしない笛の音が
どこからか　ふいに澪れてくるでしょう（「こころ」は）

ここでの「こころ」――「捨てられ」てしまった「小壜」は、「「無」の藁屑がつまっ」た「縫いぐるみ」の「ぼく」と同じ「器」であり、自発的に動くことの叶わない存在だ。しかし「風」が勝野の手元に「ことば」を運んできているとき、このふたつの「口」は「競りあわせ」ることが可能となる。「上手に」ふたつを「競りあわせ」ることができたとき「どこからか」「笛の音」が「溺れてくる」が、これは「風」と「笛」の本来の関係を示してくれよう。勝野の「笛」が「鳴る」のは、「笛」そのものに「風」が吹き込んだときではなく、「こころ」と「ことば」が「競りあ」い、「水平」的なバランスを保った瞬間である。つまり「風」が果たす役割とは「笛」を鳴らすことではなく、「こころ」の「器」まで「ことば」を届けてやり、「悲鳴」を単調な絶叫ではなく「笛の音」――「詩」に変えてやる素材を与えることなのだ。

ただ、依然として「笛」は「こころ」の位置からは遠い。せっかく「上手に競りあわせ」られたとしても、その音源は「どこからか」と曖昧な描写をされるに留まる。「こころ」と「ことば」の触れ合った部分から「音」、もしくはどちらかから聞こえている「音」なら、このような書き方はしないはずだ。「こころ」と「笛」の乖離は、勝野の捉える「こころ」が「悲鳴」をあげられないところからきているのだろう。彼にとって、「悲鳴」はあくまで「どこからか」聞こえてくるものでしかない。

この離人的な感覚の理由を考察するには精神分析的な見地が必要になるが、二十年という短い彼の生涯には不明な点が多く、あまりにも材料が足りていない。私たちにできるのは不明瞭な憶測か、「悲鳴」にあらわれた「ことば」の輪郭をたどり、なるべくそのかたちをたしかにしてやることくらいである。論文という形態においては、後者の立場をとるべきだろう。

そこで次節では、彼の「悲鳴」をあげられない「こころ」に焦点を当て、両者が結びつかぬ理由を探ることとする。

3

勝野の詩を読み進めてゆくと気づくのは、彼が持つ「こころ」の形状が二通りあるということだ。自分で扱うことのできる「器」的な「こころ」と、どうしようもなく溢れてしまう液体的な「こころ」。これは、前節で扱った二篇の詩のなかにもあらわれていた。ふたつの「こころ」の差を見極めるために、まずは液状の「こころ」に焦点を当ててみよう。

「グラスに注ごうとする私のこころは」では、液体的で不定形な「こころ」が描写される。「水平でな」いために「耐えきれな」くなった「私のこころ」は「グラス」からあふれ、「食卓を濡ら」してしまう。この傾向は、つぎの詩からもうかがえる。

LA NATURE MORTE II

わたしのいかりには注《つ》ぎ口がない
わたしのかなしみにも注ぎ口がない

だからわたしは　できるだけ
ひつそりと自分をもちこたえていたい
けれどもあるひとのひとつの言葉が
けれどもあるひとのひとつのしぐさが
いかりをはげしくゆさぶるのを
かなしみにかなしみを注ぎそそぐのを
わたしは　どうするすべもしらない

そんなとき
いかりはいかりのおもてをつたい
かなしみはかなしみの縁までせりあげ
めいめいに
めいめいの形象《かたち》にこだわることしか
めいめいの周辺をぬらすことしかできない

そしてわたしは　どこからか
一枚の布ぎれをみつけださねばならない
この　こころの不始末をふきとるために

べつのあたらしいひとつのこころを
またあたらしくよごさねばならない――

「いかりをはげしくゆさぶ」られ、「かなしみを注」がれたとき、「わたし」には「どうするすべも」ない。ただ、ままならぬ感情があふれて「周辺をぬらす」「不始末」を処理することしかできないのである。自分では制御の効かない「こころ」は、手で掴むことのできない液体として詩にあらわれる。

一方「「こころ」は」では、「小壜」「なにかの　器」としての「こころ」が登場する。その中身は「神さまのはげしい渇きのまえに／飲みほされてしまっ」ているが、それゆえ――液体的な部分が消えたがゆえ――に、勝野は「器」だけとなった「こころ」を「拾いあげ」ることができたのだろう。

手元に残された「こころ」の「器」、すなわち自身で矯《た》めつ眇《すが》めつ観察することのできる「こころ」は、彼の「器」的な自認と繋がったのではないだろうか。これまでに引用した「「ぼく」は」に見られる「ぼく」＝「「無」の藁屑がつまっ」た「縫いぐるみ」や、「穴」に見られる「わたし」＝「穴」など、受動的存在としての「わたし」の例は枚挙にいとまがない。

以上のことからは、「二通りの「僕」」がいるように、勝野には「二通りの」「こころ」があることが察せられる。しかし、「二通りの「僕」」においては後者の「僕」＝生活人の「僕」を恥じる傾向があったのに対し、「二通りの」「こころ」においては、後者の「器」的な「こころ」よりもむしろ、前者の液体的な「こころ」の方が恥じられている。だが、芸術家＝前者の「僕」の持つ「こころ」を考えたとき、よりらしいと言えるのは、抑えの効かない感情ではないだろうか。

それでも、「こころ」があふれることは彼にとって「ふきと」らねばならぬ「不始末」であった。「不始末」の結果「したた」った「言葉の雫」が「奇形」であることや、それによって「広がる」「あお黒いしみ」は、感情が奔流することに対する忌避感を感じさせる。「不始末」への嫌悪感を如実に表すのが、つぎの詩だ。

純潔は
あたしのしみ　お母様が
あたしのシュミーズの上に　いつか零した涙
　あそこだけをあたしは恥じねばならない
　掌で　わけもなく蓋いかくして（「VIRGINITE」）

「あたし」にとって「しみ」は「恥」ずべきものであり、「蓋いかく」さねばならぬものらしい。ただ、ここでふたつの疑問が浮かぶ。真逆の印象のある「純潔」は、なぜ「しみ」と結びつくのか。そして、そもそもなぜ主格は「あたし」となっているのか。小説はともかくとして、詩の中で主格の性別が書き手と異なるというのは珍しい。

ここでは「あたし」のことはいちど後に置き、まずは「しみ」と「純潔」の関係をたどることにしよう。以下に、「VIRGINITE」の続きを引用する。

純潔は
あたしのひび　粗相して
お母様があたしを「おんな」に産んだ　傷痕《きづあと》
　あそこから
　いつかは割れるにきまっている
　脆い　あたしの運命が

純潔は
あたしの暗闇《くらがり》　たわむれに
あなたがたが小石を投げこむ　祠
ガーベラの花束や　いびつな愛を
　そのなかで
　いつも躓いてばかりいるのが　あたし
　躓いても　転んでも
　声はころしていなければならない

先にも述べたが、一見する限り「純潔」は「しみ」とは逆の意味を持っているものだと思われるし、

「ひび」や「暗闇」もまた同じ印象を受ける。純粋であることが「汚れ」に繋がるわけは、いったい何なのだろう。この「しみ」の正体を探る手掛かりとなりそうなのが、つぎの詩だ。

春が来て、忘れていた太陽がポケットから出てきた。僕は、いつさい思い出してしまつた……

窓には、見覚えのある雲ばかりが浮かんだ。退屈して、僕は散歩にでた。けれども、どの坂道を登りつめても、たずねた家々しか見あたらなかつた。顔みしりの子供たちばかりが石蹴りしていた。電柱も、板塀も、野良犬のしつぽも、みな僕の記憶で汚れていた。（「AVRIL」）

「忘れていた太陽」をきっかけに「僕」が「思い出し」た風景は、「みな僕の記憶」によって「汚」されていた。「汚れ」――「しみ」や「粗相」と通ずるもの――は、どうやら「僕の記憶」に端を発していたらしい。

そしてこのことは、「純潔」と「しみ」を繋ぐヒントとなる。第二連で「僕」のまなざす風景のなかには、「顔みしりの子供たち」の姿があった。かつての「記憶」のなかにいる彼らは、この「記憶」が勝野の幼少期、すなわち疎開時のものだということを教えてくれる。

純粋な頃の思い出が「汚れてい」るのならば、「純潔」と「しみ」が結びつく理由もおのずと照らし出される。彼にとっての「純潔」は、あらかじめ汚されている、「恥」ずべきものだったのだ。

では、なにがいとけない「記憶」を「汚」し、純粋性を「恥じねばならない」と言わしめたのだろう。

そこで着目したいのが、「僕」が「いつさい」を「思い出す」きっかけとなった「太陽」だ。「忘れていた」ものたちを呼び覚ましたこの「太陽」は、「汚れ」た「記憶」、「忘れ」るべき過去の象徴だということはできないだろうか。

勝野の原風景――疎開時の「記憶」にひかりを投げかける「太陽」の意味を考えたとき、いちばんに浮かぶのはやはり戦争であろう。

勝野が生を享けたのは第二次世界大戦が火蓋を切る三年前、すなわち、一九三六（昭和十一）年のことであった。終戦を迎えたのは一九四五（昭和二十）年、数え年にして九つの砌《みぎり》である。彼が幼い頃の生活の傍には、わたしたちの見上げる空に「太陽」があるようにして戦争の存在があったことは言うまでもない。

「純潔」を把持できるこどもと共に育った戦争は、「太陽」神の末裔である天皇を頂点として日本中に異様な熱狂を与えた。しかし争いに緞帳《どんちょう》が降ろされた後、その性質は反転する。

――夕暮は、僕等の生活の幕切れ時だ。（「夕暮」）

「太陽」の落ちる時、戦時という土壌の上で生きる「僕等」が営んでいた「生活」は、「幕切れ」を迎える。戦時中のすべては歴史上の汚点となり、ただの人間を信仰していた過去は「恥」ずべきもの、「忘れ」去るべきものとなった。

輝かしい青春を戦火のなかで過ごした彼ら彼女らが大人になり、遠い「記憶」の方を振り返るとき、そこにはなかったはずの暗い影が落ちている。

かくあるべしを示し自身の根底を築いたはずの教科書は黒く塗りつぶされ、玉砕した者が纏っていた聖性は剥奪されて、醜悪な諍いの狭間で生命を落とした犠牲者となる。価値観の天と地が逆さになる体験を経た世代のひとりとして、勝野は生きていた。だからこそ大人となった彼の「記憶」は「汚れ」てしまうことを避けられず、「純潔」は「恥じねばならない」「しみ」や「傷痕」と化したのであろう。

そして「汚れ」の原因を戦争だとするとき、取り置いていた「あたし」の問題――勝野の抱く奇妙な少女性へと繋がる。

「VIRGINITE」で描かれる「あたし」は、これまでの「縫いぐるみ」や「穴」と同じく受動的な存在だ。しかし、「転んでも／声はころしていなければならない」という一節からは、これまでのただそうあるだけのものたちとは異なり、せねば「ならない」という強迫観念がうかがえる。これは、「純潔」への接近が、忌避しなければ「ならない」戦争への接近を意味するからであろう。

純粋であった幼少の頃への回帰は、戦時の「記憶」を懐古することに繋がる。しかし、「純潔」であった頃を思う勝野は戦後を生きる者であり、彼が身を浸す社会はふさがりきらぬ敗戦の傷に触れることを暗黙のうちにタブーとしていた。その結果、幼少期――「純潔」と、それに密接な戦時の「記憶」を謳う彼には禁制意識が生まれ、かつての風景を「汚」してゆく。

「VIRGINITE」において「ガーベラの花束」という一見美しいばかりのモチーフと並べられているのは「いびつな愛」だが、これらは戦後社会を彷彿とさせる。戦後の混乱を押し込め、物事の明るく美しい面のみを尊ぶ「いびつ」な風潮は、戦後詩、とりわけ従軍経験のない世代の詩風からも察することができよう。

戦後では「汚れ」となる「純潔」を尊重する限り、「あたし」は「いびつな愛」のなかで「蹟」き続ける。「汚れ」を排さんとする戦後を生きる以上、「しみ」は「蓋いかくし」、「転んでも／声はころしていなければならない」のだ。

こういった、なにかをじっと耐え忍ぶ姿勢は少年的であるというより、少女的であるといえる。だが、それだけで主格の性別が変わるものだろうか。詩は小説と異なり嘘を吐くことができない。小説家は自身が神となって物語を創造し、自分の姿に似せてつくった登場人物を通して自己を語る。一方詩人は、生身の「わたし」で現実に相対し、そこから見出したポエジーを作品に昇華することしかできない。詩が虚飾されるときは魂が虚飾されるときであり、詩を書く意義はうしなわれる。他人の血、偽の血で書く詩は、ただの文字列にすぎない。

このとき、勝野の「あたし」という一人称に対する疑問が生まれる。彼のことばは素直であり、奇を衒った感触は薄い。彼はなにゆえ「あたし」にならねばならなかったのだろう。女性のうちに一切の少年性が存在しないことがないように、男性のなかに一切の少女性が存在しないこともまたない。少女性を内包した男性として「ぼく」「わたし」といった一人称を用いても問題はなかったはずだ。

なにかが勝野のなかの少女を呼び覚ましたために、彼は「あたし」という一人称を選択したのではないだろうか。彼のこころの隅で蹲る少女の原型は、つぎに引用する詩から垣間見ることができる。

マコチヤン

「マコチャン」トヨンデイタ
ソノコハベティーサンノヨウナカオダッタ
ワタシトナカガヨカッタ
ドーロニハクボクデキューピーヲカイテアソンダ
チョーナイニトラホームノコゾーガヒトリイタ
ソノコゾーガアルヒマコチャンヲナグッタ
マコチャンハカオヲオオイモセズニイエヘトビコンデ
シバラクデテコナカッタ

詩としては滋味の薄い、記憶の中の光景を素描したかのような作品だが、「ナグ」られても「カオヲオオイモセズニイエヘトビコンデ／シバラクデテコナカッタ」という「マコチャン」の内向的な姿は、勝野の描く少女の面差しを彷彿とさせる。この原風景的な思い出が彼のなかで幼少期から「デテ」くることのできない「純潔」な精神性と結びつき、見えない禁制の糸が張られた戦後を生きる「わたし」の代わりに少女――「あたし」として立ち現れたのだ。

そして、「あたし」が少女の姿をしていることは、勝野が「こころ」をあふれさせることを「恥じ」ていた理由を教えてくれる。制御のつかない「こころ」は幼児的であり、彼のうちに秘められていた幼児――少女である「あたし」は、戦時の「記憶」のなかで蹲っている者であった。「こころ」をあふれさせること＝幼児的な振る舞いは、彼の眼前に消し去れない「あたし」の姿を突きつけたのではないか。大人になった「わたし」にとって、「あたし」のような行いは「不始末」となる。そのために、彼は周囲に知られぬようその痕跡を「あたらしいひとつのこころ」で「ふきと」らねばならなくなったのだ。

液体的な「こころ」は、敗戦という契機を通して「純潔」でありながらも「汚れ」となった「記憶」と分かち難いものであるがゆえに、勝野に恥の意識を植えつけた。そうして、生活人としての側面と芸術家としての側面が「二通りの「僕」」に分断されたように、敗戦の影と禁制意識を「記憶」に宿した「わたし」と、戦時中の「汚れ」た「純潔」さを把持したままの「あたし」が生まれたのである。

4

ところで、勝野の「こころ」を「飲みほ」してしまった「神さま」とは、いったい何者なのだろう。この「神さま」は彼の詩のなかに幾度も登場し、「あなた」と呼びかけられている。以下にいくつかの例をあげてみよう。

あたしは　神様の食卓
じっとして
不思議な朝餉のおわるのを

脚のたたまれるのを待ちうけていたのに

あたしは　神様の灰皿
ひっそりと
あの方の「思案」の吸いさしを
「時間」の過剰を受けとめていたのに

だのに　あなたは
むぞうさに
あたしを縁先に　いま引きだそうとなさる
あたしをいきなりうら返そうと
なにかをあたしから拭いさろうと――
（略）
あたしの底がすきとおってゆく
そうして　おもいがけないあなたのお顔を
こんなにおおきく映してしまう……（「LA NATURE MORTE I」）

ひる

わたくしは
ひとつの的です
ポケットに
おどろきを小石のように
今朝も詰めこんでいられる　神さま
わたくしは　ひねもすつけ狙われます
餓鬼大将のあなたのために

（略）

けれども　よる
よるは　神さま
あなたが的です
わたくしは
力を籠めて投げかえします
電球のかけら　インク・ボトゥルの栓
わたくしの食卓にちらかした不満を（「的」）

たぶん
わたくしは　ひとつの結び目なのです

たわむれに
運命の両端を
力一杯ひっぱった　神様
あなたのために
こんな依怙地な
わたくしが生れてしまいました
（略）
生きていることは
ひとつの〈しこり〉
喉元にからんだ痰唾のような
のみこむことができない　かなしみ

神様
あなたの煙管《きせる》を詰まらせているのが
わたくしたちの〈命〉です（「モノローグ」）

これら三篇から読み取れるのは、「あなた」と呼ばれる「神さま」が「わたし」に対し攻撃的な態度を示していること、その力関係が時折反転することの二点だ。

「LA NATURE MORTE I」における「神様」は、「食卓」「灰皿」である受け皿として従順に「不思議な朝餉のおわ」りを「待ちうけ」、「「時間」の過剰を受けとめていた」はずの「あたしから」、「なにか」を「拭いさろうと」する。

続いて引用した「的」に登場する「神さま」は、「ポケットに」「小石のよう」な「おどろき」を「詰めこんで」、「わたくし」のことを「ひねもすつけ狙」う。だが、こちらは「LA NATURE MORTE I」とは異なり、「ひる」「よる」の逆転に伴い「神さま」と「わたくし」の関係性も反転する。「わたくし」は「力を籠め」、「電球のかけら」「インク・ボトゥルの栓」「食卓にちらかした不満」を、「神さま」という「的」へ「投げかえす」のだ。

最後の「モノローグ」では、「神様」は「たわむれに」「わたくし」の「運命の両端を／力一杯ひっぱっ」て、「ひとつの結び目」にしてしまう。こちらでは力関係が逆転するとまではいかなくとも、「わたくしたち」はその「命」でもって「煙管」を詰まらせることに成功する。

単純な解釈をするのであれば、「神さま」が象徴するところのものは「わたくし」に「ひねもす」つきまとい、なにがしかの「不満」を催させる強権的な存在となるだろう。ただ、この考察は津崎由紀宛ての手紙のなかで、勝野自身によって否定される。

石原さんは、何か僕の「神様」が僕の不満や痼癪のはけ口のように言われていますが、これは少しあたらないようです。（一九五六年十月二十四日）

また、同じ手紙のなかで、彼はつぎのようにも「神様」を語る。

僕は今、「神様」とか「死」とかいうモティーフ——僕にはこういう言葉が適しています——に対して、一種のインフエリオリテイを感じているのです。それは、僕が現在まで「神様」について真剣に考えてみたこともなければ、又、自己の「死」に真向から立向かわなければならないような経験をもたなかつたからです。ただきわめて身近かな「死」に、僕は一つだけ対面しています。しかしその「死」は、僕の心の一角にある、一種の空洞状のものを、まざまざと見せつけてくれただけでした。（略）僕が実感としてかすかに感じる神は、いつも僕の背後にいます。だから僕の詩が背後に呼びかけようとする時、ひよつこりと、「神様」という言葉が飛び出してしまうようです。

「死」を直視して得た「一種の空洞」の自覚と、それに端を発した「一種のインフエリオリテイ」は、勝野を「死」や「神」の方角へと歩ませるきっかけとなったようだ。彼は自身の胸に空いた虚をなぞるようにして、ふたつの遠い概念の輪郭をたどる。この姿勢は、詩風にも顕著に表れていた。

彼が繰り返し描いていた「「無」の藁屑がつまっ」た「縫いぐるみ」めいたがらんどうな「ぼく」のイメージは、この虚無感に由来するものであろう。また、彼の抱いた「一種のインフエリオリテイ」の淵源は、「身近かな「死」」を目撃したにも関わらず、「心の中で鳴りどよめく筈の絃」（同）が「切れていた」（同）ことであった。ひと並みでない点に羞恥を、劣等感を感じる彼の影は、「ガーベラの花束やいびつな愛」のなかで、「躓いても　転んでも／声はころしてい」た少女のものと重なり合う。

本来であれば「鳴りどよめ」かなければ「ならない」「こころ」の「絃」を「切」ったのは、「こころ」の「小壜」の中身を「飲みほ」してしまった「神さま」であろう。勝野自身もそれを察していたことは、「死」と「神」が同時に彼の胸中を占めだしたことからもうかがえる。

「はげしい渇き」のままに「こころ」を「飲みほ」し、「なにかをあたしから拭いさろうと」し、「わたくし」を「ひねもすつけ狙」う「神さま」は、「いつも」勝野の「背後にい」る存在であった。「詩」のなかで「背後」を振り返るとき、「神さま」の輪郭は逆光を受けてはっきりと――しかしディティールは曖昧なままに像を結び、代替不可能な「あなた」と化す。

この「神さま」の正体――「背後」で「かすか」な気配を漂わせ、「太陽」の燦然と輝く「ひる」に力を持ち、無邪気な残酷さを醸す「神さま」の正体――とは、戦争そのものなのではないか。そのヒントを、先に引用した三篇の詩が示してくれる。

「LA NATURE MORTE I」では、「あたし」は「神様」の受け皿として描写される。第一連で描写される「あたし」＝「食卓」は、「不思議な朝餉のおわ」りを迎え「脚のたたまれるのを待ちうけていた」。ここで注目したいのは、あくまで「脚のたたまれるのを待ちうけていた」点である。

彼女は「不思議な朝餉」の後、破壊されるのではなく「脚」を「たたまれ」、きちんとしまわれる未来を期待していた。「朝餉」は当然ながら朝に行われる行為であり、一日のはじまりである。それを行う「神様」の意図が「あたし」にはわからないために、「朝餉」には「不思議な」という形容詞がつくのであろうが、生活のはじめの「朝餉」と目的の不明瞭な「不思議」さを勝野の人生と照らしあわせたとき、おぼろげながらに戦争の影が見えてくる。

彼は二十歳の若さで逝去したが、それでも、九つまでの「記憶」——すなわち戦時中の「記憶」は、人生の冒頭を彩ることになるはずだ。そして、物心ついたときには当たり前に戦争が身近にあった子どもが、その目的（あるいは無意味さ）を真の意味で理解していたとは考え難い。疎開していた彼にとっての戦争は、「食卓」という生活の象徴のうえで繰り広げられる「不思議な朝餉」のようなものだったのではないか。

第二連で「神様の灰皿」となった「あたし」は、「「思案」の吸いさし」と「「時間」の過剰」とを「受けとめ」る。火の消されない「吸いさし」とありあまる「時間」は、戦後のことを示していよう。「吸いさし」と描写される「思案」は煙草であると察せられるが、たいていの者は食後に喫煙をする。つまり、第二連の時点ではすでに「不思議な朝餉」は「おわ」ってしまっているのだ。

しかし「不思議な朝餉」が「おわ」っても、「あたし」は「脚」を「たたまれ」ないまま、未だ紫煙を燻らせる「「思案」の吸いさし」の「灰皿」にされている。敗戦と同時に世界が終わることがなかったように、戦争の姿を象《かたど》った「神様」の行う喫煙にもピリオドは打たれていないのだ。本来であれば「おわ」りを迎えられていたはずの「あたし」は、「「時間」の過剰」を「受けとめ」ることを余儀なくされる。

第三連では、粛々と「神様」の行為を甘受していた「あたし」から、「なにか」が「拭いさ」られることで、「すきとおっ」た「底」に「神様」の「顔」が「映」される。「映る」という動詞が用いられていることから、「あたしの底」が「すきとお」ることで鏡面のように変化したことがわかる。だが、単に透明度が高いだけでは、「顔」が反射することはないだろう。よく手入れのされたグラスを覗き込んだとき、その底面に「映」るのは、グラスの向こう側の景色だ。

しかし、透明なものが鏡となり得る瞬間がある。夜、窓の向こうに暗晦《あんかい》な風景が広がるとき、わたしたちの姿はガラスの上に「映」りこむ。このとき、「あたしの底」が透かしていた先にあったものが、暗闇だったとわかるようになる。「穴」でも、「枯葉」の「舞い込む」先として「わたしの闇」が提示されており、「枯葉自身の影」が「落ち」るのは「わたしの「喪失」の底」だとされていた。「あたし」は「なにかを」「拭いさ」られることで「わたしの闇」を露呈させ、そこに「神様」の「顔」を見出したのだ。

彼女から「拭」われた「なにか」については、「VIRGINITE」が読解の手引きをしてくれる。この詩では「純潔」と等号で結ばれるものとして「暗闇」が挙げられていた。「すきとお」ることは、より純粋な状態に近づくことである。「純潔」な「暗闇」に接近するために「拭」われたのは、戦中の「記憶」への接近を許さない戦後の禁制意識だったのだろう。そうして戦時下の「純潔」な「記憶」＝「暗闇」を通し、「あたし」は戦争の姿を認めることになる。

「神様」＝戦争の式は、二番目に引用した「的」も後押しをしてくれる。「的」に登場する「神さま」は、「ひる」に主導権を握っていた。先述したが、「ひる」は「太陽」が最も輝く時間であり、この「太陽」は「AVRIL」において、「僕」が「忘れていた」「いつさい」――戦時中の「汚れ」た「記憶」を「思い出」すきっかけであった。この「記憶」のなかで力を持つものとして、「神さま」は立ち現れる。

その「太陽」が落ちきった「よる」では力関係が逆転し、「わたくし」に主導権が渡される。「太陽」の照らす「ひる」を戦時中とするとき、「よる」は必然的に戦後を指そう。「神さま」を「的」にした

「わたくし」は、自身が「食卓にちらかした不満」をぶつける。「LA NATURE MORTE I」における「食卓」では、「神様」が「不思議な朝餉」を繰り広げていた。「あたし」はそれらを「受けとめる」ことしかできなかったが、時間が「よる」に移ったことにより、「わたくし」は「食卓」を用いる側に代わり、そのうえに散らかしていた「不満」を、「神さま」に「投げつける」ことが可能となるのだ。

「モノローグ」では、「神さま」が「わたくし」の「運命の両端を／力一杯ひっぱ」り、「わたくし」を「ひとつの結び目」にしてしまう存在として立ち現れる。「わたくし」＝勝野の「運命」を根底から大きく左右したものとして浮かぶのは、やはり戦争であろう。

また、ここでは「わたくしたちの〈命〉」が、「神様」の「煙管」を「詰まらせ」、その喫煙を妨げる。「わたくしたち」は「のみこ」みきれぬ「かなしみ」を抱え、戦後を生きる「しこり」として——終戦を迎えてもなお頸木《くびき》から逃れられぬことのある種の証明として、「神様」と対峙することになるのだ。

このように、勝野の「神さま」はなんらかのかたちで以て、どこかで必ず戦争と触れあっていることがわかる。そしてまた、全体を俯瞰して見るのであれば、彼の詩作はどれも戦争の影を宿していることもわかるだろう。

勝野の詩は、「神さま」の「はげしい渇き」によって中身を「飲みほされてしまった」「こころ」の「器」に、「笛」を奏でるようにして「風」が吹き込むことで生まれるものであった。満たされたままの「器」にいくら「風」を与えても「音」が鳴ることはない。彼が詩を書くためには、「こころ」の中身を欲しいままに「飲みほ」してしまう「神さま」が逆説的に欲せられる。その詩風に戦後の影が差すというのも、当然といえば当然のことだ。

だが、はたして勝野は自身の「傷痕」や「暗闇」の実像を捉えることができていたのであろうか。彼は詩において比喩を重視していた。その姿勢は、「言葉」「枯葉」といった単語の意識的な使い分けにも表れていよう。己の用いる言葉の意味を咀嚼し、虚無的な性質を手助けとして俯瞰的に見つめることにより、それは可能となる。自らに対する冷静なまなざしは、「「ぼく」は」のような自己の輪郭をたどる詩で最も発揮され、精緻で表面のなめらかな彫像めいた自己像を写しだしていた。

その一方で、「太陽」「あたし」「神さま」など、戦争の概念を孕んだ単語は複数見受けられた。これらは「言葉」と「枯葉」、「二通りの「僕」」などの間に横たわっていた明確な差異を欠いている。勝野は己の姿を俯瞰することはできても、その内部で未だ血を滲ませている傷には無自覚だったように感ぜられるのだ。

そして同時に、戦争にまつわる単語が複数あることは、彼が自身の傷に無自覚でありつつも、どこかにあることには気づいていたのではないか、という考えをもたらしてくれる。

「「ぼく」は」において、「ぼく」は自身とその詩を「「無」の藁屑がつまっ」た「縫いぐるみ」、「腹の中のひとつの笛」の「悲鳴」だと看破した。そうしてわたしの眼には、彼の詩作が「腹の中」を探り、「悲鳴」の根源――「笛」のさらに奥に刻まれた傷を見つけ出すための、ひとつの祈りとして映る。

しかし勝野は、「二通りの「僕」」をつなぐ「傷痕」の正体を見出す前にほんとうの「暗闇」、死の側へといざなわれた。羽化しかけの詩人は、その透明な翅を伸ばしきる前にこの世を去ったのである。

論考

言葉は捨てられた小壜である――勝野睦人論

舟橋令偉

本稿の注は330頁以下に示される

序

勝野睦人は、石原吉郎・好川誠一が創刊した詩誌『ロシナンテ』（一九五五～五九年）に参加した詩人である。詩人としての活動期間は、雑誌『文章倶楽部』（『現代詩手帖』の前身）への投稿を含めると、一九五四（昭和二十八）年から一九五七（昭和三十二）年の約四年間である。

勝野は一九五五（昭和三十）年四月、東京藝術大学美術学部に入学を決めて上京し、二年後の六月二十五日に交通事故で亡くなった。二十歳七ヶ月という、あまりにも短い生涯だった。それゆえ文学史上では、無名の存在である。

勝野は、一九六〇年代を代表する詩誌『凶区』（一九六四～七一年）の詩人たち（菅谷規矩雄・天沢退二郎・吉増剛造等）と同年代であり、菅谷・天沢と同じ一九三六（昭和十一）年生まれである。彼らは戦争中まだ少年であり、戦争よりも疎開の記憶が深い世代だ。そのため彼らは、「学童疎開世代」とも呼ばれる。菅谷は六〇年代、全国的に巻き起こった大学紛争に、「造反教官」として参加した詩人であり、「政治の季節」の終焉とともに、自殺に近い最期を遂げた。

菅谷の評論「戦後詩の帰結」の一節は、戦争の記憶が乏しい世代に、極めて重要な問いを投げかけている。

> わたしたちの年代は、つまり戦中の幼年は、〈戦争〉の内部に、〈家族〉を、しかも〈家族〉のみを――〈不在の家族〉〈家族の不在〉として――みた。見ることはそして、〈前＝意識〉としての全身的受感にほかならなかった。〈前＝意識〉は判断しない。受容するだけだ。だから泣かない、呼ばない、笑いもしない。ただただ、声なきことばをかみしめていた。もちろんそれは事実でもなければ記録でもない。ひたすらな妄想である。妄想だから生きつづける。妄想は時間をしらないからだ。声なきことばをかみしめながら、ことばを声にすることを拒んでいる。[1]

戦時中に「幼年」だった世代にとって、戦争の記憶は「前＝意識」に刻み込まれたものだ。「幼年」だったため「戦争」を意識化することができなかったからだ。それゆえに彼らは、戦後という時代を、否定するだけの言葉をもってはいなかった。勝野と菅谷は、「戦後」を無条件に「受容」し、「無言」を強いられた世代なのである。

そんな「学童疎開世代」に対し、戦争を徹底的に意識化し、戦後を否定するだけの言葉をもっていた世代がある。吉本隆明・三島由紀夫をはじめとする「戦中派世代」である。彼らは戦時中に青年期を過ごした世代だ。

吉本は評論「高村光太郎」で、「わたしは徹底的に戦争を継続すべきだという激しい考えを抱いていた。死はすでに勘定に入れてある。年少のまま、自分の生涯が戦火のなかに消えてしまうという考えは、当時、未熟ななりに思考、判断、感情のすべてをあげて内省し分析しつくしたと信じていた[2]」と書いている。

彼らは「戦争」を徹底的に意識化していたため、戦後においても「戦争状態」を、「天皇」を、「殉教」を、作品のなかで再現することができた。吉本は「心的現象」、三島は「殉教の美学」（磯田光一）を追求することによって、戦後という価値観がバラバラになってしまった時代に、絶対的な「神」と「美」とを、大きな物語として表現することができたのだ。

しかし、勝野や菅谷は、「戦争」が「前＝意識」に取り込まれているため、「天皇」や「殉教」といった絶対的な観念を、「こころ」のなかにイメージすることはできない。

ましてや、天皇制ファシズムのイデオロギーで統制された国家ではなく、家族という「私事」的な共同体のなかで過ごしてきた彼らにとって、「前＝意識」ですらも相対的に、バラバラに機能してしまうものなのだ。

〈戦争〉もまた、それゆえ〈幼年〉にとっては、あくまで〈家族〉の内部の〈私事〉に、また、〈秘密〉に、深くくいこんでいるなにものかである。おもうに、家族という〈私事〉の領域に、なにかの〈秘密〉をかぎつけたときに、〈幼年〉は〈自己〉になりはじめる。（菅谷規矩雄「戦後詩の帰結[3]」）

「家族」という「〈私事〉の領域」の内部に、「戦争」という「秘密」の外部が存在する。大人が当たり前のように知ることができた戦争の内実は、子供には隠され、その隠された「秘密」を察することで、「幼年」は「自己」になっていく。

そうすると、「自己」は、外部の尺度に合わせ「自己」になる必要があり、それは「自己」のなかに私以外の外部が存在するという感覚を生じさせる。本当の「私」が「不在」になってしまうのだ。

本当の「私」が「不在」であるという感覚を、たとえば文芸評論家の秋山駿は「私は空虚な人間である」（「空虚な人間」[4]）と表現している。秋山は一九三〇（昭和五）年生まれであり、戦時中に「幼年」だった世代だ。秋山は少年期を次のように振り返る。

> 戦争中の少年であるところの私は、ほんの一時期だが、まるで国家に育てられる子供のような心理を味わった。その頃は、軍需工場へ勤労動員に行かされたり、疎開させられたり、子供達の日常生活をその細部に至るまで、家庭ではなく、国家が管理していたからである。私は漠然とだが、それでいいのだと思っていた。（「戦争と家庭」[5]）

「動員」「疎開」と言っても、家族の状況によって様々であるため、一括りに同じような経験をもっていたとは断言できない。ただ、秋山の証言で注目しなければならないのは、「私は漠然とだが、それでいいのだと思っていた」と、国家による「子供達の日常」の「管理」を無条件に受け入れていることである。菅谷の「全身的受感」という言葉と重なり合っているのは言うまでもない。戦時中に「幼年」だった世代の特徴は「秘密」＝外部を「受感」する「器」のような構造に、「こころ」がなってしまうことだ。

勝野はこの不在の感覚を、「はげしい渇きのまえに／飲みほされてしまったなにかの　器……」（「こころ」は）と、わかりやすいイメージで表現している。

勝野の詩を分析することは、「こころ」という「捨てられた小壜」の所在をたしかめることだ。本稿の構成は以下の通りである。

第一節「神が狂人であるということ」では、勝野の「神」についての考えを考察した。

第二節「孤独であるということ」では、狂人の「神」に規定された勝野の内面に迫った。

第三節「比喩は哀しみであるということ」では、勝野の比喩の本質を考察し、比喩とは自己の実在であるということを考察した。

第一節　神が狂人であるということ

神は普通、全知全能だと考えられる。なぜなら、世界を創造したからだ。聖書に影響をうけた文化圏の人々が、全知全能の神が創造した世界を、完璧であると考えるのは、至極当然のことである。しかし、勝野の描く神は、最初からすべてを間違えている。神の間違いを描いた作品「えぴそおど」を読んでいこう。

「死」は一本の釘である。
それをわれわれの背中に打込んだ男は、むろん神に違いあるまい。かれはわれわれの背中の板の厚さを——即ちわれわれの肉体から、精神までの隔りを測った。いうまでもなく、ぞんざいな目分量を用いて……。つまりその距離の闇間に、こっそりこの錆びた「悪意」を埋めてやろうとしたのだ。

勝野は、「神」が「われわれの背中に」「死」を「打込ん」だと言う。しかし「ぞんざいな目分量を用いて」打つという、決定的な間違いを犯しているのだ。
生とは、「肉体」と「精神」の複合物である。「肉体」という板と「精神」という板を接合するために、「死」の「釘」が打ち込まれたとするならば、「ぞんざいな目分量」で打ち込まれた「肉体」と「精神」との間には、密着しながらも大きな「ズレ」が生じているはずだ。
この「ズレ」が、私たちの「孤独」を生みだしている。勝野は「わたくしはピアノの鍵盤《キィ》です」という詩で、「孤独」を「はみだした音色」に喩えている。

——しかし　あなたは御存知でしょうか

わたくしの　ところどころに潜んでいる
はみだした音色　鳴りひびかないこころ
そうして　あなたの指先から
零れおちてゆく　わたしの孤独を……

人間を「孤独」にさせた「神」の所業を、勝野は「悪意」と呼ぶ。「悪意」について、もう少し思索を深めてみよう。

たとえば、ドイツの哲学者シェリングは、「悪のうちには、善と対立した本質的な存在が含まれていて、それが、善のうちに存している温和な諧調を、不温和な不調へと転倒させるのである」（『人間的自由の本質』[6]）と述べている。

「はみだした音色　鳴りひびかないこころ」が、シェリングが言うところの「不温和な不調」だ。この「不温和な不調」へと、「善」を「転倒」させるのが「悪」である。「悪」とは、「調和」を乱す存在なのだ。「悪意」をもった個人は、「秩序」から疎外されていくため「孤独」になっていく。

人間がなぜ「神」を思考することができるのか。それはお互いが調和から「はみだした音色」＝「孤独」だからである。「孤独」である人間以外、神の気持ちを慮ることはできないのだ。勝野が「神」を日常的な感覚で捉えることができるのは、「神」も人間も「悪意」をもっている存在だからである。

次の連では、また新たな間違いが発覚する。

ところでかれは誤ってしまった。かれが買いこんできた釘という釘は、悉くながすぎたようである。かれは困った。ぼりぼりと、五分刈頭を掻いて考えこんだ。そこで思いついた方法は、これを、はすかいに打込むことだ。いささかの注意を用いさえすれば、この程度の仕事はかれには容易と思えた。（大工とは、元来ふかい因縁のあるこの男は）口に数本の「悪意」を含んで、鼻唄まじりに仕事を進めていたが……

神の打った「釘」は「ながすぎた」。神が「悪意」をもって、この「釘」を「買いこんできた」ならば、神は悪人である。しかし、神は理由もなく「誤ってしまった」。神の心中の謎は深まるばかりである。

ここで注目しなければならないのは、「神」のイメージである。「神」は「五分刈り」で、「大工」と「元来ふかい因縁のある」「男」とされている。「大工」と「因縁」が「ふかい」「男」とは、イエス・キリストのことである。しかし、絵画や彫像で描かれるイエスは「五分刈り」ではない。「五分刈り」で想起されるのは、戦時中の日本の兵隊である。ここで神は錯乱的に描かれているのだ。

やがて、空腹をもよおし、細工が乱れた。それに板の厚さは、かれが考えていたよりよほどまちまちだった。肉体の表層から精神が、うすく透けてみえる奴さえあった。かれは腹を立てて垂直に槌をふるった。槌に加った癇癪は、「運命」の重力となってそのまま、

その男の背筋をたたいた。もはや自明の理《ことわり》ではあるが、「死」は、雄然とかれのこころに突き出

た。しかるに、その屋根裏部屋《マンサル》のようなこころのかたえに、いつしか寝起きを繰り返していた詩人は、おどろき、目を覚まし、

そして唄った。

「死」は私のベットの脇に
突然うまれた帽子掛けです

「神」が「空腹をもよお」したことが原因で、「細工が乱れ」てしまった。何の「細工」であろうか。「悪意」を「埋めてやろう」とした「細工」である。よって、勝野自身に埋めこまれた「悪意」も乱れてしまったのだ。「悪意」が乱れれば「善意」も乱れる。この「善悪」の揺らぎが、勝野の内面の揺れに直結している。

「細工が乱れ」たあげく、「神」は「癇癪」をおこして、「槌をふるった」。そのせいで「死」は「はみだした音色」のように、「雄然とかれのこころに突き出た」。しかし、突きでたのはいいものの「こころ」の外にまで、「死」が出ることはなかった。私たちの「こころのかたえに」誰とも共鳴できない「死」という名の暗闇が存在してしまったのだ。

「えびそおど」で描かれたとおり、「神」は、最初から最後まで間違えていた。しかも「間違い」を、試練として与えたわけではなく、間違えた理由を「神」自身もわかっていなかった。もはや「神」は、気が狂っているとしか思えないほどである。

他にも勝野には、「神」を不条理な存在として描いている作品がある。

あたしは　神様の食卓
じっとして
不思議な朝餉のおわるのを
脚のたたまれるのを待ちうけていたのに

あたしは　神様の灰皿
ひっそりと
あの方の「思案」の吸いさしを
「時間」の過剰を受けとめていたのに

だのに　あなたは
むぞうさに
あたしを縁先に　いま引きだそうとなさる
あたしをいきなりうら返そうと
なにかをあたしから拭いさろうと――
（「LA NATURE MORTE I」）

「神様」が狂人であることは確認した。そんな「神様」が、「食卓」と「灰皿」である「あたし」を「いきなりうら返そうと」しても不思議ではない。この詩で重要なのは、「神様」が「食卓」や「灰皿」に囲まれた生活のなかで描かれることだ。序で述べたとおり、学童疎開世代の本質は、戦争の記憶＝家族の記憶であることだった。ゆえに「神様」は、家庭の風景のなかで描かれることになる。

あたしの底がすきとおってゆく
そうして　おもいがけないあなたのお顔を
こんなにおおきく映してしまう……（同）

なぜ「いきなりうら返そうと」するのか。その理由を考えてしまうのは当然である。しかし、考えても考えてもわからない。「神様」には理由がないからだ。しかし、また「神様」について考えてしまう。「おもいがけないあなたのお顔を／こんなにおおきく映してしまう」のは、不条理な「神」への「妄想」が膨らんでしまうためである。

この節では、「人間」を規定するはずの「神」が、実は狂人だったことを述べてきた。次節では、狂人によって規定された「人間」の内面に迫っていこう。

第二節　孤独であるということ

「神様」は、私たちに「死」をあたえ「生」を規定する存在だった。

これは「親」と「子」の関係に似てはいないだろうか。私たちは、「親」に守られながら育ち、そして「名前」と「言葉」とを与えられる。私たちは「親」から規定される存在であるからこそ、無条件に「親」を信頼するのだ。

「神様」を信頼しているからこそ、私たちは祈るのであろうし、「親」を信頼しているからこそ、私たちは「本音」を伝えることができる。しかし、「神」もしくは「親」が、信頼できない存在だった場合、私たちは「こころ」の内で「本音」をかみしめるしかない。

「LA NATURE MORTE II」では、その悲しみが歌われている。

わたしのいかりには注《つ》ぎ口がない
わたしのかなしみにも注ぎ口がない
だからわたしは　できるだけ
ひっそりと自分をもちこたえていたい
けれどもあるひとのひとつの言葉が
けれどもあるひとのひとつのしぐさが

いかりをはげしくゆさぶるのを
かなしみにかなしみを注ぎそそぐのを
わたしは　どうするすべもしらない

そんなとき
いかりはいかりのおもてをつたい
かなしみはかなしみの縁までせりあげ
めいめいに
めいめいの形象《かたち》にこだわることしか
めいめいの周辺をぬらすことしかできない

勝野にとって「神」は狂人であるから、「いかり」と「かなしみ」を伝えることのできる相手ではない。だから「ひつそりと」「自分」で「もちこたえ」るしかない。あらかじめ、他者に感情を伝えることを断念させられているのだ。

「本音」を伝えることができず、感情のコントロールができなくなると、「涙」で「めいめいの周辺」を濡らしてしまう。そんな時、「孤独」であること以外に「自分」を証明しているものはないのだ。「孤独」とは、他者からの断絶を意味しているため「めいめいの形象にこだわること」である。つまり、「こころ」の「形象」を、他者に合わせることはできず、「めいめい」の「孤独」を拠り所とするしかないのだ。
「車輪」は、「孤独」である人間の姿を端的に示している。

あなたとわたしは
大きさのちがう車輪です
ふたりの裡《うち》を向けあわせ
「言葉」の軸で繋ぎとめても

畢竟は
おなじ空地を巡るばかり
わたしはおもてへおもてへとはにかみ
あなたは内部へおおきくよろけて——

「めいめいの形象にこだわ」っているため、「車輪」は、大きさを合わせることができない。ゆえに、どこにも進めず「おなじ空地を巡るばかり」だ。
「車輪」で歌われていることと同じ内容が、石原吉郎の「一九五六年から一九五八年のノートから」にも記されている。

〈孤独〉ということは、一つの場合ではない。孤独ということは〈存在〉と同義なのだ。人間は時たま故郷へ還るように、各自の孤独へ還るのだと思っているが、しかし人間ははじめから孤独のなかに居り、一歩も孤独から出てはいないのだ。[7]

「孤独」は「存在」することと「同義」だ。「人間」として「存在」している以上、「孤独」の外へは「一歩」も出ることはできないのである。石原の場合、八年間のシベリア抑留体験で、「孤独」であることの重みが、そのまま生存そのものの重みになった。「極限状況は、およそどのような教訓からも自由であるというのが、私が得た唯一の「教訓」である」(「『望郷と海』について」[8])と石原は言う。「教訓」からの解放＝「自由」になると、生き方の指標を完全に失う。そこでは、「孤独」であること以外に確かなものはない。よって、「孤独」であることが、世界の中心に据えられることになる。

しかし、勝野の場合、戦時中に幼年だったこともあり、「はにかみ」ながら「おもておもてへ」と、中心から遠ざかっていく。つまり、勝野の孤独とは、群衆のなかの「孤独」＝中心のない「孤独」だ。ゆえに「わたし」の代わりに、「あなた」が「内部へおおきくよろけて」くる。勝野の「こころ」の中心には、「あなた」＝「神」が置かれることになる。

「憧れ」は

「憧れ」は

はじめわたしの端から
糸のように垂れていました
神さまが　それを戯れに
一本の杙《くい》にゆわえたのでした
笹舟を
岸辺の葦に繋ぐように
もぎれた　人形の片腕を
もとのからだに返すように

でも　その日から
わたしは杙を廻らねばならない
くりかえしあのひとを廻らねばならない

「憧れ」は　あのひとを軸木にして
車輪のように旋廻します
ふたしかな
その「存在」を囲みとろうと
蔓草のようにいま　まさぐつてゆきます

そうして　ああ　その目眩《めくるめ》きのさなかに
ついに見失なわねば《ママ》　ならないものは
とりもなおさず
あのひとなのです

「神」はここでも、子供が「戯れ」るように、「憧れ」の「糸」を「一本の枝にゆわえ」ている。そのせいで、「くりかえしあのひとを廻ら」なければならない。「神」は、「戯れ」で「ふたしかな」「存在」だ。ゆえに「車輪」のように「神」のまわりを「廻」れば「廻」るほど、「目眩きのさなかに」、「神」を「見失」ってしまうことになる。それは「神」との関係性において存在していた「私」も、同時に見失うことである。

では、「私」を見失い、からっぽになった「内部」にはなにが残るのか。

ぼくは

ぼくは　縫いぐるみの熊の玩具だ
四脚まで
「無」の藁屑がつまっている

ぼくの詩は
腹の中のひとつの笛
だから単純な仕掛けだ
だからちいさな悲鳴だ

「内部」には「「無」の藁屑がつまっている」。「無」であるならば、それは世界をそのまま受けいれるだけの「器」＝菅谷が言うところの「全身的受感」に他ならない。よって、能動的な「声」ではなく、受動的な「悲鳴」だけが「こころ」のなかに聞こえてくるのだ。

しかし「ちいさな悲鳴」は、声になるまえの声である。「かなしみ」を伝えるためには、「かなしい」と「声」にする必要があるが、「神」は聞く耳をもってはいない。それどころか、勝野は「神」を見失ってしまうので、語りかけることすらできない。生きることは、現実に立ち向かうことであるが、思いを「声」にすることができないため、他者と連帯することもままならない。「孤独」な「こころ」のなかに、一方的に世界から「小石」を投げ込まれるばかりなのだ。

純潔は
あたしの暗闇《くらがり》　たわむれに
あなたがたが小石を投げこむ　祠
ガーベラの花束や　いびつな愛を

そのなかで
いつも躓いてばかりいるのが　あたし
躓いても　転んでも
声はころしていなければならない

〈だが〉
〈あたしの一生がなんだろう〉
〈あたしは　〈汚されるために張り詰めている〉
〈キャンバスの布だ〉（「VIRGINITE」）

人生に「躓いても　転んでも」、勝野は「声」を「ころしていなければならない」。それでも勝野という一人の人間は、どうしようもなく存在している。「こころ」は「無」であるけれども、「肉体」は「あなたがた」の目の前にあるからだ。

勝野は、「肉体」を「汚されるため」の「キャンバスの布」と喩える。「あなた」が「あなたがた」に変わるのは、「あなた」は「こころ」の領域、「肉体」は「あなたがた」の領域に属しているからである。すなわち、「あなたがた」とは、俗世間の群衆のことだ。「こころ」は「ふたしかな」ものであるが、「肉体」は、確実に俗世間のなかに存在しているのだ。勝野は書簡のなかで、俗世間に紛れた「行人」の「僕」のほうが、かえって、本当の「僕」なのではないかと記している。

僕には二通りの「僕」があります。一人はあなたとお喋りをし、下宿のマダムと喧嘩をし、家に帰つてお袋に叱られる「僕」。もう一人はある日の上野公園の隅で、一人のお上りさんの眼にふと映ずる「僕」――それは僕というよりも、むしろ単なる人影に過ぎない。外套の裾をひるがえして馳け去る、あわただしげな行人に過ぎない。この二つの場合の、どちらが本当の「僕」かといえば、かえつて僕は後者だと思う。そうしてそのお上りさんがもし詩人だつたら、僕の「存在」は見抜かれていた筈だ。外燈、プラタナスの落葉、紙屑、旋風《つむじかぜ》……そういつたものだけとかかわり合つている「僕」――そういう「僕」が見抜かれた筈だ。その「僕」には勿論性格などない。そんなわずらわしいものはない。性格とか、ポケットの中の小遣いとか、あなたとか（失礼）、順三郎の詩とかいうものは、もう一人の「僕」にだけかかわるものです。行人としての「僕」の唯一の意味は、黒いオーバーをまとつていること。それだけに過ぎない……そんな気がします。（竹下育男宛、一九五六年十二月十三日）

勝野は、「こころ」の実在性をたしかめることができない。「こころ」とは、思いを「声」にして、それを「他者」が理解して、初めて承認されうるものなのだから。世界に「はにかむ」ことのできる勝野は、器用な人間ではある。しかし、その「はにかみ」は、何千もの「本音」を押し殺していることを忘れてはならない。

私たちは内面的なものよりも、目の前に「在る」ものの寂しさに目を向けるべきだ。その「はにかみ」には、語り尽くせないほどの押し殺された感情が込められているはずだから。

第三節　比喩は哀しみであるということ

悲しい時に悲しいと言えない。怒っている時に怒っていると言えない。それを言えるのは、目の前の他者に信頼を置いている時である。勝野は「神」に対して、最初から不信感を抱いていた。よって「こころ」ですらも、実在するのか疑わしいものだった。「こころ」のなかの感情を、そのまま「声」にすることができない。まるで親からの不条理な暴力におびえ、その場を耐えるために、ただ沈黙することしかできない子供のように。

勝野にとって「比喩」とは、自分の感情に唯一、実在性をあたえる手段だった。「たしかな」実在性があるのは、「行人」としての「僕」がいる、「俗世間」である。ゆえに、「かなしみ」の感情を俗世間の事物に置き換えて、伝達する必要があったのだ。

「哀しみ」は
わたしの隅のちいさな砂場だ
ごらん　シャベルがおちている
緒のきれた　草履が砂にうもれている

三輪車が　のりすててある（「「哀しみ」は」）

比喩は単なるレトリックではない。比喩とは、他者に思いを伝達できないという断念から生まれるものだ。比喩は勝野にとって、己の実在を証明するものである。「哀しみ」をカッコにいれて書かなければならないのは、「哀しみ」という感情を、かろうじて比喩で実在せしめているからだ。一見シンプルな詩にみえても、勝野の詩には、「本音」を押し殺すしかないという、「無言」の苦しみが詰まっている。そして俗世間の事物は、直接的に自分の「こころ」ではないため、俗世間に左右されれば、いつ詩が書けなくなってもおかしくない状況だ。そんな精神の危機にさらされているなかで、勝野は「こころ」を書いているのだ。

抽出し

わたくしたちのこころはみな
底の浅い小抽出しです
なにげなくつっこんだ紙屑のおかげで
二度とひきだせなくなってしまう

俗世間は「なにげなく」状況が一変する。私たちは、明日どうなっているかわからないという不安のなかで、生活している。今この瞬間においても、自分の「こころ」のなにもかもわからなくなって、「二度と」詩を書いていた時の感情を思い出せなくなってしまうかもしれない。そういう不安と闘いながら、私たちは生きているのだ。

その不安とのせめぎ合いのなかで、勝野は比喩を用いて感情を書いていた。しかし、寂しいから「寂しい」と書いているのか、詩のなかにしか「寂しさ」がないのか、わからなくなっていった。「おまえ」と「わたし」との立場が逆転していったのである。

そのむかし

そのむかし
おまえは一本の樹木のように
わたしの言葉に生えていた
言葉の隅のちいさな空地に
しよんぼりと　黒い影をおとしていた

だのに　いまでは
わたしの言葉が
おまえの顔に茂つている

一本の　巨木となつて……
その陰で時折
おまえはわらう
木洩れ日のように
空のように

やがて　秋が深まつてしまうと
今度はしかし　わたし自身が
その巨木から散るのかもしれない
一枚の木の葉のように
もつともつとおおきな言葉のなかへ……

いつしか「おまえ」のほうが「木洩れ日のように」「空のように」、言い換えれば自然に、「わらう」ことができるようになってしまった。すると、「わたし」と「おまえ」の立場が逆転して、「わたし」が「おまえの顔に茂っている」「木の葉のよう」な存在になった。これは「わたし」の「こころ」も、俗世間という「樹木」の全体の一部になってしまったことを意味する。

「神」のまわりを「車輪」のようにまわり、何もかもを見失ってしまったあと、「こころ」のなかに残されたものは「無」だった。それでも、勝野は「こころ」の実在性を証明しようと、比喩を用いて詩のなかに「こころ」を実在させようとした。

しかし、比喩は俗世間の事物だったため、いつのまにか事物が「こころ」そのものになってしまったのである。「もつともつとおおきな言葉のなかへ」散っていっても、それは俗世間という有限性の空間のなかの出来事でしかない。

「鐘楼」は、いままでの「こころ」の遍歴を端的にまとめながら、有限性の空間のなかに、それでも存在する本当の「私」の在処を探ろうとする。

鐘楼

「哀しみ」は
だれの裡にも
鐘楼のようにそびえています
あるひとは
とおくそれを仰いだだけで
さかしく瞳をそらします
また　あるひとは
こころのおもわぬ方角に
その姿が　ふいにたちはだかるのに驚き

ひそかに小首をかしげます
けれども　もっとべつなひとは
その周囲をせわしくめぐりつづけています
車輪が車軸にこだわるように
言葉が言葉の意味をまさぐるように
そうしてはてしないその目眩《めくるめ》きのうちに
ついには　すべてを見失《ママ》ないます

ああ　しかし
もっともっとべつなひとは
はじめから知り尽くしているのです
こころが　ちいさな町でしかないのを
そしてたちどまった街角にはいつでも
ひとつの鐘楼がそびえたつのを

かれは「哀しみ」をのぼりつめてゆきます
どこまでもひたむきにのぼりつめてゆきます
その頂にたどりつき

かれのこころを見渡してみようと
こころのただひとつしかない厳しい位置に
せめてものあのちいさな叫びが
吊されているのを
たしかめてみようと

俗世間は有限な空間のため、「はじめから」限界を「知り尽くしている」。その空間の一部である「こころ」もまた、最初から「ちいさな町でしかな」かった。つまり勝野にとって「こころ」とは、無限に広がりがあるものではなく、あらかじめ「形象」が決定されているものなのだ。「おなじ空地」を「車輪」のように何度もまわっていたため、もはや世界には既視感しかない。「神」の姿が垣間みえたとしても、理解しがたい存在であるため、「首をかしげ」ることしかできない。まさに出口なしの「町」に、「こころ」は閉ざされてしまっている。そこにあるのは実存ではなく、取り替え可能な大衆としての「私」でしかない。

しかし、比喩を何度も重ねているうちに、この「ちいさな町」のなかにも、「哀しみ」の山ができあがっていたことに気づく。感情を押し殺してきた「哀しみ」こそが、本当の私の感情ではないか、と。それは「厳しい位置」を指し示す、精神の縦軸となるのだ。

勝野は、その山の「頂」に、なにか「たしかな」ものがあるのではないかと、一歩一歩「のぼりつめてゆ」く。その「たしかな」ものとは、石原が強制収容所のなかで見いだした、重みのある「位置」、言い換えれば、勝野にとっての「存在」そのものかもしれない。

ここで「悲鳴」は「叫び」となって、かすかに「厳しい位置」が到来しているのだ。その「叫び」とは、いままで押し殺してきた「本音」の残骸なのかもしれない。しかし、残骸から新たな言葉が生みだされる。かつて「荒地派」の詩人たちが、敗戦の焼け跡から美しい言葉を刻み始めたように。

先述したとおり、勝野は弱冠二十歳で命を落とした。そのため「厳しい位置」にある「叫び」というものが、具体的にどのようなものであったのかは、詩のなかでは記されてはいない。この「厳しい位置」については、のちに石原吉郎がその生涯をかけて模索しているように思う。石原についてはまた改めて論じたい。

他者から断絶された「孤独」のなかでも、本当の実存というものを探し求めつづけた勝野の姿は、まさしく実存的態度だったという他、言葉が見つからない。石原とともに『ロシナンテ』を牽引した勝野の詩には、私たちの現代詩を考えるうえでも、まだまだ重要な思索が隠されているだろう。

注
1 菅谷規矩雄『詩とメタファ』思潮社 一九八三年 九八頁
2 『吉本隆明全集』第五巻 晶文社 二〇一四年 一二六頁
3 『詩とメタファ』九三〜九四頁
4 秋山駿『舗石の思想』講談社 一九八〇年 六六頁
5 同書 一一九頁
6 『世界の名著〈続9〉フィヒテ／シェリング』岩崎武雄・量義治・茅野良男・渡辺二郎訳 中央公論社

一九七四年　四四三頁　※引用部分は渡辺二郎訳
7　『石原吉郎全集』第二巻　花神社　一九八〇年　八五頁
8　同書　二六〇頁

舟橋令偉・山下洪文編

一九三六年　十一月三日、父・政三、母・澄江の次男として、東京府東京市麻布区笄町（現・東京都港区西麻布）に生れる。本来の読み仮名は「むつひと」だが、母が「むつと」と呼んでいたため、それが定着したという。政三は長野県下伊那郡旦開村（現・長野県下伊那郡阿南町新野）出身で、明治大学法学部への進学を機に上京、弁護士となり「勝野政三弁護士事務所」を笄町（現・港区西麻布）で経営していた。

一九四二年　東京市笄国民学校（現・港区立笄小学校）入学。「マコチャン」という六歳の男の子が近所におり、一緒に遊んでいた。栗原節子氏によれば、イマジナリーフレンドの可能性もあるという。

一九四四年　戦火が激しくなり、澄江の故郷である長野県飯田市二本松に一家で疎開。睦人は飯田国民学校（現・飯田市立追手町小学校）に転校。「勝野政三弁護士事務所」は飯田市に移転

（建物が狭かったため、後に愛知県新城市に移転）。笄町にあった事務所兼自宅は、空襲により焼失した。

一九四九年　飯田市立飯田東中学校入学。美術教師・南島金平と出会う。生徒会副会長を務める。書簡に名前のある福沢隆之や栗原節子と知り合う。最初に発表した詩「マコチヤン」は、中学時代に書いたものと思われる。

一九五二年　飯田高松高校（現・飯田高等学校）入学。美術教師・吉川安雄と出会う。物理・漢文のクラスに在籍し、副級長を務める。部活では美術班に所属。同級生に建築家の原広司がおり、仲が良かったという。この頃からアンドレ・ミノーに傾倒。

一九五四年　『文章倶楽部』第六巻・第三号に、詩「マコチヤン」を投稿、誌面に掲載される。『文章倶楽部』への投稿は、一九五六年六月までつづいた。二月、早稲田大学第一文学部英文学専修に在籍していた兄・大が、肺結核により死去。享年二十四。

一九五五年　飯田高松高校卒業。東京藝術大学美術学部油絵専攻入学。上京し、台東区谷中清水町（現・台東区池ノ端）に下宿。大学では洋画家・林武のもとで学ぶ。四月、『文章倶楽部』に詩を投稿していた石原吉郎・好川誠一らが詩誌『ロシナンテ』創刊。七月、岡田芳郎の誘いにより『ロシナンテ』に入会。『文章倶楽部』の月例会が行われていたお茶ノ水のそば屋「巴屋」で、『ロシナンテ』同人たちと会う。第五号から正式に参加。

一九五六年　八月、岡田芳郎・河野澄子と京都旅行。『勝野睦人遺稿詩集』に掲載された睦人の肖像写真は、この時に岡田が撮影したもの。この頃からリルケに傾倒。美術では、ルドンやレンブラントの影響を受ける。『詩学』の「全國詩誌代表作品コンクール」で、詩「VIRGINITE」が四位に入選。この頃から、『詩学』による詩の研究会「詩学研究会」に参加。この頃から、アテネ・フランセに通う。

一九五七年　文京区駒込西片町（現・文京区西片）の下宿に転居。六月二十五日、詩を書くための原稿用紙を買いに、下宿先近くの文房具屋に向かっていたところ、交差点でオート三輪に激突され即死。享年二十。「両親の到着が間にあわぬため、竹下（育男）と私が死体を納棺した。抱きあげたからだは、いたましいほど華奢で軽かった。その夜近くの寺の本堂で、芸大の学生とロシナンテの同人の手でお通夜が行われた。同人を代表して私が、勝野の詩を二篇朗読した。勝野の死は、すでに失速状態にあった同人に衝撃を与え、なん人かが詩作をやめた」（石原吉郎「『ロシナンテ』のこと」）。このとき石原が朗読したのは「LA NATURE MORTE II」「鐘楼」である。なお、実際に納棺したのは、竹下の父と石原吉郎。八月、『ロシナンテ』第一三号（勝野睦人追悼号）刊行。『詩学』第一二巻・第一〇号に「プロフイル〈勝野睦人　追悼〉」と題して、詩「わたしはひとつの…」と淀縄美三子・竹下育男による追悼文が掲載される。

一九五八年　『勝野睦人遺稿詩集』（思潮社）『勝野睦人書簡集』（ムットの仲間）刊行。

一九五九年　『ロシナンテ』が第一九号で休刊。

一九七二年　『詩学』第二七巻・第八号に「勝野睦人全遺稿詩集」掲載。「事故死でその短い一生を閉じた勝野睦人君の影は、ときどきぼくの心を横切る。全作品をあらためて読み直してみたい。

さらに読者諸賢の共感を得ることができれば、ともに勝野君の瞑福を祈りたいと思う」（『詩学』編集者で詩人の嵯峨信之による編集後記）。『詩学』第二七巻・第一一号に「勝野睦人書簡集」掲載。

一九九三年　『ロシナンテ』同人が集まり、東京都八重洲口近くのアトリエ「夢人館」で「ロシナンテ同窓会展」開催、睦人の絵が展示される。また、『ロシナンテ』第二〇号（終刊号）刊行、睦人の詩が掲載される。

二〇〇五年　長野県飯田創造館にて「洋画の群像　明治から現代　郷土を彩った画家たち　長野県飯田創造館開館25周年記念企画展」開催、睦人の絵が展示される。本企画展の委員長は、飯田東中学校時代の恩師・南島金平。展示された絵は、画集『洋画の群像　明治から現代　郷土を彩った画家たち』（新緑社）にも収録された。

二〇一一年　飯田市美術博物館にて「室内の絵画―静物と人物―」展開催、睦人の絵が展示される。

小詩集

透明なる焔

島畑まこと

鉛の湖畔

鉛の湖畔へ
小さな
朽ちかけのボートで漕ぎだす
わたしの櫂は左手にしかなく
右手は強く空虚を握る

鉛の湖面を
木船が裂き
傷跡じみた漣は
浮き上がっては消えてゆく
もう朧げな

哀しみにも似て

あふれだす霧は視界を濁らせ
わたしの居場所を曖昧にする
融けた痛みが皮膚を伝い
死んだ湖面へ滴り落ちる
忘れかけた
いつかの遠い記憶と共に

鉛の湖　果てをなくして
不安な小船は沈んでいく
湖へ
鉛の湖へと

わたしのものでない海

わたしのものでない海が

腰かけている防波堤の下
絶えず　打ち寄せている
壊れゆく藍色の波が
死んだ鈍色の砂浜を削り
終わらない海鳴りが
わたしの鼓膜に染みつく
遠く離れた空からは
かすかに雨の匂いがする
雲はあらしを秘めて

伸ばした右手に
忘れていた靴が触れ
消失した階段を
降りさせようとする
不可視の段差が
奇妙な眩暈を伴せる
どこにもいけない曖昧な哀しみは

絶えず喉元を締めつけて
ごく　緩く
呼吸を奪う

染みついた海鳴りがずっと聞こえている
もう海があるかもわからないというのに

家

さみしい家の内側で
静かな雪が降り積もり
虚ろな部屋の奥底へ
凍る涙が　滴り落ちる
寒さにけぶる硝子の向こう
薄青い黄昏の光が流れ込み
がらんどうになった記憶の抜け殻を

押しよせる静寂の波が満たしてゆく

透明な波紋が壁をいろどる
追憶のきざはしは漣となり
かすかなきらめきがわたしを誘う
埃をかぶった家具のやわらかさ
透きとおった冷たい死の香り
遠い屋根の上で瞬く星々は
わたしの手をすり抜けて
あるかもしれなかった
知らない故郷の方へと
無音と共に去ってゆく

ひび割れた思い出の隙間から
別れを告げる声がしている
すべてが欠けた食卓の席には
あなたの影が腰かけている

ゆらめく蜃気楼の家が
どうにも思い出せないままでいる
それは夜の深みへ沈み
永遠に届かぬ場所で　帰郷を待つ

倉敷にて

黒曜石の川辺に佇む街灯には
ちいさな月が押し込められて
ゆっくりと墜落してくる
継ぎ目のない巨大な夜のなか
真鍮の空気を燃やしながら
静寂を蝕み　白熱している

白夜の世界に
濃霧が蔓延り
わたしの息も

あなたの息も
すっかり凍る

立ち昇る煙は混ざりあい
色のない空に消えてゆく
懐かしくもないあなたの影が
わたしの肺を鈍く締めつける

羽化する肉体

凪いだ鈍色の水面を
白い太陽が舐めている
隙間のない海は鏡じみて
どこにも行けないわたしたちを
張りつめた沈黙と共に見つめる
その視線は透明な焔

さらされた肌を焼き
爛れた皮膚はとうとう
滴るように滑り落ちる

わたしの
剥き出しの魂を置き去りにして
愚鈍な肉体は剥離する
死にかけの蛹が
羽化するように

飛翔の叶わぬ萎れた羽根が
わたしの背中で垂れている
それはときおり微かに震え
暗がりのなかで仄かに光る

嬰児《みどりご》よ

うらぶれた冬の日の道端で
ひっそりと呼吸《いき》する嬰児よ
お前の顔には透明な
針に似た霜が生えて
まるまるとしてやわいその身体を
いまにも突き破らんとするようだ

凍れる　青褪めた頬には
幾すじもの細かな血管が這い
お前の　無垢なあどけなさを
降りしきる雪よりも密やかに
ごく密やかに蝕んでいる

生まれ得なかった嬰児よ
ひかりのないお前の眼は
目眩むほどの曇天を映し
世界にはしる無数の罅を
無言のうちに示していた

冷める吐息は煙となって
わたしたちをおおい隠す
霞む視界の片隅でお前は
いったい　なにを
見つめているのか

約束

田口愛理

結びを辿るための
この自罰よ

問いを投げかけると
あなたの煌々とした瞳が
硝子のように割れ
からだに降り注いだ

ああ
夜は終わり
灼かれた翅が
あなたを抱こうと
けんめいに落ちてゆく

灰となって
果てる瞬間に
あなたのはじまりの
ことばを聞いた

黎明

揺らぎのない
おなじ朝に散ってゆく
翅は止まっている

こぼれる雨を
抱き止めていたくても
流れてゆくものに過ぎずに
なんども嘔吐した

閉められた扉の前で
けして懺悔などではない

胡蝶

見下ろす梢の目に
とうにひかりは失われて
針が同じ時刻を
幾度となく示していた

ことばに想いに
証じみた身体にさえ
あなたが求める正解はない

凍りついた口づけ
かつて翅のかたちをしていた灰
静寂のなかで
誰にも知られずに溶けた涙

生きるのに
相応しすぎる私が
あなたを憐れむことなど
出来はしない

あなたが
永久にひかりを飲み
まっしろな蝶になることだけを
願いつづけていたのに

ことばが濁る
偽りのしあわせに慣れてしまう
何も綴れなくなる
ただあなたとの時間を
反芻してしまう

文

偶然のひとひらに
込められた微かな祈りが
あなたという孤独な海のなかへ
漕ぎ出していったのを見た

二度も走らせた筆
塵芥となった文の切れ端が
あちこちを彷徨って
錆びついた心に積もってゆく

掠れた海図をなぞって
果てよりも先に流れ着いたら
からの小瓶を拾って
声にならないことばを詰める

あなたの心の奥の
ずっと触れてはいけない場所へ
黙って押し入ったわたしは
なにをどうして贖えばよいのか

誤りと否定しても
たましいに刺さった欠片が
冷えた四肢に眠るのを
あなたは見ていたではないか

円環

優しい自罰で
二度と歩けないように
わたしを定めて
飼い慣らしてくれた

果たされない約束を

まるで秘め事のように
あなたは告げて
終わりへと戻ってゆく

円環のなか
地図を見つけた頃には
すっかり焼け焦げて
何も読めなくなっていた

あなたに
錠を下ろしてほしい
抱きしめるより
ずっと固く誓うように

冷たい手を頬によせて
閉め忘れた
蛇口の
水音だけが響いている

秒針

折れた秒針
輪廻をやめた砂たち
ことばにするのを恐れてから
最期さえ来ない

記憶を盗んで
互いに返し方を忘れてしまったから
あなたはきっと
何ひとつ望まなかった

永久に穿たれて
抗わんと
あなたが銀の錠を
断ち切るように下ろした

幾千も継がれて
ほどけなくなった呪いに
終止符を打つなら
ことばがこわれてしまうから

耐えること
偽りをいつわりと呼ばないこと
あなたに打つための杭を
生涯をかけて隠し持っていよう

永遠

二〇〇一年
沈殿していた永遠が
丸く輪廻のかたちになり
隙間をあけて括弧をつくった

凍りついた血から
作りだされる乳を含み
曲線をおびた肉体で
あなたと同じ空洞になった

投げかけた問いが
空っぽの硝子玉のような瞳に
はじかれて飛び散り
誤ってあなたの時間に穿たれて
片割れの命になった

贖いの雨が降らない
括弧が閉じてしまう前に
わたしは秤を傾けて
生活にねぐらを作り上げた

全てを見透かされて

たましいは沈黙のゆりかごで眠り
冷たく溶けない血液を
未だに飲み干せずにいる

ことばを紡ぐとは
最期の永遠にしようと誓って
再び約束を破ってでも
あなたを見出すということ

再び時が流れ出しているから
誰も知らなかった狂気を
閉じ込めて凍りついた吐息のかけらを
美しく尖らせてあなたにあげる

だから今度は
生涯をかけて逃げゆくあなたを
わたしが穿つために
戻らない命のかけらを
たしかに抱きしめてゆくよ

母子の鏡

古川慧成

綻び

Ⅰ

やがて
太陽の肌が時を掻きむしり
薄衣にふれた嘘が空を破る
白い一夜の終わりが告げられる

貌を刈りとってしまえば
私はいま
あなたを纏っていることを
知るばかり

太陽を遮った部屋で血は混ぜあわされ
外から歓喜の声がする

あなたが注いだ
毒盃の美しい一滴が
まだ僕の口には
残っているというのに

Ⅱ

雨が降っている
一度も交わることなどなく
僕の生活は
その間を通ってきたすきま風に似てる

もう何度おなじ部屋に帰ったことか
眠る季節を抱きながら

どっちにしても　俺はまた
この幸福に跪く

ああ黒々と流れている
あなたの心が欲しいばかりに
私は言葉を盗んできた

俺もまた同じだ
白い貌に意味を貼り付けて
もう姿に霞をかける術を心得ている

Ⅲ

捲きあがる風に
ざわめくあなたのかたちが
絶えず帰りくる邂逅が
私をずっと巡らせている

Ⅳ

すべての声に午《まひる》がさして――アマ！世界に言葉なんていらなかった。はじめに部屋は音もなく崩れた。語るなら、最後の言葉でなくてはならない。われわれの訣れと沈黙のために。忘れてはならない。もう二度と書くことなど見つからぬように。
見よ　黄昏　それ自体が大きな影であることを
たった一つの綻びから交わることない僕らの針は
刻まれている

言葉の暗闇――朝日と夕日に挟まれて――

座標の落としもの、眼はもはや何ものをも映さない。
ことさら何ものかを書く人は、書かれた何ものかによって閉じ込められている。

あなたがそうである様に、みなし児たちの頑なな口元から漏れ出す吐息で暖をとる。こぼれた涎が俺を濡らすこともなければ、うすら笑いが鏡面を揺らすこともなかった。


明日を風に返したあなたのために、幸福が俺のこころを食っている。——あなたは帰らない。午のなかは宛先不明の言葉だけが傍らにある。挿し木をして、一滴分の生活を売りはらった。

幸福が時を告げる鐘を撞く、みなし児たちは落果する。太陽の刻、意味の行軍。燃える河と揺れる黒髪。

記憶の中であなたの終わりに触れようと。どうか、どうかと叫んでみても。言葉は、あなたを殺してしまう。

暗闇をポケットにいれて、寒さが街にすべりこむ。忘れさられた砂浜に、俺のこころも流れ着く。——ああ、途方もない軽さ。ただ束の間の夢の堆積。

夢遊病者の朝

声の破れ目に　午をかかげ　風は硬くなった
意味が言葉を啄んで　部屋のない回廊がのびる
影を持たない人がいる
意味が時間を呑みこんで　がらんとした未来にみえない馭者が鞭をうつ

＊

ああ　そうか。たしかに俺は知っていたのだ。
黄昏がわたしの肌をなでる。その指先の　わずかばかりの誤り——それが　ぼくらの時間の始まりであることを。どんな食卓にも　似合う椅子がないことを。明日の幸福に躓くと　暁ばかりがととのえられて　ちいさな掌から　秘密が引きわたされてしまうので……

とつぜん窓には　おなじ貌がならび　影のなかにかすかに生じた傾きが　部屋を散らかした子供のように　踞っているだろう。

幾重にたちならぶ街灯のなかで……

獣のようによこたわる　あなたの胸から
あらゆる偽装した風を
明日の過剰を
わたしの裏切りを
腐らせてゆく記憶の端から
しずかに皿へ取り分けた

片づけられた食卓に　暦がうらがえり　せわしなく書き換えられた眼がひとつ——明け渡されたこころを占めている。

＊

中空を　やけ爛れた記憶の煤が　埋めようとしている。人は　ここで息をしてはならない。はじめて嘘をついた日——それはあなたのもとへ来た日。僕はポケットに　黒々と石を握りしめていた。
そうして
あなたが微笑むと
どうにも煤けた朝が来る

列

もし起きたのなら　僕たちは
偽った書類を手に
それぞれの列にならぶ
誰もが　その列が

自分だけのものであることを
がらんと忘れてしまった

そうして午が近づくと
こころは破けていって
秘密を打ち明ける
あるいは　誰もいない列に
あなたは　ぼーっと
呆けてしまうようだ……

白い夜の歌

Ⅰ

一粒の嘘が心に風穴をあけ、明日は忘却とともに来る。
頬をなでた薄衣は、他人のような朝の街で、残灯にくべられた。
今朝、俺は灰を抱いて眠り
鍵のかかった生活に
午をさえぎる庇はなく
背を痛々しく灼かれていた

Ⅱ

われわれの傷口が
生誕の楔であるか
失われた記憶への慰みであるか
われわれは沈黙した
傷跡は肌の上に忘却された
現在がわれらを酷く糾弾する
しらけた顔で街角に突っ立って
日の傾きをはかっていた
ああ、俺は痛むことを忘れてしまった
生きるべき今もなかった

Ⅲ

魂の鋳造が終わり、ひそかに裂け目が浮かび上がる。今、黄昏がふたたび大きな影をつくり、われらは支度を終えぬ間に出発しなければならない。白い夜のために。

夜半、俺は起き上がり、静けさが胸を埋めるのをまった。ああ、われらの生は星々のように遠い。言葉の淵に立って、魂の裡に空の裂傷をなぞった。一欠片の歴史を拾いあつめた砂浜で、言葉が海へ帰るために。

——ああ、このささやかな分裂を、永遠のために取っておこう。

約束

The sun is gone, but I have a light.
——Kurt Cobain——

死に一片の石を投げてやった。眠りの深さに反響し、約束となって、残灯の朝に目を覚ます。——こころの裡を汲みつくしても、他人の顔には沈黙が居座ったままだ。路面の石に似た、過剰のひびきに躓く明日がある。あなたの方位をたしかめながら……

あまりにながい沈黙のあと、背中に影がおとされる。結び目を破り、路上に一輪の慰めをみとめたとき、背中に影がおとされる。——むしろあなたは、そこにいるのではなかったか。履きまちがえた靴下の片っぽを、とりかえて半分こする。ふたりのこころに、誰も知らない秘密をつくる。そうだ、誰ひとり正解を覚えちゃいない。

石は俺のこころの似姿だ。不器用なメタフォアが、

あなたのこころに鳴ればいい。さびしげな輪郭を
誇っているあなたのこころに。
空白を破るこのひびきを、ふたりの新たな約束に
しよう……

言葉という言葉が……

言葉という言葉が
いっそう
非情の鐘を吊るし
為政者の声が
私のこころを告げている
かつて
幸福の鳴咽とともに
呑みくだした
季節の転調は
鈍色の乳房を
あなたの隣で
吸えたのなら
煤けた魂を
抱くこともできたろう
……船には
　寄港地がないように
言葉には
盃が見当たらないように
肥えた腹のなかで
行進は
　ざわめきに包まれた
そうして
はじめに
「なぜなら」と
不在を弁護した者たちに
秘密は
みずからの所在を尋ねる
「告げる口がないというのに

ただ
言葉の前には
言葉への弁明があるというのか」
ああ契約は
量り売りの
天秤の傾きを
流れるように
取り交わされた
——ああ私のこころは量ることさえできたのか
けれども
背中を向けて進むのだから
言葉の前にも
言葉はこぼれてしまうのか

灰と鏡

傾いた食卓に灰となった皿が並び　言葉がつたうのを待っていた。はるか天上の鏡に視線は交差し微かに影を映している。裂けたままの僕らの部屋で　互いの位置を入れ換えて　そうして時は焦げついた。回廊が巡るばかりで　やがて部屋は　歪んだ鏡面にうち乱れ　半身を残したまま　霞に沈んでいった。

あなたの白い貌を切りわけて　食すことで　座標を確かめあい　生活が安堵のため息を吐く。塑像の貌に意味はいっそう降りつもり——それらを罪と言うのなら　灰のなかをまさぐって　薄衣を見つけても　言葉に焚べなければならなかった。

ああ　たやすく時間に結ばれる幸福が
俺のこころの真ん中に居座っている
纏われるために
裁たれた　午の背中だけが
私のこころの在り処を示している

食卓に傅く僕らは
誰の晩餐を待っているのか

しかし　いつも食卓の終わりには　言葉が殺され
なければならなかった。灰でいっぱいに満たされ
た盃を　振り返れば　土塊の貌から　鏡はそっと
差し出した。

瞬きを待つ瞳

中田凱也

週末

ひとひらの永遠が
寒さのなかに
ひび割れるとき
私は懐かしい
あなたの旋律を聴く

褪せた手のひらに
水面のような陽が
刻まれる帰り道
逸れた椋鳥は
力なく鳴く

灯が消えた車内
忘れられた贈り物
連鎖する焦点
無情に結ぶ指
聞こえぬ息

涙の残光が
何もない机の上に
落ちる音

聖夜

積雪の影に
魘される朝明け
言葉は誰も居ない椅子に
取り残されている

微かな走行音を辿る
破れた鞄から
滴る声
葉脈の行方
震え止む指先

冷たさに触れて
染み込む太陽
手紙を書き終えると
灯の連なる
桟橋を思い出す

灰色になる雨は
この聖夜だけに美しい
貴方の瞼は今も
閉じられないのか

足音

岬を漂う声が
背後を通り去るとき
記憶は欠け落ち
波紋となる

破れた仮面のような
花弁を踏む
その小さな足は
水銀の降る街を
美しく彷徨えるか

光の射す朝まで
枯らしたくなかったものを
湯船に浸す

忘れられた羽織を
抱きしめながら
少女は祈る眼を
噴水の無音に向けていた

灯の遠さが今も
横たわる静寂の縁に
思い出される

桟橋

割れた花瓶
針を見る横顔
触れられぬ言葉が
白点となるとき
忘れてしまいそうな
朝に目覚める

震える声は
静寂を纏ったまま
浴槽に滲む
羽が落ちた帰り道
瞳の奥の灯台が
冷たく光る

灰色の遊具
消えた街
頬に触れる記憶が
透けた仮面を
映している

今夜もまた
偽りの讃歌を
放つしかないのか
誰もいない休日に

あなたの手をとり
階段を登りたい

傷痕の秘密を
滴のように抱き
海岸へ行く約束をしよう
桟橋の黄昏れを
空が満たすまで

残火

百合の輪郭が
視界に滲む
港の写真に
雨が落ちる音を
今も孤りの部屋で
待っているのか

枯れた花束
灰の煌めきが
小さな両手を焼く
思い出せない踏切
冷たくなった夜の影に
鴉は閉ざされている

疲弊した声が
旭光に溶けてゆく
もう一度生きられたなら
星の骸の上で
同じ空を歌いたい

遠くの花火
息の響き
忘れぬように
そっと

残火に翳す

あの時
海の果てから
合図をくれたなら
君の広げた翼が
見えたかもしれない

美しい羽根の
無音が街を濡らす
残火が消えたら
約束を許しあう
旅に出よう

風のなかに
知らない歌が聞こえる
くずれた桟橋
帰らぬ鴉

水滴

ああ
残火は消えたのか
ドアの向こうの泣き声が
波音となる
あの朝の静けさは
瞬きを待つ瞳のように
部屋を満たした

君を一人で
空へ帰してしまったこと
降り落ちた記憶の
汚れを払うことしか
私にはできない

告白

たったひとつの
静けさが
白くなった屋根に
滴り続けている

誰もいない街道で
雪遊びをした
林檎を齧りながら
ふたりの形を作った
記憶の影が
肩を叩く

そこには
何もなかったのか
冷凍庫を開けて
一番大切な

果実を取り出す
褪せた笑顔は今日も
日差しの中に
解けてゆく

海の見える教会で
花嫁が祈る
触れられない痛みが
流動を刻むたび
夜の砂浜を想う

あの日
僕は雪遊びをしていて
楽しくなって
君の指先を齧った
その時
手渡されたはずの音楽が
今もずっと
聞こえるのだ

微笑

線路の花に
影を落とす海猫が
残雪の熱を纏い
故郷を発つ

水面を繋ぐ指先
落下する果実
標札の血痕
朽ちた街

校庭の砂場に
羽を埋めた日
君の祈る太陽は

波紋のうちに消えた
開いた口から
無音が溢れる
床に広がる光の
輪郭をなぞると
遥か遠くで
雛が叫ぶ

微笑は
鈴の揺らぎのような
病だった
白い部屋に
静寂が訪れたら
君は緩やかな航路を
裸足で行くのか

海が重なる夜

何もない花壇に
置き忘れた手紙を
取りに帰ろう

石長比売（抄）

舟橋令偉

尓して大山津見神、石長比売を返したまへるに因りて、いたく恥ぢ、白し送りて言さく、「我が女二並べ立奉れる由は、石長比売を使はさば、天つ神の御子の命は、雪零り風吹くとも、恒に石の如くにして、常磐に堅磐に動かず坐さむ。また木花之佐久夜毗売を使はさば、木の花の栄ゆるが如く栄え坐さむと、うけひて貢進りき。此の石長比売を返さしめて、独り木花之佐久夜毗売を留めたまひつ。故、天つ神の御子の御寿は、木の花のあまひのみ坐さむ」とまをす。故是を以ち今に至るまで、天皇命等の御命長くあらざるなり――古事記

天城の霧にさえぎられ
永遠の言の葉に空色の雨が降るとき
青白い苔のむすときじくの声は
海祇よりも深い涙になるのだ

あなたの面影を思い出そうと
天高く、荒れ果てた手をのばしても
残雪のような涙とともに
私の悲しみは落ちてしまうのです

かつて、天の八重雲をかきわけた梯子は
冬の雨打際に残光を輝かせながら
神々と夕焼けとが交わした藍色の約束を
日輪よりも強く、深く、
惜別の大地とともに噛み締めているのです

黄泉の水滴さえも枯らすその悲しみは
海祇のように冷ややかな身重となり
永遠を閉ざす、かびろき遺書の狭間で
古の父たちに結ばれた身罷《みまか》る言葉を

絶えまなく、今日も思い出そうとしています
ああ、最も虚しい場所に朝霧はたちこめ
三途の川は仄暗い胸底をたどり
死者の吐息と美しい水平線が重なれば
呪われた神々の詩が生まれてくる

ああ、雷のような魂が草叢をかきわけ
遠い息づきに水晶の暗い夜がこみあげると
あまりにも残酷な姿に生命の声は重なり
もはや風のように過ぎ去ってしまうことはできない

――今日も涙の在りかは
霧の果てに打ち捨てられ
ひとひらの悲しみだけが
あの茫漠たる天に従う
そして麗しい雲が

彼岸花の輪郭をなぞるとき
幾重にも地に悲しみが応ずれば
目の前にある木々の雫さえ
瞳のなかに降り注ぐ、
銀色の文字になる

私の目はもはや亡者の目！
神々の手から溢れでる耐え難い苦痛を
うつしみのように時をもさえぎる岩肌は
ふいに、一滴のこころをも伴って、
砕けちる雷鳴のように暗がりを震わせる

太陽の記憶が澄みわたる岩屋に
死水から藍色の蛍火が舞いはじめると
呪われた約束を果たすように
湖の中心から天ざかる水仙が生まれ出る
斜陽の地、藍染の空に途絶え、

うつしよが、白装束を拾い集める
花々よ、急坂《きゅうはん》を待ちかまえ、
　四隅の石柱に、万物の死が押しよせる

ああ、すべての天体が消失する場所！
出雲には色とりどりの重荷のように
青空よりも遠い山なみが聳え
暮れのかたときに神々が訪れると
こぼれおちた涙のさきに、
美しい死顔が象りはじめる

白雲は神々の肌のように
絶えまなく美しくきえるのに
乏しき醜女の姿かたちは
めいめいの命に輪郭をあたえ
時としか言いようのない青嵐《あおあらし》に
夜霧のような根を張りつづける

そうして死すらも見えなくなるとき
世界は初めてその者に空を語りはじめ、
青色をひたした雪解けの陸地が
地響きに引き裂かれた数々の肉体を眠らせる

天のうわごとを島と呼び、
青白い瞳によって神々が目覚めるならば
時は天体の消失よりも長くつづき
第一の真理に深く頭をたれる
はかなくも神々は、
聞く者だけに霧のように立ちこめ
見る者には災いとして降りかかる！

さてその永遠のような嘆息の一幕。
この世で最も美しい絶滅のなかで
聞き及ぶことにより輪郭は失われ
時として、閃光のような瞬きに
滅びを歌わぬ者、滅びによって歌われる

過ぎ去りし今日は文車に閉ざされ
神々の涙のなかに空白の自裁はつづき
悲しみによる、自ずから在る者の定義、
それは盲のさなか稲光のように姿をあらわす

雷鳥が白く染まるときまで
すべからく万物は絶命する

黒い花々に身を包まれながら、
すべてが奪われる日を待っておりました
私が美しく生きることに、
価値などないと思っておりました
文字の始まりは振り返ることを禁じ、
ただ苦痛を耐えること以外に、
私たちは生きるすべを知らないのです
荒れ果てた手は空に触れるだけで痛み、
雨が降れば、傷を覆い隠すようにして苔が生して
いきます
ああ、いっそのこと殺してください
ひとおもいに殺してください
私にはどうしても、
生命というものが憎いのです

文字の輪郭は涙であり
涙の輪郭は神である
重苦しい吐息のひとつひとつが
水と天の掛け合いによる崩壊を予言し、
たびかさなる断層のあわひ、
雨雲とともに沙羅の木が植えられる

四季、それ自体が苦悩であり悲しみである
空のあわひは厳かな煉獄であり
時のあわひは哀切な恋愛である
生きる！　それは涙のかたちを忘れること
ああ、裏切られた者は一体、

何と引き換えに故郷を手に入れるのでしょう
列島を抱きしめる季節が
死ねない者の苦痛であるとき、
水晶の瞬きにいくつもの時間が拒絶され始め、
時の内に繰り返されるのは、波！
底深い胸中の色彩に、
本当の海が目覚めるとき！
ああ、あなたよ、
高天原から降り立つあなたがたの君主よ！
どうして、どうして、
私をお見捨てになったのですか

霧に覆い隠された夕暮れが
一滴の涙によって冷たい血液に変わるとき、
その脈動を歴史とする者が現れ、
まぶたをなでる神々の領地は、
言の葉を目覚めさせる災いとなるであろう

苦しみの末に終焉の地を振り返れば
暖かい陽の光が水底からのぼりはじめ
今日も天翔ける涙が金色の文字をさらい
ひとひらの美しい時空が
天と地との隙間を花々のように縫っていく
それを始まりと呼ぶならば
最初から死は、神々の青白い口のなかに潜み
最後まで死は、神々の目を焼き尽くす古言《ふること》のなか
　にある
……新しい海が始まる、共立せよ！

日向の地、地の果ての先、
　光の胸底が、重力をつかさどる
命をあらため、哀しいうた、
　霊をあらわし、民をたばねる

我は天から降り立ち、そして重なり、

この世のことわりを知らす者。
照らしだされた島々を見よ、
美しいものはすべて滅び去るのだ！
罪こそが頸木の先に天を掛けさせ
罪こそが血汐を巡る一筋の飛報《ひほう》となる
日の本を知らす我、知らすために苦悩し、
知らすために涙し、知らすために底深い罪を
　誘う

悲しみとともに天に従い
夕焼けとともに地に応ずる
雲が絶えまなく途切れる場所に
永遠にやむことのない夕立が
やがておびただしく降りはじめる！

私は決して滅び去ることができません
もはや虚空以外の何物も掴めず、
未来への恐怖が
凄まじい夕暮れに息を潜めるのを見るのです

ああ、なんという災い！　穢れ！
私から時を知るものを奪い去ってください
そして本当の暗闇を、
灰の霧雨が立ちこめる深淵をお与えください
私の手はただ荒れ果てていくだけで、
空の美しさも、海の美しさも、
罪業のようにただ苦しいだけなのです
あなたが知らすことのできないもの、
それは永遠に生きなければならぬ苦しみ！

ああ、死者のために重くなるのは
この世の外濠に立ち臨む躓き！
渓流の片隅で日向隼人《はやと》の伝承は逆らい、
器の影かたち以外、藍染の時間に奪われる
その先に黄泉比良坂《よもつひらさか》！　死者の掟が司る傾き
　に、

知らすもの、やはり何ものも産まず、
ただ万物の死をはかなく目撃するのみ。

不変の理——それは知らすことが分つこと
神々の道に言の葉が切り分けられたとき、
雪の日の面影をそこに見たのだ！
ああ、永遠とは、
天との断絶を意味する灰色の雲の隙間とは、
神の見えざる手によって
美しい刑罰が執行されうる心の神秘なのだ！

冷水《ひやみず》のような刑罰は罪を深めず、
御魂は天上に語りべをさがし求め、
なゐふる血潮の鳴動により、
神々の面影は殺められることを待つのみ。
石女のように何ものも産まず、
醜き姿に耐えることしか、もしくは、
青白い褥に身を横たえることしか、
分かち難い苦痛を契りとすることは叶わない
逡巡する夕暮れに時は感ぜず、
夕そのものに秘しかくす黙契のように、

私とあなたは在って在るもの
ああ、自ずからが在ってゆく痛み——永遠。
あなたの目を奪い去る時、
種子と花々のように分かち難く、
二度と邂逅することのないように、
私の深い哀しみだけを辿っていくことでしょう

死者の国を辿ることで生まれたもの、美！
夢路のさなか拭い落とされた穢れは
太陽を殺める国土を産み、
国土を殺める赤子《せきし》を産み、
赤子を殺める美に至りつく。
無から無へと吹いている風のように、
その行く末は根源的に未知であり、
天から降りたつものもまた同じ故、
我らの末裔は千万《ちよろづ》の戦を繰り返す。
それらが分かつ地と血との空隙に
かすかに滲む白波の音……詩！

心の片隅にひそむ橙色の雪崩！
——無限のまえには波音ですら夕焼けである
赤子を殺め、国をも殺め、
涙のかたちを知らすため、
我はこうして天から遣わされた
ああ、やはり煉獄を歌うときではないのか
神々の足跡を辿りながら、
自らの禍いを背負いながら、
水平線が担ぎ、消失した暗涙のなかで、
我は我をひとつずつ殺めていく。
夕立の色彩は時として、
もはや我々の心そのもの、
たびかさなる神々の支配に
海原の民族は今日も深い眠りにつき続ける
だが、ひとつの死者を辿ることで生まれ出る
　もの
——偶さかにも、女《め》の神は色彩の在処！
我に語りかけるものたちはみな、

天に召され、地に還るものたち
または血液によって連帯するものたち
死を前にすれば恐怖し、
死者を前にすれば涙する。
その痛みは言の葉に運ばれ、未知なるもの、
　我らの民の寂しさからまろみ出でる

ああ、暗闇がひとりでに歩きだすとき
光とは約束の喩えにしかすぎない
万物の死は隠されることで天を貫き、
穴あき雲から真新しい深淵が降りそそぐ
それぞれを耳の連なりで炙りだせば、
死者の寂しさに憑依され、
あまねく生命の本源に、
復讐の霊力は射とめられる。
山麓に留められた一点の磁場は歪み、
神聖なざわめきだけが溢れ
幾度も折り重なるましろい空蝉は、

生物の粒子を辿りながらしめやかに到来する
宿命は影だけに支配され、
すべての原型は屹立した暗黒であることを
すべての連帯が影だけに支えられていることを
（もはや未来に押し出されることは叶わない！）
初めに熱線が映しとるのはこのような、
五月雨の陰影を湛えた神々の秩序である

哀れな御霊の居住まいに、
　永遠の川、みぎわに沿って応《いら》ふのみ
瓊瓊《にに》杵尊《ぎのみこと》、死のさびしさの傍に触れ、
　ああ、よせてはかえす円《まど》やかな海

枯山の傾斜は引力の棺
ついには天の安河の水は枯れ果て
数珠つなぎの葬列が
我々の足先から這い出してくる
古代、跫《あしおと》は深海の静寂に包まれ、

生命の集積は水面のように透明であり、
さかしまに縛られた運命は未だ、
古道の木陰にささやかな死を打ち給う
深緑が暮夜に訥々と盛られ、
木々の中子に、不可思議な悪心は生じ、
足のない者が月代《つきしろ》の軌道をえがけば、
微風もまた死を謳う詩《うた》
――無響室に神は住う
始りに豫《よ》の瞼《まなぶた》を閉じるとき、
もしくは天界の門を閉じるとき、
光の原名は失われ、
時空間の歪《ゆが》みは、神々の脊髄を粉砕する。
これら第二の真理に耐えるものはなく、
天ノ下に降りかかる厳かな力！
神がかりの失明をもってすれば、
球体とはこの世で最も空虚な形状である。
ああ、死人の網膜は、
宇宙の戒律を辿りながら真理に濡れている！

天から降りたつもの、
空に差引かれた常盤に投げだされ、
そこに渦巻く心そのもの、
言の葉が頷きを交わすたび、
さざなみのような傾聴が生まれ出る
そうして神が神の声を聞くとき
藍色の歪《ひず》みをよしとするのは、
ひとりでに降る深淵の内側、すなわち、
雨と呼ばれた神々の涙である
……わだつみのこえに耳を澄ませよ!

宇宙の原型に藍色の軍楽が鳴り響き
常の秩序を陪聴した者、
それら粒子の群れが死に絶えた胸裏に
空間に象られた雷鳥を発見する。
蒼ざめた底深い次元のように、
真理は真理とに須《すべか》らく擂り合い、

水晶の拒絶をまえにして
原初の神は存在の揺らぎであることを
眩い閃光とともに雪盲のさなか知る
息の根の震えを天上の崩壊にゆだね
青白い熱放射が極寒の海に寄りかかるとき
百合鴎の羽ばたきは、
清めの儀式をくりかえし
虚空の色相をたぐりよせ
すべての海をひっそりと
美しい呪いのように漂白する
——但し、究極の罪である

絶望も希望もない場所、
すなわち暗黒が屹立する場所で
無限の海原は淵源の畝りであり
黒い波で溢れかえる静かな膨張こそ、
真の憑代——虚しさに至れば宇宙の構造である!
瞬刻にして我々に疾に語りはじめ
その弓のようにしなる自然から、

こぼれおちる、ひとひらの詩。
ああ、神でもなく、
神々でもなく、
道である。
(記憶せよ！　最上の詩は常に時間を象るものだ)
未来の極点では、
海と天は同じものであり、
戦慄は轟々と白く染まりながら、
麗しき神々の国土に出来する。
そうして凄まじい雷撃が落ちてくると
天から遣わされた語りべは驚き、
万物の死から、あまたの絶滅から、
重々しく目を覚ますのであった……

——夜半、
　天城の霧は深くなり
　巌《いわお》のような手のひらに
　首《こうべ》を深く深く垂れ

悲しき二人が命絶つ
御幸歩道を通りぬけ
八丁池のすぐほとり
百日紅のした横たわる
……淋しき遺体。

さて天城にかかる夜と霧……。
今日まで下田の富士と不士の高嶺をさえぎり
姉弟《あねと》の行く末を燈のように暗示している
脳髄に死を打ちつける音は鳴り止まず、
霊界を締めつけるしめ縄が、
大蛇のように渦巻く岩盤を築きあげるとき、
太陽の暦、猶さらに深い沈黙に懐かれ、
夥しい数の輪郭が、そうして、
最後の言語へと収束していく。
ああ、幾千もの夜に割られるその名は、
天皇！　木漏れ陽のやさしさのように
滅びゆく民は美しい。

青白い島々に鐘の音は鳴り響き、
灼熱を擁した紅い雷が天に落ちれば、
神々の訴求は悲哀の詩にとってかわられ、
現在に至る隔たりの祝祭に哀訴の声が貫かれる。

――姉さん！　あなたは何処に行かれたのです
か！

ほつれるすいめん

黒井花音

おいでマコ

マコのメカブが死んだらしい
特に何も思わなかった
メカブにはもう会えないらしい
マコに会えるなら良いと思った
マコはただ事実のように報告したが
マコは沈んでいた
メカブにはもう会えない
「そうなんや」
メカブにはもう会えないらしい
マコは本が好きだった

マコがすすめてくれた小説をよんだ
●●●●の短編集
「なんとなくマコみたいでおもしろいな」
「実はマコがまねしてるねん」
「マコの方がまねしてたんやな」
そのあとマコは●●●●の新刊を買いに行く、行
ったらしい
マコは保育士になるらしい

終わることすら

全部みたことある
わたしが世界で終わってる
からだなんてとっぱらいたい
もういい、いらんねん
なにが言いたいかってもうなにも言いたくない
すべての知っているわたしのなかで

既視だけがひたすらに
　絶えず　もうずっと
　　わたしを丸呑み　をつづける
もういらんなにもいらん

ではなぜ書くの
なぜ、からだが、あるままなの

消えれたらいいのにねえ
そうですねえ（もうきっとたぶんなにもすきでは
ないの）

それでも　それでも　と思う　思ってしまってい

やになる
わたしは

わたしはわたしはわたしはわたしは

マコにああいったとき、マコはかなしかったのじゃないか。マコのわたしになると、やっぱりちょっと自分にあきらめるような気持ちになったんじゃないか。

エスカレーターの目の前に世界地図がひろがっていてそこにうずもれたい。だきついてわたしと地図も私もうやむやにしたりたい。そこでは泳ぐときめている。

時間というのはだれのため、ということで、なんのため、というのは興味がない。わたしはわたしは湧きでるものがない。わたしは興味がないのです。なにに?しらん。もじはすべてちいさいね。

どうしてよ、なんでなんでよ、なんでそんなちいさくおれるねんな!どうしてそうおどってるん、そのくせにそのくせにそのくせにときにはあめに、つらなるようなひかりの跡に、せかいのしっぽ、あんたはあんたは、あなたは宇宙よ!!

おひさびさのマコの宇宙。マコの星。きみはいりまじり渦であったね。忘れません忘れません。ちょっとの時空が違うような会話だったね。おたがいに知っていたよね。渦からマコを、ひっぱりだせとしたいよ、わたしはひっぱり飛んでくれマコ、マコはどうなん、なあどうなん、勇気とかそんなもんはしらん、ひっぱりだしたくないわけ?私をよ、あんたのわたしは飛んでゆきたくはないわけ?マコ、だれも信じるなよ、睨まれてるから逃げるなよ、マコ、ごめんごめんごめんなあ、まこごめん、ほんまはめっちゃごめん、ごめん、でもごめんけどわたしはまこをひっぱりたい、なんとしてでもあなたをあんたをひっぱりだしてぱぽん、とぬけてまこの顔がみたい、まこには宇宙、まこの星をちゃんとしてよ‼まこにはどこにあんの今‼もうこれはつきることはないで、まこがあんたが目を目をあけるまで、

わたしのポストはこのまえ爆発しそうで掘るとマコからのはがき、マコのポストはある？マコはポスト自分の家のポストみたことある？爆発しそう？爆発しそう？もし爆発？マコのはがきありがとう、マコの耐えをおもわず思うよ、ポストを開けなくてごめん、まいにちのピザ写真やスポーツジムや販売会やあなたは不在でしたよに埋もれていてごめんなさい、それみてなんかマコにわたしはなくても全然大丈夫な気したわ、わたしにマコがじゃないで、マコに、わたしはなくてもええな、まこちゃんよ、まこちゃんよ、まこちゃんよまこちゃんよまこちゃんよ、

たばこのけむり、これはまこちゃんじゃないな、あれ、なんでたばこ吸ってんのん、そのたばこ鳴いてるなぁ、喋るのん、なにもないひとりの観覧車、神戸や、海や、海はこわくて泳がれへん、さかなってこわくない？目の前は肌はさすがにこわくない？おなじ水中こわくない？しかくいあみの窓、わたしの照準をその黒と空と、交互にあわせます。黒、空、わたし、黒、空、わたし、この穴からおちてしゅるしゅるすわれてわすれて、わたしのいないわたしへゆきたい。

なみだのすいそう

なみだのすいそうにうかんでいる
わたしたちはなみだのすいそうにうかんでいる
ひたひたにわたしたちはうかんでいる
しみこみ　もれでて　たまってゆく

つたえなければいけないのに、それがなにかがわからなくなったそれが、ここにはおよいでいる
げんきだったはずのげんきが、ここにはおよいでいる
共感しそこねた共感のたたずまい
うしなはれたすいぞくえんが、ここにはおよいでいる
ことばのように縫いあわせた、会話の線のまるっきりのずれ
ついにすぎていったこくはく　わたしだけがほんとうだったさようならが、ここにはおよいでいる

リノリウムのトウシューズの熱いきょくせん
かがみのなかのかいてんするひび
にほんめのゆびのうしなはれた筋力のしなやかが

ほしたちが　にじまずにうかんでいる
ライラックのむこうの　おなかの骨のうかびあがり
ここではさかなたちとせいくらべすらできた
少女たちの発達の経過のそのひだまりいろの、くちびるいろの、こばな柄のゆかいのような　ゆうやみにせまいバルコニーのゆううつのようなそのすべて
わたしのいち宇宙の恒星たち
はしった痕のそのすべて

みずきるきみ

ひとという、というのはふしぎで、そのときはかおもこえも、きみと、たしかにいたはずなのに、いまおもってみるとわたしはほんとうにきみといたのか、ほんまのところがなんにもみえていなかったような、きぶんになるなあ。ゆめみたい、だから、というかそれがゆめじゃなくて、きみの記憶にもどこかに、わたしがいるのがそれがほんとうなことが、わたしはとてもうれしい　またあなたに、あえるだろうか

わたしのいたみは、きみのなかでもいたみだろうか

やっぱりきみは、わすれられないなあとおもうよ。

永遠がどうとか、これは物理の話じゃないから、きっと永遠で、わたしには永遠のことで、わたしの永遠がくずれて、はじめて。この波が、このまま過ぎさってくれないだろうか。

それでもくずれてもくずれなかった。ゆらいでも、イチミリたりともゆらいでない。きみとの永遠もう、うごくことのないもの。きみには表紙があって、頁をたぐって、ぱたんととじた！

うんざりする、かんがえぬかれたいびつなおしゃべりのなかできみがすきですきですきでした。きみがとうに捨てていた定型と、定型そのもののようなわたし。

わたしはこのおさえきれない、ほうっておいたら舌のしたのひろばでなみだになりきれずくすぶる

この子らを、だから、書くしかない。なにか、つくりものとして、ぱちぱちとまばたきするしかないのです。

きりとったなみだたちは消費にいっちょくせんです、

消費はまいにちで、感想や結果、そんなことをかんがえるわたしのからだはひつじのよう、ひつじのようなにおいがする、わたしはめん羊舎の柵に両のあしをかけてひとびとをじっとみつめているかもしれない。

きみとであったのは教室。やはりどことなくのうんめいとあやふやで充満した教室。かんちがいの連鎖、達成できず、のまいにちがそれが恋だった。

もろもろが、いまわたしはきみをかたづけているまっさいちゅうだ。いまのこれが決別だ。

さようならが、きみにはひどくにあわない。ひさしぶり、ひさしぶり、ひさしぶり、お元気でしたか、わたしは、わたしは、わたしは、わたしは、すべてわすれてきみをわすれられません。

（なまえのよんだことのないあなた、）

きみを、わすれられないですが、
きみは、どこかでげんきですね、
よかぜにめがねをはずすようにまるままるできらめきにならないために、

シリウスの満ち干

（わたしが、困らせることのできる、世界に有数の、かずすくないあなたたちが、とつぜんにいなくなることをわたしは知っています。）（準備はできない）。（その一瞬わたしたちは）（ひとつになれない）。（あなたはなにを思いだすだろう）（思いだしておくれ）（思いだしておくれ）（明滅する）（わたしがいた）（レンズを拭きとって）（あしたすべてがおわるかもしれないのにね）（明滅する）（針の先端が）（刺繍音が）（つきやぶってわたしはわたしの目に）（いま簡単だよ…）（交錯する）（いくつもの円錐）（まず存在がないせかい）（いつもゼロだった）「きみがぼくだった。」（目をつむったクルマに乗りこんだ）（すべておわるかもしれないのにね）（わたしの目につきさすことができると）（黒点は花みたいだね）（あたまをささえるそのゆび）（思いだすことのできないふたりきり）（存在していたふたりきり）（ねむれないままうたい、目が覚めると）（もう、ひかりのいろが変わるよ）（となりの部屋からこえがきこえる、ここにはだれもいない）（タオルケットは汗ばみ）（からまってはほどけてゆく）（ひとしきりもようが動きまわって）（目のうらに宇宙）（その時間がたしかにあったね）（まだみぬあなたにうたうべきだったけど）（むかしふたりであったあなたに）（うたってしまう）（いいえ）（むかしふたりであったあなたにわたしはなって）（むかしふたりであったわたしにうたいかける）（かあさんのゆうつ）「おかあさんは夜がこわいです。」（ねむるあなたとのふたりのじかん）（きみがおもいだすことのないふたりのじかん）（おもいだしておくれ）（うたうこともおどることもまだしらない）（あなたのははになってわたしは）（ねむれないふたりきりのじかんをすごす）（おもいだしておくれ）（おもいだしておくれ）（さようならね）（ううん）（ううん、じゃあね）（じゃあね）（あなたとたびがしたかった）。

アポロン

まちがえたのなかを生きている
ここにある窓も、窓枠も、そこに射す太陽のひかりのいろもかげも、たぶんおそらくそうではなくて、あなたのかおも、わらったかおも、「ああ」「なんかさ」「げんきだった?」本当はどんなつもりだった?

「こないださ」

「うん」

「おかあさん死んだんよ」

「うん」

「わたし」

「いままでまちがえたかな」

「まちがえてなかったら死んでなかった?」

「うん」


「げんきだった?」

「べつにうん」

「おかあさん泣いてたんよ」

「ずーと泣いてるんよ」

「おかあさんは情けないんよ」

窓のふちを指でなぞる

わたしの本当の窓
みどりの刺しゅう糸をつかむ
家が、ほどけていく
家がほどける

さようならは濁る
つなぎとめるようになん度も「じゃあね」をくり
かえしたけど
やめてみることにした
「ほな！」

あっけらかんが光る
かわいた温度がさえずる
この太陽のかみさまのホール
ここではいつかのわらい声

どれあれそれこれ　そのどれも
ほんとうのところはちがうこと

それでもあるから今はまかせる
まちがうために生きてゆくこと

「おさらば！」

窓越しの祝祭

秋山実夢

夥しい白さが
私の足元で砕けている

音が止まないなか
振動の感触に
歩きつづける
骨は棺に似ている

私は私の空洞に
自分の骨を埋めて
閉じる
その硬質な質量を
冷たい重石として
海辺の骨を拾い集める

拾う

骨の砕ける音がする
乾燥し　硬く　軽い感触が
皮膚から中に転がっていく
身体の空いた部分を知らせる
骨の砕ける音がする

足元には白い
白い波の縁が
壊れた街並みのように散っている
踏みつけるたび薄氷が
割れるような音がする

雨

あなたの微笑みが落ちる
雨音がもつれる
記憶の欠片が転ぶ
あなたは死んでいる
この濁流の中で
生命の祝福が流転する
そのあまりの激しさのため
生命が歓迎されない
怒涛の中で音もなく
質量もなく
真空の位置を座標に
停止させた呼吸を
凍らせるように
落下するすべてに
あなたの亡骸が散り込もり
美しく遂げさせるために

強ばった薄氷が打ち振るえ
雨音に割れる
衝撃の重さに
記憶が砕け
波の縁に転がり
拾われた欠片で
やがてあなたが組み上がる
そのときあなたの美しい顔に映る
私の醜さを確かめたい

崩壊

光の縁の
銀色の鋭さが
克明を線で引き
その直線の遥か先に
私がいるとしたら

あなたもその直線に
または直線を開いた位置に
すべからく収束するだろうか

空のグラスが
決壊する表面張力のように弾けた
屈折させる破片
交錯する明瞭な線分の
交わる角度にあなたはいる
と仮定する

転がっていく
膨張する不安が
美しい音をたてて
坂道を転がっていく
連鎖
壊れていく
静かなよろこび

点から崩壊する
その位置は
私が指をつけた
小さな
小さな
違和感

雪崩れ込む
傾斜の瓦解する音
その揺らぐ輪郭を
光の稜線がなぞる
確かさ
すべり落ちていく
あなたを含んだ崩壊の運動
衝突を起こす
水のこぼれたテーブル
冷ややかな鋭さ
氾濫する音の含まれていた静けさ

これがかなしいという形をとっていることを
思えた意識の縁が
光の縁と重なる瞬間
を
永遠と呼んでみる

北へ

一

静かな
空白
窓越しの
祝祭
漏れだす音は
光に似て
真白な部屋に
春のようにやさしく影を落とす

あなた
笑っている
舞台のように美しい季節の中で
手をとりあって踊る
あなたたち
ふたりだけで循環する
満ち満ちた祝福
永く
永く　踊りつづけてほしい
外を受けつけない
その永い完全さで

部屋を掻き集めた
あなたたちのためのひだまり
眺めるための

四角い窓枠
額縁にならい
心をゆるせた
こぼれ落ちる手触りの確かな光を
影のソファに座り撫でる

背後の扉の
鍵があいている
私では枯らしてしまうから
焦がれた冷気の純度の高い孤独へ
この心にも花々を手向けたい

二

早朝の湖面の空気のように冷えた心を抱擁し　温度を失った鋭利にしきりに触れる　安堵する　蒼白な目覚めの息の白さ　あなたという確かな不在の密度の高い結晶　石のようなそれはポケットに収まる心地よい重みとなって　朦朧とした光の中を歩ませる
遠く　微光のように静謐な景色の向こうから汽笛が骨に響き　湖面に伝うかすかな軌跡をつづかせる　北へ――あなたを方角に置くこの道の卑劣な幸福　手のひらに乗せたそれを飲み込む　しばしあなたは欠落の形として永遠になる

この一瞬を

夏
ぽとりと影が落ちた
春が散るように
克明の季節がやってきて
やってきては私たちの縁を撫で
安堵と空白を知らせる

あなたは
影にひっかかり
はらはらと
はらはらと揺れる
美しい花びらのように
かすかな震えを忍ばせ
耐えている

慎ましく片づけられた年老いた椅子
愛おしさで扱われたカラフルなマグカップ
どうあろうとここでは美しい手のひら
どれも丁寧に触れていたいけれど

あなたたちの
やわらかなひかりに満ちた席を
引き裂いてでも手にしたかった影の質量
遠い山の稜線に
すべてを収束させることでは
届かないのだろうか

北の
遥か北の
眠りについたような地平の白さ
ここから線を
あるいはここまで線を
つなげる音叉の
澄み切った息遣いの
途切れるまでの
静かな
静かな　永遠を
あなたたちにも刻めたら

窓と波と心

ぼーっとしていたら落ちて

窓から夕焼けが落ちて
白くて
部屋は白くて眠っていて
いつのまにか部屋にいて
私たちは部屋にいて
それぞれのソファで眺めていて
同じ窓を向いていて
時間は相変わらず止まっていて
多分ここではそれでよくて
波の音が聴こえて
誰かの記憶の浸入するみたいに
断片が響いて
遠くて
汽笛みたいに遠くて
こういう忘れ方をしていたくて
出立を見送れたらよくて
船が水面をつまんだみたいに
波の形が広がって

四角い海は去っていって
それぞれ違うものを見ているのかもしれなくて
あなたは泣いているのかもしれなくて
幸福で
幸福で
私ばっかり幸福で
涙を拭ったりしてみたくて
せめて一緒にいてみたくて
そう望めるひだまりを
拾って
心を拾って
波打ち際に手を引いて
あなたの縁が足元で満ち引くのに触れて
一緒に触れて
ひりと沁みるかもしれなくて
それを集めて
時折戻って
ソファで眠って

その隙に潮の残る傷口を洗って
何度も連れていけるように
遠くから呼ぶ声みたいな
懐かしい場所を手渡したくて
忘れて
思いだすために忘れて
どこかに行くたびに忘れられるような
穏やかな波のような心を
手渡せるよう

日々

梅元ゆうか

あなたへ向かう今日によせて

あなたと同じ大きさの私になりたい
あなたに
何を伝えたいのかわかる私になりたい
流れる血に生きたい
大地に生きたい

そのとき目にうつるものが
くすんでいてもかまわない
在ってくれたら
それがいい

私もあなたも世界もないことに　壊れないよう延
　命しながら
壊れるより早く　もしくは忘れるより早く
とどくように

背伸びしよう　妹よ
お前の瞳に
私をみとめたとき
受け入れよう　抱きしめよう
私の右腕も　左目もないとしても
それはきっとできるのだから

死とあなた

あのとき
部屋でそうして詩を書いていたあなたの
後ろ姿を見ていたのかもしれない

一緒にいられなくてごめんなさい
いまその部屋に行くと
その亡骸がある
わたしが
お母さんじゃなかったから
あなたに追いつくには
ずいぶんと時間がかかるから
けれどあなたは待ってくれたのでしょうか
存在するあなたの
内包する世界に
空気が混じるようにわたしが迎え入れられたこと

あなたの
お母さんやお姉さんや
弟や妹や妻や夫や
いっぱいいますね
あなたを

驚かせることができるでしょうか
わたしがわたしたちであろうと
わたしであろうと
あなたが
あなたであり
あなたであるみたいに

あなたが大好きだと
それだけのわたしでいられることが
これほど幸せだと
歴史をたどっても
知っているのはわたしだけでしょう
あなたが
あなただから
誰のどんな瞳にも
わたしのあなたは映らないでしょう
いまのわたしにあなたが救えますか

わたしばかり幸せですか
あなたのそのひとりの手に
いっそ老婆のようなわたしの手を重ねられていま
　すか
時を止めたあなたの血が
またぬぐるときは来ますか
そのときわたしだけがそばにいられますか

救われることすら救われないようなあなた
わかっていて救われるようなあなた
そして救われないあなた
そう
そんなあなたの
狂気ともいえるような
ほの黒い血を
わたしの皮膚に染みるだろう
あなたに身投げするように
あなたの炎に

わたしが宿命として存在できるでしょう
ひとりのあなたを救うために
神は兎を食すもの！

それは
わたしの罪でした
生きさせてくれてありがとう。
だからもう
生きさせてほしいくらいに
それが現実的には死と呼ばれようと
そっと
死すら乗り越えてしまったような
座り込んだあなたの隣
星空を見上げるあなたの
そうして夜空の紺碧しか見ていないようなあなた
その横顔がわたしに向けられるような
そのときに
わたしは死んでいたいです

そうしてあなたと一緒にいられるような気がする
　　のです

何もない左手

土手の一番高い所に並んで座る
あれが川　あれが橋　あれが鯨と
見下ろして呼ぶとき
いつか
これが静寂と
刻まれない言葉で記すようになるだろうと
傷だらけの右腕を掲げて
おそろいのあざだと笑うとき
わたしの傷のない左手は
何かを探して空をつかんだりした

探すのは　たとえば言葉
握った手を開いて　あったのは桜の花だった
血の気のない色
涙を落としても
あなたの涙にすらならない

たとえば亡骸
傷のない手で抱いたら穢れるという
夏休みが始まったら
見つけられるはずで
その前にわたしが大人になっていたら
また子どもにならなくちゃ

鯨はいるのに探し物が見つからなくて
鯨は死なないからとあなたは言った
でもひとつだけ　殺す方法があるって
それはわたしたちが消えること

何もない左手を
見せるかどうか迷い続ける
あなたの左手とつないだら
あなたが手にしていたものが変形する
かもしれない
と
左手を見つめ続けるよりも
あなたが何を見つめて何をつぶやいているのか

見ていたい

あなたが嫌いな鯨も
降り積もる桜の下にあるだろう亡骸も
静寂のページも
そう話すあなたも

日常

私にあまりにも日常がないので
いっそ私のすべてが日常みたいに見える
日常には顔と名前がある　音楽に曲名とメロディ
　ーがあるみたいに
正しい音楽を聴くと自分が匿名になる感じがする
　顔はモザイクで
ここにいるあなたが世界の一部のあなたでしかな
　くて
あなたがここにはいないようにも思える
正しい詩を読むと　この人は日常だけじゃないん
　だって思う
ただ生きているだけじゃなくて　痛みを感じる場
　所を　心を持っているのだと思う
日常があるから痛みの在処がわかるんだ
傷と私が溶けてしまったみたい
私には日常がない
私は私のこの世界をまるごと信じる　あなたがど
　こかに含まれるこの世界
溶かして生きるなかで　神様になれたらいい
でももし　私に日常があるとしたら
溶けてしまった傷を見つけてほしいと思うこと
どうせ日常がある人たちになんてわからない
あなたにはないはずだという呪いの言葉
削っていく言葉みたいに　溶けて　あるいは消え
　ていったものたち
が　ときどき痛い　そしてそれは痛みではない
私の世界が涙なら
その涙を流した
あなたの心が痛い

日々

遠い面影を手繰るように

湖をすくった
それがあなただった
湖にあなたがあるのではなく
あなたがすべての湖だった
わたしはそこにいた
そこに歴史は流れていて
あなたは歴史にならなくてはいけなかった
世界である人々のために
世界にならなくてはいけなかった
あなたはいた
わたしが始まった
そのことで
小さくすべてが動き出した
すべての始まりに
日々はできて
コーヒーは飲まれた
あなたが殉教するはずの
世界は終わった

代わりにわたしたちの始まりも終わって
虚構であったはずのほほえみが
むきだしの水底にあった
夕陽の残照を
朝日よりも輝かせて
それは来世紀の
朝焼けなのかもしれなくて
滅ぼした世界を欺くあなたの
夕闇が質量をもつことが
まるで救いのようだと
欺きを真理に育てる

神になるとき

山下洪文

生存圏

ゆうやけの淵を
走る列車の窓辺で
僕たちは耳を澄ましていた
鞄のなかの
二十一世紀の神話を
照らす光が
僕の胸にも　あなたの胸にも
なかったので
二人はただ眼を閉じ
語り合っていた
未来のいとしい
戦争について
狼のように
くちびるから血を流して

秋の光のように
窓という窓を
そっとすり抜けた
僕たちは
おびただしい
ちいさな幸福の詰め込まれた
コーヒーカップに
母乳のように
なつかしい
毒薬を混ぜ込む

あなたのあなたを傷つけた者たちは
うつくしい憎しみに導かれ
青空の裂け目へ落ち

憎しみのうつくしさが
裂け目を閉ざす
こうして僕たちは
はじめて
ほんとうの青空をただよい
ほんとうの夕闇につつまれ
灰いろの花びらが舞い落ちる
庭の奥では
まだちいさな僕たちが
あそんでいて
二人はまるで
神様のように笑うので
僕たちは僕たちのために
母の白い手のように
凶器を握りしめた

もみじのように
ちいさかった

僕たちは
もみじのように
まっかになり
血によって
血が償われるとき
僕たちは
サリンより
透明になる

獣のように深い
溜め息をついて
二十世紀の狂気を
辿ってゆく
幾年ものあいだ
いとしいひとらの
面影は燃やされ
からっぽになった
書架の向こうに

星空がひろがっていて
なぜ彼が
人類のために血を流したのか
僕たちはわかるような気がした

緑色の光さす駅舎についたら
僕の胸のなかの夕闇をあなたにあげる
朽ちた水車のように
あなたの指が止まり
あなたのなかの光が
一滴残らず
僕という名の傷痕へ吞まれるとき
あなたは夕闇とおなじかたちになる

さようなら
雷雨のなかの虹のような人類
さようなら
廃墟となった故郷

さようなら
故郷となった廃墟
さようなら
いつわりの大地
さようなら
いつわりのゆうやけ
さようなら
いつわりのゆうやみ
さようなら
いつわりのいたみ
さようなら

優しい独裁者の
吐息のような
風のなかで
僕たちは
うつくしい夕闇となって
歴史の外へ

漂い出す

そこには
蛇のように
白い海岸線が
どこまでも
つづいていて
焼け焦げた乳母車が
たくさんの
貝殻と一緒に
捨てられている

かわいいクマの笑顔に
ちいさな夕闇が
舞い降りると
乳母車は
海のむこうへ
静かに
歩み去っていった

戒厳令

光をしらない
地下室で
母の愛よりも
すきとおる
毒薬をつくろう

詩にならなかったすべてのものを
詩になったかもしれないすべてのものを
家族を
友を
国という国を
国家の始まりに咲いた
ちいさな青い花を

それをながめる恋人たちを
終わりに降りしきる
病葉を
その葉陰であそぶ
うつくしい瞳の獣らを
ありとあらゆる蒼空の
雲の裂け目から射し込む
母のような光を
それを両の掌いっぱいに
受け止める子供を
みんなころして
僕とおんなじ
夕闇になれ

枯れた海岸線が
まぶたのように
泣きはらしているので
やさしい人々は
つぎつぎに
ゆうやけ空のむこうに
身投げする

誰にもとどかなかった
僕たちの言葉が
ながい光の世紀をぬけて
海にふる雪になるとき
死ねとも生きろとも言わない
この地上で
誰かが
神にならねばならなかった

神になるとき
あるいは
風になるとき
僕の凶器は
いつしか母の白い手にかわり

僕の母の白い手は
いつしか言葉を話す蛇にかわり
毒リンゴを
泣きながら売り歩いた夜
そこにあなたがいなかったので
おおきくくちをあけ
最後の一つに
かじりついた

僕の夕闇をうばってほしい
あなたは僕になり
僕はふたりだけの
神様になる

みずべに
うつくしい
軍靴はひびいているのに
兵士には顔がない

僕たちは
たたかいにゆけない
藍色の花々に味方し
地上のすべてを焼き尽くす
僕たちの
いとしい戦争

あかねさす鉄道で
いつまでも
おいかけていたのは
凶器にうつる
母の面影

その瞳にうつる
僕ではない
僕の面影

樹蔭でそれを見つめていた

この僕だけを愛さねばならない
あなた

そのいたみはどこから
みどりいろのみずのそこから
みずいろのそらのはてまで
ふたりでそだてた
さぼてんの
はりよりも
いたいいたしい
くるしみのかいらく

僕のまっしろな狂気が
あなたの胸を貫くとき
いたくても
静かにしていなさい
ここは図書館だから
二十世紀の狂気と
一緒に
誰も知らない
僕たちの聖戦も
やがて
緋色の頁に記され
誰かが愛してくれるだろう

最終戦争

みずいろの空から
あらわれた　あなたに
手渡された写真には
旧世紀の
うつくしいひとらが　わらっていて
あやまちにみちた地球を
永遠に忘れて
みずいろの廃墟に

閉じこもっている

遺された僕たちは
木漏れ日にぬれながら
まだちいさな僕たちの
面影を抱いて
草花を踏み分けていた

夜
狼の巣で
僕たちは　母の匂いを
いっぱいに吸い込んで
体を丸めた
遠吠えを返す者はもういないので
いつまでも息をひそめた
掌に隠していた
黒い月を浮かべると
星のようにまたたいて

あなたはねむる

一滴の闇のような
僕の涙が
あなたの帰る湖であると
露にぬれた髪をかき分け
ひそかに告げた

互いの胸に
指を挿し入れ
海のように深い
ぬくもりを
すくいあげては
涸れた噴水に
そそいでゆく

朝陽がうつくしく
僕たちの傷痕を照らすころ

噴水の底に沈む
車に乗って
昔の話をした

絵具で塗りつくされた
廃校舎
教室も体育館もグラウンドもない
ただ宙に
美術室が浮いているばかり
僕たちはそこで裸になり
色とりどりの絵具を塗りあい

そこで世界は終わったので
終わることが赦されたので
赦されない生がほしかった
僕たちが生きてあることが
聖戦であると告げるために
腐り落ちた花びらのような

ちいさな赤い舟に乗り込み
ひかりをうしなった僕らは
ひかりよりもうつくしいと
無邪気にも笑いあいながら
うみのかたちを忘れたまま
いつまでも言葉をさがした

夏の庭のように
光にみちた
ちいさな記憶を
バスケットにしまって
僕たちは帰途に就く
あなたの髪の毛についた
花びらよりも
あなたの唇についた
サンドイッチのかけらよりも
ちいさな歴史が
車窓から

みどりいろのそらのはてへ
流れてゆくのを
ぼんやりと見つめていた

夕方
僕は詩を書きだした
貝殻がほしいと言った
あなたのために
渚を歩いていると
あなたは僕を撃ち殺した
泣き疲れたあなたは
僕の花瓶のなかで
一粒の種子となって
ねむる
君を撃つ夢を
今夜
僕が見ることを夢見て

僕たちは
神の兵士ではなかったので
あなたは僕のために　僕はあなたのために
神を殺す弾道のように
うつくしい
時の流れのなかを
狂気と郷愁で武装して
生きねばならなかった

喉から咲いた
Sの字の花を
黒い月のしたで
ゆっくりと
交差させた

僕たちは
世界の
影絵になる

あなたの掌から
僕の掌へ
黒い虹が
かけられてゆく
世界がほんとうに死んでくれるので
夜汽車は
みずいろの花でいっぱい
母のぬくもりで曇った
窓ガラスを指先で拭くと
たちまち僕たちはちいさくなり
産衣をかけあう間もなく
遠い地上から
うちよせる波のなかで
音もなく
わらっていた
遺跡のように

僕はあなたに
あばかれたい

遺跡のように
僕はあなたを
待ち続けたい

そうして　あなたがあらわれたとき
世界は遺跡となり
遺跡だった僕は
世界になっていた

僕の額に刻まれた
みずいろの傷痕に
あなたが
くちづけるとき
僕は
最終戦争の終わりを

思い出す

太陽を刺殺した
偽物の血の海で
あなたと遊んだ
神さまのように
くるいわめいた
世界の崩壊より
うつくしい日々

最終戦争は　僕たちの
勝利に終わった
二十世紀の神話が
星空のように砕け散ってくれたから
銃口にみちあふれる静けさのなかで
狼の兄妹のように
血をなめあいながら
二十一世紀の狂気を
抱きしめた

人間の歴史を
噛み殺すとき
僕たちのふるえる舌が
紡ぐのは
未来よりも
愛しい永遠

それを僕たちは時間と呼び
麦わら帽子を忘れずに
血にそまった弾道を
虹のように歩いた
人間よりもうつくしい言葉と
言葉よりもうつくしい人間の
生まれることを願って
クローバーの種をまいた

それを明日と名づけることが
世界を滅ぼした
つぐないであると
あなたは日記に記し
その頁をめくることで　僕は
昨日を確かめた

これを最後の詩にしたい

喫茶店の廃墟で
コーヒーの湖面にうつる
夕闇を揺らして
つぶやいた

かわいいクマの笑顔を
机に刻んでいた
あなたは
僕を見つめ

その瞳の奥に
ふたたび美しい
空白が生まれる

そこからもう一度
言葉が始まるなら
僕はそれを愛する

始まらないとしても
あなたを愛している

小説

牛腸ひのえの帰属

海老沢優

この寂れた駅だけは僕を裏切らないでいてくれる、と安心するのがこのごろ日課になっている。最近は夜も少し暖かくはなってきたが、心の隙間に吹き込むようないやな風にだけは油断できない。

神奈川県海老名市にある厚木駅は、お世辞にも栄えた駅とは呼べなかった。小田急線と相模線の二つが通ってはいるが、小田急線は急行が止まらないし、相模線を好んで利用する人間など存在しないため、とにかくいくぶん小規模な駅であることに間違いはない。とはいえ、いくつかの高校の最寄り駅でもあるし、一応はコンビニエンスストアなんかもあるので、地方の本当にくたびれた駅や、そもそも電車なんて通ってすらいない地域と比べてしまえば、これはいくらか贅沢な物言いなのかもしれない。

問題は二つあった。一つは、同じ海老名市内にある海老名駅がなかなか立派なつくりであることだった。厚木駅を通る二線（小田急線に関しては快速急行はもちろん、特急ロマンスカーも停車する）に加え横浜や渋谷まで繰り出せる相鉄線を擁している。書籍の代わりに張りぼての背表紙と珈琲豆が並ぶなんとも前衛的な運営手法の図書館に象徴されるように少々見栄っ張りなこの街は、中央界隈にのみ限定すればここ数年で商業施設やマンションが立ち並ぶ瀟洒で住みやすい地に擬態することに成功した。

二つめは、そのややこしい名称にあった。海老名市に所在するにもかかわらず、隣接する厚木市の地名が使われている。おまけに厚木市には小田急線（こちらも海老名駅と同じくロマンスカー停車のおまけ付き）が通る本厚木駅が構えており、こちらも巨大なショッピングモールが併設されている。

つまり厚木駅はこの二駅の中継地点にすぎなかった。小田急線で一つ（厚木駅にも止まってくれる各駅停車で一つ、だ）上れば同じ市内に機能上での上位互換と呼べる存在があって、また一つ下れば本命の本の字を冠する名称上での上位互換が構えている。これらに挟まれ宙ぶらりんになっている厚木駅は、僕にとって単なる最寄り駅に留まらず、仲間のような存在であったことは間違いない。例えるならば、学校のマラソン大会で雑談混じりにのろのろと走りながら同時にゴールする仲間のような。

目下流行の続く感染症は、日常（と定義していた生活）や目から下の表情とともに、僕のバイタリティまで奪ってしまった。そういうことにしてしまえば万事が先延ばしにできる。しがない私立大学を卒業したあとも就職先が決まらず、学生時代から相変わらず家庭教師のアルバイトを続けていた。時給はそれなりに良いが、週に二日、二時間だけ勉強を見てやるだけの仕事をいつまでも続けるわけにはいかない。そうは分かっていてもちょうど収束の兆しが見えないこの災禍のように、だらだらと人生における重要な決断を渋ってしまっていた。言い訳をしながら面倒ごとから逃げ出せる状況に慣れてしまって、身も心も鉛のような贅肉に蝕まれてしまったのだから致し方ない、そうだろう？

「ひのえ君の言ってることは難しくてわかんない」ととおるは笑った。「これに関してはわたしが馬鹿なんじゃなくて、ひのえ君の言葉が無駄にごたごたしてるだけだよ」

「それはない。中学三年生にもなって"I am play the piano."だとか"He is teach me English."だとか"This story has a beautiful ending."なんて書くような君に問題があるよ」

とおるは僕の近所に住む幼なじみみたいなもので、家庭教師なんていうのも、実際は彼女の母に便宜上仕事としてやらせてもらっているだけだ。アルバイトを決めるときに、あれは嫌だこれは面倒そうだと文句を言っていた僕のことを母親づてに聞いて、安くない報酬を払って、今も英語教師として雇い続けてくれている。とおるの母いわく、他の教科はともかく英語だけはできたほうが良いから、というわけらしいが、残念ながら彼女の英語の能力は一介の大学生（および一介のフリーター）が伸ばしてやれる代物ではなかった。教師ウケするとおるの明るさもあって、辛うじて通知表の成績は「３」をキープしているが、学年が上がった今、彼女に間接疑問文や関係代名詞を教えなければならないと考えるだけで頭が痛くなってくる。

「大丈夫だよ」

勉強に飽きて部屋の中央に鎮座している大きなグランドピアノに飛び乗ると、とおるはまたしても笑う。整った容姿をしているはずなのに、中途半端に緩んだ螺子みたいに間の抜けた笑顔だった。もっとも、普段は幅の広い二重まぶたをした大きな目から下は不織布で隠れているわけだから、つややかなミディアム・ボブの黒髪も相まって、かなりの美人に見えるのだろう。

「成績下がってもママはたぶん怒らないよ。わたしにもひのえ君にも」

その甘えが鉛の贅肉をさらに錆び付かせるんだよ、とは言えなかった。張り子の虎の臆病な自尊心を矛で突かれたら、きっと尻尾を巻いて逃げ出してしまうに違いない。それに鉛は内部までは腐食しにくい。僕たちにはまだ下がいる。あるいは先の長いゴール目指して気だるげに並走してくれる友が。そう思うだろう？

あくる日の夕、いつものように海老名駅近郊の書店を巡り終わって自宅へ帰ろうと思った矢先、地元の友人とたまたま遭遇した。小田急線の改札前で出会った彼は仕事の帰りらしく、紺のスーツに赤いネクタイといった出で立ちで、短髪の髪をつやのあるワックスで固めていた。まるで豚のような輝き！帰宅ラッシュの人混みで先に友人の影に気づいたのは僕だったが、声をかけたのはその後に僕を認めた彼のほうだった。

この時間帯の海老名駅はなんともかしましかった。またしても相模線の改札付近に新たな商業施設がオープンしたらしく、以前にも増す勢いの雑踏である。黄金色や臙脂色のネクタイを自慢げにぶら下げるいくつもの学生の群れや、十数年前のヒット・ソングをカヴァーというにはあまりに不快な歌声で張り上げる青年に、数名の老人を前にくどくどと演説をする活動家、果実、猫、蜊蛄《ざりがに》。そういった喧騒の片隅で数年ぶりの再会の挨拶もそこそこに、せっかくだし今から飲みに行かないかと誘われる。僕は下戸なうえに他人と飯を食うのが苦手だった。マスターベーションを見せ合っているような気分になる。できることなら断りたかったのだが、共通の友人を二、三呼ぶと楽しげに話す旧友を前に興を削ぐような真似をするのはつい憚られ、マスクの下でぎこちなく笑って誘いを了承した。彼の姿を認めたその瞬間に回れ右して逃げ出さなかった僕の怠慢だ。

飲みの席は苦痛というほかなかった。かつては馬が合った友人も、月日が経って異なる環境で過ごせば趣味嗜好や笑いのつぼにどうしようもなく大きなずれが生じる。

いや、正確には、僕一人が健全な世間からずれているだけだ。休日は繝阪ヨ繝輔Mで繧「繝。繧ｧ繝や髻捺ｽ√ラ繝ｫ繝なんかを見てるかな、最近流行ってる貍ｫ逕ｻや蝠楢貯譖ｸは読んだ？　そういえばこの前彼女を乗せて車で邂ｱ譬ｹに行ったんだけど、等。

テーブルの下で買ったばかりの小説をこっそり読みながら、たまにワンテンポ遅れて彼らと一緒に笑った。顔が真っ赤なのを悟られぬよう、極力マスクを外すことなく生ビールやレモンサワーを流し込む。もはや友人でもない者への体裁なんて気にせず断ればよかったと幾度となく後悔した。最良の明光は常に選ばなかったほうに宿る。

やがて彼らが煙草を吸いに次々席を立ち始め、僕と最初に駅で会った友人だけになる場面があった。しばらく沈黙が続いたあと、彼は僕に「今なにしてんの？」と聞いた。端的なその言葉や彼の妙な威厳に思わず肝を冷やす。彼としては今の生活の主軸になっているものをなんとはなしに尋ねただけのつもりだろうが、僕にはそれがこの場を心から楽しんでいないことに対する軽蔑や、中途半端な僕の人生そのものを責める言葉のように感じられた。そう感じてしまうのは、彼が優秀な国立大学を卒業していることに大いに関係があるのかもしれない。

「大学院に進んだよ」人を殺してしまったんだ、とでもこれから白状するかのようなどんよりとした長い沈黙ののち、僕はそう嘘をついた。続く言葉は滑らかだった。「学び足りなかったんだ……ほら、一生かかっても答えが出ないような学問だろ、虚学なんて揶揄されるけど、むしろ一度きりの人生においては虚学こそが実学なんだな。だからまあ、せっかくならストイックにやってやろうと思ってね。そのためには、外的要因によって拘束されることのない、自由な時間も欲しかったから……」

彼はそうか、すごいなと言ってハイボールをあおるだけだった。それさえも、おまえのつまらない見栄なんて興味ないと見透かされているうえでの発言な気がした。この世界では、室内犬のような僕の矜持など笑いものになるだけだ。今も店じゅうで聞こえる無数のけたたましい笑い声は、すべて僕の身体に鋭い矢印の形を成して向かってきているに違いない。

全員が酔い潰れて、記憶をすっかりなくしてくれたらどんなに救われるかと思った。今日僕がここにいた事実を消してしまいたかった。「平日十五時から十八時まではハッピーアワー！」と書かれた張り紙が目に入り、ああ、今日のこの時間まで遡ることができたらなあ、なんてぼんやりと考えた。

居酒屋にしては早い閉店（お察しの通り、よんどころない事情により）で追い出されてからも、彼らはどこかで飲み直そうとしていた。僕は今にも嘔吐しそうなのを堪えて彼らに別れを告げ、なんとか電車で厚木駅まで帰ると、プラットホームのトイレ（下り方面にのみ設置されているのはいささか不便だったが、このときばかりは助かった）へよろよろと向かい、小便器めがけて今日の素敵な思い出をすべて吐き出した。静かな構内には僕のうめき声が、ひどく締め付けられる頭の中には「今なにしてんの？」というあの問いが響いている。

駅は、駅を構成するすべてはなにも語らなかった。僕はそんな素朴な駅を愛おしく思いあちこちに口づけをした。吐瀉物の飛び散った便器や床を、獲物の所有権を主張する獣のように舐った。あるいは鬱々とした絶望を分け与えるために。

おまえは、おまえだけは僕を裏切らないでいてくれるよな？

そうして僕はこの共犯意識に縋るように、お決まりの堕落をもがき苦しみながら謳歌したのだった。散文的でのどかな春のうちに、この惑星がそっくり消し飛んでくれないかと願いながら。

七月の半ばだというのに厚手の上着が必要なほど肌寒い。毎年更新される異常気象もいよいよここまできたかと思っていたが、どういうわけか中綿の入ったコーチジャケットを羽織って燦々たる太陽の下を歩いているのは僕だけらしかった。すれ違う人々から向けられる、咎めるような視線に怯えながら、僕は体調不良および今日における体調不良と九分九厘直結してしまうあれの感染を疑ったが、自宅で測った体温も平常の範囲内であったし頭もまあ冴えている。コンビニエンスストアで購入した常温のミルクティーもうんざりするほど甘ったるい。

深く奇妙な夢でも見ているようだと思いながらも、今日から始まる夏期講習のためにとおるの家へと向かっていた。僕は呑気にも、このメタフォリカルな悪夢と一向に上がらない彼女の偏差値とを、同じ次元の天秤にかけて心配していた。道すがら、ひどいにおいの排気ガスを撒き散らすトラックやクレーン車を愛すべきあの駅の周辺でやたらと見かけたことにも、もう少し留意しておくべきだったのかもしれない（当然、それで先の未来が変わることはないのだが）。

「わたし、自動改札機になるよ」

とおるはピアノを弾きながらそう言った。ショパンの英雄ポロネーズを驚くほどなめらかに演奏しながら、僕に上品で美しい笑顔を向けてはっきりとそう言ったのだ。

「自動改札機だって？」と、僕は寒さで歯をがちがちと鳴らしながら聞き返した。なにしろ幻聴を疑うには十分すぎるコンディションなのだ。「自動改札機って、駅に設置されている、あの？」

「うん。わたし自動改札機になるって決めたから」彼女はなおも演奏を止めない。ひとつのミスタッチもない、素人でも分かる完璧な旋律だ。

「なにを馬鹿げたことを……」

「馬鹿げてなんてないよ。自動改札機って、とても重要なものだから。それに自動改札機になれば、なにも難しいことを考える必要はないまま、みんなの役に立てるから」

「そういうことを言っているんじゃ……」

あまりに毅然とした態度のとおるを前に、僕は思わず言い淀んでしまった。彼女の部屋のベージュの梁や壁、木目の並んだ机、笑う口のような鍵盤につい不気味な連想をしてしまう。それに僕の胸中に発生し大きくなっているものは、間違いなく嗤笑の類ではなく焦燥感だった。華奢な指から語られる和音の心地よいこと、鮮やかな音色の力強いこと！

「ママもパパも賛成してくれたんだ。自分で決めた道だから応援するって。とってもステキ、いい気分！　もう英単語を覚えたり文法を理解しなくてもいいんだ」

「これだけの譜面を暗記することができるのに、君は……」

「それってお金になるのかな？　わたしがやる必要あるのかな？」

「よく考えろ、君がなろうとしているのは奴隷だぞ！　むしろそれこそが……」

「違うよ」

目の前に佇むは英雄、鋭い剣先を天に掲げ栄光を謳う英雄。激情、静寂、そしてまた激情があり、喝采が起きた。振り返ると、扉の先には彼女の両親、親戚、友人、その他大勢の人々（みなどこかで会ったような気もするが、ただ一人の名前も分からない）がいた。晴れやかな表情を微塵も崩さずに同じ拍子で手を叩きながら、廊下に狭苦しく敷き詰められている。とおるは彼らに一礼し、演奏を終えたばかりのその指で瞼の汗を拭うと、やはり楚々とした笑みでこう言った。

「仲間になるんだよ」

果たして僕の仲間はどこにいるのだろう。向こう岸にたどり着く前に、どこであれそれが見つかりそうな場所で生きていきたい。

そう思ってなんとか努めている人は、この大きな駅の中にはきっとそれなりにいるのではないだろうか。

平日の昼下がりだろうが横浜駅はたいへんな賑わいだった。蒸し暑い（正しくは蒸し暑いはずである、と言うべきだろう。こちらは気を抜けば凍え死にそうなほどの寒さを、野暮ったいダッフルコートと大量のカイロでなんとかやり過ごしている状態なのだから）、くぐもった無数の吐息が充満する雑踏のわずかな隙間を縫うように急ぐサラリーマンや、アイスコーヒーのカップを手にショッピングを楽しむ薄着の若い女、きらびやかなデジタルサイネージのそばにしゃがみ込む白髪の老人、人、人、人！　これらすべての人にそれぞれ自分と同じかそれ以上の密度の人生が隠れていると思うと、分厚く、ぬかるんだ宇宙の暗闇に触れたように気が遠くなり、ひどく眩暈を覚える。これだから人混みは厭だ、と無差別に行き交う人を八つ当たり気味に睨みつける。おまけに向上心の塊とでも評すべき未完成で巨大なこの駅は、降り立つだけで背を小突かれるような息苦しさがあった。

時間にだいぶ余裕があったので、スマートフォンでマップを見ながら桜木町駅のあたりまで歩いて向かう。そこからまず意を決してコートを脱ぎ、コインロッカーに丸めて突っ込む。下に着ていた黒いジャケットの前ボタンを一つ留め、緩めていたネクタイを締め直し、また十数分ほどマップを頼りに歩いた。カイロを体じゅうに忍ばせていても、節々を刺すような怖気に近い寒さは微塵もましにならなかった。

徐々に人気がなくなってきたあたりで、目的地である、ひっそりと佇む雑居ビルに到着する。激情の独奏会ののちにとおると絶縁した僕は、急速に顕現したタイム・リミットにこれまでにないほど焦り始め、ようやく小さな出版社の採用選考まで漕ぎ着けることに成功した。

狭い仕事場に無理やり作られたスペースに用意された円卓で、採用担当者の太った中年女性に会社概要などを小一時間ほど説明されたのち、同じく参加していた数人の就活生とともに急遽グループ・ディスカッションを行う運びとなった。

「みなさんに話し合っていただくのは、横浜の良いところについてです。弊社が横浜にちなんだ旅行雑誌やタウン誌を刊行しているのは先ほど説明させていただいたとおりです。そういうわけで、この地横浜に対する愛を存分にアピールしてほしいわけですね。まずそれぞれの意見を一つずつ出してもらって、そのあとにお互いの考えについて熱く語り合ってもらいましょう。少し考える時間が必要ですか？

……なるほど、素晴らしいですね。それではさっそく」

担当者が僕の隣に座っていた就活生に目線を送ると、体格の良いその男はすぐにはきはきとした声で話し始めた。

「はい！　なんと言っても横浜の良さはまち全体が向上心を持っているところでしょう！　横浜駅なんかはまさにその代表例で、次々に計画される改良工事がそれを象徴しているとは思いませんか。人々の幸福のために進化することを止めない、そんな横浜が私は大好きです！」

日に焼けた赤い首を震わせながら、ビル全体に響きそうなバリトンボイスで爽やかにそう言い切った。

「素晴らしい」

「素晴らしいですね」

なにかメモを取りながら採用担当たちがそう呟いた。マスクの下でも分かるほどの満面の笑みだった。

「ありがとうございます！　もう私は気持ちはほとんど御社に入社しております！」

「そうかもしれませんね」

「ずっと前から入社していたのかもしれませんね」

「では順番は左回りに……。次のかた、どうぞ」

次に発言したのは、不自然なまでに黒々とした髪の女だった。前髪は整えられた眉が見えるほどぴっちりと分けていて、後ろの髪はピアスの穴がぽつぽつと開いた形の良い耳を出すように一つに結んでいる。

「はい！　私が思う横浜の良いところは、市民のみなさんの温かさにあると思います。私自身も横浜で育ちましたが、周囲の人々はとても優しく、温かく、おかげで伸び伸びと育つことができました！　これは日本、ひいては世界に誇るべき美点でありましょう！　私が御社に入社できたならば、多様性を認め合う持続可能な社会作りのモデルとしてこの美しいふるさとを大々的に発信していきたいです！」

芝居がかった言い回しで高らかに演説する女。ちらと窓の外を見やると、予報通りの雨が降り始めている。

「たいへん良いですね」

「たいへん良い」

「あなたもまた、生まれた瞬間から入社していたのかもしれませんね」

仕切りの向こう側で仕事をしていた社員たちも顔を出し、口々に褒めそやす。中にはポケットからハンカチを取り出し、潤んだ目に押し当てる者もあった。

「それでは、次のかた……ああ、あなたなんて、なにか素晴らしいことを語るのが目に見えている」

「はい！」と言った僕の左隣にいる女は、不自然なまでに黒々とした髪をしている。前髪は整えられた眉が見えるほどぴっちりと分けていて、後ろの髪はピアスの穴がぽつぽつと開いた形の良い耳を出すように一つに結んでいる。

「ここ横浜は素敵な観光名所に恵まれています。とりわけデートスポットとして人気を博しているでしょう、私も恋人と出かける先は決まって横浜です。近ごろは若者の恋愛離れが甚だしいなんて言いますが、個人の勝手などと放っておけばゆくゆくは国難に繋がるでしょう！　私はそれが恐ろしい――すみません、涙が――、ああ、恐ろしいのです！　そこで『愛を育む街横浜』をモットーに、ぜひこれまで以上に横浜を大きくしていくような雑誌作りに尽力していきたいと考えております！」

「天晴！」

「天晴だ」

「感動した！　なんて美しい、なんて理想的な！」

「まったく、日本の未来は明るいですね。もはやベテラン社員じゃないか」

みなどこかで会ったような気もするが、ただ一人の名前も分からない……。あの日とおるの家で見た光景が思い浮かぶ。めいめい喝采し、涙を流し、抱き合って、ひとしきりそれが済んだらやがてにこやかに、鰯のようににこやかに、巨人のようににこやかに、こちらをぐるりと振り向くのだ。

「さあ、それでは最後のかた……」

その鼻白んだ様子、その被害者ぶった眉、滑稽なのはお互い様だろう！

「帰ります」と、僕は自分でも聞き取れないほど小さな声で呟いた。「体調が芳しくないんです。ひどく寒くて」


相鉄線に揺られながら考える。僕はどこかで引き返すべきだったのか？　あるいは先ほどは引き返さず、努めてにこやかに、横浜礼賛を唱えるべきだったのか？　これはなにも故郷に土着している精神性の寓話ではなく、あまねく存在している、野生的な領域に刻まれる、卑しい同調圧力の類……。

週休二日、社会保険完備の理想郷に順応することを恐れるなんて、それこそ普遍的な若者の悩みかもしれないが、違う、なにかもっと強大な……鋭利で脆弱なそれを喪うよりももっと強大な、価値の逆転に次ぐ逆転、八方塞がりの末、もの言わぬ羊毛に屈服させられるような……。

そうして終点の海老名駅まで帰ってくるころには、僕はすっかり疲弊していた。立ちっぱなしで足に溜まった肉体的な疲労だけでない、危うさを孕んだ暗い影がきりきりと心を蝕んでいたように思う。

ふと、長いこと厚木駅に赴いていないのに気がついた。海老名駅も自宅から歩けない距離ではないため、相鉄線を利用する今日は厚木駅を介していないし、そもそもあの日からは外にも出ていなかった。もうすぐ二ヶ月になるだろうか。

もしかしたら彼が助けてくれるかもしれない、凍りつきそうな底冷えを晴らす延命処置を施してくれるかもしれないと思い至り、小田急線に乗り換えて下りの各駅停車に飛び込んだ。

自動改札機が一つ、増えていた。プラットホームから階段を下って正面、すぐにその違和感に気がついた。

明らかに不自然な、事務室にめり込むような場所に増設されているほかには、一般的に知られる自動改札機との差異は見受けられなかったが、僕にはそれがとおるであるのが一目で分かった。彼女はやはり、自動改札機になってしまったのだ。

とおるがなにを思っているのかは分からなかった。居場所を見つけて安堵しているのかもしれないし、ひたすら嬉々としてそれに徹しているのかもしれないし、もしかしたら後悔しているのかもしれない（最後だけは、そうだとしたらどれだけよかっただろう、という希望的観測に過ぎない）。ただ、彼女の頭（そこはきっと頭なのだ）にＩＣカードをかざし、ときには切符をすべり込ませ、きわめて無感情にそこを通り抜ける人々が僕にとって不快に映ったのは確かだった。

同時に、刹那か永遠かの安寧に落ち着いた彼女がある種の新鮮さをもって僕を誘っているように思えた。美しい瞳の代わりに、青い矢印を光らせ語りかけてくる。仲間になるんだよ、ひのえ君、仲間に……。

彼女の頭にそっとＩＣカードをかざすと、ほかの自動改札機となんら遜色ない様子で通過することができた。駅の外に出て周辺を見回すと、どこも騒音を撒き散らしながら大規模な工事をしていた。恐るべきスピードで再開発が進んでいた。すぐ向かいには大きなマンションがすでに真っ白な仮囲いの向こうで顔を出し、そのモデルルームから家族連れの賑やかな談笑が聞こえてくる。商業施設やロータリーもできるらしい……。

不思議と絶望はしなかった。裏切りも覚えなかった。今ここで僕も暖かな浮遊感に身を任せてみたならば、大きな壁を乗り越えて変身することさえ可能かもしれない。あの日聞いた英雄ポロネーズがどこか遠くで流れている。隣で横たわる永遠、墓の調性。

僕は再びとおるに歩み寄ると、小さな切符の投入口に頭を押し付けた。毛髪から順に、顔、肩、胴や腕、と吸い込まれていき、革靴を履いた足まですべて入りきったころには、もはや身体の感覚はなく、脳は薄く引き伸ばされ、とろりとした、安らかな温もりに包まれていくのを実感した。それは僕の人生にずっと足りていないものだった。

激情、静寂、そしてまた激情、喝采。仲間になったんだよ、と口づけを交わし、僕は終わり、そして始まった。

やわらかな角

島畑まこと

はじめは小さな瘤に見えたので、そのうち治るに違いないと静観していたのが、よくなかったのだろう。妻の額から突き出た突起は日に日に成長し、気づいた時には小指ほどの長さの角となっていた。よく手入れされた象牙を彷彿とさせるすべらかな表面は、触れると妙にしっとりとして冷えている。死んだ生物の感触だった。感覚がないのかとも思ったが、あれこれ弄っていると「くすぐったいからやめて」と笑われたので、そういうわけでもないらしい。

「くすぐったいのか」と問うと彼女は軽くうなずき、くいと曲げた指の関節でこんこん、と側面を叩いてみせた。

「それに、こうすると痛いわ。切るのなら麻酔が必要そうだけれど……でもこれ、どこを切るの？」

「素人に答えを期待しないでくれ。専門家のところへ行かないと」

「あら、貴方だって専門家でしょう」

「僕の専門は獣医学解剖だ、人間相手じゃない。ただまあ、掛かる先が外科なことくらいはわかる。

Nさんのところ連絡しておくから、保険証探しておいてくれ。空いているとは限らないが……」

はあい、と間延びした返事を残して、妻はリビングを出た。身体に奇異な変化が起きているさなかにあるとは思えないのんきさだった。それがどんなものであれ、眼前の現実をそのまま受け止められるしなやかなこころは、たしかな美点であったが、あまりにも泰然自若としている姿は、却って不安を呼び覚ますものだ。

後ろを向いてしまうとすっかり角は隠されてしまって、一見すれば、普段とそう変わりない。だが、このまま放置していれば時間の問題となるのだろう。毎日顔を合わせているので気づきにくかったが、彼女の角の成長は妙に速かった。瘤があるみたい、と妻が鏡を覗き込んでいたのはおおよそ三ヶ月前のことだった。つまり、一ヶ月につき約二センチメートル伸びていたという計算になる。あるいは、一週間で〇・五ミリ。なるほど、目視でそうとわかるほどの勢いではないが、違和感を覚えた頃には手遅れになっているわけだ。

ぼんやりと回想しながら、戸棚の奥の方にしまわれていた診察カードを取り出す。受付終了時刻ぎりぎりではあったが、通話先の女性――Nさんの奥方――は愛想よく対応してくれた。さいわい、きょうは通院予定の患者も少なかったらしく、「多少お待たせするかもしれませんが……」と前置いたうえで、急な来院予約にも対応してくれた。

土曜日の午後の陽ざしはうららかで、ときおり頬を撫でてゆく風には初春らしいみずみずしさと、甘い青草の匂いが混じっていた。道ばたにはつくしや咲きかけのたんぽぽも見られた。眼に映るなにもかもが若く、生命力に満ちていた。

引っ越しに際して買ったペールブルーのアルトラパンも、陽光を受けて艶めいている。鬱々とした考えを巡らせていた僕の眼には、そういったなにもかもが、妙に白々しく映った。

エントランス前で車を停めて待っていると、遠く、妻の姿が見えた。めずらしく帽子を被っていたが、彼女が扉に手をかけたあたりでようやく、角を隠すためだと思い至った。つい先ほどまでそのことばかり考えていたというのに、結局のところ、未だにいまいちぴんときていないのかもしれない。

「ごめん、お待たせ。帽子がなかなか見つからなくて」

「いや、そんなには待っていないよ。忘れ物ない？」

「お財布、保険証、診察カード。あとハンカチとティッシュ……」

「それだけあればじゅうぶんだ。行こうか」

エンジンをかけて、病院を目指す。Nさんのところ――N外科医院は、車でだいたい十五分ほどの位置にある。名前から察せられる通り、院長のN医師が営む地元の個人病院だ。住宅街に紛れてしまいそうなこぢんまりとした造りをしており、スタッフの数もそう多くはない。それでも、近隣に外科診療を行ってくれる場所の少ないことと、彼らの腕とひとのよさも手伝ってなんだかんだと患者は途絶えておらず、当分の間は閉じるという話も出そうになかった。

助手席に座った妻が、車窓に身を預けてぼんやりと外を眺めている。丸い頭と窓ガラスとが触れあった際にこつりと音がしたが、それがこれまでと同じものであったかの判別はいまいちつかなかった。

「結婚式、白無垢にしておけばよかったかな」

過ぎ去る風景を眺める彼女の薄いくちびるが開かれ、ぽつりとこぼす。

「どうして?」

「文字通り『角隠し』になるじゃない。めったにないわ」

笑えない、と素直に言うと、笑われた。朗らかな声だった。

「もしどうにもならなかったとしても、それはそれでいいじゃない。山羊みたいでかわいいし」

「そういうものかなあ……」

「あなたには生えていないから、わからないのよ。案外悪くないわ、角。困るのは寝返りが打ちづらくなることくらい」

真実かもしれなかったし、心配を解すためのやわらかい嘘かもしれなかった。真偽を確かめようにも、彼女の言う通り僕には角が生えていないので、判断材料はない。辛うじてできたのは、「ううん……」と肯定とも否定とも取れないあいまいな返事をすることだけだった。

「それにほら、あなただってわたしの角が伸びていたの、途中まで気づかなかったじゃない。責めているんじゃないのよ。それくらい自然だって話。実際、意外なほどしっくりきているの」

「そうだとしても、困りごとも多いだろう。きょうは帽子で隠せたけれど、もっと成長したら、そうもいかなくなる」

「なら、隠さないわ。悪いことしているわけじゃないんだし」

たぶん、僕はここでなにか反論しようとした。けれどちょうど信号が青になってしまったので、そちらに気を取られているうちに、忘れてしまった。

入室早々、「皮角だな」とN医師が言った。妻が診察室の丸椅子に腰かけるよりも前のことだった。あらかじめ帽子を脱いでおいたとはいえ、ちらと見ただけでわかるものなのだろうかと不思議だったが、いかんせん特徴が顕著すぎる。その道の人間にとっては、「1+1=2」くらいの問題なのかもしれない。

N医師はもしゃもしゃとした白髪を掻きつつ立ち上がると、背後に並ぶ書棚を見渡した。そうして目当ての一冊を見つけると、軋みがちな安楽椅子にどっかりと座り直してページをめくりだす。掠れたタイトルの文字はドイツ語で、古い医学書であろうことが察せられた。

「彼女は、十九世紀フランスを生きたディマンシュ夫人。六年くらいかけて、二四・八センチメートルの角を育てた。まだカメラの発明されていない時代だったので写真は残っていないが、どこかの博物館で蝋人形が保存されていると聞く」

古書特有の甘い香りを漂わせる紙の上には、大きな角を持つ老女——ディマンシュ夫人の絵が描かれている。彼女の眼はすこしの隙間もなく黒々としており、その間を、額の中心から柳の枝めいて垂れる角が縦断していた。

顎の下を優に越す長さをしたそれは妙に生々しく、つい眼を逸らしたくなる異様さがあった。それでも僕は、じっと夫人を見つめ返した。生命あるものが、本能的な恐怖を抱きつつも、真っ暗な死の方角を見ずにはいられないのに似た引力が働いていた。

「これが、現在最長とされている皮角の症例だ。あなたくらいの長さならば、それなりに先例もある」

N医師の声で、はっと意識を引き戻された。夢から醒めた後に似た倦怠と、肉体のおぼつかなさがあった。

「とはいえ、まれな症状だが。致死性はない。少なくとも、すぐには死なない。数パーセントの確率で癌になると報告されているが、ほとんどが良性腫瘍とされている。ケラチンが硬化したもので、これは爪などと同じだ」

説明的な口調は医者という職業特有のものなのか、彼の癖なのか。終始淡々としているものの、冷たい印象を受けないのはなぜだろう。

「基本的に、外科処置で切除できる。あなたはまだ若いし、体力的な面での心配もいらないだろう。病歴もないようだし。妊娠中だったりは？」

「いいえ、しません」

「よろしい。ただ、施術を受けるのであれば、もっと大きな病院に紹介状を書こう。ここの設備ではいささか厳しいものがある」

「妻の角には、どうやら神経が通っているようなのです。叩くと痛いし、くすぐればくすぐったい。それこそ、哺乳類のものに見られるように、血管が通っている可能性も高いでしょう。これも、ふつう……皮角の症状のなかではふつうなのでしょうか。それに、ここまで育ったのはたった三ヶ月のことでして……」

こわごわ訊ねると、N医師はかすかに眉を顰めた。そうすると、もともと神経質そうな顔つきがよりその色を増す。彼は眉間にしわを寄せたままカルテのうえで万年筆を走らせ、書き終わると尻の部分を使って机を叩き、規則的なリズムを刻んだ。

「あくまで私はという枕詞はつくが、そういった事例は知らない。なおさら大きい病院に行った方がいいだろう」

「あの、どうしても切らなければならないでしょうか」

妻のことばを聞いた彼は難しい表情のまま、「切除したくないのか?」と厳かな声音で訊ねた。僕が内心で抱いていたものと、まったく同じ問いであった。

「良性腫瘍なら、このままでいいと思っています。仕事は変えなければいけないかもしれませんが……ごめんなさい。うまく説明できないんですが、なんとなく切りたくないんです」

N医師は何も言わず、まっすぐに妻を見据えた。彼女はすこしうろたえる様子をみせたが、それでも視線を外してしまうことはしなかった。どれだけそうしていたかはわからない――数分だった気も、数十分だった気もする――が、とにかくお互いに見つめあった末、彼の方が先に眼を閉じた。

ふう、と深い嘆息を漏らした後ふたたび瞼があげられ、薄く茶色味を帯びた瞳が僕を捉えた。自然と姿勢を正さずにはいられない、おそろしくひたむきなまなざしだった。

「あなたもそれでいいと仰るのなら、ひと先ずはこちらで検査をするに留めておこう。喫緊の問題は、角を切るか切らないかではなく、腫瘍が良性か悪性かだ。後者なら切除することを推奨するが、前者なら、その後のあつかいはあなたがたで決めるべきだと思う」

「はい」

「あなた自身は、奥様にどうしてほしいと考えているのかね」

「切除した方がいいのではないか、とは……。ですが、実生活を鑑みてのことですので、当人が切りたくないのなら、無理強いもできません」

「なるほど。すぐには結論が出そうにないな。閉院時間のこともある、とりあえずは検査の予約だけして、残りは自宅に帰られてから話すのがいい」

「そう、ですね。君、スケジュール帳は持ってきてる?」

「うん。じゃあ先生、次回についてなのですが……」

来週の火曜に予約を取りつけ、ふたりで診察室を後にした。パステルカラーで統一された待合室には、ほかの患者の姿はなかった。多少の無理を通してしまったらしいが、正直なところ、助かった。あのままでは、隣で寝息を立てる妻の角が気になって夜も眠れなかっただろう。

受付の準備が整うまでの間、だらしなくソファに背を預けてオルゴール調の『きらきら星』を聞き流しながら、「切りたくないの?」とつぶやいた。質問したかったというより、ついまろび出てしまったのだった。

「うん。さっきと変わらない内容で申し訳ないけれど……うまくことばにできない直感、みたいな感じかしら。そのままにしておきたいの。切らないほうが、いい気がする」

「女の勘ってやつ?」

「そうなのかなあ。そうなのかも。ごめんなさいね、あなたが心配してくれているのはわかっているんだけど」

申し訳なさそうに背を丸める彼女を、穏やかで、どこか単調なメロディが慰撫していった。ふと、N医師の語り口はオルゴールの無機質さをやどしていたのだ、と気づく。それに伴って——一抹の不安を残していつつも、ありえない症例でないと知ったのもあろうが――、さまざまな不穏の影にさざなみ立っていたこころが、ゆっくりと凪いでゆくのを感じた。

「いや、いいよ。いちばんの懸念点はひどい病気じゃないかってところだったし……君がいいのなら、そのままでもいいと思う。よいものだって感じなのかな。しっくりくるというか……」

そっと妻の方を見る。いまなら、もうすこし平静な心地で角を見ることができるかもしれないと思った。ひとすじ希望のひかりが射したことにより、それまで抑えつけられていた学者としての好奇心がじわじわと膨れあがってきているのすら感じられた。

伺い見た妻の相貌からは表情が削げ落ちていた。能面のそれである。先までたしかに有していたはずの活き活きとした感情の色彩はなく、また濃淡も消えていた。のっぺりとした顔が、ただあるだけだ。

彼女は、本の中のディマンシュ夫人を思わせる真っ暗な瞳に僕の姿を映していた。見ているのではない。それは、ただの反射であった。ぴったりと閉じられた口がわずかに開き、並びのよい歯が覗く。ことばを発するための予備動作で間違いなかったが、このときの僕はなぜだかそれにまったく気づけず、話しはじめたときには驚いた。

「どうかしら……。しっくりくるのはそうなんだけれど、しっくりきすぎているの。いいものなのかは、わからない。きっと、後になってようやくわかるものなんだと思うわ」

切っても切らなくても、大差はない気がするし。

ひとつうなずいてみせる動きにあわせて、額から伸びる角が上下する。雰囲気にのまれたせいで覚えた錯覚だったと信じたいが、それはまたさらに成長して見えた。煌々と照る白熱灯は、すべてを――隠匿したい、直視しないままでいたいすべてを白日の下に晒すものであった。白いひかりに照らされ、角の細部がぞっとするほど鮮明になった。薄く走る無数の筋、根元の方にこびりついたかすかな汚れ、青味を帯びた血管めいたなにか、なめらかだと思いこんでいた表面に浮かぶいびつな凹凸……

返事をしなくては、とは思うものの、角を凝視したまま、指一本動かすこともできなかった。それに、動けたところでなにを言えばいいのかもわからない。ひたすらに困惑していたし……白状すると、おそろしかった。妻の変異をようやく認識し、もしや死期が迫っているのではと案じたときに包まれたものとは違う、異質さへの恐怖であった。いや、異質さではなく、彼女が異質なものへと変容してしまったことに対する恐怖だったのかもしれない。

けっきょく、妻の角は良性腫瘍だと診断された。本人は相変わらず切除する気はないようだったが、あのときの不穏さに苛まれた僕が頼みこむかたちで、施術を願い出た。彼女は嫌がることなく、「心配してくれてありがとうね」と笑った。以前となにも変わらない、屈託のない笑顔だった。

手術室前の椅子に腰かけ、緑がかった景色のなかで術式の終了を待つ間、ずっと祈っていた記憶がある。誰に、なにを願っていたかは覚えていない。そもそも、なにも願っていない可能性もあった。妻が帰ってくるまで、とにかくなにかに縋りついていたかった。嗅ぎなれた消毒液の匂いは死を、冷え切った内臓を連想させ、なんの助けにもなってくれない。

しばらくして『手術中』と書かれた赤いランプが暗くなり、汚れていないメスの色をした扉の向こうから執刀医が現れた。青緑の術着には点々と血が飛んでいたが、量は多くない。僕をみとめた医者はマスクを下ろすと、「無事に終わりましたよ」と結果を端的に告げた。

「珍しい症例なので驚きましたが、さほど難しい手術ではありませんでした。根元の方から切除しております。もう、生えてくることはないでしょう……おそらくは」

執刀医は慎重に続くことばを探している間、お茶を濁すようにくちびるを舐めて湿した。

「獣医解剖学の先生だとお伺いしております。釈迦に説法になるとは思うのですが……、奥様の角には神経と血管が走っておりました。皮角では見られぬ事象で、哺乳類の角の構造に酷似しているものです。このあたりに関しては、今回いただいたデータを用いて論じてゆくとして……」

「また生えてくる……というか、ふたたび成長するかも、ということですね」

「ええ。しかし、仮にそうだったとしても、元通りとはならないでしょう。動物を引き合いに出すのはやや恐縮ですが、鹿や牛なんかがそうですしね」

返答はあいまいな笑みに留め、妻の角の成長速度については言及しないでおいた。相手が知らないにしろ忘れているだけにしろ、下手に教えて事を大きくするのは避けたかった。

彼女が目覚めるであろう時間（今回は全身麻酔を使っていた）やその後の処遇（入院は数日で済む運びとなった）を話し、ある程度会話が落ち着いたところで、助手を務めていたらしい女性がやってきた。手には銀盆を持っており、もうすこし鈍い色をしたトレーのうえに、切り取られた角が載っていた。

「こちらが、奥様から切除した角になります。ご覧になられますか？」

いくらか血を浴びているそれに件の引力を感じてしまった僕は、知らず知らずのうちにうなずいていた。

角の断面はゆるやかなカーブを描いており、すぐに妻の頭のかたちに沿って切ってくれたのだと理解できた。切り口は見事なまでになめらかだ。年輪を彷彿とさせるいくつかの層の中心で、赤黒い血管や神経らしきものが固まっている。自分のような職業に携わっている者だとしても、一見しただけでは、鹿の角だと勘違いしてもおかしくない様相であった。

ラテックスの手袋を拝借し、矯めつ眇めつしていると、皮膜越しに死体の温度が伝わってくる。今回に関しては本体から切り離されてしまったので、ほんとうに死んでいるわけだが。人間の角だという以外に、別段変わった部分はなかった。あってほしいと思っていたつもりはなかったが、なぜか残念に思った。

何枚か写真を撮らせてもらってから、トレーを返す。妻が目覚めるまで一時間近くあったので、適当な喫茶店で本を読んで暇を潰し、二、三本の煙草を消費してから病室へ足を運んだ。

扉をノックすると、「はあい」と返事がある。眠たげな様子はあったが、いつも通りの声色に安堵して部屋のなかへ入った。

ベッドの上に横たわる彼女は、半身だけを起こしてこちらに手を振った。無理をさせていないかと案じたが、サイドテーブルに文庫本があるので、元からこの格好をしていたのだろう。

頭には包帯が巻かれていた。当然のことながら、角も、それを隠しているような奇妙な盛り上がりもない。こころ弛びと、拭いきれないままの不安とが綯い交ぜになったものが、ゆっくりと胸中に広がってゆく。

露骨にそちらへ視線を注いでしまっていたのか、「根元の部分に出血があったから、ガーゼで圧迫止血をしているの」と彼女は説明してくれた。赤が滲んでいる様子はないので、ほんとうに心配は不要そうであった。

「よかった、無事に終わって」

「ありがとう。なくなるとちょっと寂しい気がするけれど……。あ、煙草喫ってきたんでしょ」

「よくわかったね」

「匂うもの。やめた方がいいって何度も言ってるのに」

たしなめつつも、彼女はどこか愉快気に笑った。

「まったく。どれだけ喫ったの？　ひと箱とかやめてちょうだいね」

「そんなに匂うかな？」

たいして香りが強い銘柄を呑んでいるわけではない。実際これまでも、たった二、三本程度なら気づかないひとの方が多かった。妻もそのうちのひとりだ。うっすらといやな予感がして、獣の唾液に似て生ぬるく粘度の高い汗がひとすじ、背筋を降りていった。

僕の勘は当たっていた。あるいは、彼女の「切っても切らなくても大差はない」という予言が当たった。切られたはずの角は退院してから一週間後に元の長さを取り戻し、さらに伸びていったのである。

この頃になると、僕はもう完全に諦めていた。いくら切ったところでいたちごっこになるばかりで、けして終わりは来ないのだと悟ってしまっていたのだった。

なにより、妻は完全にこの状況を受け入れてしまっている。若い牡鹿のものに似てきた角を冠しながら器用に障害物を避けてみせ、眠るときは右――僕のいる方を向いていたのが、もっぱら仰臥するようになった。近所のひとと出くわすこともあったと聞いたが、いまのところ、なにか言われたりはしていない。それも、ある種当然なのだろう。彼女はあまりに自然に角を扱うので、対峙する者は皆、最初から額にあったのではないかと錯覚しそうになる。かくいう僕も、そうだ。

どうして疑問を持てなくなってきているのだろう、と帰路で自問する。はじめは不安も、不気味な印象も、わずかばかりの恐怖も持っていたはずだった。それがどうしたことか、いまではうっかり角の端を壁にぶつけた彼女を見ても苦笑するのみで、心配事はそのうっかりが高じて、いずれ角を折ってしまうのではないかということばかりではないか。

休日に、風呂から上がったばかりの彼女の髪を、ドライヤーで乾かしてやることがあった。絡まりやすいとぼやく細い毛を丁寧に梳いてやり、艶めく様をたのしんだ。あの穏やかな時間をそれなりに愛していたし、今後も続いてゆくものだと信じこんでいた。だが、その習慣はすっかりなりを潜め、代わりに枝分かれしはじめた角にやすりをかけることが増えている。

いちばん恐ろしいのは、その時間を風呂上がりのひとときと同じく愛し、手入れをするたびまろい手触りになっていく角に満足を覚えていることだった。毎日、毎分、毎秒、すでに取り返しのつかないことが、さらに取り返しがつかなくなっていっているとわかっていてなお、僕のこころは凪いでいる。こんなことを思案しているいまこの瞬間の自分も、脳内で煮詰まっている自問に対し、なにを怯える必要があろうと自答している。

夕陽に染めあげられた家までの道程に己の影が長く伸び、ときおり揺れている。帰るべき場所へのしるべのようでも、どこか知らない土地への水先案内のようにも感じられた。ひかりを浴びたコンクリートが複雑に煌めく分、影の色は濃くなる。僕はそこに、いつだかに見たディマンシュ夫人の眼を重ねていた。深い黒で象られた己の輪郭の奥に、彼女は立っている。そこでなにをするでもなくぼんやりと佇み、存在を刻みつけようとしている風で、目が離せなかった。

うつむきながら歩いている僕の背後で、こどもの笑声が響いている。彼らは草原を跳ねまわる野兎めいた軽やかさと俊敏さでもって、幽鬼じみた男を追い抜いていった。

やがてたどり着いた家に、灯りはなかった。眠っているのかもしれない。最近の妻はよく寝た。慌てて総菜を温める彼女が、不可抗力じみた眠気に襲われることが増えた、とすまなさそうにこぼしたのを覚えている。そのときは、気にしなくていいと返した。強がりでも嫌味でもなく、ほんとうにそう思ったのだ。なんとなくそういうものなのだろうと直感していたし、今後もそういったことが増えると諒解していた。ただ、もう病院に行こうとは考えていない。

寝室を覗くと、もぬけの殻だった。掛け布団とシーツがよれているので、少なくともいちどはここにいたとわかるが、買い物にでも出かけていたのか。

なにかの作業中に寝落ちてしまったのかとリビングに行くと、窓越しに座り込んでいる妻の後ろ姿が見えた。ベランダに出てなにかしているか、眠っているらしい。手術前は身体に隠れていた角は、十二センチを超えた頃からそうもいかなくなった。額から伸びるそれは、ディマンシュ夫人のごとく垂れ下がることはなく、外へ向かって開いていっている。二十センチ近くなってきたいまは、いくつかに分岐した先も見て取れた。

ガラス戸を引くと、ようやく僕の存在に気づいたらしい彼女がこちらを見上げた。周囲には雀や燕、鳩や鴉、近くの公園にいると噂の栗鼠、器用に三階まで駆け登ってきたと思わしきハクビシンや野良猫などが集っている。小動物がいてだいじょうぶなのかと様子をうかがうと、ほかの動物に襲われた形跡もなく、のんきに羽づくろいをしていた。

「ごめんなさい、うたたねしていたみたいで」

「いや、それはいいんだ。身体を冷やしていなければ……。それより、彼らは？」

「わからないの。気づいたら集まってしまっていて」

「そうか」と特別な感慨もなくそう返し、「夕飯にしないか」と尋ねる。動物たちも、軽くこちらを見遣った後は思い思いの時間を過ごしていた。お互いに、淡泊な態度であった。偶然隣人と出会った時に会釈だけしてみせるのに似た無関心さがある。

「きょうは、ひさしぶりに長いこと起きていられたの。お夕食も作れたのよ」

「よかったね」

妻は食卓に着いてからも嬉し気で、こちらの気分も上向く。一品一品説明をしてくれたが、どれも野菜を中心としたものだった。特に、生野菜が多い（サラダが二種類に、生春巻き、きゅうりのみそ漬け）。味つけも、これまでに比べてずいぶんと薄かった。味噌汁も、ほとんど冷えている。それとなく聞いてみると、意外そうな顔が返ってきた。

「あら……？　たしかに、言われてみるとそうかも。ごめんなさい、あとからお塩とか足してもらっていいかしら」

「いくつかはそうさせてもらおうかな」

でも美味しいよ、と続けると、妻は苦笑を漏らした。その瞳がずいぶんと黒目がちになっていて、もうあまり時間がないのだろう、とわかった。

ちょうど金曜日だったので、彼女の角にやすりをかけることにした。じっくりと時間をかけ、目の粗いものから細かいものに変えてゆく。はじめのうちは痛みはしないかと冷や冷やしたが、慣れるにつれてだんだんと手さばきも様になってきた。

「お仕事、どうだった?」

「いつも通りだよ。動物を解剖して、いろんなものを計測して、顕微鏡で観察して……。きょうは馬だった。どこかの動物園が飼育していたんだけれど、寿命だね。死んでしまったので、うちに回してくれた」

「たのしい?」

「ううん……そう、かなあ。たまに何をやっているのかわからなくなる。特に二、三日変化のない細胞を眺めているときとか……」

あはは、と彼女が笑声を漏らす。素直に、よかったなと思う。

それからいくつか、珍しかった動物のエピソードを話した。すでに聞いているものも多かったはずだが、たったひとりの聴衆は、うんうんとうなずき、ときおり大仰な反応を返して応えてくれた。

「人間の解剖は、専門外なんだよね」

「うん。かけもちしているひとも、いるんだろうけれどね」

「いつかわたしが死んだら、解剖するといいわ。角のある女だもの、珍しいでしょう」

「結構。山羊になったら考えなくもないが」

「ちょっと難しいかな。……ありがとう、だいぶ綺麗になった」

妻は満足げに角に触れ、すべすべとした表面を何度も撫でた。百日紅の木みたい、と気に入っているのだ。

それからシャワーを浴びて、ふたりで眠った。手をつないでいたが、彼女の手の甲にはしっかりとした毛の感触があった。わずかに濡れたそれは、かすかに温く、獣の匂いを漂わせていた。

まず、顕著に変化しだしたのは顔だった。鼻と口のあたりの距離は近づいて迫り出し、眼球の占める面積はほとんど虹彩となっているのか、白眼はたまにちらつく程度となった。耳も日に日に大きく、平たくなって上の方へ上がった。鹿めいた人間の顔つきは、やがて人間めいた鹿の顔つきと呼ぶにふさわしいものへ移ろっていった。

つぎに毛深くなり、茶色く短い毛が全身を覆うに至った。僕の習慣には、たまのブラッシングも加わった。梳いてやるたび気持ちよさそうに眼を細めるのが可愛らしく、髪を乾かしていた頃より、頻度が増えた気がする。

最後に手足だ。こちらは指がふたつの塊になり、それから黒みを帯びるごとに硬化した。同じくらいのタイミングで姿勢も変わりはじめ、指だったものが完全な蹄に変容したあたりで、四つ足歩行が常となった。

ことばを失くしたのも、たしかこのくらいの時だった。それでも、意思疎通に問題はなかった。変容は数ヶ月をかけるものだったので、あらかじめ約束事を決めておくにはじゅうぶんな時間があったのだ。「イエス」なら一度、「ノー」なら二度地面を叩く。「ありがとう」は右足に触れ、「ごめんなさい」は左足に触れる……といった具合に。怒っているときは、お互い態度でわかるのでそのままにした。

つまり、妻は鹿へと姿を変えたのである。

しばらくは鹿の妻と生活をともにした。意外と困りごとは少なかったが、これは、彼女の頭脳には変化の手が及ばなかったからであろう。従来通りの生活リズム——多少の違いも生じたが、誤差の範疇であった——で、食べるものは異なれども同じ食卓を囲んだ。ベッドに上がるのが大変そうだったので布団に変えたが、案外悪くはない。毎朝床を上げ、毎晩床をのべる苦労より、妻の体温を感じることの方が重要であった。

いちどだけ喧嘩をしたが、まあ、これは僕が悪かった。「君には角があるが、オスってことなんじゃないか？　外では『旦那さん』と呼ぶべきかな」とからかったのだが、予想以上に怒らせてしまい、立派に育った角でもって腹へ強烈な一撃を食らわされた（大あざが残った）。

ただ、その「しばらく」の時間が進むにつれ、彼女は外を眺めることが増えた。しなやかな四つ足を折りたたみ、顎を冷たいフローリングにくっつけて、窓の向こうを見つめる。そうしている時間が伸びてゆくのに従って、約束事のいくつかが抜け落ちたり、そわそわと家じゅうをうろついたりするようになった。潮時であると、言外に示しているのだった。

簡単な単語であれば理解できるのは把握していたので、朝食の最中に「君は、たぶん外に行きたいんだよな」と聞いてみた。はじめは意味を捉え損ねたのか首を傾げられたので、今度はひとことひとことを区切り、「外、行きたい？」と玄関を指した。それだけでは不十分かもしれないと、行儀は悪いが食事中に席を立ち、扉を開いてやった。

ヨモギを食んでいた彼女は一瞬静止した後、無邪気な子どもめいた足取りでこちらに近づき、一鳴きした。

「やっぱりそうか」

納得感と寂寞とが、一挙に襲いかかってきて、弱った。弱ったが、ここでぐずぐずしていると延々とそのときを先に送ってしまう確信があったので、急いでトーストをたいらげた。喉が詰まって苦しく、どうしようもなかった。

N医師のところへ向かった時とは状況が違いすぎたので、今回は自分で鍵をかけて家を出た。待っている間は、朝食の残りを食べていてくれるだろう。のんびりとした食事のスピードも、変わらぬもののひとつだった。

魂みたいなものが実在するとして、ゆっくりと透明になっていっているであろう彼女のそれに、しっかりと刻まれているものがいわゆる本質というものなのだろう。食事のスピードしかり、こちらの話を聞いているとき、必ず相槌を打つことしかり。本質のかけらを見つけたときに湧きあがる感情を、僕は未だに名づけられずにいる。

駐車場までの道のりで、かつてたんぽぽが咲いていた空き地に「住宅建築予定」との立て看板が置かれているのが眼に入った。雑草はほとんど抜かれ、赤茶けた地面がむき出しになっている。豊かな土らしく、小石や泥の塊は少ない。代わりになにかの根っこと腐って粉々になった木葉のいちぶが、ささやかな彩りを足していた。この土壌の上に家が建つとして、誰が土地の本質を見抜いてくれるのか、わからない。

いずれにせよどうでもいいことだと歩みを再開させたが、永遠に忘れ去られるのは悲しい気もした。不可視の蜘蛛の糸がかかった時に似た、不思議な感覚だけが肌に残った。

だいぶ放置してしまっていたアルトラパンは、フロントガラスに怠惰の証を残している。ワイパーをかけるのは面倒だったが、せっかくなら、曇りのない外の風景を見せてやりたかった。汚れが落ちるのを待ちながら、後部座席を倒して空間を作る。狭いトランクルームに押し込むのはいやだったし、そもそも、物理的に収まりそうになかった。

満足できる程度には窓ガラスがクリアになったのを確認し、エンジンをかけた。エントランス前まで来るとすぐそばに駐車し、そそくさと三階へ上がる。玄関先ではヨモギを食べ終えた彼女がちょこんと横になっていた。どうやら待ってくれていたらしい。

僕の姿を見とめたとたん、すっくと立ちあがると腰のあたりに懐いてきたので、背を撫でた。頭より、こちらの方がすきなのだ。

いちばんの不安は妻が階段を降りられるかだったが、これは杞憂であった。彼女は健脚ぶりをいかんなく発揮し、軽やかに下降してゆく。弾む足取りには、純粋な美があった。

僕よりも先に下まで着いていた彼女は、すでに車のそばに立っていた。後部座席の扉を開けると、要領よく角の角度を変えつつ、あらかじめ準備しておいたスペースに乗り込んでくれた。すこしばかり狭い様子だったが、文句のひとつ言うことなく、運転席についと目線を遣って僕にも腰かけるよう促した。目的地は決めていなかった。決めていない目的地が見つかるまで、どこまででも走るつもりだった。何日かかっても構わなかった。

とにかく、思うままに進んだ。右か左で迷ったときは妻に決めてもらった。蹄を鳴らせそうな場所がなかったので、彼女は窓をそっと突くことで返事をした。そういったやりとりを幾度も幾度も繰り返した。自分ではこちら、と決めているときも、あえて尋ねることも多かった。最後の会話だったから。

腹が減ったら食事をし（妻の食糧は案外と豊富なので、突発的な小旅行でも問題はなかった）、疲れたら休み、ときおり車を降りて身体を伸ばし、夜は狭苦しい後部座席で寄り添って眠った。途中で寄ったパーキングエリアで彼女の姿を見たひとに、動物園の職員かなにかなのかと訊かれもした。正直に夫婦だと答えると、奇妙な生き物を見た、という顔をされた。車に戻った後は、しばらくその話題で笑っていた。声の有無は重要ではなかった。

カーナビを切っていたのでどこまできたのかは定かでなかったが、家を出てから五日と八時間が過ぎた頃、理想的な草原を見つけた。奥には森が続いており、周囲にはのどやかな鳥のさえずりが響いていた。

後部座席の扉を開き、妻を降ろす。彼女はふんふん、と土や草花の匂いを嗅ぎ、いろいろと検分している様子だった。僕は近くに横たわっていた倒木に座って、頬杖をつきつつそれを眺めていた。誰からも忘れさられた木は、雨水を吸ってやわらかく、なんとはなしに肉の感触を思わせた。人間だった頃の、妻の肉。

鹿になった妻はあちこちを散策し、駆け、たまに寝転んだりした。無邪気そのものな振る舞いを見ていると、なぜか鼻の奥がツンとした。

ひとしきり小さな探検を終えた彼女はゆったりとした足取りでこちらに近づき、いちどだけ地面を叩いてから、右足に顔を擦りつけた。僕は何度も背と角を撫で、首のあたりに腕を回して抱きしめた。

短い抱擁のうちに思い出されることはなく、腕のなかにある毛皮のやわらかさと柔靭な筋肉、自分のものよりも幾分か速い鼓動とぬくもりとを、ただ感じていた。充足と、それと矛盾する空虚さをかたちにすると、きっといまの僕の姿になる。

身体を離すと、妻はもういちどだけ右足にすり寄り、それから森の方角へ向けてたっと駆けだした。しっかりと踏みしめているらしく、土が舞うこともあった。迷いのない、見事な走り様だった。振り返ることのない彼女の頭で、骨色の角が揺れている。幹の部分は太く、先にいくにつれて細らんでゆく。いくつか枝分かれしたところはさらに華奢だったが、頼りない感じはなく、確固たる繊細さが宿っていた。雲の隙間からこぼれる陽光が彼女の後ろ姿を照らし、すみずみまで光らせた。あるいは、魂が澄みきってしまったので、なにもなくとも、内側からひかりが漏れていたのかもしれない。

僕はその場に座り込んだまま、妻の姿が見えなくなってもそちらを見つめていた。なにかの残滓を、視線で必死にとらえようとしていたのだった。途中で腰が痛んだので、姿勢を変えた。尻ポケットに違和感があったのでまさぐると、封を開けたまま中途半端に中身を残していた煙草と、オイルが切れかけのライターが出てきた。彼女の嗅覚が鋭くなったので、放置していたのを思い出す。

一本取りだして、苦戦しつつもなんとか火を点ける。冬らしい曇天の空に、ひとすじ煙がたなびいた。

久しぶりの煙草の味は、よくわからない。ただ、妻がもういないことだけは、たしかに感じられた。感じられてしまった。

特集・牧野虚太郎

解説

牧野虚太郎について

山下洪文

1

小池昌代の小説「わたしたちはまだ、その場所を知らない」に、中学生たちが詩の朗読会をおこなうシーンがある。ミナコという少女は、「死んでいるし、死んだのちにも、ほとんど人に知られていない」「無名の詩人」牧野虚太郎の「神の歌」を詠みあげる。

水の悔恨がたへまない
いくへにも遠く　孤閨がえらばれて
にくたいが盗まれてゆく
ほのかに微風にもどり
かすかなもの　愛にうたせて
しづかに彫刻の肌ををさめてゐた
たへて醜《しこ》をくりかへし

神の
さぐれば　かなしく
まねけば　さすがにうなだれて

集まった生徒たちは、「意味がわからなかったけれども、それでもなんだか、言葉の輝きのようなものに、みんながあてられてい」た。本作を取り上げた『群像』（二〇〇九年三月）創作合評でも、生徒とおなじ反応が見られる。

松永美穂　私は、朗読大会のときにミナコが選んだ詩をみなさんがどう思ったか、聞いてみたいです。牧野虚太郎というのは『荒地』派周辺の詩人だそうですが。
中村文則　僕、知らなかったですね。
宇野常寛　僕も知らなかったです。
中村文則　この詩、いいですね。

ミナコは、「あまり人に読まれていない感じが、本のたたずまいのなかからも、感じられ」る詩集を図書館で見つけた。帯には「完璧な詩人！」と書かれていた。「そうか、完璧なのか。ミナコは感じ入った」。それが『牧野虚太郎詩集』だった。ミナコにも詩の意味はわからなかった。「ただ、ことばにしびれたの」だ。

「完璧な詩人」は、編者の鮎川信夫の評言である。鮎川は、「死んだ男」「あなたの死を超えて」等の詩篇に、空白を抱いて「戦後」を生きる覚悟を刻み、戦後詩の流れを決定づけた詩人である。

戦病死した親友・森川義信を「M」「あなた」と呼び、その果たされなかった想いを背負った詩人・鮎川は、恐ろしいほどに醒めたまなざしで世界を見下ろす批評家でもあった。鮎川が主導した『荒地』『荒地詩集』は、戦後文学に決定的影響をあたえたが、その同人仲間も、森川も、自分自身すらも、彼は分析的に見つめ尽くした。

四十年来の親友・中桐雅夫の死に際して、「戦後の彼は、いかなる意味においても revolutionist ではなかった」(「中桐雅夫の死に」)と言い放ち、ロス疑惑をめぐって吉本隆明と絶交し、森川に対してすら、「私は「死んだ男」という詩で、森川の死に触れたが、(略)本当は、誰でもいい、詩人の死が必要であったので、それを利用したまでである」(「森川義信I」)と鮎川は書いている。冷酷無残とも言えそうな批評眼で、鮎川は自他を見つめた。その彼に、「完璧」と言わしめた牧野虚太郎とは、何者だったのだろうか。

2

世界への殺意を、このうえなく美しく歌った詩を数篇残し、牧野虚太郎は二十歳で世を去った。彼の生涯については不明な点が多い。

本名を島田實と言い、一九二一(大正十)年に池袋の芸者屋の長男として生れたこと。慶応大学経済学部に在学していたこと。「やさしい詩なんてくだらん。瀧口修造、北園克衛の詩なぞ、難解のうちに入らないよ」（北村太郎「若い荒地の詩」）と、難解で有名な瀧口・北園すら軽蔑し、理解を拒絶するような詩を書き継いだこと。
「牧野猿太郎」「牧野去太郎」などと人を食ったような改名を繰り返したこと。そのトリック・スター的振る舞いによって、森川義信や中桐雅夫としょっちゅう喧嘩していたこと。最後は「自閉症的な傾向をつのらせ」（鮎川信夫「虚太郎考」）、友人たちと絶交してしまったこと。

実在を捨て、「虚」像を選び取るかのように、「牧野虚太郎」と名乗り出したこと。そして書かれた数篇が、日本詩史に屹立する絶唱であること。それから間もなく死んだこと。かつて争った中桐が、「きみはもうはつきりと神なのだ」（「鎮魂歌」）と告げ、慟哭したこと。死後、中桐や鮎川が、牧野についてさまざまな文章を書いているが、誰もその実像を知らないこと。……戦後詩に決定的影響をあたえながら、誰もその「実」のところを知らない詩人、それが牧野虚太郎である。

牧野は中桐雅夫主宰の『LUNA』同人だった。当時の彼は、「博物館の腰部は大声で歯を磨き／蜃気楼を頻発した航路は骨格を露にして進む」（「象牙の雑草（博物館の腰部は……）」）「猿のなやみは三本の毛に止まるのですが／ハンカチイフ・パアテイは目下開催中である」（「破れた靴下」）といった言語遊戯的な詩を書いていた。
「活字の置き換えや神様ごっこ」が「ぼくたちの古い処方箋だった」（「死んだ男」）と鮎川は回顧している。若い詩人たちは、「言葉」の有機的な連なりを破壊し（「活字の置き換え」）、疑似的な「自由」を手にしようとした。言葉を支配し、言葉に君臨することで（「神様ごっこ」）、現実の悲惨さを忘れようとした。それが彼らの「処方箋」――苦悩の鎮静剤だった。

牧野が特異なのは、「破壊」を「ごっこ」遊びに終わらせなかったことだろう。言語遊戯に明け暮れた詩人たちは、戦火が広まるにつれて、大衆向けの愛国詩へと雪崩れ込んでいった。だが牧野は違った。彼にとって「破壊」は、命を懸けて遂行されるべきものだった。彼は詩という「ナイフ」で、自己を、世界を、そして言葉そのものをも殺してゆく。「誰もゐないと／言葉だけがうつくしい」（「復讐」）という言葉だけが残る。

私たちは詩を書くとき、「これを最後の詩にしたい」という願いを抱くものだ。詩を書くに至った痛み、悲しみ、そのすべてをこの詩で終わりにしたい、と。牧野はそれを成し遂げた。しかも世界を道連れにして。

ランプをあつめれば
あなたの喪章につゞいて
哀しい鏡と
静かにをかれた影がある
ことさらの審判に
私のナイフはさびて
つゞれをまとふた影がある
誰もゐないと
言葉だけが美しい

牧野の孤独から死の影が立ちこめ、世界は無人になる。そのとき、言葉の美だけが残る。「誰もゐない」孤独は、「美」の密室へと、あざやかに価値転換される。この詩は戦後を代表する詩人・田村隆一に深い印象を残し、「だれもいないと」「十二月　言葉だけが美しい」という詩を書かせている。「だれもいないと」に「人間なんかには言葉が通じない」とあるが、牧野の性格を想起して書かれたものであろう。

一切を拒絶し、否認した牧野は、憎しみを「ナイフ」に結晶させた。そして「世界」を殺した。孤絶した生のなかで、孤絶した美を綴った牧野は、そのまま忘れ去られるはずだった。だが、「世界」の側がそれを許さなかった。戦争を生き延びた鮎川や中桐は、森川と牧野を自己の原点として位置づけた。彼らは「M」（鮎川信夫「死んだ男」）「神」（中桐雅夫「鎮魂歌」）と歌われ、戦後詩史に刻まれることになる。「詩」への深い諦めと憎しみを抱いて逝った牧野は、まさにそれゆえに、死後に詩人として愛されることになった。皮肉な運命と言うしかない。

3

戦後詩の始まりを告げた詩誌『荒地詩集』（一九五一～五八年）には、戦病死した森川義信や、戦前に病死した牧野虚太郎の詩が掲載されている。戦後という「荒地」に言葉を刻もうとした詩人たちは、あえて故人の詩を残すことから出発したのだ。

「「荒地」のアンソロジーには、かならずわれわれと時代を共にして死んだ詩人の作品が掲載されている。「荒地」を批判する最も重要な鍵、しかも現在のところ最も確かな唯一の手懸りに、まだ誰も触れた者がないということは、全く驚くべきことである」（鮎川信夫「詩人への報告」）。生き残った詩人たちは、死者の声に耳を澄まし、それに言葉を返そうとした。それこそが、「「荒地」を批判する最も重要な鍵」だと鮎川は言う。死からの、終わりからの、空白からの出立を遂げた荒地派を「批判」するには、死に、終わり、空白と化した森川・牧野らを解読せねばならない、ということだろう。

鮎川はこうも言っている。「ぼくたちがモダニズムの運動から受け取る本当の遺産は、この空白だけです。そしてもし、この空白がなかったら、ぼくたちは一体何者であったかを想像して、そのまえに竦然と立ちすくむことができるだけです。（略）ぼくらは、その空白を永久に保存しておくのです。とり返しのつかぬものとして……」（「われわれの心にとって詩とは何であるか」）。森川はビルマで戦病死（狂死とも言われる）し、牧野は孤独のうちに世界と心中した。彼らの「空白」を守るために、鮎川は生きようとした。そしてそのとき、かくも巨大な空白を抱えて生きねばならぬ地上を、「荒地」と呼んだのである。

牧野の詩は、『荒地詩集 1952』（荒地出版社、一九五二年）に「鞭のうた」「花」「復讐」「神の歌」「聖餐」の五篇が、『荒地詩集 1953』（荒地出版社、一九五三年）に「碑」「独楽」の二篇が掲載されている。彼の名は、長らく『荒地詩集』とともに知られることになった。一九七八年、鮎川信夫編『牧野虚太郎詩集』（国文社）が刊行される。「かれら（森川、牧野）の意志を継承することが、戦後における私たちの当初の仕事であった」（「虚太郎考」）という鮎川にとって、それは「ながいあいだの念願」（同）の成就だったという。

「荒地」の源流として並び称される森川と牧野だが、二人は「あらゆる点でおよそ対照的」で、「どの点からみても相性がわるかった」（鮎川信夫「詩的青春が遺したもの」）という。

改名を繰り返した牧野は、本名の「實」をひっくり返した「虚」太郎という名前に、最後は落ちついている（「虚太郎」を名乗った翌年に亡くなっているため、その後も改名していた可能性は否定できないが）。森川義信は、本名をもじった銛義信、女性名の「鈴しのぶ」、また山川章などと名乗ったが、最後は森川義信に帰っていった。

森川は天性の抒情詩人で、おおらかな人柄で多くの人を惹きつけ、戦火を前にした魂のふるえを優しいしらべで歌い、最後はただ一つの「私」に帰った。牧野は友を拒絶し、「言葉」で織りなされる「現実」のすべてを否定し、世界殺害の夢を果たした。森川は美青年で、「女の子よりも女らし」（鮎川信夫「失われた街」）いところもあったという。一方の牧野は、「「猿」を連想させる」（「詩的青春が遺したもの」）顔貌と言われ、本人も「猿太郎」と名乗っていた。劣等感のゆえか、牧野は森川を田舎者と侮り、森川の方も苦手意識を持っていたようだ。

「荒地」の前身である「ルナ・クラブ」同人は、「この二人を両極端として、中間点のどこかに位置していた」（同）と鮎川は書いている。二人の詩意識は、重なり合わなかったわけではない。二つの個性は原色のように屹立し、混じり合うときに凄まじい白熱を生んだのだろう。

私は、両者が、私たちの眼に見えない空間でぶつかり合い、烈しく精神の火花を散らしたであろうことを疑わない。

それゆえ、一九三九年（昭和十四年）の秋、森川義信の「勾配」が書かれたときに、一九四一年（昭和十六年）の冬に書かれた牧野虚太郎の「鞭のうた」「神の歌」は、すでに予定されていたといってもよいのである。（同）

森川の遺品の手帳には、「鞭のうた」が書き抜いてあったという（牟礼慶子「鮎川さんごめんなさい」）。

ひつそりとそれさへも道である
白くにほつてゐる
たたかひをいどむときも知らず
さては断層のきざはしともならず
神にあらふ
さうして黙示のひやゝかな愛となる
しばらくは曲ることもない
ときぢくのよるべなさ

「ひつそりと」したものを、牧野は「道」と呼ぶ。病を患い、「たたかひ」に入ってゆくことができず、人と人のあいだの「断層」に「きざはし」（階段）を架けることもできない牧野は、「神」の次元に抒情を向かわせ、「黙示のひやゝかな愛となる」。森川の絶唱「勾配」は、つぎのように終わっている。

清純なものばかりを打ちくだいて
なにゆえにここまで来たのか
だがみよ
きびしく勾配に根をささへ
ふとした流れの凹みから雑草のかげから
いくつもの道ははじまつてゐるのだ

牧野と森川の「道」は途絶えていた。それでも彼らは、「白くにほつてゐる」「いくつもの道」を詩で指し示した。その道の一つを、生き残った詩人たちは、「荒地」と呼んで歩いた。鮎川信夫や田村隆一は、戦後詩の始まりを刻んだと言われる。「始まり」の「始まり」にいた存在こそが、森川であり、牧野であった。

4

本特集には、牧野虚太郎の詩と散文のすべてを掲載する。底本は一部を除き、初出誌を用いた。『荒地詩集 1952』『荒地詩集 1953』『牧野虚太郎詩集』との異同は、注として付した。旧字は新字に直したが、それ以外は初出のままとし、発表順に配した。
『牧野虚太郎詩集』に掲載されていない作品は、つぎのとおりである。

・夏のエスキイス（『LE BAL』第一四輯、一九三八年六月）
・静かなる室（『LE BAL』第一九輯、一九三九年二月）
・象牙の位置（『LE BAL』第一九輯、一九三九年二月）
・色彩の報告（『文藝汎論』第九巻・第九号、一九三九年九月）
・喪失の彼方（『文藝汎論』第一〇巻・第六号、一九四〇年六月）
・遥かなる測量（『文藝汎論』第一〇巻・第八号、一九四〇年八月）
・掌（『文藝汎論』第一一巻・第三号、一九四一年三月）

牧野の散文は、いままで単行本に収録されたことはない。「泣いてゐます」というだけの文章など、道化師めいた相貌が透けて見えるようである。

単行本未収録作品の調査は、中田凱也・内藤翼・正村真一朗によって行われた。また、中田凱也・舟橋令偉・田口愛理・私で、東京都池袋、千葉県八千代台を初めとする牧野ゆかりの地を訪ねたが、故人の情報は得られなかった。昔を知る人と出逢えても、その先に繋がってゆかず、逃げ水のように牧野は去ってしまった。

牧野の弟は島田茂と言い、教員を引退後、詩集を数冊出している。「仏壇の　左下の抽き出しが兄右下が私の小遣い入れで　確か　一週間づつで二十五銭だった」（「仏壇」）「昭和十六年の春に父が　夏に兄が　同じように若死にして」（同）「あなたの愛した紫煙」（「黒部川」）などといった断章は、牧野の生前の面影を思わせる。茂は八千代台で死んでおり、墓所もそのあたりにある。子孫は存命だが、連絡を取ることはできなかった。

最後まで牧野に翻弄されるような日々だったが、そのなかから、中田凱也「静かなる予感――牧野虚太郎論」、内藤翼「あふれる邂逅にむけて――牧野虚太郎論」という優れた論考が生れてきた。両論は、「虚」人・牧野の「実」像に肉薄したものと言える。拙稿「もう一つの「荒地」への旅――荒地派と牧野虚太郎」は、荒地派とのかかわりにおいて、牧野の詩を読み解いたものである。

牧野を読むこと、それは「荒地」の源流を辿ることだ。牧野や森川の実存が、戦火のなかで砕け散ったからこそ、鮎川たちは戦後という「荒地」に立つことができたのだから。「詩がほろんだ」（谷川雁）と言われ、さらに数十年経った今――偽りの「言葉」の氾濫するこの今、それでも言葉を求めつづけるためにも、もう一度牧野を読み解く必要があろう。本特集が、その一助となれば幸いである。

象牙の雑草[1]　島田實

博物館の腰部は大声で歯を磨き
蜃気楼を頻発した航路は骨格を露にして進む
コンクリイトされた人相学そして起床へのメガネよ
僕等はLETHEを縦にし時圭を二分した
永遠が抜粋されて来て僕等の歯は白くなり
ミルクを飲みそこねた略式時代が来る
剃刀の場所を逃れてクビカザリの真似ごとを繰返し
空気の生活と水に映るホタンタの洗髪術について
僕等はドングリを先に呼びLILLIPUTのために地球を後れさせた

『VOU』第二一号　VOUクラブ　一九三八年一月

1　『牧野虚太郎詩集』（鮎川信夫編、国文社、一九七八年）では「象牙の雑草 I」。

破れた靴下　　島田實

アパートの屋上にはアスピリンがほしてある
恋愛は大声で歯を磨くに初まるとの事
コップをわることを覚えた若い詩人諸君よ
ために咽喉を透明なシヤボンで洗ひ給へ

猿のなやみは三本の毛に止まるのですが
ハンカチイフ・パアテイは目下開催中である
むかれたリンゴの皮だけを残して
後はパラフイン紙に包みたいと思ひますよ

神妙なカリカチユアは天国行チイケツトである。
所で我等が教授連は朝風呂が大好きで
プレンソーダの如く変装を好むべきだつたのですが
やむなくネクタイ一つをして

水晶細工のサムライ達の直線を駈け上つた
シヤボンが木の葉の様に駈ける
一つ公開ラブレター朗読会をやつたら
さしづめ階段は感覚の最低でありませう。

破れた靴下が破れたシステムを覗いてゐる
教会の鼠はあまりにおしやべりな存在である
ために牧師はブリキの様におとなしかつた

反対し給へ、晴雨傘[1]に分別を与へたまへ
若い詩人諸君
この様に時勢は低空飛行を試みてゐるが
インクの道は木の葉の道ではないだらうか
派手な幼稚園といふ意味に於て
僕等は
ガラスの道を音たてずに歩く習慣をやめよう

——二五九八・二・一一——[2]

『LUNA』第一一輯 LUNA編輯部 一九三八年二月

1 『牧野虚太郎詩集』では「晴雨計」。
2 『牧野虚太郎詩集』では、この一行は削除されている。

象牙の雑草[1]

島田實

透明が糊屋である
ドングリが妖精になる
園丁がセルパンを持つて来た
プロムプタアが死骸を持つて来た
ダテウになる博物館
屠殺者とデザイナアの対立
手袋はコドモである
マリエッヂリングを真直にして下さい
猿とオウムはズボンの長さに従つて歩き
憂鬱な恋人達をつめたパイプをまげる
長靴が多すぎた

部屋には窓がなかつた
タコにも似て　イカの如き
帽子を冠り　靴を脱ぎ
ヴエエルを忘れ　靴下を用意した
肩に雑草
腰に象牙
クスグツタイマツチから
明日をまねたヒゲダラケの水の中まで
何ごとも言はず
すべてのことを言ひながら
ガラスの上に刺繍がなされ
ペンは軟体動物を料理した

——勉強ノタメニ——[2]

『LE BAL』第一四輯　LUNAクラブ　一九三八年六月

1　『牧野虚太郎詩集』では「象牙の雑草 Ⅱ」。

2　『牧野虚太郎詩集』では、この一行は削除されている。

夏のエスキイス　　島田實

視覚の許容するフオルムとして長靴は必要である。バケツの音には豚の死がある。すべてを肯定すぐさま否定するため立体画の中の床屋へ行け。

天使はメガネとマグネツトを用意してゐた。僕の訪問は自転車であり接吻はキリコの代償としてであつた。

ヘソの価値について法則を選択せよ。方法は軌跡顔面よりもエスキイスとして潜在性を持つてゐる。糊屋の哲学とも言ふ。

僕がガラス屋の職人を紳士だと考へた時、円形から製造された刺激は夏の菓子となつてタラヒを売る娘を誘惑した。時としては腰のない娘達に頭のない鏡を与へてはユウモアだと笑つた

マツチの上のエピグラムとして植物園の様に歩いた。口髭の神話達は夜にであつた。無人島にすむべきでせうかどうでせうか。

野性的なドンチヤンの尻には尊敬すべし。トレイニングとしては最上のアルコオルである。しかし猿の尾にまつはる悲しきポエットのテクニツクとしては只鼻が暖かくなるだけである。

古きが故にオウムは沸騰点で歌ひすぎた。ステエジは幼稚園と極楽との間にある。神経のない活動により男爵はヨツト的速度による武士を想起した。もの皆一見して下らなく二見して下らない。

大衆がサンマを喰べてゐるとロマンは書く。大衆はサンマを喰べて胃の上にどつかり坐る。ギヤレリではキヤベツの生きたのが、ステエジでは透明なサイコロが、靴下をはかない大衆を前にする。

透明な知性をだいて不透明なグロテスクさに行動をやきまし、非常に愉快な屠殺業を試みる背景としては一直線を考へて。睡眠不足はアルバムとなつて、腸の上ではイギリス島が回転する。

『LE BAL』第一四輯　LUNAクラブ　一九三八年六月

静かなる室　島田實

窓の機械は雰囲気に折れた

空間の沈黙が尖つた鏡にすがり
濡れた化粧からは何も落ちて来ない

一人のねぢが夜の愚かさを開く
硝子の形態があふれて
新しい友人の旅行が流れた

鳥を叩いて通る速力が見え
独り色彩のない報告が許された
所有は小さな教会をかこみ始める

肩に迫る輪のない噴水
それが受胎のまゝに呟かれ
涙一つその恒久性が拡大した

『LE BAL』第一九輯　LUNAクラブ　一九三九年二月

象牙の位置　島田實

沈黙が破られて一杯の水がくまれ
泡沫の中に鏡の態度が迫る
透明を遠く呼びながら
みづからを越えて
胎動の新しさに出発した

あなたの細い時間を返して
高い道を歩く
すべてがすべてに倒れ
噴水を集めては転落の日を数へてゐた
私は静かに黎明を繰つてゐる

眠りが許され
野菜の生活が許され
あなたの奏する腰の雰囲気では
交差点が小さく響き

あなたの笑ひをすぎて
私の職業に涼しさが消える
出血の夜みなれない友を迎へた

自殺のために
しかし一塊の抽象を叩き
あなたを忘れる成熟のなかで
眼鏡の疲れをふき
夜のあたひに叫ばうとする

樹上の淋しさよ
窓に答へて
あなたの大きさを盗みたいと思ふ

──十二月二十四日──

『LE BAL』第一九輯　LUNAクラブ　一九三九年二月

フルーツ・ポンチ　　牧野去太郎

電話のある街角では
もはや沐浴の肩は見えない
馭者の羽根に蝶々を縫ひ
あたりの所有を伏せた
次の街角からは
門をとざして
秩序の股にナイフを置くと
やがてかど〳〵のランプのともりが
植物の約束をやぶいて
幼猿の腰をまはるく通りすぎた
何時か蜜色の海は鈍角を失ひ
骼子[1]の静かな走法と拡りに
白い鞭を捨てて
大胆な愛情をかかへ
退屈な破爪《ママ》に液体を浸した

『LE BAL』第二〇輯　LUNAクラブ　一九三九年八月

1　『牧野虚太郎詩集』では「骰子」。

色彩の報告　　牧野去太郎

所有の方向に雰囲気の抽象が具り
幾度か四肢の中で角度が失はれた
通路として
素焼の公園が価値を鏡にして居り
遊戯が歴史の様に肉屋を中傷するのだつた
臆病な象徴を過ぎ機械の肩をすぎ
破壊の発明を超え夢幻の股をこえ
糊屋の粗雑な遠近法が呟かれた
顔だらけの顔
そして親切な憎悪が出発する
許容されぬ余剰林檎
そして硝子の嘘偽はもはや説明出来ない
見給へ　透明の無意識な余韻を

その唯一の軽蔑
その仮設ある肉体
やがて走法が空間を窓の外へと束縛した

『文芸汎論』第九巻・第九号　文芸汎論社　一九三九年九月

葉脈と時間　牧野去太郎

埒外の招待に裸体がある
透明ないきものの制約に孕まれて
復讐の樹蔭は晦渋を祝ふといふ
遠く近く窓を装ふ独楽に
閉ざされた漂浪の白い海
それもやがて指の廻転に糊を盗み去つた

『LE BAL』第二一輯　LUNAクラブ　一九三九年十二月

喪失の彼方　牧野虚太郎

構図の触覚を通して薔薇は見えない
鏡の発明を肉体から遠く伝へてゐる
執拗な速力の陰影にもまして
秩序のまゝの角度が色彩をすぎた
掌は測量にかへされて
さゝやかな描線の窓をあける
海のない投資をふくよかにならべる
唯一のナイフが遥かなる祭典を集めた

『文芸汎論』第一〇巻・第六号　文芸汎論社　一九四〇年六月

遥かなる測量　牧野虚太郎

ふくよかなナイフに屈した陰影

静謐は湖水を渡る
あへかなるナルシスの伝説に
やがて帰らぬ抽象の夢がつゞいた

遠く指股が投資される
水をたはむれ濡れたまゝの測量に
悔恨のニンフを盗み
裸体にふれるはじらひの独楽を作つた

いつか閉ざされた窓へ帰り
ランプに近い道が与へられてゐる
掟のやうなペルソナ
そして祭典は脱走をつみかさねた

『文芸汎論』第一〇巻・第八号　文芸汎論社　一九四〇年八月

碑　牧野虚太郎

湖水にちかい森の
清潔な誓のなげられたあたり
髪を伏せ　遠い肌に
素足のやうな眠りがいとなまれてゐる
距離がむなしくめぐり
いくとせか
樹々が傾ける青い窓に
影は身をかはかし[1]
永劫にふれた指の
かたくなな表情にたほれてゐた
いつか路につらなり
言葉の彫琢につきそはれて
玻璃のかなしい時をあけ
雲のやうな庭をとほり

郷愁の傷かぬがまゝに
うたは遠くなつていつた[2]

1 『牧野虚太郎詩集』では「かはし」。
2 『牧野虚太郎詩集』では「遠くなつていた」。

『詩集』第二五輯 LUNAクラブ 一九四〇年十一月

独楽 牧野虚太郎

樹かげにひとり掟をさだめ たはむれの日日がつづく
鞭もなくそしてドリアの肌もなく
窓は肩の上にあつて 道はせばめられてゐる[1]
もえさしの秘色[2]をとほして
海がいつしか影をもとめるとき
影をおとし むなしい一人のフオルムとなつて 鱗のやうにかさなる
ちいさな独楽
ふくよかに帰り
うたによせ

あなたはこまかな地図をあつめて
じぶんの誕生をつくり
しろい触手をあらはにかたむけながら
にくたいのやうに動揺をささへてゐる
いつはりのあたひがとほり
かなしみの植物がとほり
せめてものロマネスクな盗みに
たたへられてなにげなく
少女のやうにあたへられ
水をもたないスチールに
その手はのび　音ををしんでさるのであらうか
署名もなく
夜にちかいするどさから
もはや波もおこらず[3]
あなたの指にかぞへて
ニンフの恋のかたみにいくどかまねかれてゐた

――八月十二日――[4]

『詩集』第二五輯　LUNAクラブ　一九四〇年十一月

1　『牧野虚太郎詩集』『荒地詩集1953』（荒地出版社、一九五三年）では、「あつて」と「道は」の間の空白が削除されている。
2　『牧野虚太郎詩集』『荒地詩集1953』では「秘法」。
3　『牧野虚太郎詩集』『荒地詩集1953』では、「夜にちかいするどさからも／はや波もおこらず」と改行の位置が変わっている。
4　『牧野虚太郎詩集』『荒地詩集1953』では、この一行は削除されている。

鞭のうた[1]　牧野虚太郎

ひつそりとそれさへも道である
白くにほつてゐる
たたかひをいどむときも知らず
さては断層のきざはしともならず
神にあらふ
さうして黙示のひやゝかな愛となる
しばらくは曲ることもない
ときぢくのよるべなさ

—10.21.—[2]

『詩集』第二六輯　LUNAクラブ　一九四一年三月

1　「鞭のうた」「花」「復讐」「神の歌」「聖餐」の五篇が掲載された『詩集』第二六輯（LUNA クラブ、一九四一年三月）は現存していない。これらの詩は『牧野虚太郎詩集』、『荒地詩集 1952』（荒地出版社、一九五二年）、田村隆一『若い荒地』（思潮社、一九六八年）等に復刻されている。本書は、衣更着信所蔵の『詩集』から牧野の詩を文字起こししたという『若い荒地』を底本とした。

2　『牧野虚太郎詩集』『荒地詩集 1952』では、この一行は削除されている。

花―新井ふみ子氏の画に―[1]

牧野虚太郎

その庭のちいさなギリシヤから
淡々と　きやしやな抵抗が作られ
み知らぬはぢらひが訪れた
それからあなたの純潔
それからあなたの追憶
ひつそりと影がきて
一瞬
白い罪を犯したやうな

『詩集』第二六輯　LUNA クラブ　一九四一年三月

1　『牧野虚太郎詩集』『荒地詩集 1952』では、副題は削除されている。

復讐　牧野虚太郎

ランプをあつめれば
あなたの喪章につゞいて
哀しい鏡と
静かにをかれた影がある
ことさらの審判に
私のナイフはさびて
つづれをまとふた影がある
誰もゐないと
言葉だけが美しい

『詩集』第二六輯　LUNAクラブ　一九四一年三月

神の歌　牧野虚太郎

水の悔恨がたへまない
いくへにも遠く　孤閨がえらばれて
にくたいが盗まれてゆく
ほのかに微風にもどり
かすかなもの　愛にうたせて
しづかに彫刻の肌ををさめてゐた
たへて醜《しこ》をくりかへし
神の
さぐれば　かなしく
まねけば　さすがにうなだれて

『詩集』第二六輯　LUNAクラブ　一九四一年三月

聖餐　牧野虚太郎

ひとりひとりの純潔にはじまり

ゆたかな邂逅が掌をめぐつてゐる
約束にもたれて水をきり
一てきをとほく
かたみの鞭になげながら
かすかな歴史の肌となる——
静かに風が吹いてゐた
小さな悪をとざす神の怒りから

掌　牧野虚太郎

はかなく構へ
その路をしめす白い肩には
しばらくの虚無が影をとどめてゐた
かなしい肌理がほどよく詐つてゐる
かすかに醜をくりかへし
指呼の間をくりかへし

『詩集』第二六輯　LUNAクラブ　一九四一年三月

よびかはす神の言葉をくりかへし
ふくよかな影の
やがてランプに
そのゆくさきはととのひ
五つの層に悔ひをつたへて
いくへにもはかなく
遠い黄昏ををさめてゐた

『文芸汎論』第一一巻・第三号　文芸汎論社　一九四一年三月

牧野虚太郎全集　散文

各人各説

A・九月号の読後感／B・新著寸評

A特輯「詩とその詩人」はつまらなく読みました。文芸時評は結構といふ方でせう。詩では山中、酒井、中村、山田、菊島の諸氏。

東京・島田　實

『文芸汎論』第七巻・第一二号　文芸汎論社　一九三七年十二月

座談室　前号合評

——本誌の批評・感想

読者文芸の批評・感想——

「さゝやかな事件」——志賀直哉に惚れた尾崎も、この作品を通しては犀星の言ふ如く片々たらざらんことを希むのみだ。短篇作家らしい行届いた筆法、又「暢気眼鏡」に於けるが如きお伽話的ユーモラスは掬し得ても直哉の如き人間味と深く落ちついた所がない。この事は尾崎の未来をせばめやしないか？「暢気眼鏡」に於ても同様のことが言へる。ただあれに於ては芳兵衛の性格の異色的なことが作者の客観的姿勢と相俟つて成功してゐる。兎に角芥川賞は異色作家に与へられると言つた傾向がある。尾崎よ長所は長所だ。しかし長所は短所といふ言をどうするか？　この事件を母親に結びつけたなら、もつともリアルな、そして得意とする風景を現し得たであらう。

「燈籠」――太宰治は取つつきにくい男である。しかし取つついてみると、彼の文学はより良く親しまれて、再読時には書取つておく程になるのだ。しかし此の作品を彼は何のために書いたか。原稿料を取るためでなかつたかと疑ひたくなる。前のコントの方がまだよかつたやうな気がする。

詩人コント――朔太郎の言ふ如く、詩人といふ言葉が種々の文学的事業の上に総括して名称される観念（言葉）であるならば、これ等の作者は詩人ではない。所謂詩を作る詩人であつて、コントを作る詩人ではない。

水の上――良い詩だ。リリシズムが美しい液体となつて最後まで失望させない。

（東京・島田　實）

『若草』第一三巻・第一二号　宝文館　一九三七年十二月

雑録

＊文芸汎論の二月号は作《ママ》年度や一昨年度の二月号とは非常に違つてゐることに気付いてゐられるだら

う。地方に眼がのびてきたのだ、地方人を集めた《詩と詩と詩》もある。

（島　田）

『LUNA』第一一輯　LUNA編輯部　一九三八年二月

雲・雲・雲

近頃読んだ書籍一冊に就て

A　書　名／B　著　者／C　発行所／D　定　価

★島田　實

A　海泡集

B　阪本越郎

C　昭森社？

D　一円五十銭？[1]

立読みにつき

以上不悪

『LUNA』第一二輯　LUNA編輯部　一九三八年三月

1　書名・著者・発行所は合っているが、定価は八十銭の誤り。

雑録

＊泣いてゐます。

（島　田）

『LUNA』第一二輯　LUNA編輯部　一九三八年三月

各人各説

A・十一月号の読後感／B・わが愛誦詩、歌、句

B春浅く落つる椿の音にぶし（中学へ入って二ケ月とたたぬ内に一級友が死んで、その父君が我々に送つた十七文字である。あれからもう数年たつたが今だに受持教師が此の句を読んだ時のシーンとした五十の黒い顔を思ひ出してゐる。）

池袋・島田　實

『文芸汎論』第九巻・第一号　文芸汎論社　一九三九年一月

各人各説

A・三月号の読後感／B・新刊寸評

A詩作品では池田、鮎川両氏のが私に淡紅色のカネイションの匂ひを与へて呉れました。十和田氏の「土龍蠅兵衛伝」にたまらなく心ひかれてゐます。

深川・島田實

『文芸汎論』第九巻・第五号　文芸汎論社　一九三九年五月

各人各説

★六月号読後感

詩壇時評が泣きだしさうな顔をしてゐます。読書室を昔の読書余録になすよしもがな。詩人の小説は鮭のオーケストラ蜻蛉のラブレター。詩の少ないのは淋しく、各人各説の賑やかなのは嬉しい。兎にも角にも文汎の「限りなき前進」を只管祈りてやまざる次第です。

池袋・牧野猿太郎

『文芸汎論』第九巻・第八号　文芸汎論社　一九三九年八月

詩壇時評

『ヴオワラ』1

新しい文学の凝態は思考の遊戯に於て偶然に出発する。そこに於て方法は常に凝態の中で偶然を成長させ、ために様式は知的意識の過剰により甚だしく単純に単一になる。「ヴオワラ」はあまりにも偶然性を持ち過ぎ、あまりにも単純な夢である。過渡期は静かに過去の偶発的な成長のために流血し、新しい文学は今日新しさそのもの、追及から脱して、新しさの質量乃至自己に即応すべき必然性を持つた変形へと働きつゝある。近藤達夫氏のエッセイは帰納の確かさをもつて、そこから再出発すべきであらう。竹田亞樹氏の様式は文学の本質論を正確にノートしてゐるだけで、主観の弱々しさと鈍さとが此のグループの雰囲気を物語つてゐる様な気がする。詩では森口龍衛氏の「郷愁」のレトリックを取る。そのレトリックは此のグループから置き去られた鋭さを持つてゐる様だ。他は概ね詩を理解するためにはあまりにも幸福すぎる人達である。其の他、ヴアリエテⅢとロスタンの「ノート」が訳されてゐる。カツトは平凡だし類型的だ。

（牧野）

『LE BAL』第二〇輯　LUNAクラブ　一九三九年八月

詩壇時評

『餐』

嘗つて若き詩人達とレニオンを持つたことがある。その時彼等を二つに分けることが出来た。その一方は自らの詩の独自性を把握することに苦しみマラルメをロオートモレアン[1]を空しく論ずる方であり、他方は詩を楽しむことに出発しその結果詩作の安易さに慣れて独自性を作らうともせず個性に溺れてゐる人達だつた《ママ》前者には懐疑、苦痛からしての成長があるが、後者の人達には進歩しかない。成長とは縦の拡がりで立体感に満ちてゐるが常に不安定であるのに、進歩とは横の拡がりでそこに立体を盛り上げることは出来ないがあまりに安定してゐる。しかし安定に溺れその安易さに流れたならば未来を持つことは出来ない。未来は現在の延長にすぎなくなるのは明らかだ。

「餐」は後者の人達をグループの中に持ちグループ全体も亦後者に属する。今一号と十六号を比べて非常に此の感が深い。此の罪を投書家根性の消極性に帰することも、又その背後関係の雑誌に帰することも出来ない。罪は確かに同人にある。彼等は少く共すべてに反発する若さを持つてゐる筈だ。その若さに生き大きく眼を開き給へ。しよぼ〳〵《ママ》した眼での観察を晦渋な醜さで表現し、若さを老成に置きかへた思考めいたものが鈍い暗さに浸つてゐる。無鉄砲でもい丶、ドグマでもい丶、もつと若くあらねばならぬ。若し「餐」に取るべき点ありとすれば休みない編輯者の努力だらうが、それとても同人の怠惰を証明するものとも考へられないことはない。作品では虚木一氏がずばぬけてゐる。

（牧野）

『LE BAL』第二〇輯　LUNAクラブ　一九三九年八月

1　ロートレアモンの誤り。

詩集批評

『喜劇役者』——今田久氏詩集——

ロジックの適確な把握とそれに伴ふ適確な表現方法とが一つの総合的な力となつてサテ《ママ》ールを完成させ、そのあまりにも個性的な完成が逆に我々を不可解さにおとし入れることがある。今田久氏の詩集「喜劇役者」の持つ不可解さは確かに思考作用とかロジックとかの持つ不可解さでもない。計算しつくされたもののみが持つ不可解さではあるまいか。そこには複雑に置きかへられた単純さがあり、明解さに置きかへられた不可解さもあると思ふ。さて、此の詩集は又新しいといふ意識を埒外に置いて新しさを意識する詩であり、それからしてサチールは新しさを埒外にしてレトリックのために用意され、レトリックは新しさを完成させるのである。思考の遊戯が持つ新しさへの古ぼけた角度もなければ、すべてを実験のための技術に終へるペダントさもない。今田氏の思考方法は常に思考の直視である。直視のために生れて来る支へ切れない重さは表現方法により取り去られ思考の深さを巧妙に見せる。故に危険性は表現の上に於て出来る効果の低俗な、時にはノンセンスに近いものがロジックを曖昧にすることである。かゝる場合に於てサチールはその価値を失ふものといはねばなるまい。しかし「喜劇役者」のいくつかはロジックを追越す技術によつてサチールは非常にヴイヴイドなもと《ママ》なつてゐるので、価値を云々する前にその技術に頭をさげてしまふのである。サチリストは思考の正確さ以上に鋭敏な感覚と新しさを強く意識する世界とがなければなるまい。今田氏はそれ等を持たないといふよりは、大事さうにかゝへてゐない。それ故に今田氏の詩は感覚をすて新しさを意識せずにサチールそのものに執着する。そしてサチールを導く思考の中へと直接ぶつかつて行くのである。その結果生れるイマージユは鋭敏な感覚が独断に終るとは違つて正鵠さを持ち新しさを時代の推移からひきはなして作り出すのだと思ふ。

今田氏のイマージユは作られるといふよりはサチールのために誕生させられたので、サチールのための絶体性を持つといへよう。そして思考への深い追及によつてセンテンスの奔放さを愛するのである。接続詞が彼の詩の魅力であるのはそのためであり、確かにその一つの思考を積み重ねて行く作者の執拗さが無意識に秩序を作り上げるのである。秩序を意識するのがリリンスト[1]であり、無意識に得た秩序によつて一つの特異性を作り上げたのが今田氏である。

カブラがふとるからといつて手袋が白いわけではない。恐らくフクラハギの附近ではないかと思ふ。皿のかたちにはいろ〳〵あるとペエテルの本にも書いてある。[2]

此の詩は秩序の中に入つたレトリツクの美しさである。此の詩の美しさが何かロジツクから逃避した、或ひは退却した人間的な弱さを思はせ空虚さを感ぜさせるのである。一つの表現型式を持つことは決して不愉快なことではない。フレキシビリテイは勿論形式に対する言葉ではない。が、「喜劇役者」の場合に於て、一つの表現形式がもつ巧みさがサチールの方向を規定し、又思考の表面的空虚さを明白にするのである。言葉を変へていへばオリヂナリテイのために建てられた表現方法がその方法のため故に内容のもつ特殊さを喪失させオリヂナリテイを狭くしてしまふのではあるまいか。

カニの穴にはいろんなわけがある、回顧的なキモチから砂のなかを歩いて来たのかも知れない。

水を運ぶばかりが市民のつとめではない、石を投げると遠くから音が返つてくる。円味のある方がよいかどうかはそれだけはわからない。

ひとつの皿と同じところにならんでゐた。上からの明るさでカタチにふたつはないといふ意味にもとれるのである。[3]

今田氏のサチールは新しさを意識し古さを笑ふのであつて、他のサチイリストの持つ破壊のための破壊とか建設のための破壊といつた一般的な時代性に捕はれた冷ややかさはない。つまり温味でなく刺す執拗さである。そしてそれ位鋭いサチールはないのではあるまいか。きみわるさに足下を見ずにはをれぬといつた。

時代を大きく区切る場合に於て、狭く区切つた時代のボキヤブラリイ位一つの詩を左右するものはあるまい。市民とか政治とかが今田氏の詩の価値を弱くするのはそのためだと思ふ。之は明らかに洪笑《ママ》の弱味である。方舟をつゝいて出て来た鼠が水に飢えてゐるといふ事に対する笑ひの卑俗な現実化である。

サチイリストは執拗でなければならない。しかし執拗それ自身は対照《ママ》をつかんだ場合センチメンタルになり、対照《ママ》を把握しようとする努力によつてリリツクになる。即ちそれがサチールと結びついては前者の場合には破壊のための破壊になり、後者の場合にはサチールのためのサチールになつて、ロジツクが弱くなり易い。「喜劇役者」の詩はすべて後者に属するといへようが、そこからはみ出るロジックの強勒《ママ》さを持つたものもある。そして又、弱いロジックでもそれを補ふだけのユーモアが流れてゐる。此のユーモアはシヨウやスウイフト等のもつ感情的低俗さでも乙にすました高級さでもない。二十世紀の知性がもつ、フ《ママ》ユーモアであり、サチールを大衆に理解させるのではなく、サテ《ママ》ールを大衆から引きはなすユーモアである。

　最後の長詩は言語の配置が今田氏のエスプリを窮屈にする様であり、破綻を見せつけられた様な気がする。即ち一つの思考が次の思考のために言葉を奪はれてその結果空虚なものの羅烈《ママ》に終つてゐるのである。

　兎も角之は不満の多い詩集であるが、その不満を許さない新しさ、美しさ、ユーモア、テクニツクがある。此の「喜劇役者」は風俗喜劇や諧謔喜劇の役者でもなければ、人間喜劇の役者でもない。二十世紀の空気下に生れた風俗と人間のために喜劇して結局諧謔へ帰るたのしい役者である。サチールと喜劇、それは永遠に恵まれた人間の影である。貧しさはあつても、「喜劇役者」は西崎晋、桑原圭介二氏の詩集と共に怒れないスウヴニイルである。小林善雄氏の言葉通り詩の機能の研究を通して、時宜を得た出版であつた。嘗つての時若さをあらゆる分野に開拓してオリヂナリテイに頼る力強さを示した「二十世紀」の同人が過去に於ける活動の足跡を、一冊の本にしてそのオリヂナリテイの方向乃至プロセスを示して下さることは我々に取つて喜ぶべきことである。西崎、桑原、今田三氏の詩集を喜ぶと同時に他の諸氏詩集の出版を待つ次第である。（価一円。二十世紀刊行所発行）

（牧　野）

『LE BAL』第二二輯　LUNAクラブ　一九三九年十二月

1　「リリシスト」の誤りか。

2　「カブラ」～「書いてある。」まで、『喜劇役者』からの引用。句読点が追加されるなど、不正確な引用となっている。

3　「カニの」～「とれるのである。」まで、『喜劇役者』からの引用。1と同様、不正確な引用となっている。

引用文の前の空行は原文ママ。

各人各説

★十一月号の読後感

鮎川信夫君の素晴らしさをしみじみ感じます。小林善雄氏の素晴らしさも。所で、「ラ・メエル」の詩を読むと僕のフエミニズムは思はず退却を始めます。総体に低調であつたのは新入のためにも残念なことです。「各人各説」欄の展開を希望する。昔はここが最大の魅力だつたのですが。

東京・牧野去太郎

『文芸汎論』第一〇巻・第一号　文芸汎論社　一九四〇年一月

(「牧野虚太郎全集」は、中田凱也・内藤翼・正村真一朗が詩集・雑誌から翻刻し、山下洪文が最終調整を加えた)

論考

静かなる予感——牧野虚太郎論

中田凱也

本稿の注は530頁に示される

序

「意味」の連なりによって満たされる現実は、居心地が良い。しかし現実は「習慣」であり、いずれ退屈になる。西脇順三郎は、「つまらない現実を常に新鮮に保たなければならぬ。これが詩である。そうでないと人間の魂は現実を受け入れられない」（「PROFANUS」[1]）と述べる。現実を「つまらない」と感じることは、詩作の第一歩といえるだろう。

戦前モダニズム詩人は、詩の中で「意味」を破壊し、再構築することで、退屈な現実を受け入れようとした。しかしそれは、習慣化された日常から、あくまで一時的に脱するための詩作であり、ある意味で遊戯的であったといえる。

牧野虚太郎は、詩誌『荒地』の前身である『LUNA』（のち『LE BAL』、『詩集』）の同人である。寡作な詩人であった上に、肋膜炎により二十歳という若さでこの世を去った。そのため、生前に残した作品は、二十篇に満たない詩篇と批評のみである。その多くは、鮎川信夫によって『牧野虚太郎詩集』（国文社、一九七八年）に編まれている。鮎川は、牧野を「〈完璧な詩人〉の典型」（「虚太郎考」[2]）と称賛しつつ、「初期の二、三の詩だけだったら、奇妙なモダニズムの変種といったぐらいのところで、忘れ去られていたかもしれない」（同[3]）と述べている。

牧野が他のモダニズム詩人と決定的に異なったのは、「現実」そのものを本当に壊してしまったらどうなるのか、という好奇心のような感情が、全ての詩の根底に存在した点にある。牧野はどのように「現実」を脱し、「モダニズム」を脱していったのか。そしてその先に何を見たのか――本稿では、牧野虚太郎の詩を年代順に見ていきながら、彼の詩作と思考の流れについて論及したい。

第一節　「現実」への復讐――「無意味」の美しさについて

牧野は、日常的な「意味」の連なりを断ち切り、現実と詩に明確な線引きをするところから、詩作を始める。

博物館の腰部は大声で歯を磨き
蜃気楼を頻発した航路は骨格を露にして進む（「象牙の雑草（博物館の腰部は……）」）

まるでパズルのように、詩の中にイメージが並べられている。この牧野特有の言葉の繋げ方が、彼の詩の難解さの要因でもある。「腰部」が「歯を磨き」や、「航路」が「進む」といった表現は、「意味」の連なりが意図的に壊されている。このように牧野の詩篇には一貫して、「破壊」によって、一つの「解答」に近付こうとする態度が見られる。

牧野は現実の「意味」を壊すことで、「無意味」を目指したといえる。詩における本当の「美」は、「無意味」のなかにこそある――牧野はこのように考えていたのではないだろうか。しかし、「言葉」によって「意味」を破壊する行為には、そもそもの矛盾が生じている。牧野の詩作は、この大きな矛盾を抱えながら出発する。

言葉はそれを発する主体が存在する限り、「無意味」にはなれない。ひとつの言葉に意味はなくても、それを発する人間の「意味」をなかったことにすることはできない。つまり、どんなに難解な表現を用いても、言葉は必然的に「意味」を持たされてしまう。

この仕組みを、「象徴」と言い換えるとしたら、牧野は「象徴」となる言葉の内部から、「象徴」自体の「破壊」を試みる。

詩の表現技法として、同じイメージを他の詩に点在させる手法がある。この手法は一般的に、一語の解釈が詩の中で、つなぎ合わされたり、変化してゆくことで、詩的表現として深められてゆく効果がある。牧野の初期の詩篇には、「歯」「ドングリ」「長靴」「糊屋」等の言葉が頻出する。しかし牧野は、それらのイメージの連結を、意図的にずらしながら用いているため、いくら読み解いても、腑に落ちる解釈にたどり着かないのだ。

しかし、そのなかでも「ガラス」は、初期の牧野の詩意識を明確に表している象徴だといえるだろう。

ガラスの道を音たてずに歩く習慣をやめよう（「破れた靴下」）

ガラスの上に刺繍がなされ
ペンは軟体動物を料理した（「象牙の雑草（透明が糊屋である……）」）

「ガラスの道」を「音たてずに」歩いても何も起こらない。「ガラス」を破ることで、牧野は、「習慣」化された現実から脱することができる。

詩は読む人の「解釈」によって、新たな「意味」が与えられる。これは言い換えれば、詩は読まれるたび、「無意味」から遠ざかっている、といえる。

「象牙の雑草（博物館の腰部は……）」には、「航路は骨格を露にして」という表現があったが、ここでは「軟体動物」となり、「骨格」が失われている。「象牙」とは、「骨格」が身体の外側に露出する唯一の部位である。「象牙の雑草」という表現からは、「骨格」が朽ちてゆく光景が想像できるだろう。言葉が「骨格」、つまり「形」を失えば、それは「無意味」になるのではないか――これらの詩からは、そのような実験的な思考が読み取れないだろうか。

牧野は一九三八（昭和十三）年に「夏のエスキイス」を書いているが、これは彼の作品のなかで唯一の散文詩である。この頃に散文詩を書いていることからも、当時牧野が、「詩」の「形」を問題にしていたことが読み取れる。詩が「言葉」の形を保ったまま「無意味」になることを望んでいた牧野は、その方法を模索する。

硝子の形態があふれて
新しい友人の旅行が流れた（「静かなる室」）

この二行は、牧野特有の難解さは残っているものの、これまでの詩にはなかった「静けさ」が感じられる。「形態」が「壊れて」ではなく、ここでは「あふれて」いる。「言葉」が「形」を残しながら「あふれて」いるのだ。

そして「言葉」は、ただ静かに「流れ」ている。言葉が「言葉」のまま、「無意味」になる状態こそ、詩における完全な「美」なのではないか——この詩はその問いの一つの解答であり、牧野の詩作の転換点となる。

また、「友人」が出てきたことは、重要な変化である。喜多照夫は、牧野の初期の詩について、「どこをどう探しても人間がいない。人間をあまり好きになれない詩人を思い浮かべる」（「ひつそりとそれさへも道である——牧野虚太郎の世界」[4]）と述べている。これまで牧野は、「破壊」によって、言葉の「無意味」を目指していたが、そこに「破壊」を行う主体は見えなかった。しかし、「友人」とは「私」との「関係」においてあるものであり、「静けさ」もまた、「関係」において生まれる。「静けさ」を感じ取る主体が、ここで明確に表現されている。牧野は、この「静けさ」の先に、「言葉」そのものの「美」の匂いを、確かに感じ取ったのだ。

牧野の詩作は、「意味」の破壊を、「言葉」によって行わなければならない、という矛盾から始まった。しかし、詩が人間によって生み出される限り、その言葉が「無意味」になることはできない。では、詩を書く主体すら存在しない状態が、本当の「美」なのではないか——ここから牧野の「破壊」の対象は、「現実」の「意味」から、「私」の「意味」に移行してゆく。

詩の中に「私」という言葉を使わなくても、「私」は必ずそこに在る。牧野は、必然的に表されてしまう「私」すらも、「言葉」によって「破壊」しようとする。しかし、牧野の死は「自殺」であってはならなかった。なぜなら、誰にも見られない「自殺」は、詩を書いていたという事実までも、なかったことになる可能性があるからだ。牧野は生涯「詩人」であり、あくまで「言葉」のなかで、「美」を求めた。

詩を書く「私」がいなくなるためには、詩の中で「私」が殺されなければならなかった。この発想が、後期の牧野の詩篇の根幹をなしているといってもよいだろう。以降の牧野の詩作は、「あなた」と「私」の「位置」を定めるところから始まる。

第二節 「詩」への復讐——「静けさ」の不可能性について

これまで述べてきたように、牧野は、現実の「意味」を詩の中で「破壊」し、「無意味」を目指すことで「美」を認識しようとした。しかし、「無意味」には、詩を書く「私」すら存在しないのではないか——詩における「美」を求め続けた牧野に、新たな疑念が生まれる。「静かなる室」でたどり着いた「静けさ」とは、「無意味」の「前兆」であった。しかし牧野は、その先に至る術を持たなかった。「静けさ」とは、詩的技巧による表現の「限界」であったといえるだろう。
　ここから彼は、詩のなかで、自ら「静けさ」を「創造」し、その「破壊」を行う。それは、ただ「反復」しているような、一人遊びをしているような、意味のない行動に見える。しかし、それでも詩作を続けるためには、この境地に、新たな土壌を作らなければならなかった。

沈黙が破られて一杯の水がくまれ
泡沫の中に鏡の態度が迫る
透明を遠く呼びながら
みづからを越えて
胎動の新しさに出発した

あなたの細い時間を返して
高い道を歩く
すべてがすべてに倒れ
噴水を集めては転落の日を数へてゐた

私は静かに黎明を繰つてゐる（「象牙の位置」）

牧野は、静かに「流れ」てゆく「言葉」を汲んでおける場所を、詩のなかに作る。「水」が溜まってできた「泡沫の中」には、「鏡」に映る主体と向き合おうとする「態度」がある。牧野の詩に、明確に「私」という言葉が用いられるのは、この詩が最初である。「象牙の位置」は、現実に生きる「私」の「位置」を、詩のなかに定めた作品と言えるだろう。

しかし、「私」だけでは「静けさ」を生み出すことはできない。本来、音のある場所で、音がしない状態が、静寂である。「私」と「あなた」の「位置」を定めることで、詩のなかに「透明」な「静けさ」を生み出すことができる。牧野が詩を書き続けるためには、まず「あなた」と「私」の「関係」が必要だったのだ。

「噴水を集めて」という表現には、底の見えない空虚さを感じる。汲み続け、噴き出した言葉を、再び「集め」る。それは、「すべてがすべてに倒れ」るように、意味のない「反復」であった。そしてその先には「転落の日」がある。牧野が目指していた「美」が、ここで「終わり」の地点として描かれていることが読み取れる。

「あなたの細い時間を返して／高い道を歩く」「私は静かに黎明を繰つてゐる」という表現からわかるように、牧野は「私」と向き合おうとする一方で、自ら極めた表現の「高み」から言葉を紡いでいる。「あなた」と「私」の「位置」を、詩のなかに置く行為は、「黎明を繰」るようなものであり、決して容易ではなかった。

臆病な象徴を過ぎ機械の肩をすぎ
破壊の発明を超え夢幻の股をこえ
糊屋の粗雑な遠近法が呟かれた
顔だらけの顔
そして親切な憎悪が出発する
許容されぬ余剰林檎
そして硝子の嘘偽はもはや説明出来ない（「色彩の報告」）

牧野が信じた「詩」は、彼を出口の見えない「反復」に迷い込ませる。「すべてがすべてに倒れ」「顔だらけの顔」という表現からも、この辺りの葛藤が見えるだろう。表現の「高み」から、自らが苦悩する「反復」そのものを、ただ機械的に描き続けることしかできなかった。

そして、この時点で自身の「詩」に対して「憎悪」が芽生えていることに注目したい。いままで見てきたように、「硝子」は牧野にとって重要な象徴であった。しかしここでは、「説明」不可能な「嘘偽」が生まれている。

見給へ　透明の無意識な余韻を
その唯一の軽蔑

その仮設ある肉体
やがて走法が空間を窓の外へと束縛した（同）

牧野が目指した「美」は、「私」すら存在しない「無意味」のなかにあった。

さて、「無意識」に存在する「美」を、「意識」するまでの過程が「詩作」である。すなわち、私の「無意識」に沈んでいる、「無意味」なものを、言葉によって取り出し、意識するために詩が存在する、と考えると、牧野が目指した「私」不在の「美」というものは、本来、詩においては実現不能ということになる。

「静けさ」を創り出すための「あなた」と「私」は、詩の中に「仮設」することしかできない。なぜなら詩において「静けさ」を実現するということは、根本的に矛盾しているからである。ここから牧野の詩は、「反復」のなかで、より難解になってゆく。

第三節 「あなた」への復讐——詩人の「暗闇」について

高踏派の詩人・テオフィル・ゴーチェは、『モーパン嬢』のなかで、「ぼくにとっては下界も天国に劣らず美しい。ぼくは均整ある形象《フォルム》を美徳と考える（略）生れてこの方、瓶の形ばかり気になって、中身の品質を考えたことがない。たとえパンドラの箱を入手しても、ぼくは蓋を開けなかっただろう」（9

章「〈ダルベールから友人シルヴィオ宛書簡　7〉」[5]と書いている。「美」は、追及すればするほどきりがない。「美」をいくら追及したとしても、では何が美しいのか、美しいと考える「私」が美しいのか、この「言葉」が美しいのか、「無」こそ美しいのではないか、と思索は深みに迷うばかりである。すなわち、内面的な「美」を追い求めれば追い求めるほど、「美」というものの「虚しさ」を自覚せざるを得ない。

ここでゴーチェは、「美」をあくまで、「形態」の完璧というところに求めている。すなわち、その「美」の中身については、あえて問わないという在り方をしているのである。そして、これこそがゴーチェが見出した、「美」に対する「正解」であった。「美」の中身を問わず、「形態」のみを問うということ、この態度を保持したからこそ、ゴーチェは生涯、詩を書き続けることができた、と言えるだろう。

一方若き牧野は、本当の「美」とは何か、「形態」だけではない真の「美」とは何か、ということを問うていったがために、「形態」そのものすらも「破壊」せざるを得なかったのである。

ゴーチェがなしたことは、「美」を形式化することであった。同時にそれは、「私」を記号化するものでもあった。なぜならそこで「私」は、「美」を実現するための一つの道具となるからである。ある意味でそこでは、主体の「無意味」化、全てを「美」へと貢献させる道具にすることが成立しているといえる。

ところで牧野は、「私」を「無意味」にする、というモダニズム詩を超えて、「無意味」そのものを表現することを目指していたのである。すなわち、主体を「美」のための道具にするだけではなく、全世界を「美」のための道具にすることを目指していたのである。必然的に「意味」や論理や世界そのものを破壊する方向に、彼は向かっていかざるを得なかった。彼は完全な「美」を求めるためにも、本当に「無意味」なものを描こうとせざるを得なかったのである。

埒外の招待に裸体がある
透明ないきものの制約に孕まれて
復讐の樹蔭は晦渋を祝ふといふ（「葉脈と時間」）

「裸体」はギリシャ彫刻や、裸婦画にあるように、生命の純粋な「美」の象徴であろう。ここで牧野は、その「美」の象徴を「埒外」に見ている。「無意味」なものとして描いたはずの「美」は、「外」にある現実によって「意味」を与えられる。現実の「外」（＝「埒外」）を書いたと思いきや、その「埒外」に「裸体」（＝美）があるのだ。

すなわち、いくら世界の理からずれた「美」を描き得た、と信じたとしても、「意味」を持ってしまうのである。それこそが彼のいう、「透明ないきものの制約」ではないだろうか。

人間に無意味な器官がないように、世界にもまた無意味なものはない。言葉にも無意味なものはない。完全に「無意味」な「美」を実現しようとしたとしても、それが世界の「外」にある、というまさにそのことによって、世界に孕まれてしまう。それが「制約に孕まれ」るということなのではないだろうか。

このような言葉の宿命を前にして、牧野には何ができただろうか。ゴーチェがそうであったように、「反復」のなかで美しいものの形態だけ書き続けるという道もあっただろう。「美」の内実を問わず、

「美」の外側だけを描き続ける。すなわち、これが世界を無意味化できているだろうかという問いを、自らに問わないという道もあったのだろう。

しかし、牧野はその逆の道を行ってしまう。この現実が意味を与えてくるなら、現実を壊したい。そしてそのような現実を「私」が認識するなら、「私」をも壊さなければならない、というように破壊の徹底化を行うのである。牧野の詩が初期から中期にかけて晦渋さを増しているのは、その「復讐」の矛先が、詩を書くことそのものへと向けられていっているからである。

さゝやかな描線の窓をあける
海のない投資をふくよかにならべる
唯一のナイフが遥かなる祭典を集めた（「喪失の彼方」）

「さゝやかな描線の窓」は、「静かなる室」の「窓」のことではないだろうか。それを「あけ」ると、「唯一のナイフ」が置かれている。この「ナイフ」は一体何を意味するだろうか。

詩において「あなた」と「私」を記号的に置くものが抒情詩だとしたら、それはどこまでいっても「意味」に回収されるため、牧野の目指す「美」は実現されない。そこで「あなた」と「私」を殺す武器が必要になる。それこそが「ナイフ」ではないだろうか。「あなた」と「私」の間に「静けさ」を生み出すこと、これが今までの牧野の詩であったが、これは完全な「美」ではなかった。本当の「美」とは、「あなた」も「私」もいない完全な静寂のことだった。だからこそここでは「唯一のナイフ」、「あなた」と「私」を殺し尽くすための武器が必要とされたのではないだろうか。ここから牧野は、誰もいない世界を描き始める。

ふくよかなナイフに屈した陰影
静謐は湖水を渡る
あへかなるナルシスの伝説に
やがて帰らぬ抽象の夢がつゞいた
（略）
裸体にふれるはじらひの独楽を作った（「遥かなる測量」）

「ナイフ」によって「あなた」と「私」を殺して、「誰もいない世界」を作るためには、まずは「あなた」と「私」の「位置」を明確にする必要があった。

「ナルシスの伝説」とは、水面に映った己の姿に恋し、一凛の水仙の花と化した「ナルシス」という男を描いた神話のことである。すなわちここで牧野は、詩を書き続けた己の本質と向き合わざるを得なくなっているのだ。

牧野が詩において繰り返してきた「反復」は、ここで「独楽」として表れている。だがここで重要なのは、「独楽」がただ回るためだけではなく、「あなた」の裸体、「あなた」の「美」に触れるために作られていることである。すなわちこの詩の「あなた」は、仮設された偽りの「あなた」ではなく、「はじらひ」を覚える「あなた」なのである。ここで初めて「あなた」が抽象ではなく、触れられる実在として描かれている。だがそれが描かれたのは、牧野にとっては「あなた」を殺すためだったのである。「独楽」の回転は、いずれ停止する。ここから「反復」は、「終わり」に向かってゆく。

いつか閉ざされた窓へ帰り
ランプに近い道が与へられてゐる（同）

詩に描くべき「あなた」の姿が見え始めた牧野は、あの静かな「部屋」に帰る。すると、そこには新たな「道」が与えられている。「ランプ」は遠く先までは照らせない。どこに続いているか分からない「道」が、ふと「部屋」に現れている。

湖水にちかい森の
清潔な誓のなげられたあたり
髪を伏せ　遠い肌に
素足のやうな眠りがいとなまれてゐる（「碑」）

牧野は晩年、周囲の人間との関係を断っていたという。このあたりから、現実の人間関係も削除の対象となっていったのだろう。この詩には、明確に他者の「身体」が描かれている。「静かなる室」の

「友人」には、触れることができなかった。「ランプ」の灯る「暗闇」に立たされた時、牧野ははじめて「あなた」を美しく創造することができたのだ。そして、「あなた」を創造すること、それはすなわち「あなた」を消すためであった。

いつか路につらなり
言葉の彫琢につきそはれて
玻璃のかなしい時をあけ
雲のやうな庭をとほり
郷愁の傷かぬがまゝに
うたは遠くなつていつた（同）

一歩一歩、階段を上がるように、「あなた」を描き出してゆく。「彫琢」「玻璃」といった言葉は、高踏派の詩を想起させる。しかし、先に述べたように牧野は、高踏派的態度に留まろうとしない。「反復」の中で繰り返されるだけだった「うた」と決別する。するとそこには、「独楽」の回転が止まったように、「静止」が訪れる。

もはや波もおこらず
あなたの指にかぞへて

ニンフの恋のかたみにいくどかまねかれてゐた（「独楽」）

「もはや波もおこら」ない場所に、「ニンフ」を見る。一人で「復讐」するだけであった牧野の「言葉」が、「他者」に届くことはなかった。しかし、ここで見た「あなた」だけにはそれが届いてしまう。詩のなかに「仮設」することしかできなかった「あなた」が、ここからは明確に「身体」をもって描かれる。そして「あなた」は、時間すらない「静止」した世界で、牧野を「まね」く。

掌

はかなく構へ
その路をしめす白い肩には
しばらくの虚無が影をとどめてゐた
かなしい肌理がほどよく詐つてゐる
かすかに醜をくりかへし
指呼の間をくりかへし
よびかはす神の言葉をくりかへし
ふくよかな影の
やがてランプに

そのゆくさきはととのひ
五つの層に悔ひをつたへて
いくへにもはかなく
遠い黄昏をさめてゐた

牧野はここで、完全な「美」に向かう準備を完了させる。「路」は「あなた」の「白い肩」によって、「しめ」されている。ここで「くりかへし」と言われているのは、牧野の詩作のことではないだろうか。「よびかはす神の言葉」とあるが、ここで「あなた」でもない「神」の存在が出てきている。「あなた」によって「ゆくさき」は「ととの」えられ、牧野はその「路」の先の暗闇を、「神」と呼んだのだ。

「掌」は一九四一（昭和十六）年に発表されたが、同時期に牧野は「鞭のうた」「花」「復讐」「神の歌」「聖餐」の五編を書いている。「五つの層」とは、これらの詩のことであると推測できる。五編の詩によって、「遠い黄昏」のような「終わり」が、美しく描かれてゆく。

第四節　「神」への復讐——「無」を語る必要性について

一九三九（昭和十四）年に「フルーツ・ポンチ」という詩が発表されている。この詩には、「肩」「ナイフ」「ランプ」「白」「鞭」など、後期の詩篇に繋がるイメージが散りばめられている。

秩序の股にナイフを置くと
やがてかど〳〵のランプのともりが
植物の約束をやぶいて
幼猿の腰をまはるく通りすぎた

鮎川信夫は、「幼猿の腰をまはるく通りすぎた」という表現について、「感覚を用立てる詩人の術数のかぎりない奥深さをみるようで、鳥肌が立つ思いがする」（「虚太郎考」[6]）と評価している。確かにこの詩は、洗練された技巧の上に成り立っている。牧野の中期の作品のなかで、「フルーツ・ポンチ」は異質な輝きを放っていると同時に、それまでの詩の文脈だけでは、読解しきれない難解さがある。「ナイフ」は現実の「秩序」を「破壊」するためにある。そして、意味を破壊していった先に、「ランプ」がある。ここまでは、「喪失の彼方」から「掌」に至るまでの内容と共通している。しかし、「ランプ」は何によってそこに置かれているのか、何を灯しているのか、といったことまでは語られていない。むしろこの地点ではまだ、その先を描けなかったといったほうが正しいだろう。だから、「植物の約束をやぶいて／幼猿の腰をまはるく通りすぎた」というふうに、対象を曖昧にせざるを得なかったのかもしれない。

後の詩篇は、「フルーツ・ポンチ」では、到底語り得なかった世界を描いている。これから読んでいく五編の詩は、間違いなく、牧野の技巧の到達点と言ってよいだろう。

鞭のうた

ひつそりとそれさへも道である
白くにほつてゐる
たたかひをいどむときも知らず
さては断層のきざはしともならず
神にあらふ
さうして黙示のひやゝかな愛となる
しばらくは曲ることもない
ときぢくのよるべなさ

「道」は、「ひつそりとそれさへも」「白くにほつてゐる」。当然、現実の「道」ではない。それは「たたかひ」（＝第二次世界大戦）とも関係なく、「きざはし」（＝つながり）を作るためのものでもない。ただ「神」に至るための「道」である。

「ときぢく」とは、『古事記』に登場する果実のことで、食べると不老不死になれると伝えられている。「ときぢく」は漢字で書くと、「非時」である。この詩の「ときぢく」は、牧野がたどり着いた場所が「時間すらない場所」であることを表している。牧野は、巡る世界が「停止」した先に、「神」としかいえない「暗闇」を見た。目指していた「無意味」の領域に、極限まで近付いていることが読み取れる。

ここで注目したいのは、「ときぢく」が「しばらくは曲ることもない」と表現されているところである。「しばらくは」となっていることから、「ときぢく」はいつか「曲」り、摘み取られてしまうことが想定されている。「停止」した世界が、また動き出してしまうのではないか、という「よるべなさ」がある。

花―新井ふみ子氏の画に―

その庭のちいさなギリシヤから
淡々と　きやしやな抵抗が作られ
み知らぬはぢらひが訪れた
それからあなたの純潔
それからあなたの追憶
ひつそりと影がきて
一瞬
白い罪を犯したやうな

「道」の先には「庭」があり、「あなた」がいる。そして「あなた」は「抵抗」し、「はぢらひ」を覚えている。ここで「私」は、詩の中に「仮設」することしかできなかった「あなた」に触れられる位置にいる。

ここでふと、「影」が現れる。この「影」は、「私」でも「あなた」でもない。「静止」した時間は「一瞬」だけ揺れ動き、「白い罪」を自覚する。

復讐

ランプをあつめれば
あなたの喪章につゞいて
哀しい鏡と
静かにをかれた影がある
ことさらの審判に
私のナイフはさびて
つづれをまとふた影がある
誰もゐないと
言葉だけが美しい

「あなたの喪章」「私のナイフはさびて」という表現から、ここで「あなた」と「私」は、既に死体となっていることが読み取れる。

「誰もゐないと／言葉だけが美しい」――この地点こそ、牧野が進んできた「道」の「終わり」であり、完全な「美」といえる。牧野は「無意味」を、言葉によって表現することに成功する。

しかし、ここで更なる矛盾が生まれている。「誰もゐないと／言葉だけが美しい」と言っているのは誰なのだろうか。「私」でも「あなた」でもない存在がなければ、「誰もいない世界」を語ることはできない。つまり、突如として現れた「影」が語り始めている、ということになる。

牧野は「復讐」を最後に、詩作を終えることもできたのだと思う。しかし、牧野は「私」でも「あなた」でもない存在の「影」を見てしまう。

ここから、「暗闇」であった「神」に触れるための詩作が始まる。

神の歌

水の悔恨がたへまない
いくへにも遠く　孤閨がえらばれて
にくたいが盗まれてゆく
ほのかに微風にもどり
かすかなもの　愛にうたせて
しづかに彫刻の肌をさめてゐた

たへて醜《しこ》をくりかへし
神の
さぐれば　かなしく
まねけば　さすがにうなだれて

「私」のいる世界を滅ぼしたとしても、その世界を創り出した「神」だけは否定できない。「神」は「あなた」と「私」の「にくたい」を「盗」み、そして「風」を吹かせる。ここでは、新たな世界の「始まり」が描かれる。ここで牧野は「神」の視点で、詩を書いている。そうすると、「誰もゐないと／言葉だけが美しい」と言った「影」を、「神」の「影」として読むことができるだろう。「暗闇」から、「神」の「影」を「彫刻」するために、「神」を「さぐ」り、「まね」く。しかし、当然それは無謀な行為であり、「うなだれ」るしかない。描いてはならない「神」を描こうとしてしまったことが、牧野の挫折であり「罪」であったのだ。

ひとりひとりの純潔にはじまり
ゆたかな邂逅が掌をめぐつてゐる
約束にもたれて水をきり
一てきをとほく
かたみの鞭にながら

かすかな歴史の肌となる――（「聖餐」）

この詩を書いたとき、牧野は既に病床に伏せていた。「ひとりひとりの純潔にはじまり／ゆたかな邂逅が掌をめぐつてゐる」という詩句は、自らの「死」を悟ったように書かれている。「ひとりひとり」とは、鮎川や中桐雅夫など、かつての友人のことのようにも読み取れる。

「一てきをとほく」投げたら「歴史の肌」になる、ということは、ここで「私」は「歴史」の「外」にいる。「ゆたかな邂逅が掌をめぐつてゐる」とあるように、自らの記憶さえも、自分の「内」ではなく、「掌」にある。ここでは「神」も「私」も、世界の「外」にあるのだ。

ハイデガーが極めて重視している詩人の一人であるトラークルは、「魂は　地上では　異郷のものだ」（「魂の春　Ⅱ」[7]）と書いている。詩人が生まれついたこの「世界」は偽りである。つまり詩人は、生まれつき「異郷」のものとしてこの世界に生まれ、真の故郷を求めるよう宿命づけられている、と考えるのだ。そして真の故郷を求めるべく、新しい「世界」を創る。言葉によって「世界」を創建する、というのが、ハイデガーがトラークルに見出したテーマである。

牧野は詩によって「現実」を、そして「詩」を「破壊」しようとした。それは、帰るべき「世界」が、どこかに在ることを予感していたのかもしれない。

さて、牧野の詩作における問題は、現実の「無意味」化から、主体の「無」化にまで変化してきた。詩を書く「私」を、詩の中でなくすことは可能かという問いは、「神」と同じ視点に立ち、新たな「世界」を創造することによって、解決されるはずであった。しかし、人間が「神」と一体になることは、当然不可能である。

静かに風が吹いてゐた
小さな悪をとざす神の怒りから（「聖餐」）

「風」は、詩人が帰るべき「世界」から「静か」に吹いていた。牧野にとって「無意味」を語ることは、「神」の姿を描くことと同義であった。「神」の姿を描くということは、それを描く「私」が在るということである。「私」が「神」を言葉にしたとき、「神」は「暗闇」となって「私」の前に現れ続ける。「無」を描くことはできない。しかし、詩人は「無」を語ることができる。牧野が残した詩は、戦後の鮎川や中桐ら荒地派の詩人に、確かに影響を与えている。「無」を愛し抜いた牧野は、戦後詩人が本当に「無」になってはならないということを、ひそかに伝えていたようにも思える。

現代の詩人やアーティストは、「意味」によって「居心地の良い世界」を演出する。「無」に向かうことは「不安」であり、そこから逃れたいと思うことは当然である。しかし、「意味」は常に揺れ動いていて、「無意味」よりも不安定なものである。「意味」によって「無」を見ないという態度をとるのではなく、「無」の前に立たされる「私」を見つめるべきである。

「無」の前にとどまってはならない。それは、「瞬間」でなければならない。「無」は「瞬間」であるからこそ「美しい」のだ。「無」の果てまで行き着いた牧野の生涯が、私たちにヒントを与えている。静かな暗闇のなかで、彼が「風」と呼んだものを、私たちが「美しさ」と名付けなければならない。

注

1 西脇順三郎『超現実主義詩論』荒地出版社 一九五四年 一二八頁

2 『牧野虚太郎詩集』鮎川信夫編 国文社 一九七八年 四四頁

3 同書 五五頁

4 『現代短歌』第六三号 現代短歌社 二〇一八年 一二三頁

5 ゴーチエ『モーパン嬢』(下) 井村実名子訳 岩波書店 二〇〇六年 三〇〜三一頁

6 『牧野虚太郎詩集』五一頁

7 『トラークル全集』中村朝子訳 青土社 二〇一五年 二六二頁

論考　あふれる邂逅にむけて——牧野虚太郎論

内藤翼

本稿の注は550頁以下に示される

牧野虚太郎（本名・島田實）は、戦後詩を牽引した詩誌『荒地』の同人である鮎川信夫や中桐雅夫らに影響をあたえた人物として、わずかに歴史に名をとどめている。

この詩人についてわかっていることは、ほとんどないと言ってよい。一九二一（大正十）年に生まれ、一九四一（昭和十六）年八月に病没した。約二十年の、短い生涯であった。

牧野は『荒地』の前身となった雑誌『LUNA』（のちに『LE BAL』、『詩集』と改題）の最初期からのメンバーだった。同じく初期同人であった衣更着信「ルナ・クラブの人たち1　牧野虚太郎と「鞭の歌《ママ》」」によれば、一九三七（昭和十二）年八月に刊行された『LUNA』第五輯には、島田實名義で「竹馬物語」と題した詩が掲載されていたという。[1] そのほか、北園克衛が手がけた『VOU』や、当時の有力な文芸誌『文芸汎論』に詩を掲載していたが、すべてを合わせても二十篇程度の、極端な寡作であった。

初期から晩年にいたるまで作風は極めて難解で、読み解くにあたっての手がかりとなる日記、散文のたぐいも発掘されていない。人となりもまた捉えがたく、近しかった『荒地』の詩人たちの、牧野を回顧する文章を読んでみても、どうにもつかめないところがある。同じく『荒地』前夜の詩人で、戦時中にビルマで病死した森川義信と共に語られることが多いのであるが、こちらは香川県産まれの、体格の良い朴訥とした好青年だった。鮎川は、森川の人柄をよくしめす、次のようなエピソードを書き残している。

第一回の東京ルナ・クラブの会（昭和十三年四月十七日）が失敗に終って散会したあと、森川と連れ立って銀座に出たときのことである。会合が窮屈で、沈滞した空気のまま終了したことに、私はすっかり不機嫌になっていた。

どこをどう通って銀座に出たのかは覚えていないが、途中、道を歩きながらでも、私はむしゃくしゃするままに、出席者に対する不満をしきりにぶちまけていた。どこへ行くという当もなく街中をほっつきまわったわけだが、彼は、そんな駄々《ママ》っ子のような私と肩を並べて歩きながら、うん、うん、と頷くだけで、ほとんど何も喋べらずについてきてくれたのである。

そして、たまたま果物屋の前を通りすぎると、彼は不意に足をとめ、身をひるがえして店内に入っていった。唐突な彼の動作にびっくりしていると、やがて彼は、大きな林檎を二箇買って出てきた。そして、そのうちの一箇をわし摑みにして、上衣の胸のあたりでごしごし擦って光らせてから、黙って私のほうに差し出した。

それを受けとったものの、私は、咄嗟にどうしていいかわからないような戸惑いを感じた。彼は、残った一個《ママ》を同じように擦って光らせると、委細かまわず歩きながらそれを噛じりはじめた。（略）

それは、森川の野育ち的な一面が不意に現れたのだともいえるが、私には、どうもそれだけだとは思えなかった。やはり、彼は、私を慰めようとしたのだと思う。（「詩的青春が遺したもの」[2]）

森川はのちに、鮎川の戦後詩を代表する傑作「死んだ男」のなかに「M」として登場する。彼には詩情を託しうるような、輝かしい青春時代の象徴とするに足るような美質がそなわっていた。

なお、先の「第一回の東京ルナ・クラブの会」は、牧野が鮎川に開催をもちかけたもので、後にもふたりは幾度か会合をもっているが、それから約ひと月経ったころ、「LUNAにゐることは絶対的に不可能なことになったと通知して」（鮎川信夫「日記 I」[3]）同人から脱退してしまう。その理由も「詩と言ふものよりも詩人と言ふものを考へ、詩人を否定した為に詩も自然と否定されてしまった」（同[4]）という曖昧なものであった。詩においても、私生活においても、牧野は他者の侵入を容易には認めなかった。「「作品こそすべて」と言いうるような無二の詩人」（同「虚太郎考」[5]）だった。

ここからは実際に、牧野の詩篇を見ていこう。本特集では、発表年の古いものから順に作品を掲載しており、年ごとの牧野の歩みが確認できるようになっているが、初期の詩篇、たとえば「象牙の雑草」や「破れた靴下」などと、最晩年の「復讐」や「鞭のうた」を比べてみると、一読して明らかな違いがある。前者は悪ふざけにも似た言葉遊びに終始しているが、後者では、ひとつひとつ選びぬかれた言葉によって静謐な空間が生みだされている。死が近づくにつれて、作品の質が変化したのである。一九三九（昭和十四）年十二月発行の『LE BAL』第二二輯の後記に、「牧野は肺炎で入院したといふ中桐の報告でビツクリさせられた季候のセイだらうと云ふ[6]」と鮎川は書いている。徐々に蝕まれていく自己の命と対峙するうえで、従来の詩風を捨てざるを得なかったのだろう。

しかしひとつひとつの詩を詳細に読んでいくと、「復讐」や「鞭のうた」が何の前ぶれもなく誕生したのでないことがわかる。牧野は一回一回の詩作を通して自己の内奥へと降りていった。その道筋をたどってゆくことが、本稿のねらいである。

まず、牧野の初期の詩意識がどのようなものであったかを確認しよう。

破れた靴下

アパートの屋上にはアスピリンがほしてある
恋愛は大声で歯を磨くに初まるとの事
コツプをわることを覚えた若い詩人諸君よ
ために咽喉を透明なシヤボンで洗ひ給へ

猿のなやみは三本の毛に止まるのですが
ハンカチイフ・パアテイは目下開催中である
むかれたリンゴの皮だけを残して
後はパラフイン紙に包みたいと思ひますよ

神妙なカリカチユアは天国行チイケツトである。
所で我等が教授連は朝風呂が大好きで
プレンソーダの如く変装を好むべきだつたのですが
やむなくネクタイ一つをして
水晶細工のサムライ達の直線を駈け上つた

シヤボンが木の葉の様に駈ける
一つ公開ラブレター朗読会をやつたら
さしづめ階段は感覚の最低でありませう。

破れた靴下が破れたシステムを覗いてゐる
教会の鼠はあまりにおしやべりな存在である
ために牧師はブリキの様におとなしかつた

反対し給へ、晴雨傘に分別を与へたまへ
若い詩人諸君
この様に時勢は低空飛行を試みてゐるが
インクの道は木の葉の道ではないだらうか

派手な幼稚園といふ意味に於て
僕等は
ガラスの道を音たてずに歩く習慣をやめよう

行と行とが論理的につながっているタイプの詩ではない。「歯を磨く」から「コップ」へ、「コップ」（うがい）のイメージから「咽喉」や「シヤボン」へ、といったようなイメージの連鎖と飛躍が、この詩の成立の一要素となっている。

「アパートの屋上にはアスピリンがほしてある」などの一行は、シュルレアリスムの技法によって書かれている。日本におけるシュルレアリスムの紹介者であった詩人・西脇順三郎は、一九二九（昭和四）年刊行の『超現実主義詩論』のなかで、詩において現実を変形させる方法のひとつとして「習慣即ち人間の心理上、知識上、形式上の伝統を破ること」を挙げ、「これがためには連想として最も遠い関係を有する概念を結合するのである」と述べている。西脇は続けて「現代のdadaistesや超自然主義者の詩にはあり余る程この方法が使はれてゐる」[7]と書いているが、この指摘は「破れた靴下」にも当てはまる。薬品である「アスピリン」が、まるで衣類のように「アパートの屋上」に「ほしてあ」ったり、「大声で歯を磨く」ところから「恋愛」が生じるような異様な光景が多く描かれている。「西脇順三郎の「輪のある世界」や武田忠哉の「ノイエ・ザハリヒカイト文学論」を読んでいた」（「詩的青春が遺したもの」[8]）という牧野は、数々の書物から最新の文学理論を学び、自作に応用していたのだろう。

鮎川信夫は日記のなかで、本作を「少し統一を欠いた嫌ひがあるが、失敗といふほどでない。水晶やシャボンや硝石などの向ふ側にサタイア嬢がちらちらスカートを飜へしてゐる」[9]と評している。「破れた靴下が破れたシステムを覗いてゐる」「この様に時勢は低空飛行を試みてゐる」などの箇所に、鮎川はサタイア（風刺）を読みとったのであろう。

「破れた靴下」の発表された一九三八（昭和十三）年は日中戦争のさなかであり、同年一月には近衛内閣が、国民政府との和平交渉を打ちきることを宣言していた。いわゆる第一次近衛声明である。さらに同年三月、南京事件を題材にした石川達三の小説「生きてゐる兵隊」を掲載した『中央公論』が発禁処分を命ぜられた。権力による文学の統制が始まりつつあった。国家という「システム」は「破れ」て暴走をはじめ、「時勢は低空飛行を試みて」いた。こうした重苦しい時代状況のなかを「シヤボン」や「木の葉」のように軽やかに漂い、舞うことが「若い詩人諸君」の「インクの道」ではないのか――「破れた靴下」は、緊迫した世界情勢下における若き詩人のエスプリ、知的抵抗と読み解くことも可能な作品である。

しかしどれほどウィットに富んでいても、あるいは言葉のうえの面白さに満ちていても、時代と個人との命がけの戦いからはほど遠く、どこか遊戯的な側面を有していた。この傾向は牧野だけでなく、鮎川ら他の『LUNA』同人にも共通していた。

『LE BAL』同人で、戦後『荒地』を代表する詩人となった田村隆一は、若き日の詩作態度を次のように回想している。

ぼくは『ル・バル』と『新領土』に、かなりたくさんの詩（?）を発表したが、いずれも習作の域を出なかったものだし、自分でも「詩」を書くという意識がきわめて稀薄だった。ただ、日本的な語法、日本的な抒情と論理を殺戮することが、知的な快感というよりも、もっと原初的な、いわばぼくの生理的な快感にうったえたのである。日本の、七・五を基調とする伝統的な詩歌はもとより、朔太郎、光太郎といった前世代の詩人たちの作品にも、まったく興味をもたなかった。（略）当時、ぼくを「詩」にかりたてたものは、日本の文学伝統やその遺産ではなしに、また、精神の内的な要求、ある種のめざめといった知的な発条によるものではなく、ひたすら『大塚』という江戸末期の低俗な享楽を売物とする閉鎖的なアナクロニズムの世界から脱出したい、ただそれだけの衝動だったのかもしれない。［傍点原文ママ］（「10から数えて」[10]）

田村は、大塚の花街にあった「鈴む良」という料理屋の生まれだった。「池袋の二業地の芸者屋の息子」（「詩的青春が遺したもの」[11]）であった牧野のなかにも、田村と似た「衝動」が巣くっていたのではないか。幼少期から目にしてきた近世からの伝統の世界、閉鎖的な男と女のいろごとの世界に息苦しさを感じていた青年にとって、シュルレアリスムなどの海外由来の文学思想は、自分を未知の場所へ連れて行ってくれるものだったのではないか。

だが、「抒情」を排斥した「知的」な態度は、詩の没個性化を招いた。一九四〇年代前後の、急速に悪化していく世界情勢下で、誰もが自己と社会との衝突や葛藤を余儀なくされているにもかかわらず、そうした問題を無視した詩作を続けることに、ＬＵＮＡクラブの詩人たちは違和感を覚えはじめた。『LE BAL』第二三輯と第二四輯に掲載された、鮎川の論考「近代詩について」は、その思想を明確に打ちだすものであった。鮎川は、従来の抒情詩を「低級な人間の表現欲と、ありふれた経験主義を満足させせるに過ぎない」と批判しながらも、モダニズム詩のひとつひとつの言葉に対して「作者の強い目的とそれを価値づけるだけの思慮とをどうしても感ずることが出来ない」と疑問を呈し、「詩の本質的精神に対する、又外的世界に対する強靭性を絶えずテストしてゆかねばならない」と述べている。[12]

牧野の詩には、ここで鮎川が言うような「外的世界に対する強靭性」は見られない。彼の詩の「強靭性」はむしろ、「外的世界」から自己を守り抜く過程で生じた。LUNAクラブの大勢とは異なる、独自の道をたどるなかで固有の語彙を獲得し、一般的なモダニズムの詩からの脱却を果たしたのであった。

引き続き、牧野の詩の歩みを追っていこう。一九三九（昭和十四）年二月『LE BAL』第一九輯に掲載された「静かなる室」「象牙の位置」から、従来の「大声で歯を磨く」ような騒々しさとは異なる、静謐な雰囲気をまとい始める。これらは『牧野虚太郎詩集』刊行時には発見されていなかったが、後に北村太郎『ぼくの現代詩入門』にその一部が掲載された。[13]

作品に目をむけてみると、「肩に迫る輪のない噴水／それが受胎のまゝに呟かれ／涙一つその恒久性が拡大した」（「静かなる室」）「みづからを越えて／胎動の新しさに出発した」「あなたの奏する腰の雰囲気では／交差点が小さく響き／あなたの笑ひをすぎて／私の職業に涼しさが消える／出血の夜みなれない友を迎へた」（「象牙の位置」）など、「受胎」や破瓜に関するイメージが登場していることがわかる。「みづからを越えて」とあるように、新たな詩風への「出発」を新生に喩えたのかもしれない。

だが、「出血の夜みなれない友を迎へた」という処女喪失のイメージは、「受胎」や「胎動」から、やや逸脱する。「私」の純潔は失われ、「みなれない友」が内部に侵入してくる。果たして、「みなれない」

者を「友」と呼べるだろうか。あるいは「友」が「みなれない」姿になったのだろうか。

『LE BAL』第二〇輯に牧野去太郎名義で発表した「フルーツ・ポンチ」には、「大胆な愛情をかかへ／退屈な破爪《ママ》に液体を浸した」とある。「象牙の位置」では他者との結合に対する違和感が、「フルーツ・ポンチ」では幻滅が、それぞれうたわれているといってよいだろう。

そう考えると、「受胎」や「胎動」などの言葉も、自分が胎児となって「新しい出発」をはたすのではなく、むしろ他者の侵入による「受胎」、己の内部での何者かの「胎動」を指しているようにも思われてくる。

「静かなる室」「象牙の位置」が掲載された『LE BAL』第一九輯をもって、牧野はＬＵＮＡクラブに復帰した。すでに引用したように、「詩人と言ふものを考へ、詩人を否定した為に詩も自然と否定されてしまった」ことが離脱の理由であったが、おそらく不信を乗り越えたうえでの復帰ではなかったのだろう。鮎川によれば「けっして会合には出席しなくなって」おり、「厭人癖か自閉症か、私にはよく分らなかったが、彼は彼で、詩人として今までとは違った別な時間を持ちはじめていた」（「詩的青春が遺したもの」[14]）。

透明ないきものの制約に孕まれて
復讐の樹蔭は晦渋を祝ふといふ　（「葉脈と時間」）

『LE BAL』第二一輯に発表された作品の一部であるが、なかなかに込み入った意識が描かれている。

「制約」を孕むのでもなく、「制約」に孕まされるのでもない。「制約」は、まるで寄生生物のように、知らぬ間に内部に巣くっている。受けいれることも、排除することもできないなか、「樹蔭」は唯一の抵抗として「晦渋」（難解さ）を「祝」っている。

「制約」とは、いったい何を指すのか。牧野がこの時期（一九三九年十二月）に肺炎を患って入院したことは、すでに述べた。病状がどれほどであったかを明かす資料は、現在発見されていない。しかし、ここから二年を待たずに牧野は病没するのである。これを踏まえると、生命を蝕んでいく病こそが「制約」であり、知らぬ間に宿主を侵す「透明ないきもの」だと考えられるだろう。病と他者と――自己の内部に侵入してくる二つのものから、いかにして純潔を守りぬくかが、牧野の詩の重要な主題となった。

鮎川は「葉脈と時間」にふれるなかで、当時学生であった牧野には「短詩に没頭して、〈自己〉をつきつめ、芸術的完成をめざす心理的な余裕としての時間が、まだたっぷりあった」が、「それが自瀆に酷似した時間であることを、牧野は鋭く覚知していたにちがいない」（「詩的青春が遺したもの」[15]）と書いている。

一九四〇（昭和十五）年八月に『文芸汎論』誌上に発表された「遥かなる測量」には「静謐は湖水を渡る／あへかなるナルシスの伝説に／やがて帰らぬ抽象の夢がつゞいた」とある。意図するところをくみ取るのが難しい牧野の詩において、かなり率直に書かれた箇所ではないかと思われる。「ナルシス」はギリシャ神話に登場する美少年で、ナルシシズムの語源にもなった。澄んだ湖のような「静謐」な詩も、ナルシシズムが見せる「抽象の夢」にすぎないとした、自己批判が感じとれる。

一九四〇年に発表された作品には、「悔恨のニンフ」（「遥かなる測量」）「鞭もなくそしてドリアの肌もなく」「せめてものロマネスクな盗みに」「ニンフの恋のかたみ」（「独楽」）など、ギリシャ・ローマにまつわる単語がしばしばあらわれる。

牧野は、かなり早い段階からギリシャ神話にまつわる知識を有していた。一九三八年の「象牙の雑草（博物館の腰部は……）」中には「僕等はLETHEを縦にし時圭を二分した」という一行がある。「LETHE」は、ギリシャ神話上の忘却の河である。言葉の力によって、死者の国をとうとうと流れる「LETHE」さえも「縦に」できる。若い詩人の全能感がうたわれているといってよいだろう。ギリシャ・ローマ的イメージが、単なる形式的な表現を越えた、自己の内面と結びつくものとして現れてくるまでには、「象牙の雑草」から約二年の時が必要だった。

碑

湖水にちかい森の
清潔な誓のなげられたあたり
髪を伏せ　遠い肌に
素足のやうな眠りがいとなまれてゐる
距離がむなしくめぐり
いくとせか
樹々が傾ける青い窓に

影は身をかはかし
永劫にふれた指の
かたくなな表情にたほれてゐた
いつか路につらなり
言葉の彫琢につきそはれて
玻璃のかなしい時をあけ
雲のやうな庭をとほり
郷愁の傷かぬがまゝに
うたは遠くなつていつた

「遥かなる測量」と同じ一九四〇年の作品である。「ナルシス」「ニンフ」といった直接的な言葉はないが、石碑に刻まれた伝説・伝承のように動かしがたい世界が描かれている。現実を完璧に遮断した、清純な美の世界である。「言葉の彫琢につきそはれて」いった牧野の、ひとつの到達点といえるだろう。だが、「郷愁の傷かぬがまゝに／うたは遠くなつていつた」。詩が遠ざかっているのである。他者を拒み、現実を拒み、「言葉の彫琢」をつきつめていくことの限界を、牧野は自覚していたのではないだろうか。

一九四一（昭和十六）年三月、『詩集』第二六輯において、牧野虚太郎特集が組まれる。[16] 牧野はここに、「鞭のうた」「花―新井ふみ子氏の画に―」「復讐」「神の歌」「聖餐」の五篇を発表している。『LUNA』

や『LE BAL』『文芸汎論』に発表してきた作品に比べても、格段に質が高い。詩人・牧野虚太郎の総決算といってよい出来栄えを示している。

「花」の副題に名が挙げられている「新井ふみ子」は、おそらく同時期に活躍していた洋画家であろう。新井は一九三八年に発足した、二科会系列の前衛美術団体「九室会」に所属していた。一九四〇年三月に東京で開催された同会の第二回展に「壺によする花」を、[17]さらに同年十月から十一月にかけて開催された、紀元二六〇〇年奉祝美術展には「花」をそれぞれ出品している。[18]九室会第二回展には、西脇順三郎の教え子である詩人・瀧口修造も訪れており、[19]前衛志向の芸術家たちにとって注目度の高い展覧会であったことが伺える。牧野は、瀧口の詩を「難解のうちに入らないよ」(「若い荒地の詩」[20])と一蹴するほどの超前衛主義者であった。美術界の動向にも目をくばり、こうした展覧会に足を運んでいたとしても不思議ではないだろう。

「花」からなぜ副題が省略されたのか、経緯は不明である。だが、決して作品に現実を持ち込まなかった牧野が、実在の画家の名を堂々と記したことは注目に値する。

花—新井ふみ子氏の画に—

その庭のちいさなギリシヤから
淡々と　きやしやな抵抗が作られ
み知らぬはぢらひが訪れた

それからあなたの純潔
それからあなたの追憶
ひつそりと影がきて
一瞬
白い罪を犯したやうな

人工的な美の世界である「庭のちいさなギリシヤ」が脅かされている。「影」の「白い罪」は、おそらく「あなたの純潔」に関わるものだろう。

「あなた」とは、いったい何者なのか。「あなた」は「象牙の位置」にも登場するが、こちらが「私」の純潔を汚すものとして描かれていることは、すでに述べた。「花」における「あなた」とは、別の存在のようである。

『詩集』第二五輯で「碑」とともに発表された「独楽」には、「うたによせ／あなたはこまかな地図をあつめて／じぶんの誕生をつくり」という箇所がある。「うた」＝詩がつむがれるなかで、「あなた」は自分で自分を「誕生」させる。詩の美的空間から生まれた、純粋培養の存在である。こちらのほうが、「花」における「あなた」のイメージに近いだろう。

「新井ふみ子氏の画に」という副題が象徴するように、牧野は本作において、意図的に詩を現実に結びつけ、楽園が汚される瞬間を描きだした。しかしその現実の事物が、新井の抽象画であるところに、この詩の、ひいては牧野の危うい均整があらわれているようだ。

「影」と「あなた」の関係は、「復讐」にも引き継がれている。

復讐

ランプをあつめれば
あなたの喪章につゞいて
哀しい鏡と
静かにをかれた影がある
ことさらの審判に
私のナイフはさびて
つゞれをまとふた影がある
誰もゐないと
言葉だけが美しい

潔癖をつきつめた芸術至上主義の詩であり、現実への「復讐」の詩のようにも読める。
「広場の孤独」「時間」などで知られる作家・堀田善衛の自伝的小説「若き日の詩人たちの肖像」のなかに、「復讐」について言及した場面がある。堀田は学生時代『詩集』に参加しており、LUNAクラブの詩人たちと交流をもっていた。牧野は「幽霊の虚太郎」として、作品中にしばしば姿をあらわしている。

「この詩の題はな、復讐というんだ」

というのが大人しい虚太郎の、いくらかはどもり気味な説明であった。

「復讐か……。諦念、じゃないのか?」

「諦念が、つまり復讐なのさ」

「ふーん……? 復讐の文学か?」

「あんなんじゃない。現実から切れて行くんだ」

復讐の文学、というのは、室生犀星がとなえたものであった。現実から切れて行く、ということが、復讐になるのか。（略）がしかし、それははなはだしく憂鬱で、陰にこもり、やりきれぬ気分なものではないか。

がしかし、そういうときに、言葉だけが研ぎすまされて来るということも、まことにありそうなことである。[21]

小説中に「良き調和の翳」として登場する鮎川は、「たぶん、この会話はフィクションだと思うが、牧野の話し方の特徴は、かなりはっきり捉えられている」としつつ、「本当は、詩人から切れていきたかったのだと思う。復讐は、言うまでもなく詩人に対する復讐である」（「詩的青春が遺したもの[22]」）と持論を述べている。

堀田の小説では、牧野は後に徴兵されて「ビルマあたりにいる」[23]ことになっている。これはむろん、事実と異なる（実際にビルマへ行ったのは森川義信）。作中の牧野に関する記述は、鮎川の言うように「フィクション」として捉えておくのが妥当だろう。

自己の、現実からの切断をもって「復讐」とする「虚太郎」の言葉には、説得力がある。しかし、それはあくまでも「復讐」一篇のみを取りあげた場合においてである。先述の「花」や、後述する「聖餐」との繋がりにおいてとらえると、また違った顔が見えてくる。

まず、「あなたの喪章につゞいて／哀しい鏡と／静かにをかれた影がある」の三行について考えてみよう。「花」のなかで、「影」が「あなた」に対して「罪」を犯した後の光景である。

言葉のつながりから考えて、「鏡」には「あなたの喪章」も「影」も映っていると考えるのが自然だろう。ここで弔われているのは、いったい誰なのか。「あなたの喪章」という書きかたでは、「あなた」と「喪章」の関係性が判然としない。「あなた」が喪章をつけているようにも読めるし、「あなた」を弔うための「喪章」であるようにも読める。前者にしても、「あなた」がおらずただ「喪章」だけが置かれているような感覚がある。「影」が「あなたの喪章」をつけている、と解釈するのが無難なのだろうが、なお釈然としないものが残る。

その後の詩句によって、さらに問題は複雑になってくる。「影」の身につけている「つづれ」――ぼろ布が、「私のナイフ」によって切り裂かれた結果によるものだとするならば、この詩の意味するところは「あなた」の純潔を汚した「影」への「復讐」、ということになる。ならばなぜ、「誰もゐない」のか。

ここで牧野は、純粋な言語美の象徴としての「あなた」と、「あなた」を犯し、現実を侵入させようとする「影」に加えて、そうした概念を用いながら詩を書いてきた「私」にも「審判」を下している。何もかもを裁き、切りつけるような仕方では、「言葉」しか残らない。堀田の書くように、それはどれほど美しくとも「はなはだしく憂鬱」なものだ。「喪章」はいわば、これまでの牧野の歩みのすべてを弔っているのである。「復讐」の相手は「たへて醜《しこ》をくりかへし」（「神の歌」）ていた、自分自身だったのではないだろうか。

聖餐

ひとりひとりの純潔にはじまり
ゆたかな邂逅が掌をめぐつてゐる
約束にもたれて水をきり
一てきをとほく
かたみの鞭になげながら
かすかな歴史の肌となる——
静かに風が吹いてゐた
小さな悪をとざす神の怒りから

自己への「復讐」を終えた牧野がたどり着いた境地である。「誰もゐないと／言葉だけが美しい」と、彼がほんとうに思っていたのなら、「聖餐」冒頭の二行は書かれなかっただろう。若き詩人の末期の眼に映じた、走馬燈のような詩句である。私たちの「純潔」は、人との出会いによって失われていく。だが、それは決して忌むべき汚れではない。「ゆたかな邂逅」によって、生が色づいていくのである。

かつて牧野は、「鞭もなくそしてドリアの肌もなく」と言った。自らの「肌」が、理想とする古典美の世界にないことを嘆いていた。「ドリア」とは、古代ギリシアにおいてスパルタなどの都市国家を建設した人々である。二十世紀の日本に生きた牧野に、古代ギリシア人の「肌」がないのは当然だ。ここで過去は、現在と分断された状態にある。

しかし「歴史の肌」と書くとき、彼は過去から現在を貫いて未来へと通じる、果てしない時の流れに身をひたしている。「歴史」は、人と人との「邂逅」によって生み出されるものに他ならない。いま、私たちが牧野の詩に触れることができるのは、彼が荒地派の詩人たちとの「邂逅」を果たしたからだ。牧野は己を虚しうして「鞭のうた」や「神の歌」を紡いだが、彼の短い生涯は、決して虚しいものではなかったと言えるだろう。

注

1　『現代詩手帖』第三七巻・第三号　思潮社　一九九四年　一六二頁
2　『鮎川信夫全集』第七巻　思潮社　二〇〇一年　二四四〜二四五頁
3　『鮎川信夫全集』第二巻　思潮社　一九九五年　五七〇頁

4　同書　五七九頁
5　『牧野虚太郎詩集』　鮎川信夫編　国文社　一九七八年　四四頁
6　『LE BAL』第二一輯　ＬＵＮＡクラブ　一九三九年　五八頁　※『コレクション・都市モダニズム詩誌』第三十巻（ゆまに書房、二〇一四年）に復刻されたものを参照した。
7　『定本西脇順三郎全集』第五巻　筑摩書房　一九九四年　二〇～二一頁
8　『鮎川信夫全集』第七巻　一九六頁
9　『鮎川信夫全集』第二巻　五五六頁
10　『現代詩文庫1　田村隆一』　思潮社　一九六八年　八八頁
11　『鮎川信夫全集』第七巻　二五二頁
12　『鮎川信夫全集』第二巻　四〇四～四一三頁
13　『北村太郎の仕事』第三巻　思潮社　一九九一年　二四〇～二四二頁
14　『鮎川信夫全集』第七巻　二一七～二一八頁
15　同書　二四一頁
16　現在、『詩集』第二六輯の所在は確認できない状態となっているが、田村隆一『若い荒地』（思潮社、一九六八年）に当該書の内容が細かに記されている。本稿の記述はこれに従った。
17　東京文化財研究所編『昭和期美術展覧会出品目録　戦前篇』　中央公論美術出版　二〇〇六年　七九七頁
18　同書　一〇九頁
19　『コレクション瀧口修造』第十三巻　みすず書房　一九九五年　四三八頁
20　『北村太郎の仕事』第三巻　二五〇頁
21　『堀田善衛全集』第七巻　筑摩書房　一九九三年　一〇七～一〇八頁
22　『鮎川信夫全集』第七巻　二五二頁
23　『堀田善衛全集』第七巻　四〇〇頁

論考

もう一つの「荒地」への旅――荒地派と牧野虚太郎

山下洪文

本稿の注は590頁以下に示される

第一節　死者との対話――戦後詩における「あなた」とは誰か

荒地派の詩人は、「死者との対話」から言葉を紡ぎ出した。戦病死した親友・森川義信の面影を抱いて、鮎川信夫は「戦後」に降り立ち、筆を執った。それが「戦後詩」の始まりを告げた。戦後初期の「死んだ男」等で「M」と呼ばれた森川は、一九五〇年代の「あなたの死を超えて」で「姉」に変じ、最後の詩「海の変化」では「海」となって鮎川と一つになる。

北村太郎の妻・和子と息子・昭彦は、潮干狩り中に深みにはまり、潮の流れに巻き込まれ溺死した。和子は二十七歳、昭彦は八歳だった。長篇詩「終りのない始まり」は、この経験から生れた。「夕ぐれの横浜子安火葬場」[1]で葬儀を終えた「ぼく」は、独りごちる。

たしかにこれで終りました。

何が？　生けるものと
生けるものとの関係が、です。そして
いま、この郊外の
晩夏の昼、もっとスイートな関係が、死せるものたちと
生けるものとの関係が、始まったのです。たしかに、それは、
スイートな、スイートな、終りのない始まりでした。[2]

「生けるもの」と「生けるもの」の関係は終わり、「生けるもの」（＝北村）と「死せるもの」（＝和子と昭彦）の新たな関係が始まる。それは「スイート」で「終りのない始まり」である。死者の面影は、想起するたびに揺らいでゆく。死者に語りかけること、死者から語りかけられる（と思われる）ことは、都度変容する。死者が何を望んでいたのか、生者にはわからない。死者は謎にみちており、だからこそ抒情の根源となる。

やがて北村は、亡妻の「あなた、わたしを生きなかったわね」（『センチメンタルジャーニー』[3]）という声を、夢に聞くようになる。この不条理な言葉は、「牛とき職人の夜の歌」「ススキが風上へなびくような」等の詩篇にあらわれる。「スイート」だった死者は、北村を責め苛む存在へ変ずるのだ。

木原孝一は、太平洋戦争最大の激戦地の一つ・硫黄島の生き残りである。「幻影の時代」「無名戦士」「遠い国」等は、戦友の玉砕をときに美しく、ときに生々しく歌っている。

硫黄島から本土に帰還した木原を、さらに過酷な運命が待ち受けていた。東京大空襲で最愛の弟が焼

死するのだ。

昭和二十年
五月二十四日の夜が明けると
弟よ　おまえは黒焦げの燃えがらだった
薪を積んで　残った骨をのせて　石油をかけて
弟よ　わたしはおまえを焼いた（「鎮魂歌[4]」）

硫黄島の戦いと東京大空襲という二つの原体験を、木原は心身に刻み込まれた。これらの死者たちを紙の上によみがえらせ、対話することから、彼の「戦後詩」は始まった。

戦時の硫黄島について、木原は手帳に事細かに記していた。硫黄島の戦いを一篇の小説にする夢を、彼は死の間際まで抱いていた。また遺族によれば、木原は生涯、弟の面影を語りつづけていた。「死者との対話」は彼の創造の源泉だった。だからそれは、死ぬまで終えられることがなかったのだ。

鮎川は親友を、北村は妻子を、木原は戦友と弟を「あなた（きみ、おまえ）」と呼んで、歌った。荒地派の詩が「死者との対話」から始められた、と言われる所以である。

第二節　「死んだ男」たち――荒地派と「死者」

第一節は、荒地派の詩人それぞれの「死者」を見てきた。本節は、荒地派というグループそのものが抱え込んだ「死者」像を分析しよう。

佐藤キミ（木実）「「荒地」グループの歩いた道」は、「今は亡き人となっているが、「荒地」を考察する上で忘れてはならない人たち[5]」として、森川義信・楠田一郎・牧野虚太郎・永田助太郎の名を挙げている。四人とも、第二次世界大戦前後に世を去った若き詩人である。

戦後、彼らは荒地派によって再評価され、『荒地』『荒地詩集』等に作品が掲載された。このことについて、鮎川信夫はつぎのように記している。

> 「荒地」のアンソロジーには、かならずわれわれと時代を共にして死んだ詩人の作品が掲載されている。「荒地」を批判する最も重要な鍵、しかも現在のところ最も確かな唯一の手懸りに、まだ誰も触れた者がないということは、全く驚くべきことである。（「詩人への報告[6]」）

『荒地詩集』創刊号に森川の、第二号に牧野の、第三号以降に、生前は「荒地」同人と交流のなかった楠田・永田の作品が掲載されている。この順番には、同人の思い入れの深さが反映されていると見ていいだろう。

長江道太郎は『荒地詩集1951』の書評で、森川義信は「今日もなほいささかも褪色しないで新鮮な光彩をしめす」[7]と称揚している。おなじく長江の「荒地の感覚」は、「いはゆる「荒地」派的なもの」[8]は「森川義信や、この同人達の周囲にゐた楠田一郎、牧野虚太郎といった故人達にも、すでにその徴表をやはり認めうる」[9]と主張している。工藤信彦は「『荒地』について」で、森川義信と荒地派には「『荒地』の理念において（略）明らかに精神的連携が認められる」[10]と述べている。千葉宣一は「戦後の〝ことば〟と荒地」で、「戦死者（森川）の生前についに果たし得なかった希望や意志を遂行する（略）使命感」[11]が荒地派の原点だった、と書いている。いずれの評者も、森川・牧野ら死んだ詩人を、「荒地」の源流と考えていることがわかる。

成田昭男「『荒地』の詩人と石原吉郎」は、「鮎川や中桐が、共通の仲間であった森川義信の死を、かかえこむことによって、それぞれの個別な体験を共同の体験へと連結させえた」[12]とする。森川や牧野の死を悲劇的な「詩人の死」と位置づけて歌うことで、荒地派の言葉は「共同」性を帯び、戦後詩の流れを決定づけるに至ったのだ。

第三節　人間讃歌と人間不信——森川義信と牧野虚太郎

佐藤キミが挙げた四人の詩人のなかで、特に重要なのは森川と牧野である。二人は、荒地派の前身である『LUNA』（のち『LE BAL』、『詩集』と改題）の同人だった。

「天成の抒情詩人」（鮎川信夫「詩的青春が遺したもの」[13]）で、「底なしの善性」（同[14]）を胸に宿し、戦火のなかにあっても人間讃歌を歌いつづけた森川と、「ウルトラ・モダニスト」（同[15]）で、「友人とのつき合いもほとんど絶って、自閉症的な傾向をつのらせ」（同「虚太郎考[16]」）、世界と刺し違える「復讐」の詩を遺して逝った牧野は、すべてにおいて好対照だった。

森川と同部隊に所属していた妹尾隆彦によれば、彼の最期の言葉は「生まれたままの人間の故郷へ帰ろう」（『カチン族の首かご[17]』）だった。木原孝一は、「私はいまでも、この森川の最後の言葉を、彼の詩以上のものとして受け取っている」（「現代詩の世界 Ⅰ ――戦争と三人の詩人――[18]」）と書いている。

一方の牧野は、「人間不在が彼の詩の美学の前提であった」（「虚太郎考[19]」）と言われるように、「誰もゐない」（牧野虚太郎「復讐」）「言葉だけ」（同）の場所へ赴こうとした。「既成の秩序や習慣の束縛を脱して、シュルレアリストとして出発した彼の心情の底には、人間不信の根深い厭悪感が存在していたと推測できるのである。人間不信から人間不在の美学へ」（「虚太郎考[20]」）と鮎川は書いている。

「持って生れた徳としかいいようがない、一種の親和力」（「詩的青春が遺したもの[21]」）によって、森川は「多くの人をひきつけた」（同[22]）。衣更着信・北村太郎・黒田三郎・白神文子（中桐雅夫の妻）等が、その愛すべき人柄について書き残している。

森川は、本名をもじった「鈴しのぶ」名義で、数篇の詩を書いている。それらの詩には、内なる女性性への明確な自覚がある。森川は生来の気質によって、戦後詩人の「アニマ」（内なる女性像）となった。「女の子よりも女らしさを感じ」（鮎川信夫「失われた街[23]」）させる性格と、「蒼白繊細な顔立ちの美青年」（同「森川義信Ⅱ[24]」）という風貌によって、森川は戦後詩のアニマ＝詩のなかの「あなた」に選ばれたのだ。

このことになぞらえるなら、『LUNA』主宰者の中桐雅夫と揉め、脱会した直後に改名して何食わぬ顔で戻ったり、北園克衛主宰の『VOU』に「短期間に二度出入りを繰り返し」（衣更着信「牧野虚太郎と「鞕の歌[25]」《ママ》」）たり、幾つかの文芸誌の同人になったのに同人誌に一切作品を発表しなかったりと、人騒がせで奇矯な性格の牧野は、さしづめ「トリック・スター」（ユング心理学の「元型」の一つで、詐術で秩序を攪乱するいたずら者を指す）だったと言えよう。

作品を比較しても、二人の差は明瞭である。一九三八（昭和十三）年時点での詩篇を抜き出してみよう。

当時の森川は、「貝がらのなかに五月の陽がたまつてゐる／／砂の枕がくづれると　ぼくはもはや海の上へ」（「海[26]」）「もうとどかない花の日がぬれてゐる／思ふことがみんな童話になつてはくづれてゆく」（「雨[27]」）といった典型的な抒情詩を綴っていた。

その頃牧野は、「所で我等が教授連は朝風呂が大好きで／プレンソーダの如く変装を好むべきだつたのですが／やむなくネクタイ一つをして／水晶細工のサムライ達の直線を駈け上つた」（「破れた靴下」）「肩に雑草／腰に象牙／クスグツタイマツチから／明日をまねたヒゲダラケの水の中まで」（「象牙の雑草（透明が糊屋である……）」）といった、とめどのない、言語分裂的なモダニズム詩を書き殴っていた。

「この二人くらい、あらゆる点でおよそ対照的な者はいなかった」（「詩的青春が遺したもの[28]」）「どの点からみても相性がわるかった」（同[29]）と鮎川が書くとおり、二人は性格も作風も異質で、いがみ合うことも多かったという。

だが、この二人こそが『LUNA』の全盛期をかたちづくった。徴兵され、スマトラ戦線へ派遣された鮎川は、中桐雅夫宛にこんな手紙を書いている。

自分の頭に残ってゐる東京は、まだ皆と一緒に語り合ってゐた頃の懐しい東京です。もうそんな頃のおもかげは何処にもないことでせう。（略）森川や牧野などが生きてゐた頃のことが偲ばれます。（「中桐雅夫の死に」[30]）

森川と牧野がいた頃の「東京」が、戦地で懐かしまれている。森川の母性も牧野の狂気も、青春の「おもかげ」として想起されている。『LUNA』の「他の同人たちは、この二人を両極端として、中間点のどこかに位置していた」（「詩的青春が遺したもの」[31]）という評言も、二人の存在感の強さを物語っているよう。

『詩集』（『LUNA』が時局に合わせて改題したもの）第二六輯は牧野虚太郎、第二七輯は森川義信を特集した。この時期が「LUNAクラブや「荒地」の頂点」（「失われた街」[32]）だった、と鮎川は回顧している。

直後の一九四一（昭和十六）年八月に、牧野は肋膜炎のため死去。そのあまりに唐突な死は、中桐雅夫に「彼の詩の特集などをしたことが、彼の死を早めたやうな気もする」（「牧野虚太郎追悼」[33]）と思わせたほどだった。衣更着信の回想は、当時のクラブ員の雰囲気をよく伝えている。

夏休みを国で過ごして帰郷した例会の日、いつも会場にしていた新宿のNOVAの階段を上って行くと、突然だれかに「牧野が死んだよ」と知らされた。あまりのことに一瞬、自殺かと思ったほどであった。死因は肋膜炎であったが、私は彼が病床についていたことさえ知らなかったのだ。

（「牧野虚太郎と「鞭の歌」」[34]）

翌年の一九四二（昭和十七）年八月、森川はビルマ（現・ミャンマー）のミートキーナで戦病死した。この死の波紋が、戦後にまで辿りつき、「戦後詩」を生み出すことになる。

一九四二年一月に『詩集』は『山の樹』と合併し、同年五月には『葦』同人がまとめて加入。この頃には、「LUNAクラブ」の面影はすっかり消え失せている。鮎川が書いているように、「二人の死は、私たちの消滅の先ぶれとしてきわめて象徴的な事件であった」（「失われた街」[35]）のだ。彼はこれにつづけて、「LUNAクラブも「荒地」も、戦争期に一旦は死ぬわけである」（同[36]）と書いている。

牧野と森川の相次ぐ逝去が、戦時の「荒地」の死を告げた。戦後の「荒地」が、二人の蘇生から始めなければならなかった理由が、ここにある。

第四節　「荒地」の二つの源流——「あなた」になった者・なれなかった者

牟礼慶子によれば、森川は手帳に牧野の詩「鞭のうた」を書き写していたという（「鮎川さんごめんなさい」[37]）。「非望のきはみ」（「勾配」[38]）で「非望のいのち」（同[39]）の輝きを歌った森川と、「ナイフ」（「復讐」）で世界を殺し、「誰もゐない」（同）場所に辿りついたにもかかわらず、なおも「神」（「神の歌」）を渇望した牧野は、深いところで通底していた。

前者は、抒情の一切通用しない戦争の時代に、抒情詩人として全身でぶつかった。そして、「何かを信じようとしてゐた」（「街にて」[40]）。後者は「世界」をバラバラにし、組み合わせる言語遊戯に明け暮れたのちに、世界も自己も透きとおってゆくような詩を書いた。

ヤスパースは『哲学』第二部『実存開明』で、死、苦悩、闘争、負い目の四つを「われわれの現存在に（略）最終決定的[41]」な「限界状況[42]」と呼んでいる。それは「壁のようなものであって、われわれはそれにぶつかっては挫折するだけである[43]」とヤスパースは言う。死、苦悩、闘争、負い目が、一時に結晶してあらわれるのが戦争である。

群小詩人にすぎなかった森川と牧野は、戦火の限界状況を前に実存にめざめ、「荒地」の源流となる詩を書いた。その期間はわずか数ヶ月で、遺された詩篇は数十篇にすぎない。しかしそれが荒地派に再発見され、戦後詩のかたちを決定づけるに至った。「ふとした流れの凹みから雑草のかげから／いくつもの道ははじまつてゐるのだ」（「勾配[44]」）という言葉どおり、彼らが遺した「ふとした」作品から、「荒地」という「道」は始まった。

森川と牧野は、「出発を異にしていても、到達するところは同じだった」（「失われた街[45]」）と鮎川は書いている。

私は、両者が、私たちの眼に見えない空間でぶつかり合い、烈しく精神の火花を散らしたであろうことを疑わない。

それゆえ、一九三九年（昭和十四年）の秋、森川義信の「勾配」が書かれたときに、一九四一年（昭和十六年）の冬に書かれた牧野虚太郎の「鞭のうた」「神の歌」は、すでに予定されていたといってもよいのである。（「詩的青春が遺したもの」[46]）

青春をともにした鮎川だからこそ書きえた、感動的な言明である。

芹沢俊介は、荒地派の詩運動が「森川義信が中断した軌跡の連続性を継受するという方向で、おしすめられた」（「もうひとつの源流」[47]）ことを指摘しつつ、「「荒地」が、この牧野虚太郎の完成された死のうえに開花したとかんがえることも、同じく大切なことだとおもう」（同[48]）と述べている。

森川と牧野の深い精神的交わりは、鮎川に明言されている。にもかかわらず、森川に比べ牧野は目立たない存在でありつづけている。

鮎川信夫「日の暮」「死んだ男」「アメリカ」、中桐雅夫「海」等に、森川は面影を刻まれている。戦後詩の語りかけるべき「あなた」に選ばれた森川は、未だに戦後詩研究の上で避けてとおれない存在である。

一方、牧野はどうだろうか。小池昌代の小説「わたしたちはまだ、その場所を知らない」（『文藝』二〇〇九年二月）に、中学生の少女が牧野の「神の歌」を朗読するシーンがある。そこで彼は、「死んでいるし、死んだのちにも、ほとんど人に知られていない[49]」「無名の詩人[50]」と紹介されている。この作品を取り上げた『群像』創作合評でも、こんなやり取りが見られる。

松永美穂　私は、朗読大会のときにミナコが選んだ詩をみなさんがどう思ったか、聞いてみたいです。牧野虚太郎というのは『荒地』派周辺の詩人だそうですが。

中村文則　僕、知らなかったですね。

宇野常寛　僕も知らなかったです。[51]

文学を専門とする人々にも、牧野の名が知られていない現状が垣間見える。「戦争でちりぢりになった私たちの意識の底には、それらの作品（森川義信「勾配」、牧野虚太郎「鞭のうた」「神の歌」）を生み出した媒体へのコンヴィクション（信念）といったものが植えつけられ、それが戦後へと受けつがれた運動の活動源となっていった」（「虚太郎考」[52]）と鮎川は語っている。だが、おなじく「荒地」の源流でありながら、森川と牧野では知名度に大きな差があるようだ。

第五節　解放と受苦——純粋抽象から悲劇的抽象へ

牧野が目立たぬ存在になった理由には、作品が極めて少ないこと、作風の振れ幅が激しく、詩人像が掴みづらいこと等が挙げられよう。本稿は、彼の実像を抉り出すべく、その詩を時系列順に、できる限り網羅的に論究してゆこう。

まず、発見されている限りで最古の詩「象牙の雑草（博物館の腰部は……）」（一九三八年一月）から読み解いてゆこう。

象牙の雑草

博物館の腰部は大声で歯を磨き
蜃気楼を頻発した航路は骨格を露にして進む
コンクリイトされた人相学そして起床へのメガネよ
僕等はLETHEを縦にし時圭を二分した
永遠が抜粋されて来て僕等の歯は白くなり
ミルクを飲みそこねた略式時代が来る
剃刀の場所を逃れてクビカザリの真似ごとを繰返し
空気の生活と水に映るホタンタの洗髪術について
僕等はドングリを先に呼びLILLIPUTのために地球を後れさせた

「ぶらぶら遊んでゐるよう」（「日記　I」[53]）という鮎川信夫の評言がぴったり当てはまる、ナンセンスな言語遊戯にみちたモダニズム詩である。おなじ号に掲載されている他の詩にも、「夥ただしい会話共はサボテン色に凝縮した／天体機の向ふに夜会服のダリが椅子を倒す」（小池驍「黄昏のピラミダルに就いて」[54]）「宿疲に悩む不義のペリカン／鶏卵の睦言と／モラルの興奮／由緒ある分譲地の理髪師」（生田芳久

「電話の歴史」[55]といった言葉の跳梁を愉しむものが目立つ。

世界秩序の中心である「言葉」を壊すことで、疑似的な「自由」を彼らは手にしようとした。これらの詩に、語りかけるべき「あなた」はいない。描くべき対象もない。


言葉はほとんど意味をもたず、文字は一つの記号であるにすぎない。慣習的、生活的な言葉の論理を意識的に排除するのである。しかも一つの行から次の行へのイメージの関連も認められない。言葉の配列をある種の絶対空間と理解して、そこに純粋な「美」を享受すればそれでよいのである。

(鶴岡善久「1910～1939前衛文学の状況」[56])


これは北園克衛の詩についての評言だが、そっくりそのまま、北園を崇拝した若きモダニズム詩人にも当てはまる。

ドイツの批評家・マイアーは『世界喪失の文学』で、一九一〇(明治四十三)年に始まった表現主義運動以降、表現者は「世界」「自己」を失ったと説く。「生」の自明の前提である「世界」を、そこに生きる「私」を見失った者は、いったい何を描くのか?「純粋な「記号」」[57]を、だ。言葉はもはや「世界」を描けない。だから言葉は言葉を描く。言葉は言葉を喰らって自己増殖するのだ。

今日の人間は、世界が放棄された状態を体験している。一方の者はそこに新しい透明性の出現を信じ、他方の者はそのような期待を欺瞞的な虚構として非難する。[58]

「世界喪失」は、「あなた」と「わたし」を繋ぐ「関係」が失われたことを意味する。マイアーがカフカの「ぼくのまわりでは事物たちが降る雪のように音もなくどこかへ沈んでいってしまう」（「ある戦いの記録[59]」）をたびたび引用するのは、表現者を襲った「実性剥奪[60]」という事態を、この文章が鮮明にあらわしているからだ。

対象がない。だから言葉は、無際限に分裂し拡大する。これを「新しい透明性の出現」と信じる者を「純粋抽象派[61]」、「そのような期待を欺瞞的な虚構として非難」する者を「悲劇的抽象派[62]」とマイアーは呼ぶ。

純粋抽象派において、「語は自立し絶対化[63]」する。「名前たちがさざ波を飲み干し／うごめきがすべての座席を集め／翼がぱたぱた羽搏き」（シュライアー[64]）といった断章は、先に引用した一九三〇年代の我が国のモダニズム詩と、驚くべき類似性を示している。

悲劇的抽象派は、かかる試みは「空虚な抜け殻をもてあそ[65]」んでいるにすぎないと見る。「関連喪失[66]」は自由では断じてない。「言葉」も「形象」も「それ自身へ追放し、それ自身の孤絶へ追いや[67]」った、というのが事態の本質なのだ。「存在するものの欠落[68]」は言祝ぐべきことではなく、それに耐え、新たな「呼びかけ[69]」をおこなうための試練なのだ、と彼らは考える。

戦火を前に実存にめざめ、「荒地」の源流となった詩人たちは、いずれも「純粋抽象」から「悲劇的抽象」への道を歩んだ。森川・牧野とともに「荒地」の源流をなした楠田一郎は、初めは「居酒屋の多い村で／黄色い虹を見た／叢のバラライカと／雲のパジヤマと」（「田園的睡眠[70]」）といった詩を書いていた。誰に語りかけているでも、何を描こうとしているでもない、言葉という「翼がぱたぱた羽搏」くばかりの作品である。

避けられぬ死を前に、楠田は変貌した。対象なき対象を気ままに歌う抽象詩人から、世界の惨禍を自己存在をかけて歌う実存詩人へ。

孔雀のやうに羽をひろげて
橋の下を
棄てられた花束のやうに
溺死体がいくつとなく流されてゆく
（略）
灰色――死が快感をひき起す
徒刑場のお祭り騒ぎには
なにか美しい本質がひそんでゐた（「黒い歌　I」[71]）

「象牙の雑草（博物館の腰部は……）」は未だ「純粋抽象」にとどまっているが、「悲劇的抽象」への意志は垣間見える。

「歯を磨き」「歯は白くなり」「ミルク」と、「白」の色彩が強迫的に繰り返される。「永遠」が「僕等」を「白」くする。「ミルク」は母性を――原初への、「永遠」への回帰を――暗示する。それを「飲みそこねた」から、「略式時代」がおとずれた。意味のわかりづらい造語だが、現代の機械化・文明化への皮肉と取れよう。

「永遠」を見失った「僕等」は、「剃刀の場所を逃れてクビカザリの真似ごとを繰返」す。「剃刀」は自傷を、「クビカザリの真似ごと」は縊死自殺をあらわしている。

最終行の「LILLIPUT」は、スウィフト『ガリバー旅行記』に出てくる小人の国で、転じて「子供」の意である。そのために「僕等」は「地球を後れさせた」。言語破壊をおこなうのは、「世界」の意味を停止させて、内なる幼児性を守るためなのだ、と言っているようだ。

「象牙の雑草（博物館の腰部は……）」につづく「破れた靴下」（一九三八年二月）には、「時勢は低空飛行を試みてゐる」という時代批評が見られる。「破れた靴下が破れたシステムを覗いてゐる」ともある。現実脱出のための言葉から、現実を見つめるための言葉への転位が感じられる。

永遠なるものの失われた「略式時代」に生れた牧野は、「純粋抽象」を作り出すことで、「世界」を破壊しようとした。だがそれは「派手な幼稚園」のような、虚しい遊びだった。牧野は自己反省を深め、「悲劇的抽象」への道を歩み始める。

第十八節　変貌の兆候――「窓」の再生と崩壊

「人間の精神から遊離したただ言葉だけの奢侈」（鮎川信夫「近代詩について」[72]）に興じる「言葉の饗宴の

参加者」（同、インタビュー「ナショナリズムとモダニズムが交差する場所[73]」）の一人だった牧野は、モダニズム詩からしだいに離れ、最後は凶器のように透きとおった抒情を奏でるようになる。鮎川信夫は「突然変異」（「虚太郎考[74]」）と呼んでいるが、本稿はその説を採らない。牧野はあくまで内的必然に導かれ、段階的な「変容」を遂げた、というのが私の見解である。

「象牙の雑草（透明が糊屋である……）」（一九三八年六月）に、つぎのような一節がある。

透明が糊屋である
ドングリが妖精になる
園丁がセルパンを持つて来た
プロムプタアが死骸を持つて来た

「透明」という語から、「糊」が想起される。その「糊」にくっついてきたかのように、自由なイメージが溢れ返る。

三行目の「園丁」は庭師のことで、「セルパン」はモダニズム文学を牽引した当時の月刊誌の題名である。モダニズム詩は「言葉」を刈り込み、形を整えているにすぎない、と皮肉を言っているのだ。

四行目の「プロムプタア」は、舞台上の俳優が台詞を間違えたり忘れたときに、小声で教える役のことだ。だが彼は、言葉ではなく「死骸」を持ってくる。単純に取るなら、これは検閲への批判であろう。小声で「正解」を教えるはずの検閲者は、言葉でなく死をあたえてくるのだ。

深読みするなら、牧野はここで、いままでの詩的営為を反省しているのかもしれない。「抜け殻」＝「死骸」を、彼はもてあそんでいるにすぎなかった。「何ごとも言はず／すべてのことを言ひながら」と彼は書く。モダニズム詩は現実の制約を受けないから、「すべてのことを言」うことができる。だが実際は、「何ごとも言は」ないに等しかったのだ。

「静かなる室」「象牙の位置」が発表されたのは、この八ヶ月後の一九三九（昭和十四）年二月である。これが牧野の第一の変化だ。

窓の機械は雰囲気に折れた
空間の沈黙が尖つた鏡にすがり
濡れた化粧からは何も落ちて来ない

一人のねぢが夜の愚かさを開く
硝子の形態があふれて
新しい友人の旅行が流れた

鳥を叩いて通る速力が見え
独り色彩のない報告が許された
所有は小さな教会をかこみ始める（「静かなる室」）

沈黙が破られて一杯の水がくまれ
泡沫の中に鏡の態度が迫る
透明を遠く呼びながら
みづからを越えて
胎動の新しさに出発した（「象牙の位置」）

晩年の詩風を予告するような、清澄な言語感覚が見られる。「窓」「硝子」は、牧野の詩に頻出する。「象牙の雑草（透明が糊屋である……）」では「部屋には窓がなかつた」と歌われていたが、ここでは「窓の機械は雰囲気に折れた」。

「窓」は内と外の境界である。それは外界の侵入を防ぐものだ。「象牙の雑草」では、「窓」が「ない。だから「世界」は、牧野を犯しつづけた。加速する「時代」に合わせて、彼は言葉を吐き出しつづけるしかなかった。

「静かなる室」では、「窓」は存在するが、「雰囲気に折れ」ている。「色彩の報告」（一九三九年九月）に、「所有の方向に雰囲気の抽象が具り」とある。牧野のいままでの詩は、記号が溢れ返るばかりで、漂う「雰囲気」がなかった。自己自身を「所有」し、けんめいに生きようとしていなかったからだ。

生きようと——何かを「所有」しようと——したとき、初めて「窓」が見えてきた。そして「折れ」て、砕けた。何も「所有」しようとしなかったとき、「窓」はなかった。だが何かを「所有」したいと願ったとき、必然的に外界との境界＝「窓」があらわれた。だがそれは砕け、「色彩のない」、味気ない現実が牧野をつつむのだ。

「透明を遠く呼びながら／みづからを越えて」は、「窓」を持たなかった牧野が、「窓」を創造し破壊することで、新たな詩的地平に立ったことを示している。元々「窓」がなく、世界と自己の区別もないままに言葉を吐き出していた牧野は、「窓」を作り、壊した。元通りになったのではない。「窓」で世界と自己の境界を見定めた後、それを割り、あらためて「現実」へ踏み出したのだ。

第七節　変貌の理由――「荒地」の発見と楠田一郎の死

「象牙の位置」第二連は、かつての詩的営為を振り返っている。

あなたの細い時間を返して
高い道を歩く
すべてがすべてに倒れ
噴水を集めては転落の日を数へてゐた
私は静かに黎明を繰つてゐる

「細い時間を返して」――わずかな生涯を顧みつつ、牧野は「高い道」へ行こうとする。以前の詩は、「何ごとも言はず／すべてのことを言」っていた。だがそれは、「すべてがすべてに倒れ」かかるような、自己完結的な遊戯にすぎなかった。その先には「転落」が待つばかりだったろう。

一九三九年に書かれた詩には、「出血の夜みなれない友を迎へた」（「象牙の位置」）「秩序の股にナイフを置く」（「フルーツ・ポンチ」）「退屈な破爪《ママ》に液体を浸した」（同）といった、処女喪失のイメージが出現する。

牧野の生活史は未だに謎につつまれているため、この時期に何があったかは定かでない。考え得る外的要因としては、一九三八年四月の国家総動員法公布、六月の学徒動員の開始、九月のナチス・ドイツによるズデーテン地方併合、十一月の日独伊文化協定締結等が挙げられそうである。これらは「秩序の股」が裂かれ、「出血」が近づいていることを、牧野に意識させるには十分すぎる出来事であった。

内的要因としては、同年八月、雑誌『新領土』に上田保訳のエリオット「荒地」第一部「死者の埋葬」が掲載されたことが挙げられよう。「荒地」が日本に紹介されたのは、一九三三（昭和八）年十一月、土居光知「文学形態論」（『岩波講座　世界文學』）が「荒廃の国」として掲載したのが最初である。だが若い詩人の多くは、『新領土』をとおして「荒地」を知った。

「そこには、詩にたいする私の渇の一端をいやす、何ものかがあった」（鮎川信夫「翻訳詩の問題」[75]）「じつに超経験的な（グロテスクといってもいいような）詩的感動をぼくにあたえてくれた」（田村隆一「T・S・エリオット」[76]）とあるように、言語遊戯に明け暮れていた詩人たちは「詩的感動」を呼び覚まされ、己の本分に向き合うきっかけをあたえられた。この衝撃が、『荒地』という詩誌のタイトルをも決定づけた。

牧野はエリオットに言及していないが、マラルメや戦後流行するロートレアモンに一早く注目するなど（「ロオートモレアン」と誤記はしているが……）、鋭敏なセンサーを持っていた。ＬＵＮＡクラブの仲間が読んだ「荒地」を、牧野も読み、衝撃を受けていた可能性は高い。

もっとも有力と思われる変化の要因は、一九三八（昭和十三）年十二月に楠田一郎が亡くなったことだろう。ＬＵＮＡクラブの詩人にとって兄世代であり、憧れの対象だった楠田は、モダニズム詩を唐突に捨て、実存的な「黒い歌」を書き終えた直後に死亡した。このことは牧野の未来を予告するかのようであり、これに彼が衝撃を受けなかったとは思えないのである。

第八節　自己出産の神話――自己否定と実存のめざめ

「色彩の報告」（一九三九年九月）は、牧野の「変貌」をもっともよくあらわす一篇である。

色彩の報告

所有の方向に雰囲気の抽象が具り
幾度か四肢の中で角度が失はれた

通路として
素焼の公園が価値を鏡にして居り
遊戯が歴史の様に肉屋を中傷するのだつた
臆病な象徴を過ぎ機械の肩をすぎ
破壊の発明を超え夢幻の股をこえ
糊屋の粗雑な遠近法が呟かれた
顔だらけの顔
そして親切な憎悪が出発する
許容されぬ余剰林檎
そして硝子の嘘偽はもはや説明出来ない
見給へ　透明の無意識な余韻を
その唯一の軽蔑
その仮設ある肉体
やがて走法が空間を窓の外へと束縛した

モダニズム詩からの脱却の試みが、随所に見られる。「幾度か四肢の中で角度が失はれた」という一節は、「純粋抽象」に溺れていた時期を反省的に捉えている。彼は「角度」を「失」い、道に迷っていたにすぎなかったのだ。

「独楽」（一九四〇年十一月）には、「あなたはこまかな地図をあつめて／じぶんの誕生をつくり／しろい触手をあらはにかたむけながら／にくたいのやうに動揺をささへてゐる」とある。「じぶんの誕生」は、詩作をとおして新たな「私」を刻むことを指していよう。「しろい触手」は「にくたいのやうに」、詩を書く自己を「ささへてゐる」。「色彩の報告」で「失はれ」ていた方向感覚は、「独楽」で取り戻されている。牧野虚太郎という一人の詩人が、実存にめざめる軌跡が、遺された詩には克明に刻まれている。

　牧野は言語「遊戯」を、「歴史」に匹敵するものと勘違いしていた。「臆病な象徴を過ぎ」「機械の肩をすぎ」「破壊の発明を超え」「夢幻の股をこえ」得られたものは何だったのか。「象徴」主義の真似事をし、イタリアのマリネッティ流の「機械」的な詩も書き、言葉の有機的な連なりを「破壊」し、「夢幻」と交合し、そうして何が残ったろうか。「顔だらけの顔」が――無残に増殖した自意識が、己を見つめ返すばかりではないか。

　いまや牧野は、過去の自分を「軽蔑」しなければならない。まばゆいばかりの言葉の群れを、実りすぎた「林檎」のように、捨て去らねばならない。

「硝子の嘘偽はもはや説明出来ない」は意味の取りづらい一節だが、これにつづいて「見給へ　透明の無意識な余韻を」とあることから――そして「透明」が、牧野が最後にめざした境地であることから――、窓ガラスを割って、その向こうへ行く意志をあらわしたものと取れる。

　最後、「やがて走法が空間を窓の外へと束縛した」と、ふたたび「窓」が出現する。これはどう解するべきだろうか。ヒントになるのは、「遥かなる測量」（一九四〇年八月）の「祭典は脱走をつみかさねた」と、「碑」（一九四〇年十一月）の「言葉の彫琢につきそはれて／玻璃のかなしい時をあけ」である。

「言葉の饗宴」＝「祭典」は、絶え間ない現実からの「脱走」だった。それが、かつての牧野の詩である。

「走る」動作は、他の詩にもあらわれる。「象牙の雑草（博物館の腰部は……）」に「蜃気楼を頻発した航路は骨格を露にして進む」とあるし、「フルーツ・ポンチ」（一九三九年八月）にも「骼子の静かな走法と拡りに」とある。いずれも、「走」っているのは「骨」である。

「骨」とは何か。衣更着信によれば、牧野は「頬のこけた」（「牧野虚太郎と「鞭の歌」」[77]）不健康な体格だった。「神の歌」（一九四一年三月）の「にくたいが盗まれてゆく」という一節も、痩せこけた己の体を呪ったものだろう。

牧野には、己の容貌をあざける悪癖があった。「どこか「猿」を連想させる」（鮎川信夫「詩的青春が遺したもの」[78]）顔貌のために、「猿太郎」と名乗ったこともあるし（「牧野猿太郎」名義の散文が一つ残っている）、「破れた靴下」「象牙の雑草（透明が糊屋である……）」等にも「猿」という自己イメージがあらわれる。

これらの傍証からしても、牧野の詩の「骨」は、彼自身を指すと考えられよう。

「骨」は「走」る。「拡」がっているのは、その軌跡が「つみかさ」なっているからだ。これは詩作行為をあらわしている。「走る」＝詩を書くことで、「窓」が、その「外」の「空間」が見えてきた。無意味にも見えるモダニズム詩を書きつづけたことで、世界との境界が見え、それを壊す準備も整えられた。

「玻璃」を「あけ」るには、「言葉の彫琢」が必要だったのだ。

「遥かなる測量」には、「あへかなるナルシスの伝説に／やがて帰らぬ抽象の夢がつゞいた」と書かれている。「すべてがすべてに倒れ」、己が己に倒れかかるモダニズム詩の「抽象の夢」を、水に映る己に恋したナルシスにたとえている。過去の自身を「超え」ようとする意志が、難解な言葉遣いのうちにも、生命感と爽涼感を滲ませている。

第九節　終末への旅立ち——「唯一のナイフ」を求めて

モダニズム詩人として出発した牧野虚太郎は、一九三九（昭和十四）年の「静かなる室」「象牙の位置」で第一の変化を遂げた。この時点では、晩年の清澄な詩風は予感にとどまり、難解さが全篇を覆っている。

「自殺のために／しかし一塊の抽象を叩き／あなたを忘れる成熟のなかで／眼鏡の疲れをふき」（「象牙の位置」）という一節には、過去の自身を「殺」そうとしつつ、純粋「抽象」を捨てきれない牧野が、それでも「成熟」を求めて筆を執り、「疲れ」て「眼鏡」を拭く様子が描かれている。

これらにつづく重要な作品に、「喪失の彼方」（一九四〇年六月）「遥かなる測量」（一九四〇年八月）がある。

「喪失の彼方」は、「構図の触覚を通して薔薇は見えない」という一行から始まる。「位置」「空間」といった言葉で作られた「構図」では、なまなましい生命にふれられない、ということだろう。これに、「鏡の発明を肉体から遠く伝へてゐる」という一節がつづく。「窓」「硝子」「鏡」を歌っていた牧野は、それらは所詮「発明」品であり、根源には「肉体」があった、ということに気づいている。この詩は、「唯一のナイフが遥かなる祭典を集めた」と終わる。「ナイフ」「集め」は、晩年の「復讐」にも登場する。

かつての詩作を、牧野は「祭典」と呼ぶ。いまやそれらは「遥か」遠くにある。わずか数年で「純粋抽象」から遠ざかり、実存的な詩風に牧野は近づいた。彼は「すべてのことを言」おうとするのではなく、「唯一のナイフ」のように研ぎ澄まされた言葉を手にしている。「あれも・これも」手当たり次第に求めるあり方から、「あれか・これか」を決断的に選び取るあり方へ転じた、キルケゴールのように。

過去の詩風を「喪失」したからこそ、牧野はこれを書くことができた。だからこの詩は、「喪失の彼方」と題されているのだ。この一年前の詩篇が「処女喪失」のイメージでみちていたことも、ここで回収される。

「遥かなる測量」も、「抽象の夢」は「帰らぬ」と断言している。「ナイフ」「静謐」「水」「盗み」「はじらひ」「ランプ」「道」といった、晩年の詩をいろどる言葉が出てくる点でも、注目される。

「独楽」（一九四〇年十一月）は、「樹かげにひとり掟をさだめ　たはむれの日日がつづく」という一行から始まる。「樹かげ」とは何処か。「葉脈と時間」（一九三九年十二月）に、「復讐の樹蔭は晦渋を祝ふといふ」とある。

「樹かげ」は「晦渋」な詩を「祝ふ」。それは牧野の詩心そのものである。だが、なぜ「晦渋」な詩を書かねばならないのか。何のために「人の接近を阻」（鮎川信夫「虚太郎考」[79]）むのか。それは、牧野が勝手に決めた「掟」ではないのか。そのことを自覚したとき、彼はかつての日々を、「たはむれ」だったと告げたのだ。

一九四〇（昭和十五）年六月から同年十一月にかけて書いた詩によって、牧野は第二の変化を遂げた。先に述べた「第一の変化」では、牧野は「晦渋」さを捨て切れていなかった。

第一の変化が、記号だけの世界への「自己反省」だとすれば、第二の変化は強烈な「自己否定」だと言える。「自殺」を求めるまでに過去の詩を否定し去ったとき、「喪失の彼方」が見えてきたのだ。

第十節　神になること――「絶対至上の作品」とは何か

一九四一（昭和十六）年三月、『詩集』に発表された「鞭のうた」「花」「復讐」「神の歌」「聖餐」の五篇で、牧野虚太郎は詩史に名を残している。病床で牧野は、「もう僕には《鞭のうた》以上の作品は書けない」（中桐雅夫「牧野虚太郎追悼[80]」）と言った。その言葉どおり、この五篇は「それを書いてしまへば、そのまますぐ死に至らねばならぬやうな、絶対至上の作品」（同[81]）であり、LUNAクラブ員が「むずかしいとか何とかいうより、「いい詩だな」といいあって黙ってしま」（北村太郎「若い荒地の詩[82]」）ったのも頷ける。

鞭のうた

ひつそりとそれさへも道である
白くにほつてゐる
たたかひをいどむときも知らず
さては断層のきざはしともならず
神にあらふ
さうして黙示のひやゝかな愛となる
しばらくは曲ることもない
ときぢくのよるべなさ

「たたかひ」＝戦争に入ってゆくことができず、人と人の「断層」に「きざはし」（階段）を架けることもできない牧野は、「神にあらふ」とする。謎にみちた詩を書くことで、「神」のように理解不能な存在になった、と解することもできる。「神になる」ことを、すなわち死ぬこととも解釈できる。

第五節で見たように、牧野の「白」は母胎回帰＝死を暗示する色彩である。「白くにほつてゐる」「ひつそり」したものに、「道」を見出していることからすると、後者の解釈の方が妥当に思える。

『古事記』『日本書紀』には、「ときぢく」を手に入れるため、垂仁天皇が多遅摩毛理を「常世の国」に遣わせたことが書かれている。「ときぢく」は「非時」と書く。それは「時」を、死を超越した存在である。それが「曲ることもない」のは、手折られて自分のもとへ届けられることがない、ということだ。垂仁天皇は、多遅摩毛理の帰還を待たずに命を落とす。牧野もまた、時の流れを否定しながら、迫りくる「死」から逃れられない。

花―新井ふみ子氏の画に―

その庭のちいさなギリシヤから
淡々と　きやしやな抵抗が作られ
み知らぬはぢらひが訪れた
それからあなたの純潔
それからあなたの追憶
ひつそりと影がきて
一瞬
白い罪を犯したやうな

この詩は、牧野の詩的生涯を描いている。「ギリシヤ」は文明、言葉とも言い換えられよう。自身の詩作を「ちいさな」ものと謙譲しつつ、「ギリシヤ」のように壮大な創造性を誇っている。それは戦火に向かう現実への、「きやしやな抵抗」だった。

その無意味さを自覚したとき、「はぢらひ」がおとずれた。一九三九（昭和十四）年の牧野の詩に、処女喪失のイメージが頻出することはすでに述べた。「純潔」だった「あなた」（＝詩）は犯された。それから「あなた」を「追憶」した——すなわち、ふたたび詩を書いた。するとそこには、「ひつそりと影が」ひろがっていた。もしかして自分は「罪」を犯したのだろうか。また別の生き方がありえたのだろうか——そんな、人生への悔恨も垣間見える。

復讐

ランプをあつめれば
あなたの喪章につゞいて
哀しい鏡と
静かにをかれた影がある
ことさらの審判に
私のナイフはさびて
つづれをまとふた影がある
誰もゐないと
言葉だけが美しい

「喪失の彼方」「遥かなる測量」で予告された殺害劇が、ここで成就されている。堀田善衛は『若き日の詩人たちの肖像』に、「この詩の題はな、復讐というんだ（略）現実から切れて行くんだ[83]」という牧野の言葉を書き留めている。「現実」を切断した牧野は、「喪章」をつけている。彼が悼んでいるのは「世界」である。

ナイフは「さびて」いる。「復讐」劇は、一回きりのものとして完結されねばならない。鏡に映る光景は、ナイフに反射されてはならない。「審判」が最後の、そしてただ一つのものであるためにも、ナイフは「さびて」いなければならなかったのだ。

第十一節　風になること――詩的生涯の完結

神の歌

水の悔恨がたへまない
いくへにも遠く　孤閨がえらばれて
にくたいが盗まれてゆく
ほのかに微風にもどり
かすかなもの　愛にうたせて
しづかに彫刻の肌をさめてゐた

たへて醜《しこ》をくりかへし
神の
さぐれば　かなしく
まねけば　さすがにうなだれて

「にくたいが盗まれてゆく」には、外から迫りくる戦争と、内から脅かす病への恐怖があらわされている。「にくたい」が消えたなら——命を落としたなら——、牧野の残骸は「ほのかに微風にもどり」、「かすかなもの」に辿りつくだろう。そこで「愛」は波のようにうちよせ、詩人を「彫刻」するだろう。死後の世界への、かすかな希望が語られている。

「醜」い現実から逃れようと、牧野は「神」を探す。だが、「さぐれば　かなしく／まねけば　さすがにうなだれ」る。「神」は何処にもいなかったのだ。

聖餐

ひとりひとりの純潔にはじまり
ゆたかな邂逅が掌をめぐつてゐる
約束にもたれて水をきり
一てきをとほく

かたみの鞭になげながら
かすかな歴史の肌となる——
静かに風が吹いてゐた
小さな悪をとざす神の怒りから

「ひとりひとりの純潔」、その「ゆたかな邂逅」——生涯のわずかな記憶——を牧野は掌にあつめ、彼方に投げる。そのとき彼は「歴史」のすがたを目にし、みずからもその一部（肌）になりたいと願う。すると「風」が吹き始める。

これらの詩篇は「突然変異」（鮎川信夫「虚太郎考」[84]）のようにあらわれたと言われていたが、じつは一九四〇（昭和十五）年十一月までの作品に、原型と思しき単語（「ナイフ」「鞭」等）が見られることは、すでに述べた。

「にくたいが盗まれてゆく／ほのかに微風にもどり」とあるように、「にくたい」を失った死後に、「風」となって現世を吹いてゆくイメージを、牧野は抱いていたようだ。

「風」は崩壊からの再生をあらわす象徴として、荒地派に愛好された。風は「無」から吹き起こるからだ。科学的には、地軸の廻転や地面の傾斜によって生じるのだが、詩人の眼から見ると、それは無から生じたもののように見える。無から吹いてくる風は、無に立たされた荒地派にとって、救いの象徴になったのだ。

森川義信も、死や崩壊と、そこから吹き起こる「風」を描いている。

骨を折る音
その音とともに
風が立つ　いちぢるしく
おまへのなかから風が立つ（「街にて」[85]）

「骨を折る音」とともに「風が立つ」。死の幻想と再生の希望は、ここで一つになっている。破壊は創造への第一歩であると、彼は信じようとしている。

森川も牧野も、戦火のなかに希望を見出そうとした。死が目前に迫っていたからこそ、死の先に「生」を幻視した。だからこそ彼らの言葉は、戦後の荒地派のもとへ届けられたのだ。

第十二節　ゆくさきはとどのひ――最期の詩

『詩集』掲載の五篇を以て、牧野虚太郎の詩的生涯は完結した、とされる。だがじつは、同月刊行の『文藝汎論』に、牧野は詩篇「掌」を発表していた。どちらが最後に書かれた詩かは判然としないが、内容からすると、「掌」こそが最期の詩であると考えられる。つぎのようなものである。

掌

はかなく構へ
その路をしめす白い肩には
しばらくの虚無が影をとどめてゐた
かなしい肌理がほどよく詐つてゐる
かすかに醜をくりかへし
指呼の間をくりかへし
よびかはす神の言葉をくりかへし
ふくよかな影の
やがてランプに
そのゆくさきはととのひ
五つの層に悔ひをつたへて
いくへにもはかなく
遠い黄昏ををさめてゐた

「鞭のうた」「花」は「ひつそり」、「復讐」は「静か」、「神の歌」は「ほのか」「かすか」「しづか」、「聖餐」は「かすか」「静か」という形容詞を用いていた。「掌」には、「はかなく」が最初と最後にあらわれる。迫りくる終焉の予感が、静けさをこえて、死を暗示する「はかなく」の語を書かせたのだろう。

牧野は、何かを待ち「構へ」ている。「鞭のうた」で歌われた「ひつそりと」「白くにほつてゐる」「道」は、「その路」と呼ばれている。

それを指し示す「白い肩」がある。「象牙の雑草（透明が糊屋である……）」では、「肩に雑草／腰に象牙」とふざけて歌われていたが、いまや肩に「虚無が影をとどめて」いる。「彫刻の肌」は美しい。だがそれは、世界の「醜」さを隠しているにすぎない。

「神の歌」の「醜をくりかへし」というフレーズが出てくるが、つぎの行で「指呼の間をくりかへし」と微妙に変奏される。「指呼」とは、指をさして呼びかけることだ。つづいて「よびかはす神の言葉をくりかへし」とあることから、牧野が呼んだのは「神」だったことがわかる。「影」が「ふくよか」なのは、「骨」のように痩せこけて死の床にいた牧野の、願望の投影だろうか。

「悔ひをつたへ」られる「五つの層」は、「鞭のうた」「花」「復讐」「神の歌」「聖餐」の五篇を指しているだろう。これ「以上の作品は書けない」と言いながら、なお「悔ひ」が残るというところに、詩人としての矜持がうかがえる。

三好豊一郎は、「神の歌」を「自らへの澄んだ美しい送葬曲」（「牧野虚太郎の死」[86]）と言っているが、じつは「掌」こそが、牧野が自身に向けて奏でた「送葬曲」だったのではないだろうか。「掌」は、最後の五つの詩篇に牧野自身が出した回答だ、と考えることができる。この詩を発表して半年も経たぬうちに、牧野は二十歳で死んだ。

牧野は森川義信とともに、「荒地」の源流をなした。にもかかわらず、いまやその存在が忘れられつつあることについては、すでに述べたとおりである。

「あなた」への呼びかけを主とする戦後詩の流れとは異質の、自己一人の閉ざされた世界への志向が、牧野にはあった。語りかけるべき「あなた」は、牧野の詩に最後まであらわれなかった。彼の「あなた」は、たいていの場合「わたし」なのだ。

だが孤独が頂点に達したとき、牧野の「ナイフ」は世界を殺した。彼は「神」に、「風」になろうとした。他者と出逢えなかった彼は、誰にでもふれられる、誰でも抱擁できる「風」になりたいと、最後に願った。短い人生の終わりに、「あなた」への痛切なまでの渇望が溢れ出たのだ。

『牧野虚太郎詩集』等に収録されておらず、したがって考察対象にもならなかった貴重な作品を発見・検討し、詩人の全体像を解き明かしてきた。牧野虚太郎が指し示すもう一つの「荒地」の可能性を、本稿は示唆しえたと信じる。

永田助太郎や冨士原清一等、もう一つの「荒地」の可能性はまだ残されている。この発掘作業を最後まで完遂したとき、荒地派が抱いた「荒地」も、現代の私たちが直面している「荒地」も、その全貌を鮮やかにあらわすことだろう。そのことを信じて、本稿を終えたいと思う。

注
1 『北村太郎の全詩篇』飛鳥新社 二〇一二年 四六頁
2 同書 四九頁
3 北村太郎『センチメンタルジャーニー』草思社 一九九三年 一三三頁

4 『血のいろの降る雪　木原孝一アンソロジー』　山下洪文編　未知谷　二〇一七年　三四頁
5 『詩学』第二八巻・第八号　詩学社　一九七三年　六二頁
6 『鮎川信夫全集』第四巻　思潮社　二〇〇一年　三七一頁
7 『現代詩手帖　臨時増刊　荒地　戦後詩の原点』　思潮社　一九七二年　二五二頁
8 『詩学』第六巻・第一〇号　詩学社　一九五一年　一二頁
9 同書　同頁
10 『国文学　解釈と教材の研究』第一〇巻・第一一号　學燈社　一九六五年　九一頁
11 『国文学　解釈と鑑賞』第四六巻・第二号　至文堂　一九七六年　三四頁
12 成田昭男『塹壕と模倣』　幻原社　二〇一一年　一四九頁
13 『鮎川信夫全集』第七巻　思潮社　二〇〇一年　二五〇頁
14 同書　二一七頁
15 同書　二五〇頁
16 『牧野虚太郎詩集』　鮎川信夫編　国文社　一九七八年　五〇頁
17 妹尾隆彦『カチン族の首かご』　文藝春秋新社　一九五七年　一六〇頁
18 『読解講座　現代詩の鑑賞　3　現代詩Ⅰ』　伊藤整・吉田精一・分銅惇作・小海永二編　明治書院　一九六八年　二九三頁
19 『牧野虚太郎詩集』　四八頁
20 『牧野虚太郎詩集』　四八〜四九頁
21 『鮎川信夫全集』第七巻　二四三頁
22 同書　同頁
23 同書　三四一頁
24 『鮎川信夫全集』第四巻　五三頁

25『現代詩手帖』第三七巻・第三号　思潮社　一九九四年　一六二頁
26『増補　森川義信詩集』鮎川信夫編　国文社　一九九一年　一八頁
27 同書　二一七頁
28『鮎川信夫全集』第七巻　一九七頁
29 同書　二五〇頁
30 同書　四三六頁
31 同書　二〇〇頁
32 同書　三三七頁
33『詩集』第五巻・第五号　ＬＵＮＡクラブ　一九四一年　四頁　※『コレクション・都市モダニズム詩誌』第三十巻（和田博文監修、ゆまに書房、二〇一四年）に復刻されたものを参照した。
34『現代詩手帖』第三七巻・第三号　一六三頁
35『鮎川信夫全集』第七巻　三三七頁
36 同書　同頁
37『現代詩手帖』第三六巻・第五号　思潮社　一九九三年　一二〇頁
38『増補　森川義信詩集』五八頁
39 同書　同頁
40 同書　五六頁
41 ヤスパース『哲学』小倉志祥・林田新二・渡辺二郎訳　中央公論新社　二〇一一年　三四二頁　※引用箇所は渡辺二郎訳
42 同書　同頁
43 同書　同頁
44『増補　森川義信詩集』五九頁

45 『鮎川信夫全集』第七巻　三五七頁
46 同書　二五三頁
47 『荒地詩集 1953』(新装版)　琹　国文社　一九七六年　六頁
48 同書　六〜七頁
49 『文藝』第四八巻・第一号　河出書房新社　二〇〇九年　一八九頁
50 同書　同頁
51 『群像』第六四巻・第三号　講談社　二〇〇九年　三一四頁
52 『牧野虚太郎詩集』　五三頁
53 『鮎川信夫全集』第二巻　五七一頁
54 『VOU』第二一号　VOU クラブ　一九三八年　三二頁　※『コレクション・都市モダニズム詩誌』第十五巻(和田博文監修、ゆまに書房、二〇一四年)に復刻されたものを参照した。
55 同書　三三頁
56 鶴岡善久『危機と飛翔』沖積社　一九九六年　一四頁
57 マイアー『世界喪失の文学』本郷義武訳　彌生書房　一九七一年　一五一頁
58 同書　一六六頁
59 『決定版カフカ全集』第二巻　前田敬作訳　新潮社　一九八一年　三五頁
60 『世界喪失の文学』二四頁
61 同書　二四四頁
62 同書　同頁
63 同書　二〇八頁
64 同書　二〇七頁
65 同書　二四二頁

66 同書　二四三頁
67 同書　同頁
68 同書　同頁
69 同書　二三四頁
70 『楠田一郎詩集』　飯島耕一・鶴岡善久編　蜘蛛出版社　一九七七年　五二頁
71 同書　八頁
72 『鮎川信夫全集』第二巻　四二二頁
73 『現代詩手帖』第二九巻・第一〇号　思潮社　一九八六年　四頁
74 『牧野虚太郎詩集』　五一頁
75 『鮎川信夫全集』第四巻　四五二頁
76 田村隆一『詩と批評A』　思潮社　一九六九年　二三三頁
77 『現代詩手帖』第三七巻・第三号　一六二頁
78 『鮎川信夫全集』第七巻　二〇三頁
79 『牧野虚太郎詩集』　四九頁
80 『詩集』第五巻・第五号　四頁
81 同書　同頁
82 『北村太郎の仕事』第三巻　思潮社　一九九一年　二五二頁
83 『堀田善衛全集』第七巻　筑摩書房　一九九三年　一〇七〜一〇八頁
84 『牧野虚太郎詩集』　五一頁
85 『増補　森川義信詩集』　七二〜七三頁
86 『詩集』第五巻・第五号　九頁

※本稿は、「もう一つの「荒地」への旅――荒地派と牧野虚太郎――」(『日本大学芸術学部芸術研究所紀要』第一二一号、日本大学芸術学部、二〇二四年)を書き直したものである。

後記

学術叢書『実存文学』は、二〇二二年に創刊されました。諸事情により非売品で、図書館や大学でしか手に取れなかったのですが、今号から市販されることになりました。未知の読者との出逢いを前に、いままでの歩みを簡単に振り返ってみます。

創刊号は実存哲学者・飯島宗享と、荒地派の詩人・鈴木喜緑を特集し、その未発表作品を掲載して世に問いました。「後記」には、こんなことを書いています。

「本書には、曲がりなりながらも教師として過ごした三年間と、コロナ禍において考えつづけたこと、現代の学問への問い、本当にあるべきと信じる実存と抒情のすべてを詰め込みました。荒地派や実存主義の「復刻」「研究」という枠を越え、現代という荒地を、実存として生きる覚悟を示す一冊になったと思います」

「詩とは世界を殺すいとしい凶器であり、世界は変えられずとも世界観を変えられるものであり、私たちの生存を、ほんのいくばくかは美しくしてくれるものだと思います。その詩がいま滅びつつあるのだとしたら、私たちは不器用にでも言葉を紡がなければならないのではないでしょうか。歴史が実存を捨てたのなら、もう一度実存の産声をあげなければならないし、文学を忘れたのなら、歴史をひっぱたいて思い出させなければなりません」

「文学の死が告げられた現代において、私たちは神のように重い死骸を抱いて、歩き始めました。この先に歴史という大河があることを、そこに本書で取り上げた人物を初めとする、実存を生きた人々が待っていることを信じて」

気負った物言いですが、私の信念は何一つ変わってはいません。歴史の水底に沈められた「私」を、「あなた」を、私たちはもう一度すくい上げようとしました。文学は終わった、人間は終わったと言われる時代に、この「私」の痛みと光から、何かを始めようとしました――それが時代遅れどころか、狂気の沙汰と言われることを知りながら。

第二号は、「荒地」の始まりを告げた詩人・中桐雅夫と、六〇年代最大の詩人・菅谷規矩雄を特集しました。二人はいずれも、空白の時代を、みずからも空白にそまりながら、それでも一実存として生き抜こうとしました。

「わたしがわたしを殺せばいかにも時は通りすぎるが　このまま歴史が記されるほどむなしく救済されようとはおもわぬ」「おまえをもとめるその不吉からおまえの声でさけびたい」（菅谷規矩雄「ゲニウスの地図」）……「わたし」など元々存在せず、生きる意味もなく、それこそが多様で自由ということなのだ、と人々が笑い合うなかにあって、彼らは本当に大切なものを歌いつづけました。「後記」に私はこう書いています。

「これからも私たちは、私たちの生存を、美しい傷痕として刻みつづけることでしょう。数世紀後の歴史家に、令和時代には文学がなかった、実存がなかった、したがって人間はいなかった、などと言わせぬために」

忘れられた詩人・哲学者をよみがえらせるのは、そこに生の、文学の息吹を感じるからにほかなりません。私たちと連なりうる存在が、地上の何処にも見つからなかったから、歴史を抱きしめようとしたのです。

私たちは、創作・批評・研究という三つの軸を持っています。創作で己の核心をあらわにし、批評でそれを他者の核心とふれさせ、研究でその光を歴史に刻むことができると思うからです。このたゆみない営為から、新しい文学史が紡がれていくと、私たちは信じています。

『実存文学』は、日本大学芸術学部（日芸）の卒業生・学生とともに制作しています。日芸で教鞭を執り始めた初年から、学生たちの秘める業火にふれて、圧倒されました。彼らの才能を解き放ってあげたい、という素朴な想いから始まったことが、やがて三冊合わせて二〇〇〇頁以上の叢書を作り上げることになるとは、思ってもみませんでした。

本叢書の表紙には、その号を象徴する一言を記しています。創刊号は「狂熱の孤独」、第二号は「美しい傷痕」、そして本書は「狂気と郷愁」です。

「孤独」は、書きたい、誰かに伝えたいという「狂熱」を生み出します。私たちは、「傷痕」にも似た言葉を地上に刻みつけます。おなじ傷痕を持つ者が、それを「美しい」と言ってくれることを信じて。帰るべき故郷への、「あなた」への「郷愁」を、この時代に抱いて生きること――それは「狂気」かもしれませんが、深い次元における「正気」とも言えるのではないでしょうか。

本書は勝野睦人・牧野虚太郎という夭折の詩人の全作品、その意義を考究する論考、さらに創作を掲載しました。私たちは歴史をよみがえらせるだけでなく、それにふれ、抱きしめたいと――歴史の一部として生きたいと――願っているからです。

勝野も牧野も、いまやすっかり忘れ去られた詩人と言っていいでしょう。勝野は東京藝大で油絵を学びつつ、石原吉郎主宰の詩誌『ロシナンテ』に参加し、死の影を――というよりは死の光を――宿す抒情詩を発表し、将来を嘱望されていましたが、詩を書く原稿用紙を買いに行く途中、オート三輪にはねられて死亡しました。

牧野は鮎川信夫・中桐雅夫らの詩友で、最初はふざけきった詩を――それこそ、現代の「ゼロ年代詩」と変わりないような詩を――書いていました。ですが逃れられない死を前に、彼は変わっていきます。晩年の詩を読んだ仲間たちは、「むずかしいとか何とかいうより、「いい詩だな」といいあって黙ってしま」（北村太郎「若い荒地の詩」）ったそうです。「ひつそりと」「白くにほつてゐる」「道」を指し示した牧野は、肋膜炎で死にました。田村隆一は、これが「荒地」における「最初の「死」の完成」だった、と後に述懐しています。

勝野と牧野は、どちらも二十歳で世を去りました。早すぎる最期と、生き死について深く考えない時代風潮もあって、彼らはやがて忘れられていきました。

二人がここによみがえったのは、主として学生の熱意によるものです。解説にも記しましたが、私が勝野睦人の名を知ったのは、舟橋令偉君のおかげでした。日芸の大学院で『ロシナンテ』を研究している彼に、詩を読ませられなかったら、本特集はなされていなかったことでしょう。牧野虚太郎特集は、おなじく日芸の大学院で高踏派の研究をしている、中田凱也君に主導してもらいました。

二人は二〇一九年に、私が初めて受け持ったゼミの学生です。「細く美しいワイヤー」(BLANKEY JET CITY「ガソリンの揺れかた」)で繋がれているかのように、途切れることなく関係が続き、三人で「実存文学研究会」(これが『実存文学』の活動の母体になっています)を結成し、いまは反対に私の方が教えられることも多く、教育の面白さを実感しています。

本書にかかわった学生の名前を列記します(五十音順)。
秋山《あきやま》実夢《みう》(日本大学芸術学部文芸学科四年生)
梅元《うめもと》ゆうか(日本大学芸術学部文芸学科四年生)
海老沢《えびさわ》優《ゆう》(令和四年度日本大学芸術学部文芸学科卒業生)
黒井《くろい》花音《かのん》(日本大学芸術学部映画学科四年生)
島畑《しまはた》まこと(日本大学大学院芸術学研究科博士前期課程文芸学専攻一年生)
田口《たぐち》愛理《あいり》(令和五年度日本大学芸術学部文芸学科卒業生)
内藤《ないとう》翼《つばさ》(日本大学大学院芸術学研究科博士前期課程文芸学専攻二年生)

中田凱也《なかだかいや》（日本大学大学院芸術学研究科博士前期課程文芸学専攻一年生）
舟橋令偉《ふなはしれい》（日本大学大学院芸術学研究科博士後期課程芸術専攻一年生）
古川慧成《ふるかわわんちゅく》（日本大学芸術学部文芸学科四年生）
正村真一朗《まさむらしんいちろう》（日本大学大学院芸術学研究科博士前期課程文芸学専攻二年生）
学生たちの努力と、彼らを支えてくださった先達の方々に、あらためて感謝いたします。

『実存文学』創刊号から、未知谷の飯島徹様と伊藤伸恵様にお世話になっています。歴史に立ち向かうに足る素晴らしい本を作っていただいたことに、心より感謝いたします。

創刊号に掲載した「神の歌」という詩に、「みずいろの拳銃を手に／偽りの夕焼けを殺す者らを赦せ」と書きました。「みずいろの拳銃」は、むろん玩具の鉄砲です。ただし殺意は本物です。

偽りの夕焼け、偽りの涙、偽りの愛を殺す、偽りの武器――それが詩だと思います。これからも私たちは、詩という凶器で世界を殺していくでしょう。それが新しい言葉の、歴史の始まりを告げると、まっすぐに信じて。

二〇二五年一月

山下洪文

※本研究は、ＪＳＰＳ科研費（JP23K12091）の助成を受けておこなわれました。

やましたこうぶん

1988年生まれ。日本大学大学院芸術学研究科博士後期課程修了。博士（芸術学）。詩集『僕が妊婦だったなら』（土曜美術社出版販売）、評論集『夢と戦争「ゼロ年代詩」批判序説』『よみがえる荒地　戦後詩・歴史の彼方・美の終局』、編著『血のいろの降る雪　木原孝一アンソロジー』、監修『実存文学』『実存文学Ⅱ』（以上、未知谷）。現在、日本大学芸術学部文芸学科専任講師。

実存文学《じつぞんぶんがく》III

2025年 2 月 5 日初版印刷
2025年 2 月20日初版発行

監修　山下洪文
発行者　飯島徹
発行所　未知谷
東京都千代田区神田猿楽町 2 丁目 5-9　〒 101-0064
Tel. 03-5281-3751 / Fax. 03-5281-3752
［振替］ 00130-4-653627

組版　柏木薫
オフセット印刷　モリモト印刷
活版印刷　宮田印刷
製本　牧製本

Publisher Michitani Co. Ltd., Tokyo
Printed in Japan
ISBN 978-4-89642-746-2　C0095

創刊の辞

言葉が原野とすれば、詩は切り開かれた一つの道である。そして歴史は、道を照らす光である。

言葉の原野は踏みしだかれ、その足跡が詩になる。だが、それが詩なのか、ただの痕跡なのか、それとも何もなかったのか――そのことを知るためには、原野はあまりに暗い。言葉は、言葉だけではただの記号にすぎない。歴史という「光」に照らされて、初めて言葉という原野は、詩という道は、私たちの前にすがたを見せる。

足元の見えない場所を歩んでゆくのも、決して無駄ではない。やがて歴史の光は、こちらに射し込むかもしれないのだから。

たどたどしい足跡を原野に記すこと――それが詩人の使命だ。その道に光をあてること、その言葉を必要とする時代を到来させること――それが批評家の使命だ。私たちはそれを実行するだろう。

ここに私たちは、学術叢書『実存文学』を創刊する。本叢書は歴史的資料を発掘・保存し、実存主義の流れを跡づけるとともに、優れた文芸作品を掲載し、「いま・ここ」の痕跡を刻み込む。

ポストモダニズムが刻印した「終わり」が終わり、しかし何も始まらない……いま私たちは、空白のなかに立っている。この場所に、新たな「始まり」を私たちは刻みつけよう。

いかなる現代思想にも、私たちは与しない。半世紀ものあいだ歴史の底に眠っていた、実存主義をよみがえらせること――もう一度世界に意味を回復させることが、私たちの目的である。

いつからか私たちは、喪失を自由と思い込み、大切なものを奪われていった――血は不幸を感じているのに、心に幸福を詰め込まれて。

永遠を、永遠への意志を失った痛みを抱えながら、詩という愛しい凶器を手に、私たちは歩み出す。歴史の死を、人間の死を、文学の死をまことしやかに語る思想家たちを置き去りにして。

これは新たなる「始原」への旅であり、私たちはそこで、歴史という水鏡を覗き込むだろう。そして、忘れられた自己の面影を掬い出すだろう。

水子のように捨てられた実存を、私たちは抱き上げる。そして彼の願いを聞き入れよう――地上に美しい傷痕をつけることを。

——— 学術叢書　実存文学 ———

実存文学

特集　飯島宗享／鈴木喜緑

山下洪文　監修

776頁／非売品

特別寄稿　藤田一美

特集・飯島宗享
解説／アルバム／未発表小説
回想録　父の思い出　飯島徹
エッセンス＆入門
講義録　実存主義は滅びず　山下洪文
論考　自己を繋ぐ道跡　中田凱也
論考　遺影の時代　加藤佑奈
略年譜

小詩集
母はつぐないの雨のなかで　舟橋令偉
母よ語れ　内藤翼
死にゆかない永遠　桑島花佳
虚たち　島畑まこと
太陽が落ちてくる日　佐藤希
融けて解ける　田口愛理
葬流　正村真一朗
血の泉　宇野有輝恵
残された空で　古川慧成
物書きと妖精少女　松本幸大
花死体　中山寛太
無音になる朝　中田凱也
枢軸詩篇　山下洪文

小説
思想と爆弾　海老沢優
タゾカレ　湯沢拓海
良い子　湯沢拓海
剥製　島畑まこと

批評
創刊に寄せて　中田凱也
創刊に寄せて　舟橋令偉
主語の空洞化　中田凱也
近代思想論序説　山下洪文

特集・鈴木喜緑
解説／アルバム／全詩
論考　あなたは太陽のかたちをしている　舟橋令偉
論考　祈る背中　内藤翼

未知谷

—— 学術叢書　実存文学 ——

実存文学Ⅱ

特集　中桐雅夫／菅谷規矩雄

山下洪文　監修

768頁／非売品

特集・中桐雅夫
解説／初期詩篇・論文
エッセンス&入門
講義録　失われた死を求めて　山下洪文
論考　沈黙による証明　中田凱也
論考　灰色の詩人、中桐雅夫　田口愛理
論考　言葉の死なない明日へ　内藤翼
略年譜

特集・菅谷規矩雄
解説／断片
メモ　一九六九年の菅谷規矩雄　長谷川正史
エッセンス&入門
講義録　言葉の「死後」を生きるということ　山下洪文
論考　始まらなかった世界に生まれて　舟橋令偉
論考　あまりにも過剰である「生」について　舟橋令偉
論考　殉教と空白　加藤佑奈
論考　存在しないあなたへ　島畑まこと
略年譜

小詩集
羽風の詩　中田凱也
焼失する夜　島畑まこと
すべてが消える朝　田口愛理
時の献花　古川慧成
思春円環殺人事件　西巻聡一郎
四肢あれども　松川未悠
私の死んだ骨を抱きしめて　秋山実夢
標　内藤翼
沼を乾かす　正村真一朗
藍色の十字架を埋葬するとき　舟橋令偉
星空　山下洪文

小説
穴　島畑まこと
実体の残存　海老沢優

飯島宗享のスクラップブック
解説／論文／エッセイ／書評・劇評
／対談・座談会／その他

未知谷